Die Fernsehmoderatorin Annabel Förster bekommt von ihrem Produzenten zu hören, sie sei zu alt für die ersehnte Abendsendung. Was jetzt? Botox? Schönheits-OP?

Annabel will nach jahrelanger Familienzeit endlich beruflich weiterkommen. Endlich mal wieder was anderes sehen als Teddybären in Unterhosen. Was anderes tun, als nachts mit kalten Füßen Spalten in Rollläden abzuzählen und Ü-Eier zu essen. Karriere machen, statt sich das Gelaber der nervigen Redakteure von Jeanny-TV anzuhören. Oder wenigstens einen sexy 28-Jährigen in einer Hütte am See vögeln.

Ihr Mann versteht nicht, was los ist, und konzentriert sich mehr auf sein eigenes Ding. Bis es für Annabel richtig läuft, muss sie sich durch eine handfeste Krise wurschteln. Doch mit Hilfe ihrer Freundinnen findet sie heraus, dass Glück kein Paket ist, auf das man ewig warten sollte. Und dass man mit vierzig zu alt ist, um es allen recht zu machen.

Ein lebensnaher Midlife-Crisis-Roman: authentisch, lustig, liebevoll.

Judith Pinnow, geboren 1973 in Tübingen, besuchte die Schauspielschule in Ulm und studierte am Lee Strasberg Theatre Institute in New York. Als Schauspielerin war sie in Fernsehserien und in Filmen zu sehen. Bekannt wurde sie als Fernsehmoderatorin. Mit ihrem Ehemann und Kollegen Stefan Pinnow und ihren drei Kindern lebt die Autorin in der Nähe von Köln. Ihr zweiter Roman, ›Versprich mir, dass es großartig wird‹, ist bei FISCHER Krüger erschienen.

Judith Pinnow

Läuft da was?

Roman

FISCHER Taschenbuch

›Läuft da was?‹ ist ein Roman.
Alle Personen sind frei erfunden. Ähnlichkeiten mit realen Personen und Begebenheiten sind rein zufällig.

Erschienen bei FISCHER Taschenbuch
Frankfurt am Main, Mai 2016

Dieses Werk wurde vermittelt durch die Literarische Agentur
Thomas Schlück GmbH, 30827 Garbsen
Satz: Pinkuin Satz und Datentechnik, Berlin
Druck und Bindung: CPI books GmbH, Leck
Printed in Germany
ISBN 978-3-596-03046-0

Danke, Bärbel!

Kapitel 1

Meine Zelle ist drei mal vier Meter groß. Ein Stuhl, ein Schreibtisch, mehr Möbel gibt es nicht. Ich putze mir die Nase und finde keinen Papierkorb für mein Taschentuch. Auf der Straße hasten Leute vorbei. Alle haben es eilig nach drinnen zu kommen bei dem Gruselnieselwetter. Nur ich wünsche mich nach draußen. Gefangen im ersten Stock. Ich stelle mir vor, wie ich mich mit dem Ladekabel meines Laptops aus dem Fenster abseile. Probeweise ziehe ich an der dünnen grauen Schnur. Fühlt sich stabiler an, als ich dachte. Meine Jacke und den Laptop selbst würde ich zuerst vorsichtig aus dem Fenster werfen und dann am Kabel hinterherrutschen. Das könnte ich super hier am Fenstergriff festknoten. So ein Ladekabel kann man ja nachkaufen.

Eine kurze Recherche im Netz, und die Suchmaschine teilt mir mit, sie habe kein Ergebnis für »Flucht mit Ladekabel« gefunden. Dann eben nicht.

Noch achtundvierzig Minuten. Wie soll ich die überleben? Ich könnte autogenes Training machen. Aber dazu müsste ich mich auf den Boden legen, und der sieht so gar nicht einladend aus. Ich stehe auf und laufe ein bisschen hin und her. Viel Platz habe ich ja nicht. Da hinten links in dem Gebäude müsste die Kantine sein. Ich könnte mich schnell abseilen und mir einen Kaffee holen. Mit Kaffee in der Hand komme ich nie das Ladekabel wieder hoch. Ich könnte auch einfach raus auf den Flur gehen und nach einem Kaffee fragen, aber die Ansage war ganz klar, bitte hier in diesem Raum zu warten. Eine Stunde, die spinnen doch. Ob jeder eine Stunde in seiner kleinen Zelle sitzen muss, oder nur ich?

Wenigstens ein Glas Wasser hätten sie mir reinstellen können.

Ich will diesmal alles richtig machen, darum reiße ich mich jetzt zusammen und gehe zum achthundertsten Mal meinen Text durch.

Die erste Moderation mache ich im Sitzen, die zweite im Stehen, die dritte am Fenster, bei der vierten versuche ich die Yogaübung »Hund«, aber das geht gar nicht, dazu ist meine Hose zu eng. Ich komme in den Vierfüßlerstand und mache einen Katzenbuckel, dann ein Hohlkreuz. Katzenbuckel, Hohlkreuz, Katzenbuckel. Mein Nacken ist komplett verspannt. Noch immer sechsunddreißig Minuten. Falls sie pünktlich anfangen. Man fängt nie pünktlich an.

Wie viele sie wohl casten? Uns alle zu Einzelhaft zu verpflichten finde ich lächerlich. Niemand soll wissen, wer noch gecastet wird, doch am Ende bekommt man es sowieso heraus. Interessieren würde es mich schon. Ob Hannah Weide wieder dabei ist? Die blonde Allzweckwaffe mit der schrillen Stimme. Ich setze mich auf die Fersen, dazu muss ich einen Hosenknopf öffnen, und strecke die Arme so weit nach vorne, bis meine Stirn fast auf dem unhygienischen Büroboden liegt. Ich angle mir die Laptophülle vom Tisch. Darauf platziere ich meine Stirn. Der Geruch von Gummi steigt mir in die Nase, aber meine Nackenmuskulatur entspannt sich etwas. Stelle mir vor, die nächsten sechsunddreißig Minuten so auszuharren, da geht plötzlich die Tür auf.

»Frau Förster?« Der Aufnahmeleiter streckt seinen Kopf herein. Durch einen schmalen Spalt zwängt er dann seinen Oberkörper in meine Zelle, während seine Füße im Flur bleiben. Ein kleiner Mann mit dunkelbraunen, hip geschnittenen Haaren. Ich schätze ihn auf Mitte zwanzig. Er trägt ein Headset, was darauf hindeutet, dass sie im Studio schon angefangen haben.

Ich richte mich so würdevoll wie möglich auf und ziehe mir schnell meine opalblaue Seidenbluse über die geöffnete Hose. Er beschließt nicht nachzufragen und informiert mich: »Wenn Sie soweit sind, können Sie schon in die Maske.«

Er formuliert es als Möglichkeit, dabei ist es ganz klar eine Anweisung. Ich bin froh, dass er mich aus meinem Gefängnis holt, kann aber nicht aufstehen, solange er zuschaut.

»Ich komme. Den Flur runter rechts?«, versuche ich ihn loszuwerden. Er versteht den Wink. »Ich warte vor der Tür.«

Bei meinem ersten Casting vor achtzehn Jahren hat mich keiner gesiezt. Der Aufnahmeleiter war ein kleiner Mann mit blonden, hip geschnittenen Haaren und einige Jahre älter als ich, also Mitte zwanzig. Enge Hosen hatte ich damals keine einzige, und die Yogaübung Hund kannte noch niemand in meinem Alter. Die Casting-Kandidaten wurden auch nicht einzeln in Zellen weggeschlossen, damit sie sich nicht begegneten. Wir saßen alle aufgeregt in einem großen Raum, einem Container. Es gab Cola und Brötchen, und beinahe niemand hatte irgendeine Fernseherfahrung vorzuweisen. Eine dünne Frau machte Polaroid-Fotos von jedem. Wir kreischten alle rum, wie hässlich wir aussähen und ob sie bitte noch ein Foto machen könnte. Nur eine sah auf ihrem Foto phantastisch aus: eine wunderschöne Asiatin, die als Praktikantin der Kindersendung, für die gecastet wurde, ein Heimspiel hatte. Jedem, der es nicht wissen wollte, erzählte sie, dass sie hier alle kannte und jeder ihr geraten hätte mitzumachen, obwohl ihr Wunsch, vor der Kamera zu arbeiten, eher gering sei. Ihre langen schwarzen Haare waren zu zwei Zöpfen geflochten. Sie trug einen Minirock und Stiefel. Dauernd lehnte sie sich aus unserem Containerfenster, um irgendjemanden lautstark zu begrüßen. Neben ihr kam ich mir vor wie ein Dorftrottel.

Aber ich gewann das Casting auch in Turnschuhen und mit mittelbraunen Haaren. Ich weiß nicht, wann ich danach jemals wieder so unglaublich glücklich war. Ich habe – abgesehen von ein paar schlecht gedrehten Joints – nie Drogen genommen, aber genau so stelle ich mir einen Rausch vor.

Das war der Jackpot. Mit einundzwanzig Jahren wurde ich Moderatorin einer Kindersendung. Mein Partner war ein fusselig niedlicher Handpuppenhund. Ich durfte mit ihm um die Welt reisen und bekam auch noch eine Menge Geld dafür.

Nach der Zusage lief ich zwei Wochen wie auf Wolken herum.

Die Maskenbildnerin heißt Kerstin und kennt mich von einer Koch-Show, für die ich vor Jahren mal in Hamburg gedreht habe. Ich kann mich überhaupt nicht an sie erinnern, finde das aber unhöflich und täusche also vor, sie zu kennen. Ich kann mir generell nicht gut Gesichter merken. Mein Mann Tom weiß das und gibt mir immer dezente Hinweise, wenn wir auf der Straße entfernten Bekannten begegnen.

Als Person des öffentlichen Lebens darfst du nie zugeben, dass du dich nicht an den anderen erinnerst. Das würde ja bedeuten, dass er oder sie weniger wichtig ist als du, nur weil dein Gegenüber, an das du dich leider gar nicht erinnerst, sein Gesicht nicht ständig vor die Kamera hält. Ich bin also ziemlich geübt im So-tun-als-Ob.

Kerstin legt mir einen Umhang um und stellt die Kopfstütze richtig ein. Früher gab es Lockenwickler, heute kommt Hitzeschutzspray ins Haar, und das Glätteisen wird schon mal eingesteckt.

Wir plaudern über alte Zeiten. Ich lenke das Gespräch geschickt auf die Personen, an die ich mich erinnere, und wir lachen gemeinsam über den Regisseur, der immer im selben grauen Norwegerpulli auftauchte, egal ob Sommer oder Winter.

Kerstin reibt mir einen kühlenden Concealer unter die Augen und findet meine Stiefel schön. Ich verschweige, dass ich die extra gestern noch für dieses Casting in einer Hauruckaktion gekauft habe. Ich war bestimmt in vier Läden, bis ich sie gefunden hatte. Graue Wildlederstiefel mit kleinem Absatz, vorne spitz. Ein Hauch von Western, aber trotzdem elegant. Zu einer guten Maskenbildnerin gehört das Komplimenteritual. Nach den Stiefeln ist meine schöne Haut dran.

»Wie ein Pfirsich, Annabel, wirklich, wie ein Pfirsich!«

Routiniert trägt sie das Make-up mit einem pinkfarbenen Schwamm auf, der wie ein Ei geformt ist.

»Wie alt bist du jetzt?«

»Neununddreißig.« Im Zeitalter von Suchmaschinen kann man nicht mehr schummeln. Damit hätte ich dann schon konsequent vor achtzehn Jahren beginnen müssen, und wer denkt mit einundzwanzig daran, sich jünger zu machen?

»Waaaaas? Das hätte ich nicht gedacht. Du siehst aus wie Anfang dreißig!«

Obwohl ich weiß, dass es zu ihrem Komplimenteritual gehört, freue ich mich. Ich sehe tatsächlich nicht aus wie fast vierzig. Gut, Anfang dreißig ist jetzt vielleicht übertrieben, aber als sechsunddreißig gehe ich noch durch.

»Wir betonen wieder die Augen, gell?«, sagt sie vertraulich und schaut einmal unter meinen Umhang, um die Farbe meines Oberteils mit dem Lidschatten abzustimmen.

Klick, klick, klick, klackern die Schminkpinsel aneinander, als sie aus ihrer gut sortierten Tasche, die sorgfältig ausgebreitet auf dem Tisch vor dem Spiegel liegt, den richtigen auswählt. Ich mag dieses Geräusch. Es hat so etwas Beiläufiges, als wäre Fernsehen machen so unspektakulär wie Straße fegen.

Kerstin kann ihren Job. Bald leuchten meine Augen strahlend blau, als Echo meiner Seidenbluse. Ich fange an, mich richtig auf das Casting zu freuen. Ähnlich wie Kerstin kann ich meinen Job ganz gut. Ich war bei unzähligen Castings und weiß, worauf es ankommt. Wenn du richtig gut aussiehst, sind schon siebzig Prozent erfüllt. Die anderen dreißig sind Handwerkszeug.

An den siebzig Prozent habe ich gearbeitet. Ich war jeden

zweiten Tag laufen, habe fleißig meine Yogastunden besucht und mir beim Friseur die ersten grauen Haare wegtönen lassen.

Die Produktion hat mir alle Filme, die ich anmoderieren soll, nach Hause geschickt. Ich konnte also mit fertig geschriebenen und gelernten Moderationstexten anreisen. Das ist eigentlich selten. Redakteure haben normalerweise Spaß daran, dir am Casting-Tag einen Stapel Arbeit auf den Tisch zu knallen, und dann hast du gewöhnlich ein, zwei Stunden, in denen du wie eine Wilde Anfänge und Enden der Filme schaust, für mehr ist keine Zeit, Moderationen in die Tastatur hackst und fiktive Interviews vorbereitest.

Das hier wird ein Kinderspiel. Wobei man noch so gut aussehen und vorbereitet sein kann, wenn man nicht auf der Liste steht. Die Produktion muss dich wollen. Beinahe vor jedem Casting ist schon vorher klar, wer genommen wird. Gemein für alle anderen, die als Casting-Futter mit eingeladen werden. Sollte Hannah Weide heute dabei sein, hat sie richtig Pech. Diesmal stehe ich auf der Liste. Der Produzent Richard Kleisterberg hat mich persönlich angerufen und gesagt: »Annabel, das ist was für dich. Wir holen dich ins Abendprogramm.«

20:15 ist die absolute Primetime, das, was jeder sich wünscht.

Kerstin bearbeitet meine Haare mit dem Glätteisen. Zwischendurch schaut sie mich prüfend an, ob ich zufrieden bin mit dem, was sie da tut. Ich gebe mir Mühe, das passende Gesicht zu machen, und merke, wie mich bei dem Gedanken daran, eine Abendsendung zu moderieren, das Lampenfieber überkommt. Es fängt im Bauch an und breitet sich dann langsam in alle Körperteile aus. Ich werde kribbelig und zappelig und kann nicht mehr stillsitzen. Ungeduldig warte ich, bis Kerstin mit dem Haarspray fertig ist und mir den Umhang abnimmt. »Viel Glück!«, sagt sie und umarmt mich schnell.

»In fünf, vier, drei, zwei, eins …«, zählt mich der Regisseur runter. Das Rotlicht geht an. Ich spreche meine ersten Sätze fehlerfrei in die Kamera zwei, während ich mich zwinge, langsam zu sprechen. Trotzdem bin ich immer noch zu schnell. Ich hab mal gehört, dass für Rennfahrer das Rennen in Zeitlupe abläuft. So haben sie gefühlt alle Zeit der Welt, um zu lenken und zu überholen. Mir geht es ähnlich. Ich habe das Gefühl, in Zeitlupe zu sprechen, weiß aber, dass ich in Wahrheit durch die Wörter rase und die Sätze nur so aus mir herausschießen.

Breathe in and breathe out, sagt die Stimme meiner alten New Yorker Sprechtrainerin in meinem Kopf. Mein Herzschlag beruhigt sich, ich atme und spreche, moderiere einen Film nach dem anderen an. Es läuft. Die Kameramänner fahren genau die Einstellungen, die sie fahren sollen, hinter mir auf dem Monitor laufen die richtigen Filme an. Das Ganze klappt wie ein lange einstudiertes Ballett. Ich spreche immer in die Kamera, die rot leuchtet. Gleich kommt der Staubsaugertest. Ich stelle einen Herrn Werner von der Verbraucherzentrale Duisburg vor, der in Wahrheit ein Praktikant aus der Redaktion ist. Glücklicherweise haben sie ihn gut gebrieft, und er kann mir tatsächlich auf meine Fragen, ob nun Staubsauger mit oder ohne Beutel vorteilhafter sind, antworten. Ich verschütte Kaffeepulver auf dem Boden, sage, das hätte ich immer schon mal machen wollen, und trete es noch ein bisschen in den Requisitenteppich. Wir lachen beide. Meine Stiefel waren jetzt auch im Bild und haben sich also schon gelohnt. Wir saugen um die Wette, und der Kerl entwickelt einen richtigen Ehrgeiz. Ich muss mich anstrengen, um zu gewinnen. Ich lass mich doch nicht von einem Praktikanten aus dem Rennen saugen. Testauswertung, Anmoderation in Kamera Eins.

Die Zeitlupe ist weg, der Rest der Sendung fliegt im Zeitraffer an mir vorbei. Ich verabschiede mich, weise auf eine fiktive Sendung nach mir hin und bin fertig. Ein Dankeschön kommt von der Studiodecke aus der Regie. Ich bedanke mich bei allen im Studio und schwebe auf den Gang. Eine strahlende Kerstin mit nach oben gerecktem Daumen empfängt mich in der Maske.

Ich schminke mich selbst ab und bin richtig zufrieden. Genauso sollte es laufen. Ich habe gezeigt, was ich kann, war einigermaßen unaufgeregt und hoffentlich sympathisch. Das Augen-Make-up lasse ich drauf, reduziere nur etwas den dunklen Lidschatten.

Der Aufnahmeleiter mit der hippen Frisur reißt die Maskentür auf und schiebt sich mit dem Oberkörper durch den Türspalt. Scheint eine Macke von ihm zu sein. Vielleicht steht in seinem Vertrag auch, dass er außer dem Studio keinen anderen Raum betreten darf.

Bei meinem ersten Casting ging damals das Gerücht um, ich müsste einen Vertrag unterschreiben, in dem mir Extremsportarten verboten werden. Das Risiko für den Sender sei sonst zu hoch, hieß es. Ich war richtig enttäuscht, als dann im fünfzehnseitigen Vertrag nichts von dieser Klausel zu finden war.

»Frau Förster, ich darf Sie noch schnell zu Herrn Kleisterberg bringen.«

Kerstin wirft mir einen bedeutungsvollen Blick zu. Jedem hier ist klar, was das heißt, wenn man direkt nach dem Casting zum Produzenten gerufen wird. Das normale Prozedere läuft nämlich so ab: Direkt nach dem Casting hüllen sich alle in vornehmes Schweigen, so dass du das Gefühl hast, irgendetwas Peinliches gesagt oder getan zu haben. Von den Entscheidern bekommst du nie jemanden zu sehen, und wenn du den Redakteur fragst, wann du mit einer Entscheidung rechnen kannst, bekommst du ein langes Ausatmen und die vage Aussage, das könne schon einige Wochen dauern.

Also verbringst du einige Wochen in quälender Ungewissheit, malst dir aus, wie toll dein Leben mit genau dieser Sendung wäre, rechnest jeden Tag neu deine Chancen aus, deutest noch mal ganz genau jeden Satz und jede Geste von Redakteuren, Aufnahmeleitern und Kameraleuten und wirst langsam, aber sicher, wahnsinnig. Wenn du eine Agentur hast, bombardierst du sie mit E-Mails und Anrufen, wenn nicht, beginnst du ab

Woche zwei vorsichtige Mails an die Redaktion zu schicken, die erst mal dreizehn Tage lang ignoriert und schließlich ziemlich genervt beantwortet werden, mit der unbefriedigenden Auskunft, man wüsste noch nichts. Dann gehst du laufen, zappst durch die Programme und bleibst immer an der einen Sendung hängen. Der Wunsch, sie zu moderieren, wird übermächtig. Du schreist Mann und Kinder wegen Nichtigkeiten an und wirst ein Nervenbündel mit langen spitzen Stacheln auf dem Rücken. Schließlich rufst du in der Redaktion an und bettelst um eine Auskunft, wirst weiter hingehalten, sollst dir bitte das ganze Jahr freihalten, für alle Fälle, man wüsste noch nicht. Du bist in der engeren Auswahl, einer der Favoriten angeblich. Inzwischen weiß ich, dass Favorit ein anderes Wort für Backup ist. Wenn du wochenlang nichts hörst, bist du nichts als die zweite oder dritte Wahl. Sie halten dich hin, bis der Wunschkandidat den Vertrag unterschrieben hat und alles unter Dach und Fach ist. Wer weiß, ob man sich einig wird, wer weiß, ob er den Konditionen zustimmt. Man geht auf Nummer Sicher und zerstört den übrigen Kandidaten Monate ihres Lebens, in denen sie nicht schlafen, minütlich ihre Mails checken und ihre Mobiltelefone niemals auf lautlos stellen, weil doch gleich, dringend bitte, bitte heute der erlösende Anruf kommen muss.

Ich habe bisher kein Mittel gegen Absagen gefunden. Kein Mittel gegen die Wucht, die dich trifft, wenn endlich der erlösende Anruf kommt und du schon an der Stimme hörst, dass dein Gegenüber es eilig hat und dieses unangenehme Gespräch ganz schnell hinter sich bringen will. Es sei knapp gewesen, du hättest allen ganz toll gefallen, leider hat sich der Produzent für jemand anderen entschieden. Und du nickst tapfer und erwachsen, lässt deiner Stimme nichts anmerken, versicherst dem anderen, das sei gar nicht schlimm, legst auf und brichst zusammen. Jedes Mal ist da das Gefühl, dass so eine Chance nie wiederkommt.

Heute wird es anders laufen. Eine Audienz beim Produktionsleiter bekommst du nur, wenn sie dich für die Sendung wollen.

Kerstin streckt mir zum Abschied noch mal den erhobenen Daumen hin, dann trabe ich grinsend dem Aufnahmeleiter hinterher. Ich folge ihm in den Aufzug. Er drückt den Knopf der sechsten Etage, lehnt sich dann an die Wand und presst sein Klemmbrett an seine Brust, als könnte es ihn vor einem Gespräch mit mir bewahren. Wir lächeln uns höflich an und schweigen. Ich vermisse einen Spiegel in dem Aufzug. Hoffentlich habe ich mich richtig abgeschminkt. Ich will keine Flecken im Gesicht haben, wenn Richard Kleisterberg mir erklärt, dass ich ab sofort eine Abendsendung moderiere. Ich muss mich richtig zusammenreißen, nicht allzu offensichtlich zu grinsen. Die Aufzugtür öffnet sich, und wir betreten die Chefetage. Es sieht hier genauso aus wie in jedem anderen Stockwerk. Breite Flure mit graumeliertem Teppich. Wir laufen an vielen geschlossenen Türen links und rechts vorbei. Ab und zu begegnen wir gut gepflegten Zimmerpflanzen, die mir alle fröhlich zuwinen und freudig mit ihren Blättern rauschen. Die Atmosphäre ist in Chefetagen immer eine andere. Die Wände strahlen eine Wichtigkeit aus. Automatisch geht man auch schneller über den Flur. Mein Guide klopft jetzt an einer Tür an, auf der steht: »Sekretariat Produktion Anne Selm«. Frau Selm, eine Frau um die fünfzig mit langen braunen Haaren und Brille, bittet uns herein, und er macht wieder seine Füße-bleiben-im-Flur-Akrobatik.

Frau Selm und ich begrüßen uns, als würden wir uns kennen. Sie kennt mich auch sicher, und ich weiß mal wieder nicht, ob wir uns schon mal gesehen haben. Vermutlich, denn ich war schon ein paar Mal bei Richard im Büro.

Jetzt, da er mich vorschriftsmäßig abgeliefert hat, verschwindet der Aufnahmeleiter wieder, und ich reibe in einem unbeobachteten Moment schnell meine Handflächen aneinander. Ich will Herrn Kleisterberg nicht gleich eine Eishand hinstrecken.

Alles an mir ist bestens durchblutet. Sicher habe ich jetzt auch diese roten, aufgeregten Wangen, aber meine Hände bleiben eben immer kalt. Frau Selm ist im Chefzimmer verschwunden, und ich lege mir die kalten Hände schnell an meinen Nacken, um sie aufzuwärmen. Viel zu früh kommt Frau Selm wieder heraus, hinter ihr der Chef. Ich reiße mir die Hände vom Nacken und mache eine seltsam schwungvolle Bewegung nach vorne.

Richard breitet lächelnd die Arme aus, und ich verschwinde kurz an seiner Brust. Wir geben uns also gar nicht die Hand, ich hätte mir die Aufwärmerei sparen können. Jedes Mal bin ich überrascht von seiner Größe. Ich muss richtig nach oben gucken, um seine braunen Augen zu treffen. Sein dunkles Haar ist zurückgekämmt, er ist nur an den Schläfen grau, obwohl er schon auf die sechzig zugeht. Ein sportlicher Mann mit einer Spitzenfigur für sein Alter. Ich vermute, er färbt sich die Haare. Guter Friseur, der das mit den Schläfen so natürlich hinkriegt. Richard trägt eine Anzughose und einen fließenden Pullover mit V-Ausschnitt. Ohne Kopf könnte er glatt als Til Schweiger durchgehen.

Ich betrete sein großes Büro mit Blick auf den Rhein. Die Aussicht ist phantastisch. Frau Selm bietet Wasser, Tee und Kaffee an. Richard nimmt einen Cappuccino, ich ein stilles Wasser.

Er verlässt noch mal kurz den Raum, nachdem er mich aufgefordert hat, Platz zu nehmen. Ich versinke in einem bequemen sandfarbenen Sessel an dem runden Tisch, der neben seinem imposanten Schreibtisch noch gut Platz hat. Hinten in der Ecke sehe ich einen Crosstrainer, der offensichtlich auch benutzt wird. Jedenfalls liegt ein Handtuch über den Handgriffen. An der Wand hängt ein gerahmtes Poster von einer vor Jahren sehr erfolgreichen Produktion. »Reif für die Insel« hieß die Show, bei der Paare gegeneinander antraten, um einen Traumurlaub zu gewinnen.

Vielleicht wird meine Show dieses Poster eines Tages ablösen. Ein Service-Magazin mit Talk-Elementen, bei dem die Zuschauer sowohl informiert als auch unterhalten werden, hätte das Zeug dazu. Mein Herz klopft jetzt noch schneller. Ich versuche mich zu beruhigen. Er muss mir ja nicht gleich ansehen, dass ich vor Freude gleich ausflippe. Das kann ich dann zu Hause machen. Wir werden alle gemeinsam essen gehen heute Abend. Die Kinder, Tom und ich, wir werden feiern!

Vielleicht gehen wir mal so richtig schick aus oder zu unserem kleinen Italiener, den wir alle so lieben.

Richard kommt zurück, hinter ihm balanciert Frau Selm unsere Getränke herein.

»Annabel. Das war richtig gut.«

»Danke. Es hat auch sehr viel Spaß gemacht. Das Format ist toll!«

»Ja, wir haben lange daran gearbeitet, und es soll tatsächlich auch etwas Längerfristiges werden.«

Längerfristig klingt gut, das klingt verdammt gut. Es klingt wie ein sicherer Job für die nächsten Jahre.

»Kein Problem«, sage ich lächelnd, »meine Familienplanung ist abgeschlossen, wie du weißt.«

»Wie alt sind deine Kinder jetzt?« Er will den Höhepunkt des Gesprächs noch etwas herauszögern, und ich spiele das Spiel gerne mit.

»Elf, acht und fünf Jahre.«

Ich weiß nicht, ob Richard sich daran erinnert, dass ich drei Kinder habe. Normalerweise ernte ich an dieser Stelle immer Ohs und Ahs. Auf den ersten Blick trauen mir die meisten keine drei Kinder zu. »Das sieht man dir nicht an!«, höre ich dann. Ich nehme das immer als Kompliment, obwohl ich gar nicht weiß, wie sie sich eine Mutter von drei Kindern vorstellen. Alt und dick vielleicht. Witzigerweise kenne ich überhaupt keine Mutter, die drei Kinder hat und alt und dick aussieht. Müde vielleicht, aber wer ist das nicht?

Richard spart sich Ohs und Ahs. Er nickt bedächtig mit dem Kopf und nimmt einen Schluck von seinem Cappuccino. Weil er nichts sagt, rede ich: »Ich finde es schön, wenn sie älter werden, man bekommt seine Freiheit Stück für Stück zurück und kann sich wieder mehr auf den Job konzentrieren.«

Das wäre jetzt sein Stichwort, aber er rührt weiter in seiner Tasse und stellt noch eine Füllfrage: »Und wie läuft es bei *Jeanny-TV*?«

Jeanny-TV ist die kleine Sendung, die ich momentan moderiere. Sie dauert nur eine halbe Stunde und findet eigentlich unter Ausschluss der Öffentlichkeit statt. Im dritten Programm läuft sie Dienstagnacht um zwei Uhr. Um diese Uhrzeit schauen nur Rentner mit seniler Bettflucht zu, oder Betrunkene, die gerade von einer Party zurückkommen und jemanden brauchen, der sie in den Schlaf murmelt. Die Sendung ist einfach aufzuzeichnen, ich brauche keine große Vorbereitung. Ich sehe mir die lustigen YouTube-Filme an, die wir zeigen, und lese ein bisschen über unseren Gast, der kommt. Für eine Mutter ist der Job perfekt. Für eine Frau, die im Fernsehen gerne Karriere machen möchte, eine Katastrophe.

Ich wäge meine Antwort kurz ab und sage: »Es läuft gut wie immer. Das Beste ist – ich kann jederzeit kündigen!«

Jetzt strahle ich ihn an, und er legt seinen Kaffeelöffel weg und ist bereit, die bedeutenden Worte zu sagen.

»Annabel. Du bist eine sehr gute Moderatorin, das brauche ich dir nicht zu sagen.«

Ich lächle schweigend.

»Du hast hier heute gute Arbeit abgeliefert. Keine Frage, dass du das kannst.«

Ich lächle weiter.

»Aber ehrlich gesagt, suchen wir tatsächlich eine Moderatorin, die unser Format längerfristig begleitet.«

Hat er gerade ein »aber« in dem Satz benutzt?

»Ich muss dir nicht erklären, wie es in unserer Branche läuft. Du wirst dieses Jahr vierzig. Da können wir dich natürlich nicht einsetzen.«

Er kann mich was nicht? Ich verliere abrupt mein Lächeln.

»Richard, ich versteh nicht ganz. Willst du mir sagen, ich bin zu alt?!«

»Schätzchen, jetzt nimm das bitte nicht persönlich. Wir wissen doch beide, wie Fernsehen funktioniert. Der Sender will sich verjüngen. Wir peilen die Zielgruppe zwanzig bis fünfunddreißig an, da kann ich einfach keine reife Frau einsetzen.«

Reife Frau. Er hat tatsächlich reife Frau gesagt. Als wollte er mir eine Gesichtscreme verkaufen.

»Man sieht es dir ja noch nicht an. Deshalb habe ich dich auch eingeladen, aber nach Rücksprache mit der Redaktion und den Sponsoren sind mir leider die Hände gebunden.«

Ich weiß nicht, was ich sagen soll. Meine Augen brennen, mir ist schlecht, und ich will einfach nur aus diesem Büro raus. Irgendwie stehe ich auf und bewege mich zur Tür.

»Macht doch einfach noch ein drittes Kind«, sagt Richard zum Abschied. Er umarmt mich, und ich lasse es stocksteif über mich ergehen. »Das geht doch heutzutage sogar noch in deinem Alter!«

Ganz langsam gehe ich allein durch den Flur der sechsten Etage. Das Blut hämmert in meinen Schläfen, und ich brauche meine volle Konzentration, um jetzt nicht loszuheulen. Ich muss es irgendwie unbemerkt in meine Zelle schaffen und meine Sachen holen. Die Zimmerpflanzen sehen mir mitleidig nach. Während ich auf den Aufzug warte, betrachte ich meine neuen Wildlederstiefel. Plötzlich packt mich eine rasende Wut. Alles umsonst. Das ganze Gejogge und Geyogae. Das ganze Feilen an den Moderationen. Tom und ich, wie wir im Wohnzimmer geübt haben. Und die Stiefel. Diese viel zu teuren unbequemen, blödsinnigen, idiotischen Stiefel! Vermutlich bin ich sowieso zu alt für solche Schuhe. Ich reiße sie mir von den Füßen und werfe sie, so weit ich kann, in den Chefetagenflur. Schade, dass ich schon so weit entfernt von Richards Zimmer bin. Am liebsten hätte ich sie an seine Tür geknallt. In hohem Bogen fliegt erst der eine, dann der andere durch die Luft und landet mit einem leisen »Klopp« auf dem graumelierten Teppich. Besonders weit konnte ich noch nie werfen, aber diesmal bin ich mit meiner Leistung ganz zufrieden. Der Aufzug kommt, und ich beschließe dreihundertvierzig Euro hier im Flur liegen zu lassen. Die Tür geht auf, und Hannah Weide strahlt mich an.

Kerstin hat ganze Arbeit geleistet. Ihre blonden Locken fallen ihr perfekt bis über die Schultern. Smoky eyes hat sie ihr gezaubert, und entweder hat die blöde Kuh tatsächlich endlose Wimpern, oder Kerstin hat auch dabei nachgeholfen. Faltenfrei lacht Hannah mich an. Klar. Sie ist ja auch sieben Jahre jünger. Keine »reife« Frau. Richard kann sie sicher noch »einsetzen«.

Es ist nicht das erste Mal, dass Hannah mir einen Job wegschnappt. Ich weiß nicht, was alle immer mit blonden Frauen haben. Sobald eine Blondine den Raum betritt, hast du als Brünette einfach keine Chance mehr, außer du hast Körbchengröße D und die Blondine zufällig nicht. Ich versteh das nicht. Was ist an diesen, kaum jemals echten Haaren so besonders? Ich habe mal eine Studie darüber gelesen, dass acht von zehn Männern blonde Frauen bevorzugen und sie bei einem Vorstellungsgespräch automatisch doppelt so gute Chancen haben wie braun- oder schwarzhaarige Frauen. Sechzig Prozent aller Chefinnen in Deutschland sind blond. Blondinen machen schneller Karriere. Für die Medienbranche gilt das auf alle Fälle.

So würdevoll, wie es mir möglich ist, gehe ich auf Strümpfen an Hannah vorbei in den Aufzug und drücke den Knopf. Sie ruft mir noch lachend irgendetwas zu, aber die Aufzugtür ist gnädig und schließt erstaunlich schnell. Ich fahre nach unten. Ganz nach unten.

Im Auto habe ich nicht nur eiskalte Hände, sondern jetzt auch eiskalte Füße. Vier Grad und Nieselregen ist nicht gerade das Wetter, um in Seidenstrumpfhosen durch Pfützen zu deinem

Auto zu laufen. Ganz verloren steht mein kleiner roter Mini auf dem Parkplatz. So schnell ich kann, steige ich ein, werfe meine Tasche auf den Beifahrersitz und starte den Motor, um die Heizung in Gang zu bringen. Statt mich anzuschnallen, kauere ich mich auf dem Fahrersitz zusammen und umarme meine Knie. Heiße Tränen laufen mir die Wangen runter. Es ist mir egal, dass ich mir jetzt das ganze kunstvolle Augen-Make-up wegheule. Die Scheiben um mich herum beschlagen. Der Scheibenwischer wischt alle sieben Sekunden mit einem quietschenden Geräusch den Regen weg, der inzwischen heftig auf das Dach prasselt.

Ich komm mir so bescheuert vor.

Ich brauche ein Taschentuch und mein Handy. Finde beides, benutze erst das eine, dann das andere und rufe Tom an.

»Und?«, meldet er sich.

Statt einer Antwort heule ich ins Telefon.

»Ach, Hase«, sagt er schnell »So schlecht war es sicher gar nicht. Warte doch mal ab, bis …«

»Vergiss es!«, bringe ich zwischen Schluchzern raus. »Es ist alles … aus. Richard hat …«

»Was hat Richard?«

»Er hat gesagt … Ich bin zu …«

»Zu was?«

»Zu, zu … alt!«

Eine Weile höre ich nur mein eigenes Schniefen, dann murmelt Tom: »So ein Idiot!«

Es knirscht seltsam. Ich möchte gerne weiterjammern und ihm von meinen Stiefeln erzählen, die oben im sechsten Stock im Flur liegen und mir inzwischen peinlich sind, aber er spricht im Hintergrund mit Tia, unserer Jüngsten. »Nein, du kannst jetzt nicht fernsehen. Mama ist dran. Nein, sie kann jetzt nicht. Ja, sie kommt gleich heim.« Er klingt jetzt genervt und sagt zu mir: »Komm doch erst mal nach Hause, dann reden wir.«

»Aber ich …«

»Nein, verdammt, Tia, ich hab gesagt, der Fernseher bleibt aus!« Es rumpelt, und dann höre ich nur noch Tut, Tut, Tut.

Ich lasse das Handy sinken, ohne das Gespräch zu beenden, und lege den Kopf auf meine Knie. Rechts von mir macht es leise Tut, Tut, Tut, und vorne quietschen die Scheibenwischer im Takt dazu. *Breathe in and breathe out.*

Kapitel 2

Ich habe noch nicht mal die Jacke ausgezogen, da werde ich schon bombardiert. »Mama, wo sind deine Schuhe?« Lucy, meine Mittlere, wartet meine Antwort gar nicht ab. »Tia war schon wieder in meinem Zimmer! Und sie hat mein Tagebuch geklaut!«

»Schätzchen, Tia kann noch gar nicht lesen.«

»Kann ich WOHL!«, schreit es aus dem Wohnzimmer, und gleich darauf hören wir die Fünfjährige die Treppe hochstampfen. Dabei trampelt sie, so doll und so laut sie kann, über die Holzstufen, damit wir merken, wie sauer sie ist. Tom kommt in den Flur, er hat eine Schürze umgebunden und gibt mir einen Kuss. »Das geht schon den ganzen Tag so. Ganz schlimme Phase hat sie! Ich mach Hühnchen-Curry, ist gleich fertig!«

Er verschwindet in Richtung Küche. Der alte Dielenboden knarzt unter seinen Füßen bei jedem Schritt. Wir nennen unser Haus liebevoll »das Hexenhäuschen«, weil alles klein, alt und verwinkelt ist. Das charmante, marode Ding zu kaufen war eine typische Bauchentscheidung. Tom und ich hatten es bei einem Spaziergang entdeckt und uns sofort verliebt. Wir sahen das kleine Haus mit dem spitzen Dach und den Fensterläden, die schief und größtenteils kaputt an den Fenstern hingen. »Die streichen wir blau«, sagte Tom.

»Hellblau«, machte ich das Spiel mit.

»Da wohnt keiner drin«, stellte er fest. »Komm, wir gehen mal gucken.« Schon war er mit einem Satz über den kleinen Zaun.

»Tom, das ist Hausfriedensbruch. Wir können da nicht einfach rein.«

»Hausfriedensbruch ist es erst, wenn du das Haus betrittst. Was wir machen, ist Grundstücksfriedensbruch.« Er grinste mich an, und wir schlichen lange um das Häuschen herum. Drei Monate später waren wir stolze Besitzer von hundertvierzig Quadratmetern ziemlich renovierungsbedürftiger Wohnfläche und fünfhundert Quadratmetern verwildertem Garten.

Ich liebe unser Hexenhäuschen, auch wenn wir es in den neun Jahren, in denen wir jetzt hier wohnen, noch nicht geschafft haben, alles zu renovieren. Die Heizung ist alt und eine ziemliche Katastrophe, aber immerhin haben wir seit sieben Jahren endlich neue Fenster und müssen im Winter keine Wolldecken mehr auf die Fensterbänke stopfen, damit es nicht reinzieht. Neben der Haustür ist gleich rechts das Gäste-WC. Es wird aber nur als Stellplatz für Pflanzen benutzt, weil es in der kalten Jahreszeit ohne Heizung unzumutbar ist. Der Flur führt direkt ins Wohnzimmer. Von dort kommt man in die kleine und sehr gemütliche Küche. Ich habe die Küchenfronten hellgrün gestrichen und blauweiß karierte Vorhänge vor die Fenster gehängt. Die Fensterbank ist voller Kräuter. Wir benutzen sie zwar kaum zum Kochen, aber sie sehen schön aus dort.

Es riecht schon gut nach Hühnchen-Curry. Tom werkelt am Herd herum. Ich nehme die enge Holztreppe ins obere Stockwerk, die etwas unpraktisch nur vom Wohnzimmer aus zu erreichen ist. Im ersten Stock ist Tias winziges Zimmer, in dem sie sich gerade eingeschlossen hat. Hoffentlich findet sie ihren Schlüssel wieder. Tom musste sie schon ein paar Mal befreien, indem er durch ihr Fenster einstieg und ihr beim Suchen half. Ich habe immer noch keinen Zweitschlüssel machen lassen, obwohl ich das schon seit Wochen vorhabe. Neben Tias Zimmer ist Lucys Zimmer und daneben das Schlafzimmer. Ich muss erst mal aus meinen schmutzigen, nassen Seidenstrümpfen. Und am liebsten auch unter die Dusche.

»Bella, kannst du Tisch decken?«, schreit Tom von unten. Ich setze mich in Unterhose aufs Bett und stelle mir vor, ich hätte keine Familie und könnte einfach in die Badewanne gehen und heulen. Einen Liter Chai-Tee, Kerzen und am Telefon eine gute Freundin. Meine Karriere wurde gerade beendet, und ich soll den Tisch für Hühnchen-Curry decken?

»Mami, alles o. k.?« Flip steht in der Tür, ihre grünen Augen fragend auf mich gerichtet. Ihr entgeht nichts. Meine Große hat ein gutes Gespür für Menschen. Ich will nicht vor meiner Elfjährigen heulen, darum steh ich schnell auf und murmele in meinen Schrank: »Den Job hab ich jedenfalls nicht.«

Ich zieh mir meine graue kuschelige Jogginghose an, und als ich mich umdrehe, steht Flip ganz nah hinter mir. Wortlos breitet sie die Arme aus, und wir umarmen uns. Jetzt weine ich doch ein bisschen. Noch ist sie einen Kopf kleiner als ich, aber sie muss nicht hochschauen, um zu wissen, dass bei mir die Tränen laufen.

»Die sind alle doof, Mama, hör nicht auf die. Du bist toll. Und überhaupt nicht alt.« Ihr entgeht wirklich nichts. Ich nicke und schaffe ein Lächeln. Plötzlich bin ich doch lieber nicht die Frau ohne Familie, die in der Badewanne liegt. Ich wasche mir das Gesicht, und als ich unten im Esszimmer ankomme, hat Lucy schon den Tisch gedeckt. Tom wirft mir einen stolzen Blick zu, als sei das sein Verdienst. Dann serviert er mit großen Gesten sein Hühnchen-Curry. Wir müssen alle ziemlich nah beieinander sitzen, um zu fünft an den runden Tisch zu passen. Ich habe immer von einer schönen langen Tafel geträumt, aber die passt nicht in unser Esszimmer. Die Tür zur Küche haben wir schon ausgehängt, um etwas Platz zu sparen. Der Raum ist quadratisch und allein mit dem Tisch komplett vollgestellt. Um in den Garten zu kommen, muss man sich an der Wand entlangquetschen. Genauso sinnlos wie die Treppe im Wohnzimmer ist der Zugang zum Garten durch das winzige Esszimmer. Freunde und Eltern reden immer auf uns ein und haben viele

Ideen, wie man das alles hier umbauen könnte. Aber mal ganz abgesehen vom fehlenden Geld, hängen Tom und ich irgendwie an der eigensinnigen Aufteilung des Hauses. Er hat den Reis in der Küche vergessen, und ich stehe auf, um ihn zu holen. Die Küche sieht ziemlich »bekocht« aus. Überall steht schmutziges Geschirr. Ich packe schnell die geöffnete Sahne und die Butter zurück in den Kühlschrank.

Tom kocht eigentlich nicht so gern. Wenn er es tut, dann nur streng nach Rezept. Ich koche, wie es mir gerade einfällt. Kühlschrank auf, sehen, was wir haben, und los. Zusammen können wir deshalb gar nicht kochen. Tom stirbt sofort, wenn ich die Nudeln nicht abgewogen habe und nicht mal eine Uhr stelle, wie lange sie kochen müssen. Das geht für ihn nicht. Genauso wenig wie Angaben in Rezepten, die nicht EXAKT sind. »Eine Prise«, »eine Handvoll«, »etwas«, Tom will Maßeinheiten. »Wie viel Ananas nimmst du für die Garnelenpfanne?«, fragt er, wenn er eins meiner Improvisationsgerichte kocht. Ich weiß es nicht. Ich nehme so viel, wie da ist, oder so viel, wie ich Lust habe. Manchmal auch einfach so viel, bis es gut aussieht in der Pfanne. Ich weiß, das sind keine befriedigenden Antworten für meinen Mann. Also sage ich: »Viereinhalb Scheiben« und habe heimlich Spaß daran, wenn ich sehe, wie er tatsächlich eine Ananasscheibe in der Mitte teilt.

Für Hähnchen-Curry gibt es glücklicherweise ein Rezept mit exakten Maßeinheiten, deshalb kocht Tom das oft und gern.

Tia fehlt, und ich schicke Flip, um sie zu holen. Flip heißt eigentlich Annika. Mit drei fand sie ein altes Biene-Maja-Buch, und wir mussten es ihr jeden Tag vorlesen. Immer blätterte sie auf die Seite mit dem Grashüpfer Flip. Sie konnte gar nicht genug von ihm kriegen, und irgendwann fing Tom an sie »Fräulein Flip« zu nennen. Der Name blieb, auch wenn es das Buch längst nicht mehr gibt. Flip hat es tatsächlich geschafft, Tia aus ihrem Zimmer zu locken. Kurze Zeit später setzt sich die Kleine missmutig neben mich, ohne mir einen Blick zu schenken. Ich ritze mit meiner Gabel TIA in meine Serviette und frage sie leise: »Was steht da?«

»Tia«, sagt sie ebenso leise.

»Du kannst ja doch lesen!«, flüstere ich, und sie strahlt ihren Teller an, statt mich, weil sie noch nicht bereit ist, ihre muffelige Haltung komplett aufzugeben.

Flip erzählt von einem Projekt für den Musikunterricht. Die Kinder sollen Tiere basteln, die sie dann zu einer eigenen Choreographie zu *Karneval der Tiere* auf einer kleinen Puppentheaterbühne bewegen. Sie möchte eine Katze basteln und braucht dazu Fellstoff. Tom und sie diskutieren, wo und wann man den am besten besorgen kann. Ich stochere in meinem Essen rum. Ob es Tiere gibt, die alt aussehen? Zu alt, um bei dem Puppentheater mitzumachen? Truthähne vielleicht. Die haben doch diese Haut unter dem Kinn hängen. Ich kontrolliere mit meinem Messer die Haut unter meinem Kinn. Wenn ich es schräg halte, spiegelt sich meine Unterkinnhaut im Messer. Na ja. Ist fast schon ein Doppelkinn. Ich strecke den Hals nach oben. Jetzt ist es weg. Ich senke den Kopf. O Gott, das sieht ja furchtbar aus. Muss ich mir merken. Kopf niemals senken. Tia ahmt mich nach und wird sofort von Tom gerügt: »Spiel nicht mit dem Messer rum!«

»Aber die Mama hat das auch gemacht!«, schwärzt sie mich an.

»Schmeckt's dir nicht?«, fragt Tom. Man muss ihn immer genug loben, wenn er etwas gekocht hat.

»Doch. Ist lecker.« Um abzulenken, frage ich, um wie viel Uhr er morgen zu drehen anfängt.

»Ich muss erst um zehn in der Maske sein. Ich bin zum Glück erst im dritten Bild dran.«

Tom ist Schauspieler. Er spielt in einer der hundert Polizeiserien, die es gibt, mit. *Die Rheincops* heißt sie. Tom hat seine hundertfünfzig Drehtage im Jahr, was für einen Schauspieler heißt, dass er gut im Geschäft ist. Hin und wieder geht er auch zu einem Casting, aber das ist für ihn nur so etwas wie eine Übung. Ich weiß nicht, wie er das macht. Für ihn ist es einfach ein Termin, den man hinter sich bringen muss. Wie die halbjährliche Zahnarztkontrolle. Manchmal frage ich ihn nach Wochen, was denn aus der Rolle xy geworden ist, und er schaut ganz erstaunt und sagt: »Ach, stimmt, da muss ich mal nachfragen.« Ich habe lange versucht, mir das abzugucken, aber ich schaffe es einfach nicht.

Tom ist ziemlich glücklich mit den *Rheincops*. Er spielt einen coolen Polizisten und darf in der Serie alles tun, wovon Männer träumen. Rumballern, Verfolgungsjagden machen und Verbrecher festnehmen. Da kann er so richtig Mann sein, was ja zu Hause eher schwierig ist mit vier Frauen im Haus. Mit seinen lässig verwuschelten dunklen Haaren und den braunen Augen sieht er auf dem Bildschirm in der Uniform verwegen aus. Zu Hause trifft man ihn meistens ohne coole Frisur und natürlich auch ohne Polizeiuniform. Seine Uniform für zu Hause ist seine Jogginghose. Weil er keinen gewöhnlichen Bürojob hat, ist er sehr viel mehr bei seiner Familie als andere Väter. Er liebt seine drei Mädchen. Väter und Töchter haben so eine magische Verbindung. Ich weiß das, weil ich die auch mit meinem Vater habe. Mein Vater war lange Zeit mein Held, und Tom ist momentan noch der Held unserer Töchter. Wenn ich nach Hause komme, sagen die Kinder gewöhnlich: »Hi, Mama.« Kommt Tom nach Hause, flippen sie aus und rennen um die Wette, um als Erste an seinem Hals zu hängen. Manchmal stelle ich mir vor, wir hätten einen Sohn. So einen kleinen Kerl mit dunklen Locken und blauen Augen. Der würde MIR um den Hals fallen, wenn ich nach Hause komme, seine kleinen Arme um mich schlingen und ganz zärtlich »meine kleine Mama« in meine Haare flüstern. Und ich würde ihm Feuerwehrautos mitbringen und Legohäuser mit ihm bauen. Jungsspielzeug ist sowieso viel schöner als Mädchenspielzeug. Ich kann einfach keine Pferde und Puppen mehr sehen.

Tia lässt ein Playmobilmännchen über meinen Arm wandern, und Tom fragt genervt, ob ich mal helfen könnte abzuräumen. Ich tue es schweigend und baue auf den Abend zu zweit, wenn die Kinder im Bett sind. Bis dahin liegt noch etwas Arbeit vor uns. Lucy fällt ein, dass sie für Mathe ja noch ein Arbeitsblatt machen muss.

»Habt ihr etwa keine Hausaufgaben gemacht?«, frage ich Tom sauer. Es ist fast halb acht, und das ist normalerweise die Zeit, alle bettfertig zu machen, und ganz sicher nicht die Zeit, um noch Arbeitsblätter für Mathe zu erledigen.

»Du brauchst gar nicht so blöd zu fragen. Natürlich haben wir Hausaufgaben gemacht.«

»In Deutsch!«, sagen Lucy und Tom gleichzeitig. »Aha. Und mit Mathe wartet man dann lieber, bis es halb acht ist? Weil Zweitklässler dann besser rechnen können?« Ich weiß, ich bin unfair, aber ich will einfach aufs Sofa und Tom endlich alles erzählen. Ich rausche mit Tia nach oben und putze ihr die Zähne. Sie schreit, dass sie das alles schon alleine kann und ich doof und gemein bin. »Und alt ...«, füge ich in Gedanken hinzu. Eine reife Frau ... Ich zwinge mich, im Badezimmer nicht noch mal meine Unterkinnhaut zu kontrollieren, hetze Tia ins Bett und lese ihr viel zu schnell eine kurze Elfengeschichte vor. Danach drapiere ich den rosa Stoff ihres Betthimmels ordentlich um ihr verschnörkeltes Metallbett. Elfen haben es gerne hübsch, wenn sie schlafen gehen. Bevor ich ihr Nachtlicht anknipsen kann, sagt sie: »Licht an ...«

»... Tür auf«, vervollständige ich den Satz, den sie mir jeden Abend sagt, bevor ich das Zimmer verlasse. »Weiß ich doch, mein Engelchen.« Ich küsse sie auf die Stirn und stopfe die Decke fest um sie herum, so wie sie es gerne hat.

Auf dem Flur wartet schon Flip. »Kommst du noch zu mir hoch, Mama?«

Flip wohnt im Dachgeschoss und hat eine zweite Ebene in ihrem Zimmer, auf der sie schläft. Mein Papa hat ihr das Hochbett gebaut. Eine steile Holztreppe führt nach oben zu einem kleinen Einstiegsloch, durch das man sich schlangenartig winden muss, um auf das Bett zu gelangen. Man darf auf keinen Fall hochschwanger sein, wenn man Flip besuchen möchte. Ich bin eigentlich gerne da oben. Es ist ein Ort, an dem man ein bisschen allein sein kann. Von diesen Orten gibt es nicht viele in unserer lauten Familie. Manchmal sitzen Flip und ich abends noch eine Weile auf ihrem Bett und reden über alles, was wir nicht besprechen können, wenn die beiden jüngeren Schwestern dabei sind.

Ich weiß, ich sollte heute Abend zu ihr hoch kommen. Ich weiß, sie war in letzter Zeit viel zu wenig dran. Aber ich habe heute nicht den Kopf für Mensa-Geschichten und kann auch nicht erörtern, warum Frau Ziehberger, die Sportlehrerin, wieder so unfair war. Außerdem soll Flip sich nicht mit meiner Karrierekrise rumschlagen müssen. »Heute nicht, mein Schätzchen«, sage ich und füge schnell hinzu: »Aber danke, dass du gefragt hast.«

Sie nickt tapfer und gibt mir einen kleinen Kuss auf die Wange. Ich husche noch schnell bei Lucy rein, die mit ihrem Arbeitsblatt fertig ist. Auch hier ein Nein von mir, als sie fragt, ob ich noch mit ihr kuschele. Eine Rabenmama bin ich. Dafür erledige ich aber jetzt alle anderen Aufgaben mit größter Sorgfalt. Ich stelle Lucys Rollladen so ein, dass genau sieben Spalten auf sind, und verstecke alle Stofftiere, die tagsüber auf dem Schrank wohnen, im Schrank. Lucy meint, die Stofftiere würden sie nachts beobachten, mit großen Augen auf sie herunterstarren, und dann kann sie nicht schlafen. Nachts ist Lucy keine acht Jahre alt, sondern höchstens vier. Sie fürchtet sich vor allem. Mal hört sie seltsame Geräusche, mal riecht ihr Zimmer angeblich komisch. »So als wäre da gerade noch jemand Fremdes drin gewesen!« Sie kann einem wirklich Angst machen. Als sie noch ganz klein war, stand sie einmal nachts in ihrem Bettchen. Ich hatte sie sprechen hören und war schon sehr beklommen in ihr Zimmer gegangen. Eine kleine blasse Gestalt im Schlafsack zeigte mit ausgestrecktem Ärmchen auf den Schrank und sagte: »Mann da!« Ich habe beinahe einen Herzinfarkt bekommen. Tom hatte einen Nachtdreh, und so musste ich selbst den Schrank öffnen und nachschauen. Natürlich war kein Mann da. Aber Lucy sah ihn, und ich brauchte Stunden, um sie wieder in den Schlaf zu kriegen. Die ganze Zeit hatte ich den Film *The Sixth Sense* vor Augen. Was wenn das Kind tatsächlich tote Menschen sieht? Tom fand das alles super albern. Als er um fünf Uhr morgens nach Hause kam und mich schlaflos mit Festbeleuchtung in der Küche am Laptop vorfand, hat er sich unheimlich amüsiert und mir verboten, weiter »Kinder, die Geister sehen« zu googeln. Es gibt 1 890 000 Ergebnisse dazu, wer weiß, ob da nicht doch etwas dran ist. Ich meine, Kinder sind einfach sensibel, wie Hunde, die können ja auch Erdbeben und Stürme und so was vorhersehen.

Heute sieht Lucy keine unsichtbaren Männer mehr, aber sie vermutet Geister in ihrer Schreibtischschublade, deshalb muss man immer kontrollieren, ob sie auch fest geschlossen ist, bevor man aus dem Zimmer geht. Manchmal frage ich mich, ob andere Eltern auch so ein Theater mitmachen müssen, bevor sie endlich auf die Couch fallen dürfen.

Ich fühle mich, als wäre es schon nach dreiundzwanzig Uhr, als ich endlich mit einer Tasse Tee in der Hand den Weg ins Wohnzimmer einschlage. Tom sitzt auf unserem roten Sofa, die Füße auf dem kleinen Lederpuff mit dem aufgenähten Elefanten oben drauf, der eigentlich ganz klar für meine Füße reserviert ist, und lernt routiniert seinen Text für morgen. Ich lasse mich in den blauen Ohrensessel fallen, stelle meinen Tee auf dem Tischchen daneben ab und streiche mit den Händen über den abgewetzten Samtbezug der Sessellehne.

»Hast du die Stofftiere noch weggeräumt?«, fragt er, ohne aufzublicken.

»Ja, alles o.k. oben. Das war vielleicht ein Scheißtag …«,

leite ich ein, in der Hoffnung, dass er sein Drehbuch zur Seite legt.

»Ach, es wird ein neues Casting geben«, sagt er und liest weiter seine Szene.

Das glaube ich jetzt nicht. »Sag mal, hast du überhaupt verstanden, worum es hier geht?«

Alarmiert durch meine Stimme legt er den Text weg.

»Das ist das Ende! Es wird eben kein weiteres Casting mehr geben. Vielleicht hatte ich sogar Glück, dass Richard mir mal die Wahrheit gesagt hat. Ich bin zu alt!!« Ich schreie jetzt fast. Tom macht eine »Sei doch leise«-Geste Richtung Kinderzimmer, was mich nur noch wütender macht.

»Bella, das ist doch Schwachsinn. Es gibt viele Moderatorinnen, die sind viel älter als du.«

»Welche?«

»Na die Dings, die im NDR diese …«

»Im NDR! Genau! Im dritten Programm kann man dann noch rumdümpeln. Nenn mir eine Frau über vierzig, die eine Abendsendung moderiert. Eine! Los!«

Tom überlegt. »Lara de Winter.«

»Hat erstens eine eigene Produktionsfirma und wurde zweitens bei der letzten Show nach nur zwei Wochen abgesetzt. Außerdem ist die geliftet und alles.«

»Mit so einem Scheiß fängst du bitte nicht an.« Er wendet sich wieder seinem Drehbuch zu.

Ich kontrolliere meine Unterkinnhaut und schweige, warte, dass er noch etwas Versöhnliches sagt, aber er lernt weiter Text.

»Ich bin alt«, sage ich trotzig und knete mit den Händen ein rotweiß gestreiftes Sofakissen, als wäre es daran schuld.

»Du bist NICHT alt«, wiederspricht er mir automatisch. Wieder schweigen wir eine Weile. Ich bearbeite weiter das Kissen. Tom sitzt da und lernt seinen bescheuerten Text. In seiner bescheuerten Jogginghose. Er ist übrigens auch nicht mehr der Jüngste. Demnächst braucht er sicher eine Lesebrille. Er hält den Text schon verdächtig weit weg. Er wird dieses Jahr fünfundvierzig, wieso hat er keine Probleme mit dem Alter? Ich werfe das Kissen an die Wand und fange es wieder auf. Tom liest weiter. Ich werfe das Kissen an die Decke. Tom liest weiter. Seine Lippen bewegen sich tonlos. Was für eine alberne Bewegung. Wenn seine Fans ihn so sehen könnten, mit Matschfrisur und Löchern in der einen Socke. Kann er nicht mal eine halbe Stunde sein blödes Drehbuch weglegen und mit mir reden?

»Sag mal, spinnst du?«

Ich verkneife mir ein Grinsen. Ich werde noch richtig gut im Werfen, das Kissen hat ihn voll getroffen. Er hält sich das Auge.

»Komm, so doll war das gar nicht!«

»Ich hab den Reißverschluss ins Auge gekriegt! War das wirklich nötig?« Das wollte ich nicht. Sein Auge tränt. Ich hole ein Kühlkissen. Ein echter Vorteil für Eltern, man hat diese Dinger stapelweise im Kühlschrank.

»Tut mir leid«, entschuldige ich mich kleinlaut.

»Schon gut«, brummt er und hält sich das Kühlding auf sein Auge.

»Willst du Augentropfen, ich hab ...«

»Nee, geh jetzt eh ins Bett.« Er trottet leidend die Treppe hoch. Ich lösche alle Lichter, geh noch mal nach den Kindern gucken und vermeide beim Abschminken allzu genaues In-den-Spiegel-Schauen.

»Bella, du bist wunderschön und überhaupt nicht alt.« Tom küsst mich und dreht sich auf die Seite. Ich habe hundert Abers auf den Lippen, aber bis ich mich für eins entschieden habe, schläft er schon. Ich denke an das Casting. Es lief doch alles so perfekt. Das Wettsaugen war richtig lustig. Der Praktikant, den ich aus dem Rennen gesaugt hatte, klopfte mir nach der Aufzeichnung auf die Schulter. »Respekt, schöne Frau«, hat er grinsend gesagt. Das war sicher auch nur ein Spruch. Genau wie das Komplimenteritual von Kerstin. Alle belügen einen. Und ich Schaf hab das auch noch geglaubt. Eingelullt von Tom und Freunden, die alle wohlwollend rumflunkern, habe ich überhaupt nicht bemerkt, wie mein Haltbarkeitsdatum abläuft. Jetzt ist es zu spät. Ich hätte spätestens nach Tias Geburt anfangen müssen, mich wirklich um meine Karriere zu kümmern. Stattdessen saß ich mit drei kleinen Kindern zu Hause rum und wechselte schlaflos Windeln, während Toms Rolle in den *Rheincops* immer größer wurde. Irgendwo zwischen Biene-Maja-Büchern und Babyschwimmen habe ich meine besten Jahre verloren. Ich wünschte, ich könnte jetzt mit Sarah reden.

Sarah ist eine sehr gute Freundin, vielleicht sogar meine beste, wobei ich es albern finde, in unserem Alter von bester Freundin zu sprechen. Meine Kinder haben beste Freundinnen. Ich habe Sarah. Wir mögen uns seit zwölf Jahren. Ich habe sie im Geburtsvorbereitungskurs für Paare kennengelernt. So etwas macht man beim ersten Kind ja noch. Sarah und Andi waren die einzigen normalen Menschen, die an diesem Kurs teilnahmen. Außer Tom und mir natürlich. Ich glaube, es gibt ein Muster, das sich so ziemlich in jedem Geburtsvorbereitungskurs wiederholt. Es gibt immer ein Öko-Pärchen, das in selbstgestrickten Klamotten auf seiner Matte im Schneidersitz neben dir nach Vollkornkeksen riecht und mit leiser Stimme erklärt, eine Geburt sei etwas ganz Natürliches, weswegen sie keine Aufklärung über eine PDA brauchen und lieber eine hübsche Stelle im Wald finden möchten, um das Kind auf die Welt zu bringen. Dann gibt es das schicke Paar aus der Innenstadt, bei dem er immer zu spät kommt, weil er einen extra guten Parkplatz für den Porsche Cayenne finden muss. Seine Freundin überbrückt die Zeit, in der er fehlt, indem sie allen anderen Schwangeren mitleidige Blicke zuwirft und sich abwechselnd über ihren perfekten Minibauch oder über ihr langes, glattes und selbstverständlich blondes Haar streichelt. In jedem Kurs gibt es auch die Unsicheren. Bei diesem Paar ist der Mann immer blass und schmächtig und so unmännlich, dass man glaubt, der Briefträger muss seine Frau geschwängert haben, weil man es ihm einfach nicht zutraut. Die unsichere Frau hat meistens kurze braune Haare und tausend Fragen über alles, mit denen sie den kompletten Kurs aufhält. Beide wollen unbedingt alles richtig machen, hyperventilieren aber jedes Mal bei den Atemübungen, weswegen die Hebamme beide ab der dritten Stunde verpflichtet, im Liegen zu hecheln.

Frag irgendeine Mutter deiner Wahl, und sie wird dir bestätigen, dass all diese Leute bei ihr im Kurs saßen.

Sarah war mir sofort sympathisch, weil ihr Bauch und der Rest von ihr noch dicker waren als mein Bauch und mein Rest von mir. Als sie sich in der Vorstellungsrunde mit den Worten: »Guten Tag, ich bin Sarah Johann, und ich wünsche mir von diesem Kurs, dass er möglichst schnell zu Ende geht«, vorstellte, wusste ich, mit wem ich anschließend essen gehen wollte. Ich warf Tom einen Blick zu und sah, dass er gerade Andi, Sarahs Mann, angrinste.

Wir hängten den Rest der Truppe ab und gingen zum Mexikaner um die Ecke. Sarah und ich tranken Cocktails ohne Alkohol, die Männer mit. Wir Frauen jammerten über unsere dicken Hintern und das Wasser in den Beinen, die schlaflosen Nächte, in denen man sich wie ein Walross von links nach rechts wälzte, und darüber, dass man dauernd so tun musste, als sei man unendlich glücklich darüber, demnächst das schmerzhafteste Erlebnis überhaupt zu haben. Die Männer jammerten über uns. Ab sofort hatten wir jeden Montagabend nach dem Kurs richtig viel Spaß zusammen. Der Mexikaner wurde zur Tradition, und Sarah und Andi wurden unsere Freunde. Inzwischen haben sie zwei Söhne, die fünf und elf Jahre alt sind. Beide müssen genau wie wir jeden Tag früh raus, deshalb ist es eher unwahrscheinlich, dass Sarah jetzt noch wach ist.

Ein Blick auf die Uhr: Null Uhr dreiundzwanzig. Ich könnte ihr eine SMS schicken. Leise stehe ich auf und knarze die Treppe runter. Mein Handy ist nicht in der Küche, nicht im Wohnzimmer, nicht in meiner Handtasche. Das gibt's doch nicht! Ob Tia sich das wieder heimlich geschnappt hat? Wann hatte ich es das letzte Mal in der Hand? Das Telefonat mit Tom, im Auto. Mir bleibt heute aber auch nichts erspart. Ich finde meine Hausschuhe nicht und schlüpfe in die viel zu kleinen Schlappen von Lucy. Es ist windig und eiskalt draußen. Ein richtig hässliches Januarwetter. Wenn wir wenigstens Schnee hätten. Ich friere mich die paar Meter durch den Vorgarten. Wir haben weder Stellplatz noch Garage, aber man findet fast immer einen Parkplatz direkt vor dem Haus an der Straße. Auf dem Weg zum Auto verliere ich einen Schlappen. Schon wieder nasse, kalte Füße. Mein Handy liegt auf dem Beifahrersitz und ist schon ganz beschlagen von der feuchten Luft im Mini. Ich sammle den verlorenen Schlappen ein, flitze zurück ins Haus und wickle mich in zwei Sofadecken. Es wird ewig dauern, bis meine Füße wieder warm sind.

Vierzehn Anrufe in Abwesenheit! Wer um Himmels willen hat da so dringend versucht, mich zu erreichen? Ganz kurz keimt Hoffnung in mir auf. Richard hat plötzlich eingesehen, dass er einen Fehler gemacht hat. Eine Frau mit so viel Talent konnte er doch unmöglich gehen lassen, auch wenn sie reif ist … Wieso hab ich Dussel das Handy im Auto vergessen? Was, wenn es jetzt schon wieder zu spät ist? Ein anderer Gedanke kommt mir. Die haben nur wegen meiner Stiefel angerufen. Ich höre schon die Stimme von Frau Selm auf meiner Mailbox: »Ja, Frau Förster. Sie können Ihre Stiefel hier bei mir im Büro abholen. Ich habe sie für Sie aufbewahrt. Wär doch schade um das Geld. Teure Stiefel werden Sie sich in Zukunft ja auch gar nicht leisten können. Wir reifen Frauen müssen doch zusammenhalten!«

Es ist niemand von der Produktion. Sarah hat mich so oft angerufen, aber keine Nachricht hinterlassen. Ich schicke ihr eine SMS:

Was ist los? Mein Tag war der Horror …

Wenn sie noch wach ist, wird sie das so neugierig machen, dass sie mich noch anruft.

Blingdibling kommt schon ihre Antwort.

Andi hat mich verlassen.

Ich starre auf die Schrift. Das kann nicht sein. Doch nicht Andi. Andi und Sarah sind seit so vielen Jahren das perfekte Paar. Sie haben im selben Jahr wie wir geheiratet, sind seit über siebzehn Jahren zusammen. Sarah hat mir nie erzählt, dass sie Probleme haben. Das muss ein Fehler sein.

Ich rufe Sarah an und höre die ganze Geschichte. Als ich nach über einer Stunde auflege, bin ich einfach nur fertig. Ich schleppe mich ins Bett und rutsche ganz nah an Tom heran. In meinem Kopf wirbelt alles durcheinander. Sarah, das Casting, die Stiefel in der Chefetage, Andi, der Sarah betrügt und verlässt, der seine Söhne Lasse und Ben zu Trennungskindern macht. Mir tut das alles so leid. Ich tu mir selbst so leid. Das Leben ist ein blöder Truthahn mit jeder Menge Hautlappen unter dem Kinn.

Kapitel 3

»Das glaube ich nicht!« Tom steht mit seinem Kaffee in der Hand an die Küchenzeile gelehnt. Die Kinder sind alle schon weg, und wir haben glücklicherweise noch etwas Zeit, bis er los muss.

»Genau das habe ich gestern auch etwa dreißig Mal zu Sarah gesagt.«

»Das gibt's doch nicht. Der Andi, das hätte ich nie vermutet. Wie hat sie es rausgefunden?«

»Gar nicht. Das ist ja das Schlimme daran. Sarah hat all die Wochen nichts davon gemerkt, dass er eine Affäre hatte. Gestern kam er nach Hause und meinte, sie müssten mal reden. Und Sarah dachte noch, jetzt käme wieder die alte Leier, dass er sich gerne in Hamburg bewerben will und ob sie sich nicht doch vorstellen könnte, mit den Kindern noch mal umzuziehen. Aber dann kam einfach nur der Hammer.«

»Wie hat er ihr das gesagt?«

»Ja, keine Ahnung. Er sagte, dass er auszieht, er hätte sich verliebt in diese Tussi Anfang zwanzig, und sie sei seine große Liebe, und es täte ihm sehr leid, aber er könnte nicht anders. Er hätte sich das nicht ausgesucht, es sei einfach passiert.«

»Wo hat er die denn kennengelernt?«

»Ich glaube, im Fitnessstudio. Am Anfang hat er Sarah sogar von ihr erzählt und sich noch darüber lustig gemacht, dass sie sich mit zwanzig solche Gedanken macht, ob ihre Figur noch gut ist.«

»Na, da kannste mal von ausgehen, dass ihre Figur ziemlich gut ist.«

»Was soll das denn jetzt? Sarah hat doch auch eine gute Figur.«

Sarah ist etwas kleiner als ich und wirklich eine schöne Frau. Sie hat einen blonden Pagenschnitt, ein süßes Gesicht mit blauen Augen und geht wie ich auch regelmäßig laufen. An ihrer Figur gibt es nichts zu bemängeln.

»Nein, so meine ich das auch nicht.« Tom setzt sich an den Esstisch. Ich bleibe in der Küche stehen. »Aber eine Zwanzigjährige hat eben von Natur aus eine tolle Figur. Schon klar, dass er darauf abfährt.«

»Schon klar, dass er darauf abfährt? Heißt das, du findest es o.k., dass er seine Frau und die Kinder verlässt für ein unreifes Flittchen, das übrigens locker seine Tochter sein könnte?!«

»Annabel, jetzt werd doch nicht auf mich sauer. Ich hab dich nicht betrogen.«

»Noch nicht.«

Tom schaut mich fragend an.

»Ja, noch nicht. Bis du drauf kommst, was Andi denkt und was Richard Kleisterberg denkt. Dass wir mit fast vierzig plötzlich zu alt sind, nicht mehr attraktiv genug. Wir haben nicht mehr von Natur aus eine gute Figur!«

»Jetzt vergiss doch endlich den blöden Kleisterberg. Langsam geht mir das auf die Nerven, dieser Quatsch. Mein Gott, Annabel, was sollen denn fünfzigjährige Frauen sagen? Man wird eben älter, aber deswegen verliert man kein Casting oder wird von seinem Mann verlassen.«

»Das ist komisch. Ich kenne nämlich zwei Frauen, denen genau das gerade passiert ist.« Ich verlasse die Küche und ziehe mir im Flur meinen blaurotweiß gestreiften Regenmantel über. Draußen schüttet es schon wieder.

»Wo willst du hin?«, fragt Tom, der mir hinterhergekommen ist.

»Zu Sarah, die braucht mich jetzt.«

Ich schnappe mir meine Handtasche und verlasse, ohne ihn zu küssen, das Haus. Fast bemitleidenswert, wie er da im Flur steht, immer noch die leere Kaffeetasse in der Hand.

»Sag ihr, dass es mir leidtut mit Andi!«, ruft er mir nach. Ich nicke, winke und fahre los.

Sarah öffnet mir die Tür mit den Worten: »Willkommen bei Frankensteins Frau.« Sie sieht furchtbar aus und weiß es. Das ist typisch Sarah. Würde sie blutend und halb tot im Flur liegen, käme auf alle Fälle noch der Spruch: »Eine Frau sollte keine Kettensäge bedienen, wenn sie es nicht kann …« Sarah ist die Frau, die ich auf einem sinkenden Schiff an meiner Seite haben möchte. Während ich völlig hysterisch ausflippe, würde sie Beiboote klarmachen und mir sagen, ich solle meine Luft lieber für später aufsparen, wenn wir unter Wasser sind.

Jetzt hat sie rote verquollene Augen und garantiert die ganze Nacht nicht geschlafen. Ich umarme sie wortlos und halte sie fest. Nach einer Weile windet sie sich aus meinem Arm, schnieft kurz und nuschelt: »Ich mach ma Kaffee.«

»Du setzt dich schön hier hin.« Ich schiebe sie zu einem Küchenstuhl. »Ich mach Kaffee. Oder magst du lieber Kakao? Mit Zimt?« Sie nickt. Kakao mit Zimt ist meine Geheimwaffe gegen Kummer jeglicher Art. Bei meinen Kindern wirkt sie fast immer, und ich hoffe, der Kakao kann Sarah einfach ein kleines bisschen Trost spenden. Mehr kann man momentan nicht erreichen. Ich nehme die Milch aus dem Kühlschrank und stelle den Herd an.

»Was ist mit den Kindern?«, frage ich, während ich einen Topf auf das Ceranfeld stelle.

»Die wissen noch nichts. Hab ihnen erzählt, ich sei allergisch gegen Paprika und sehe deshalb so aus.«

»Das haben sie geglaubt?«

»Nein, ich denke nicht. Aber es war besser als die Wahrheit.

Andi ist ja immer ganz früh schon weg. Sie werden erst heute Abend merken, dass er …«, sie stockt, »… nicht mehr zu Hause wohnt.«

Ich rühre Kakaopulver in die Milch und bin dankbar dafür, etwas zu tun zu haben. »Die zwei können auch gerne heute bei uns übernachten«, biete ich an.

»Sie müssen es ja sowieso irgendwann erfahren.«

»Sagst du es ihnen nach der Schule?«

»Eigentlich wollte ich, dass Andi das macht. Ich meine, er hat den ganzen Scheiß ja auch verbockt. Aber dann müsste ich bis heute Abend meine Paprika-Allergie durchziehen. Da mach ich es lieber selbst, dann hab ich es hinter mir.«

Der Kakao ist jetzt heiß genug. Ich gieße ihn in zwei Tassen, achte darauf, dass Sarahs Lieblingstasse dabei ist, und streue Zimt obendrauf.

»Wohnzimmer?«, frage ich mit den Tassen in der Hand.

Wir ziehen um auf das große graue Sofa. Hier hat eine ganze Familie gut Platz, denke ich, und sofort fällt mir ein, dass die Johanns ab sofort nur noch zu dritt auf diesem Sofa sitzen werden.

»Meinst du nicht, das ist nur eine Phase, Sarah? Vielleicht kommt er ja zurück?«

Sie schüttelt den Kopf und trinkt einen Schluck Kakao.

»Wir hatten schon eine Weile unsere Probleme.«

»Echt?«

»Ich wollte das nicht sehen, aber heute Nacht fiel mir so viel ein, was mich hätte alarmieren müssen.«

»Zum Beispiel?«

»Die Klassiker.« Sie lacht bitter. »Kein Sex. Ich dachte immer, das geht vorbei. Irgendwann haben wir wieder Lust und sind nicht mehr so müde abends. Und ab und zu haben wir ja auch mal miteinander geschlafen.«

Ich würde zu gern fragen, wie oft ab und zu ist. Muss ich mir auch Sorgen machen um meine Ehe? Tom und ich schlafen auch nur ab und zu miteinander. Ist das nicht normal bei Jobs und Kindern und fünfzehn Jahren Ehe? Ich versuche nachzurechnen, wie oft meine Ab und Zus stattfinden.

»In den letzten Monaten hatten wir dann gar keinen Sex mehr. Also besser gesagt ICH.«

»Wie lange geht das schon mit der Frau?«

»So genau wollte er mir das nicht sagen. Etwa drei Monate.«

»DREI MONATE???« Ich bin entsetzt. »Mein Gott, Sarah, das ist ein Albtraum. Wenn ich irgendetwas tun kann, einkaufen, kochen, die Kinder nehmen – ich mach das gerne!«

Sie hört mir gar nicht zu.

»Und ... Was weißt du von ihr?«

»Nicht viel. Sie ist vierundzwanzig.« Die Zahl scheint durch das Wohnzimmer zu hallen. Mein Kakao ist leer.

»Wie war eigentlich dein Casting?« Das ist auch typisch Sarah. Ihre Ehe geht gerade den Bach runter, und sie will wissen, was bei mir los ist. Ich erzähle die ganze Geschichte. Bei der Stelle mit den Stiefeln lacht sie sogar ein bisschen.

»Und?«, fragt sie am Ende, »hat er recht? Bist du zu alt für eine Fernsehkarriere?«

»Ich weiß es nicht.« Ich seufze. »Vielleicht etwas, oder vielleicht bald. Glaubst du, Andi hat dich verlassen, weil du ihm zu alt bist?«

Sie schüttelt den Kopf. »Das nicht. Aber er hat sich verliebt, weil sie vierundzwanzig ist. Ohne Kinder, mit großen Plänen. Da ist das Leben noch leicht. Da kann er sich jung fühlen.«

»Ich will mich auch jung fühlen«, sage ich.

»Dann musst du einen Vierundzwanzigjährigen vögeln.« Sarah grinst schief und schließt die Augen. Ich räume unsere beiden Kakaotassen ab, und als ich ins Wohnzimmer zurückkomme, schläft sie. Das ist gut, den Schlaf wird sie brauchen, wenn sie nachher den Kindern erklären muss, dass sie Papa nur noch am Wochenende sehen werden.

Ich decke Sarah mit einer Decke zu und schleiche aus dem Haus.

Während der Fahrt nach Hause schalte ich das Radio ein, aber es läuft kein Lied, das zu meiner düsteren Stimmung passt, darum schalte ich es wieder aus und höre lieber dem Quietsch, Quietsch der Scheibenwischer zu.

Ich beschließe, nicht nach Hause zu fahren, wo nur Wäschegebirge auf mich warten, sondern an den Rhein. Ich hoffe, mein gestreifter Regenmantel wird dem schlechten Wetter standhalten. Ich muss mich irgendwie durchlüften.

Ich lenke meinen Mini durch ein paar kleine Orte, bis ich auf einer Landstraße nach drei Kreiseln das Rheinufer erreiche. An schönen Tagen ist hier immer die Hölle los, aber heute parken nur ein paar tapfere Hundebesitzer auf dem Parkplatz.

Ich hoffe, das Wasser steht nicht allzu hoch, denn dann sind alle schönen Sandbuchten überschwemmt, und ich muss oben den asphaltierten Weg nehmen, statt unten am Ufer langzulaufen. Der Regen hat nachgelassen, aber der Wind reißt an meinem Mantel, und ich muss meine Kapuze festhalten, damit sie auf dem Kopf bleibt. Ich laufe über die kleine Anhöhe und sehe, dass das Wasser schon ziemlich hoch steht. Der größte Teil der Bucht ist überschwemmt, aber ich versuche trotzdem unten am Ufer entlangzugehen. Es ist schön hier. Immer wenn ich hier unten am Rhein bin, frage ich mich, warum ich so selten hier bin. Weil es inzwischen gar nicht mehr regnet, gebe ich den Kapuzenkampf auf und lasse den Wind meine Haare zerwühlen.

Das Laufen tut gut. Ich gehe schnell, den Blick auf den strömenden Fluss gerichtet. Meine Gedanken beruhigen sich langsam. Ich beschließe, morgen unbedingt Sarah hier hinzubringen. Ich schaue auf die Uhr. In drei Stunden kommen die Kinder aus der Schule. Ich kann mir einfach nicht vorstellen, dass Andi Sarah nicht mehr will. Was ist bloß in ihn gefahren? Wie um Himmels willen wird sie das den Kindern beibringen? Gestern dachte ich noch, Richards Abfuhr sei so ziemlich das Schlimmste, was mir passieren könnte. Sarahs Krise rückt das alles in ein anderes Licht. Ein Teil von mir ist froh, dass mein Mann mich nicht verlässt und eine jüngere Freundin hat. Ich schäme mich für diesen Gedanken. Man sollte sich nicht heimlich gut fühlen, weil es einem besser geht als der besten Freundin. Wenn ich mich nicht gut fühlen darf, kann ich mich dann wenigstens schlecht fühlen, obwohl die Casting-Sache nicht halb so schwer wiegt wie Sarahs Trennung?

Es fühlt sich an wie vor über dreißig Jahren. Ich war sieben und stellte plötzlich ernüchtert fest, dass ich niemals auf einem Besen fliegen würde. All meine Zaubersprüche würden nie etwas bewirken, und Wünsche gehen auch nicht in Erfüllung, wenn man nur genügend daran glaubt. Aber genau wie damals gibt es auch heute noch einen kleinen Teil von mir, der noch Hoffnung hat.

Wenn Richard mich nicht will, werde ich mich eben woanders bewerben. Nur weil ein Produzent meint, ich sei zu alt für sein Format, heißt das noch lange nicht, dass ich keine Chance mehr habe in der Medienbranche. Meine Kinder sind nicht mehr klein, und ich könnte überall arbeiten. *Jeanny-TV* zeichnen wir jeden Donnerstag auf. Mittwochs ist immer die Redaktionsbesprechung. Das sind zwei Tage Arbeit die Woche, wenn ich die Vorbereitung nicht mitzähle. Den Rest der Woche bin ich gut beschäftigt mit Haushalt und Kindern. Wir haben Elli, eine Kinderfrau, die die Tage überbrückt, an denen Tom und ich gleichzeitig arbeiten müssen. Würde ich mehr arbeiten, müsste sie einfach mehrere Tage kommen. Ich mach das. Ich bewerbe mich überall! Mein Demoband muss ich dringend neu schneiden. Moderationsjobs werden leider nicht im Kölner Stadtanzeiger angeboten, und du findest sie auch nicht mit Jobsuchmaschinen im Internet. Du musst jemanden kennen, der jemanden kennt, der gerade eine Sendung neu besetzen will. Du musst von jemandem hören, der gehört hat, dass sie bei dem und dem Sender gerade jemanden suchen. Und dann musst du schnell sein und gutes Material haben. Gutes Material bedeutet aktuelle, professionelle Fotos und ein aussagekräftiges Demoband. Beides ist viel Arbeit und nicht gerade billig, deshalb habe ich das auch jahrelang vor mir hergeschoben. Aber damit ist jetzt Schluss. Ich werde einen Termin bei einer Fotografin machen. Das ist noch der leichte Teil. Für das Demoband muss ich mir zuerst mal DVDs von *Jeanny-TV* besorgen. Am besten von Sendungen, in denen ich spektakulär gute Moderationen hatte. Welche waren das bloß? »Schreib dir das auf«, sagt Tom immer. »Gleich nach der Sendung musst du dir aufschreiben, was gut war. Dann hast du es ganz leicht, wenn du ein neues Demoband machst.« Er, der gut Organisierte, macht das so. Na ja, das wird auch so gehen. Wenn du die DVDs hast, musst du stundenlang sichten, dir den ganzen Quatsch angucken, um ein paar gute Stellen zu finden. Die schneidest du dann mit einem Cutter zusammen. Der hat in den meisten Fällen keine Lust und macht dir mit seiner ganzen Körperhaltung klar, dass Demobänder schneiden eigentlich ein Job für Praktikanten ist. Wenn du ganz viel Pech hast, schneidest du tatsächlich auch mit einem Praktikanten, der zwar sehr viel Lust hat, aber den Computer überhaupt nicht bedienen kann. Stundenlang sitzt du dann daneben und schaust zu, wie er hilflos auf dem Bildschirm rumklickt, bis du ihm die Maus aus der Hand reißt und es verdammt nochmal selbst machst.

Eine Frau mit einem kleinen wuscheligen Hund kommt mir entgegen. Sie lächelt mich an und sieht glücklich aus. Vielleicht wird man automatisch glücklich, wenn man jeden Tag hier lang läuft. Oder es liegt daran, dass sie richtig angezogen ist und ich nicht. Ich friere in meinem dünnen Mantel, und meine Ohren tun schon richtig weh von der Kälte. Die Hundefrau trug eine puschelige Bommelmütze. So eine will ich auch. Ich halte mir die Hände an die Ohren und gehe noch ein Stückchen weiter.

Vielleicht sollte ich mir auch endlich eine Agentur suchen. Aber ich seh ja an Tom, dass die nicht besonders viel machen.

Wie beinahe jeder Schauspieler hat Tom eine Schauspielagentur, die für ihn Verträge verhandelt und die ihm eigentlich auch Jobs besorgen sollte. Sein Agent ist Erwin, ein kleiner dicker Typ mit einer hohen Fistelstimme. Wenn er anruft, denke ich jedes Mal: Wer ist denn diese seltsame Frau? Deshalb nennen wir ihn auch heimlich Tante Erwin. Ich fürchte, er weiß das, weil Lucy ihn einmal am Apparat hatte und dann durchs ganze Haus brüllte: »Tante Erwin ist dran!!!!« Ich kann Tante Erwin nicht leiden. Immer jammert er über die Branche und wie schrecklich alles ist und dass ja nichts, aber auch gar nichts mehr gedreht wird und alle immer nur Wiederholungen senden oder die immer gleichen Gesichter besetzen. Tom könne ja sooo froh sein, dass er die Rolle in den *Rheincops* hat. Meiner Meinung nach will er mit dem Gejammer nur davon ablenken, dass er einen schlechten Job macht. Tom ist ein guter Schauspieler, Tante Erwin könnte ihn für so viele Rollen vorschlagen. Aber alles, was er macht, ist die Anfragen zu bearbeiten, die reinkommen. Wenn er diese Leute auch alle mit seiner Fistelstimme anjammert, müssen wir uns nicht wundern, dass Tom kaum andere Angebote bekommt. Und dafür kassiert er noch fünfzehn Prozent von seiner Gage. Auf so einen Agenten kann ich verzichten. Ich liege Tom immer in den Ohren, sich mal bei einer besseren Agentur zu bewerben. Für Schauspieler gibt es eine ganze Menge guter Agenturen, die sehr viel mehr machen als Tante Erwin. Bei Moderation sieht das schon wieder anders aus. Wenn ich mir da so die Seiten im Internet anschaue, habe ich oft das Gefühl, die machen auch nicht viel mehr, als dein Bild und deine Vita hochzuladen.

Ich bin jetzt richtig durchgefroren und bleibe kurz stehen. Ein langes Containerschiff zieht majestätisch an mir vorbei, und ich winke ihm zu. Irgendjemand in der kleinen Kabine vorne winkt zurück, und ich freue mich darüber. Der Rückweg ist leichter, weil der Wind nicht mehr von vorne kommt.

Als ich endlich in meinem Mini sitze, werfe ich mal wieder mit steifen, kalten Fingern die Heizung an. Ich genieße es immer, allein Auto zu fahren. Ich stelle das Gebläse auf vier und ganz auf Rot und drehe die Heizung erst runter, wenn ich vor Hitze rote Wangen bekomme. Wenn ich mit Tom fahre, haben wir jedes Mal den Kampf um die Heizung. Seine optimale Autofahrtemperatur liegt bei höchstens siebzehn Grad, meine bei siebenunddreißig. Weil wir schon wissen, dass wir uns so niemals einigen können, versucht jeder heimlich die Heizung zu manipulieren, ohne dass der andere es merkt.

Ich taue langsam auf. Meine Ohren brennen. Ich schalte das Radio ein und höre den alten Song *You can get it if you really want.* »But you must try, try and try«, singe ich mit. »Try and try, you'll succeed at last.«

Tom arbeitet die ganze Woche. Wir sehen uns kaum. Ich koche jeden Tag Kakao für Sarah und mache wie immer den Fahrdienst für meine Kinder. Lucy muss zum Jazzdance, Flip zum Reiten, Tia hat Malkurs. Ich vergesse, wie so oft, die Klavierlehrerin, die freitags immer kommt, um die beiden Großen zu unterrichten. Lucy ist gar nicht da, sie hat sich mit einer Freundin verabredet. Während Frau Nurnia sich ihre Schuhe auszieht, räume ich hektisch Klamotten und Spielzeug von der Treppe und warne Flip vor, die genau wie ich die Klavierstunde völlig vergessen hat. »Och nööööö!«, stöhnt sie laut, und ich werfe ihr einen bösen Blick zu, weil Frau Nurnia schon auf der Treppe ist und uns hören kann.

Ich biete ihr schnell einen Tee an, setze Wasser auf und rufe dann hektisch bei Franzi, Lucys Freundin, an und erkläre, dass Lucy bitte sofort nach Hause kommen muss, weil ihre Klavierlehrerin da ist. Franzis Mutter gibt die Information an meine Tochter weiter, und ich höre auch von Lucy ein »Och nöööö!«, bevor ich auflege.

Undankbare Bande. Klavierunterricht ist teuer, aber ich finde es wichtig, dass die Mädchen ein Instrument lernen. Ich wünschte, meine Eltern hätten mir das ermöglicht. Statt sich zu freuen, machen sie jedes Mal ein Theater, als ob giftige Würmer unter dem Klavierdeckel auf sie warten. Dabei ist Frau Nurnia nett und geduldig, alles was man sich von einer Musiklehrerin wünschen kann. Ich muss den Tee auf dem rutschigen kleinen Tablett ganz nach oben balancieren, denn das Klavier steht bei Flip im Zimmer.

Zurück in der Küche, räume ich die Kekspackung weg, die ich gerade geöffnet habe, um den Tee nicht so nackt zu servieren. Ich esse auf dem Weg zur Speisekammer einen, hole dann die Packung noch mal heraus und lege mir drei weitere auf einen Teller.

Seit dem Casting war ich nicht mehr laufen. Morgen geh ich, nehme ich mir vor. Den Termin bei der Fotografin habe ich schon gemacht. Sie kann aber erst in drei Wochen. Ich darf gar nicht daran denken, was das wieder kostet. Für eine Bewerbung vor der Kamera reicht kein Porträtbild vom Fotoladen um die Ecke. Du musst eine teure Fotografin engagieren, die tolle »Headshots« von dir macht und sie anschließend auch professionell bearbeitet. Damit sie überhaupt gute Bilder von dir schießen kann, brauchst du natürlich auch eine Maske. Die heißt bei Fotografen Visagistin. Warum eigentlich? Für die Arbeit vor der Kamera setzt man sich seine »Moderationsmaske« auf, deshalb geht man in die Maske. Für ein schönes Foto muss jemand deine alte Visage bearbeiten, deshalb braucht man dafür eine Visagistin? Mir fällt auf, dass ich jedes Mal im Winter neue Fotos machen lasse. Im Sommer könnte man so schön entspannt draußen Bilder knipsen. Aber nein, Frau Förster braucht immer im Winter dringend neues Material. Fotostudios zu mieten kostet viel Geld, und die meisten Fotografen besitzen kein eigenes. Also heißt es bei jedem Fotoshooting einen dafür geeigneten Raum zu finden. Inzwischen kenne ich ein paar Cafés und Museen in Köln, in denen das Licht gut ist. Ohne gutes Licht keine guten Bilder. Ohne gute Bilder keinen Job.

Manchmal frage ich mich, warum alle immer unbedingt aktuelle Fotos haben wollen. Von Jahr zu Jahr werden sie ein bisschen mehr bearbeitet, so sehe ich immer aus wie Anfang dreißig, nur die Frisur ändert sich.

Es klingelt. Das wird Lucy sein. Ich lege schnell noch drei Kekse für sie auf meinen leergefutterten Teller.

»Ein Paket für Sie, Frau Förster.« Der nette DHL-Mann lächelt mich an.

Ich weiß leider seinen Namen nicht, aber er kommt oft und gibt auch gerne für die ganze Nachbarschaft Päckchen bei uns ab, wenn die eigentlichen Empfänger nicht zu Hause sind.

Ich unterschreibe mit dem komischen Stift auf seinem Bestätigungsgerät und nehme das Paket entgegen. Es ist weder schwer noch leicht. Kann mich gar nicht erinnern, etwas bestellt zu haben. Wie immer bleibt der Paketbote lächelnd auf der Fußmatte stehen, bis ich die Tür komplett geschlossen habe. Alle anderen fliegen, sobald sie die Unterschrift haben, zurück in ihren Lieferwagen. Aber mein DHL-Mann, ein schmaler, unauffälliger Typ, bleibt. Anfangs hat mich das komplett irritiert, ich dachte, er wartet noch auf etwas. Vielleicht auf eine Einladung zum Kaffee? Ich bildete mir ein, dass er in mich verliebt ist und die Zeit mit mir an der Tür einfach in die Länge ziehen will. Bis ich erfahren habe, dass er auch bei Tom und bei meiner Nachbarin Heike, so lange er kann, die Fußmatte besetzt. Es ist einfach seine Art. »Guck doch mal nach zehn Minuten noch mal aus dem Fenster«, witzelte Tom, als wir über dieses Phänomen sprachen. »Vielleicht steht er da immer noch!«

Das Paket hat die Größe eines Schuhkartons. Es ist an mich adressiert, ohne Absender. Jetzt bin ich neugierig. Es klingelt wieder an der Tür. Diesmal ist es Lucy. Ich versorge sie mit Keksen, schenke ihr und mir ein Glas Milch ein. Sie zeigt mir drei kleine Bücher die sie bei Franzi gebastelt hat. Lucy ist erst in der zweiten Klasse, hat aber schon eine wunderschöne Schrift. Sie schreibt nicht, sie zeichnet die Buchstaben. Momentan ist »kleine Bücher basteln« ihr Hobby. Mit Glitzerstift schreibt sie kunstvoll Titel auf die Bücher. »Maine Lieblingstire«, steht auf dem einen. Winzige Herzen und Hunde zieren den Rand. Die Seiten sind noch leer. »Total schön«, lobe ich sie und beschließe, nichts über die falsche Rechtschreibung zu sagen. Mein Blick fällt auf ihre Fingernägel. »Maus, das sind ja Krallen! So kannst du nicht Klavier spielen, geh schnell hoch und schneide dir die Nägel!« Ich schau auf die Uhr. Flip ist gleich fertig mit ihrer Hälfte der Klavierstunde. »Du hast noch fünf Minuten!«

Sie schnappt sich den letzten Keks und beeilt sich, die Treppe hochzukommen. Ich will endlich mein geheimnisvolles Paket öffnen. In der Küche fehlt mal wieder die Schere. »Lucy, hast du die Schere?«, schrei ich nach oben, erhalte aber keine Antwort. Mit dem Päckchen in der Hand, gehe ich in unser sogenanntes Büro. Das klingt besser als »Chaoszimmer, in das jeder einfach alles reinstellt«. Ich schiebe den Wäscheständer auf die Seite, um zu meinem Schreibtisch zu kommen. Papiere stapeln sich dort. Ich muss dringend Rechnungen überweisen, den ganzen Bürokram mal wieder erledigen. Ich räume die oberste Schicht Papiere zu einem Stapel zusammen. Darunter finde ich Topflappen, die ich neulich gesucht habe, und tatsächlich eine Schere. Weil ich das Paket auf dem überfüllten Schreibtisch nicht absetzen kann, räume ich drei ungebügelte Hemden von meinem Schreibtischstuhl, setze mich und lege es mir auf den Schoß. Das braune Packpapier ist überall mit Tesafilm verklebt. Keine sehr professionelle Verpackung. Ich schneide, reiße und halte nach kurzer Zeit tatsächlich einen Schuhkarton in den Händen. Bevor ich ihn öffnen kann, schreit Lucy von oben: »Mamaaaa, hier ist keine Nagelschere!«

Das gibt's doch nicht. Wer klaut hier im Haus alle Scheren? Ich lege meinen Karton zu Seite und spurte die Treppe hoch. Flip ist jeden Moment mit dem Unterricht fertig, und Lucy hat immer noch Krallenhände. Ich reiße Tias Zimmertür auf und suche. Es kann nur Tia gewesen sein. Sie klaut wie ein kleines dressiertes Äffchen. Nichts ist vor ihr sicher. Glücklicherweise ist sie noch nicht besonders gut im Verstecken. Ihre üblichen Beutenester befinden sich unter ihrem Kopfkissen und in ihrer Puppenkommode. Unter dem Kopfkissen ist nur altes Schokoladenpapier, aber in der Kommode finde ich tatsächlich zwei Nagelscheren, die Küchenschere und meine kleine Handytasche, die ich schon seit Wochen vermisse. Ich versorge Lucy mit der Nagelschere und halte Smalltalk mit Frau Nurnia, um die Unterrichtslücke zu überbrücken. Ich bete, dass Lucy sich beeilt. Ich habe behauptet, sie sei schnell auf Toilette. Ich kann doch nicht erst zugeben, dass wir den Klavierunterricht komplett verbummelt haben, und dann auch noch sagen: »Meine Tochter muss sich erst ihre Krallen schneiden. Sie wissen ja, dass sie nie übt, deshalb fällt uns das auch immer erst auf, wenn sie wieder Unterricht hat. Bei drei Kindern bin ich schon froh, wenn alle einigermaßen geduscht sind, da kann ich mich nicht auch noch um Fingernägel kümmern.«

Frau Nurnia erzählt mir von ihrem Mann, der wegen Blinddarm im Krankenhaus ist. Ich mache ein betroffenes Gesicht, bin aber nicht bei der Sache.

Bei allen Mädchen Fußnägel kontrollieren, notiere ich innerlich. Lucy kommt strahlend zurück und hält mir ihre Hände vors Gesicht: »Alle ganz toll geschnitten, keine Krallen mehr!«

Ich lächle tapfer und mache, dass ich wegkomme. Flip, deren Zimmer jetzt besetzt ist, folgt mir nach unten. »Kekse und Milch?«, frage ich, um sie loszuwerden, damit ich zu meinem Paket zurückkann.

»Gerne.«

Es kommt wirklich nicht jeden Tag etwas ohne Absender für mich an. Wer weiß, was da drin ist? Vielleicht sollte ich es lieber gar nicht öffnen. Was, wenn das eine Paketbombe ist?

Ich lege auch für Flip genau drei Kekse auf meinen Teller, den ich schon Lucy vererbt hatte. Jetzt ist die Packung fast leer. Auch nicht wirklich viel drin, denke ich, esse den letzten Keks und werfe die Schachtel in den Papiermüll.

Das Telefon klingelt. Es ist für Flip. Gutes Timing. Ich schleiche ins Büro und schüttle das Paket. Klingt nicht nach Paketbombe. Ich rieche an der Pappe. Riecht auch nicht nach Paketbombe. Nicht, dass ich wüsste, wie Paketbomben sich anhören oder riechen, aber das hier fühlt sich an wie ein ganz normales Päckchen.

Langsam öffne ich den Karton. Da drin liegt, sorgfältig in Seidenpapier eingeschlagen, mein Stiefel! Mein linker Chefetagenstiefel aus grauem Wildleder. Wo ist der andere?

Kommt er in einem extra Paket? Gott, ist das peinlich. Sie haben herausgefunden, dass mir die Stiefel gehören. Hoffentlich hat Hannah Weide nicht gesehen, dass ich auf Strümpfen an ihr vorbeigegangen bin! Sicher hat sie das. Und selbst wenn nicht, sie musste ja praktisch über meine Schuhe stolpern auf dem Weg zum Produzenten, der ihr meinen Job gegeben hat. Vermutlich hat sie sich gemeinsam mit Richard über mich totgelacht und mir jetzt zum Hohn den linken Stiefel geschickt. Ich fange an zu schwitzen, kontrolliere noch mal, ob wirklich kein Absender auf dem Paket ist. Nichts. Der Poststempel, fällt mir ein. Aus Bochum? Wer, bitte, wohnt in Bochum? Hannah wohnt, soweit ich weiß, in Düsseldorf. Ob sie extra nach Bochum gefahren ist, um ihre Spur zu verwischen? Aber das Ganze macht aus ihrer Sicht ja nur dann richtig Spaß, wenn ich weiß, dass das Paket von ihr ist. Ich durchsuche noch mal den ganzen Karton. Außer dem Seidenpapier und dem linken Stiefel war nichts weiter drin. Einer Eingebung folgend fahre ich mit der Hand in den Stiefel. Na bitte. Ich ziehe einen zusammengefalteten Zettel heraus.

Wenn Sie Ihren rechten Stiefel wiederhaben wollen, kommen Sie am 13. Februar um 17 Uhr in das Café Elefant in Köln. Keine Polizei. ☺

Der Text ist gedruckt. Dahinter hat jemand mit blauem Kugelschreiber einen Smiley gemalt. Das passt nicht zu Hannah. Sie würde mich auch nicht siezen. Vielleicht war es Richard? Der würde mich eigentlich auch nicht siezen. Aber offensichtlich will der Absender ja, dass es eine Überraschung bleibt, wer er ist. So gesehen könnte es jeder sein, auch Hannah. Ich rufe sofort Sarah vom Handy aus an, weil Flip noch immer die Leitung belegt.

»Kein Absender?«, fragt sie.

»Nein. Hallo, sonst würde ich doch nicht rumrätseln, von wem das Paket ist!«

»Hast du den Schuhkarton kontrolliert? Was steht da drauf?«

Eine sehr gute Idee. Ich prüfe das Etikett. »Abgerissen«, informiere ich Sarah, die gespannt wartet. »Das Einzige, was ich lesen kann, ist Größe 43.«

»Dann ist es ein Mann«, mutmaßt sie.

»Es könnte auch eine Frau sein, die Schuhgröße 43 hat, oder einfach jemand, der eine ganz andere Größe trägt und nur diesen Karton verwendete.«

»Aber woher hat er den Karton?«

»Aus dem Keller«, antworte ich pragmatisch, denn dort bewahren wir unsere alten Kartons auf.

»Es ist ein alter Karton, den der geheime Linke-Stiefel-Verschicker von seinem Großonkel zu Weihachten bekommen hat. Dieser hat Schuhgröße 43 und in dem Päckchen seine alten, harten, ungenießbaren Plätzchen als Weihnachtgeschenk verschickt«, spinnt Sarah.

»Hm«, mache ich.

»Gehst du hin?«, fragt Sarah.

»Ja, klar«, sage ich spontan. »Ich will meinen rechten Stiefel zurück!«

»Was, wenn es ein Irrer ist?«

»Was für 'n Irrer?«

»Na, ein durchgeknallter *Jeanny-TV*-Fan. Der arbeitet bei Richards Leuten als Büroheini, hat gesehen, dass du die Stiefel da hingeworfen hast, und jetzt will er dich töten.«

»Weil …?«

»Na, weil er ein durchgeknallter Fan ist!«

»Natürlich. Das klingt ganz logisch, Sarah«, kichere ich.

Ich höre, wie Flip in der Küche ihr Gespräch beendet, und verstecke den Stiefel samt Verpackung in der Schublade vom Gästebett. Es tut gut, einfach so mit Sarah zu quatschen, als wäre nichts passiert, aber das Stiefelthema kann nicht für immer von der schlimmen Situation, in der die Johanns jetzt sind, ablenken.

»Wie geht es Lasse und Ben?«, frage ich schließlich.

Sie schweigt kurz. »Scheiße. Der Kleine spinnt sich einfach zusammen, dass Papa bald wiederkommt, aber Lasse flippt richtig aus. Er hat Andi angeschrien, er sei ein Schwein.« Ich bin kurz etwas stolz auf Lasse.

»Mich schreit er auch an, ich sei an allem schuld. Ich hätte es so weit kommen lassen.«

»Ist doch gut, wenn er seinen Schmerz rauslässt«, versuche ich zu trösten. »Und wie geht es dir?«, frage ich sie.

»Ich weiß gar nicht, wie es mir geht. Ich funktioniere einfach. Gestern Nacht war ich so wütend, dass ich alle Bücher von Andis Nachttisch verbrannt habe.«

»Im Haus?«, frage ich entsetzt.

»Nein, im Garten. Erst haben sie überhaupt nicht gebrannt, aber dann war es plötzlich ein richtiges Feuer, und ich hatte Angst, die Nachbarn holen die Feuerwehr.«

»Was hast du gemacht?«, frage ich und stelle mir vor, wie Sarah nachts im Nachthemd Bücher im Garten verbrennt.

»Na gelöscht.«

»Mit Wasser?«

»Mit unserem Feuerlöscher. Den wollte ich schon immer mal ausprobieren. Funktioniert einwandfrei. Nur der Garten sieht jetzt aus wie nach einer Schaumparty.«

Ich muss grinsen. Flip kommt ins Büro. »Wann gibt es Abendessen?«, fragt sie. Ich schaue auf meine Uhr.

»O Gott, schon Viertel vor sieben – ich sollte um halb sieben Tia von einer Freundin abholen. Sarah, ich muss ganz schnell Schluss machen.«

Bevor ich aus der Tür hechte, rufe ich Flip noch zu, dass sie Abendbrot machen soll. Sie verdreht die Augen und trottet Richtung Küche.

Abends liegen Tom und ich auf dem Sofa und gucken unsere Lieblingsserie. Ich erzähle ihm nichts von dem seltsamen Stiefelpaket. Er weiß ja auch gar nicht, dass ich die teuren Dinger in der Chefetage durch die Gegend geworfen habe. Die ganze Casting-Geschichte ist für ihn längst erledigt. Es fühlt sich seltsam an, so ein Geheimnis vor ihm zu haben. Normalerweise hätte ich ihm das nicht verschwiegen, sondern mit ihm zusammen gerätselt, wer als Linker-Stiefel-Verschicker in Frage kommt. Ein Teil von mir ist immer noch sauer, dass er mich nicht versteht und die ganze »Richard findet mich zu alt«-Geschichte gar nicht ernst nimmt.

Ich würde zu gerne wissen, ob Hannah Weide den Job bekommen hat. Das Schlimme an gescheiterten Moderationsbewerbungen ist, du kannst sie nicht vergessen. Selbst wenn es dir gelingt, wirst du eines Tages beim Rumzappen sehen, wer jetzt den Job hat, den du wolltest. Aber egal, ich werde einen noch viel besseren Job finden. Eine Abendsendung, die drei Stunden läuft. Dann sieht Hannah Weide plötzlich alt aus. Richard wird sich in den Hintern beißen, wenn er davon erfährt. »Haben wir noch Schokolade?«, fragt Tom.

»Weiß ich nicht. Die Kekse sind auf alle Fälle alle. Geh mal gucken«, fordere ich ihn auf.

Er bleibt liegen. »Es müsste doch noch die leckere, dunkle Schokolade da sein, oder, Bella?«

Bella antwortet nicht. Bella will, dass er geht und nachschaut. Verbissen bleiben wir beide liegen, hungrig auf Schokolade, die sieben Meter entfernt im oberen Küchenschrank liegt. Wie auf Kommando läuft jetzt auch noch Schokoladenwerbung im Fernsehen. Ich gebe auf und gehe, finde die Packung und knalle sie auf den Couchtisch. »Bitte sehr!«

»Was is'n jetzt los?«, fragt Tom und bricht sich gleich ein Stück ab.

»Nix.« Ich schalte um und starre angestrengt auf eine dicke Frau, die erklärt, wie man zu Hause Käse machen kann. Ich tue so, als wollte ich das schon immer dringend wissen. Statt weiter zu fragen, futtert Tom die Schokolade, die ICH geholt habe, und gibt ebenfalls vor, sich für den Käse im Fernsehen zu interessieren. Bald ist die Schokolade von uns beiden leer gefuttert, und unsere Serie geht weiter. Um mehr als Tom abzubekommen, habe ich viel zu schnell gegessen. Jetzt ist mir schlecht. Ich beschließe, ganz, ganz dringend morgen laufen zu gehen.

Am nächsten Tag ist Tom schon weg, als wir alle aufstehen. An manchen Tagen muss er um sechs Uhr schon in der Maske sitzen. Ich finde, das grenzt an Körperverletzung. Um seine Arbeitszeiten beneide ich ihn nicht. Vor allem die vielen Nachtdrehs würden mich umbringen. Ich kann nachts nicht arbeiten. Genauso wenig, wie ich tagsüber schlafen kann. Tom kann beides und jammert nie über seine schrägen Zeiten. Das erledige ich ja auch schon. Wenn er um sechs in der Maske sitzt, bedeutet das für mich, dass ich in vierzig Minuten drei Kinder mit Klamotten und Frühstück versorgen muss. Wir stehen um zehn vor sieben auf, und um halb acht müssen Flip und Lucy das Haus verlassen, um pünktlich in die Schule zu kommen. Ich bin überhaupt kein Morgenmensch, stehe grummelig in der Küche und schmiere Pausenbrote. Lucy müsste dringend frühstücken, streitet aber oben mit Tia um ihren blöden Nintendo. Flip löffelt schweigend ihr Müsli am Esstisch und tut so, als gehöre sie nicht zu dieser Familie. Ich bin fertig mit den Broten, stelle aber fest, dass wir keine kleinen Tüten mehr haben, um sie zu verpacken. Genervt lege ich sie ohne Tüte in die Brotdosen. So werden sie völlig zerfleddern, aber ich kann es jetzt nicht ändern. Tia kreischt inzwischen wie ein Brüllaffe. Ich sprinte die Treppe hoch, schreie beide Kinder an und drohe, den Nintendo jetzt sofort aus dem Fenster zu werfen, wenn nicht sofort Schluss ist mit der Streiterei. Ich schicke Lucy runter zu ihrem Müsli und scheuche die heulende Tia ins Bad, damit sie sich endlich anzieht. Eigentlich müsste ich oben bei ihr bleiben, um sicher zu gehen, dass sie es auch tut, aber ich bin nur ein einziger Mensch und werde auch unten noch gebraucht, um Zöpfe zu flechten, an Wasserflaschen zu erinnern und im letzten Moment plötzlich noch zwölf Euro achtzig passend abgezählt in einen gut beschrifteten Umschlag für den Schulausflug zu zaubern, den man eigentlich gestern schon hätte bezahlen müssen. Mützen werden im Flur gesucht, Küsse werden verteilt, und kurz nach halb acht sind beide Schulkinder auf dem Weg durch die Kälte.

Tia sitzt wie erwartet noch nackt oben auf dem Badezimmerteppich und spielt mit zwei Playmobilmännchen, die sich um ein Pferd kümmern. Weil es krank ist, hat Tia es in Toilettenpapier gewickelt. In sehr viel Toilettenpapier. Ich wickle das kranke Pferd aus und ziehe Tia an. Ich erkläre, warum sie heute nicht den Kindergarten schwänzen kann. Ich mache Müsli Nummer drei und muss sie zwei Mal daran erinnern, es auch zu essen. Ich suche den kleinen Drachenschlüsselanhänger, ohne den sie auf keinen Fall in den Kindergarten will. Ich suche ihre Mütze, dann die Handschuhe, dann den Schal. Mir selber setze ich eine Baseballkappe auf meine ungekämmten Haare. Tias Kindergarten ist nicht weit entfernt. Trotzdem ist mir eiskalt, als wir da sind. Ich verabschiede sie vor der Tür, so wie man es machen soll, und sie winkt mir noch fröhlich durch die Glastür zu.

Als ich wieder zu Hause ankomme, ist es fast neun Uhr. Ich bin seit zwei Stunden wach, habe noch nichts gegessen, keinen Kaffee gehabt und bin ungeduscht. Jetzt soll ich auch noch laufen gehen?

Nach den Keksen und der Schokolade gestern muss ich einfach. Das wird ja sonst unbezahlbar, was die Fotografin alles wegretuschieren muss.

Ich werfe mich in Joggingklamotten und gönne mir wenigstens einen Minikaffee, bevor ich loslaufe. Nach den ersten Metern bereue ich das. Alles gluckert in meinem Bauch herum. Ich hab das Gefühl, gleich kommt mir der ganze Milchschaum den Hals hoch. Ich konzentriere mich auf das Ein- und Ausatmen. *Breathe in and breathe out.* Nach einer Weile findet der Kaffee eine gute Position in meinem Magen, und es wird leichter zu laufen. Ich schlage den kleinen Feldweg ein, der zum Bach führt. Es ist matschig vom vielen Regen. Ich laufe am Grasrand entlang und passe auf, um nicht in Hundescheiße zu treten.

Der kleine Bach ist mein Rhein-Ersatz. Ein Stück von meiner Laufroute führt an ihm entlang. Er plätschert mir freundlich entgegen, macht seine vielen Kurven, weil ihn jemand vor ein paar Jahren so angelegt hat. »Ökologischer Rückbau«, würde Flip jetzt sagen. Die ökologischen Rückbauer haben an einer Stelle freundlicherweise auch vier große Steine in den Bach gelegt. Normalerweise kann man ihn hier bequem überqueren. Leider sind sie jetzt vom vielen Regen unter Wasser. Nicht viel, vielleicht ein, zwei Zentimeter. Nasse Füße oder alles wieder zurücklaufen?

Ich zögere, kann nicht abschätzen, wie rutschig die Steine da unter Wasser sind. Bei fünf Grad möchte ich nicht unbedingt in den Bach fallen. Ich sehe mich schon drin liegen. Vorsichtig mache ich den ersten Schritt. Das war leicht, und mein Fuß ist sogar noch trocken. Genau so werde ich es auch mit meinen Bewerbungen machen. Schritt für Schritt durch das kalte Wasser. Ich betrete den nächsten Stein, der etwas tiefer liegt. Jetzt wird mein Fuß nass. Ich beschließe, morgen bei *Jeanny-TV* nach DVDs zu fragen. Nächster Stein, ich werde einen Termin bei einem gelangweilten Cutter machen, um mein Demoband zu schneiden. Letzter Stein, ich werde eine Liste machen, wo ich mich überall bewerben werde.

Ich erreiche das andere Ufer. Beide Füße sind nass geworden, aber daran habe ich mich in den letzten Tagen ja schon fast gewöhnt.

Ich laufe gegen den Wind nach Hause und freu mich mit jedem Schritt mehr auf eine heiße Dusche. Vor der Haustür ziehe ich die nassen Laufschuhe und die Socken aus und husche barfuß ins Haus. Wie schön wäre jetzt eine Fußbodenheizung. Ich habe neulich in einem Laden solche dicken Puschen gesehen, die man in der Mikrowelle aufwärmen kann. Das muss herrlich sein, mit kalten Füßen in heiße Kirschkernkissenschuhe zu schlüpfen. Die wünsche ich mir zum vierzigsten Geburtstag. Ein echter Altweiberwunsch, heiße Puschen, denke ich, als ich aus alter Gewohnheit mein Handy checke, das auf dem Esstisch liegt. Überallhin schleppe ich dieses Ding, deshalb ist es mir wichtig, wenigstens ohne es laufen zu gehen. Ich lass es jedes Mal mit schlechtem Gewissen zurück. Immerhin würden Schule oder Kindergarten mich volle fünfundvierzig Minuten nicht erreichen können. Das ist ziemlich lange, wenn ein Kind mit Platzwunde im Sekretariat wartet. Gut, das ist jetzt so noch nicht vorgekommen. Aber Lucy musste schon mal zwei Stunden mit Bauchweh auf der Liege im Hinterzimmer ausharren, weil ich mein Handy auf lautlos gestellt hatte. Den Blick, den ich mir dann beim Abholen von der Sekretärin Frau Spieker eingefangen habe, werde ich nie mehr vergessen. Vermutlich übt sie den jeden Abend vor dem Spiegel, um ihn dann schlampigen, unorganisierten Müttern zuzuwerfen. Mein Handy teilt mir mit, Richard Kleisterberg hätte versucht mich zu erreichen, aber keine Nachricht hinterlassen.

Ich flippe aus, geh aber trotzdem duschen.

Kapitel 4

»Hier steppt ja der Bär«, sagt Kristina, als sie unser mit Kindern gefülltes Hexenhaus betritt. Ich verkneife mir eine Bemerkung über diesen Ausdruck. Phrasen wie »hier steppt der Bär« stehen beim Schreiben von Moderationstexten auf der roten Liste. Meine Freundin Kristina liebt solche Redewendungen.

»Schön, dass ihr kommt. Wie ihr hört, sind die Johanns schon da.«

»Vielen Dank für die Einladung«, sagt Madita, Kristinas unglaublich gut erzogene Tochter, die in Lucys Alter ist. Madita ist genau wie ihre Mama eine echte Schönheit. Obwohl Kristina mit ihren zweiundvierzig Jahren die älteste von uns drei Müttern ist, sieht sie am besten aus. Ohne Mann, Job und mit nur einem Kind hat sie natürlich auch jede Menge Zeit, sich bei Kosmetikerinnen rumzutreiben und regelmäßig ins Thermalbad zu gehen. Sie hat zwar nie erzählt, dass sie das tut, aber so stelle ich mir es immer vor, wenn ich ihr frisches und dezent geschminktes Gesicht sehe. Ihre Tochter hat lange dunkelbraune Haare, die ihr immer offen, frisch gewaschen und leicht lockig den Rücken herunterfließen. Die Scheidung ihrer Eltern hat die Kleine unheimlich gut verkraftet. Vielleicht weil sie erst zwei Jahre alt war, als Kristina sich von ihrem reichen Lars scheiden ließ. Seitdem macht sie offensichtlich alles richtig bei ihrem Einzelkind. Sarah und ich lästern manchmal über Madita, die ein richtiges Vorzeigekind ist. Im Grunde sind wir nur neidisch. Sarahs Nichtvorzeigejungs toben gerade mit meinen Nichtvorzeigemädchen durchs Haus. Es ist so laut, dass man sich kaum begrüßen kann. Ich überlasse es Kristina, an der überfüllten Garderobe einen Platz für ihren Mantel zu finden, und führe stattdessen ihren Auftrag aus: die Blumen, die sie mir mit den Worten: »Stell die rasch in eine Vase!« mitgebracht hat, in die Küche zu tragen. Kristina bringt mir immer Blumen mit. Obwohl ich jedes Mal sage, dass das wirklich nicht nötig sei, liebe ich es. Kristinas Sträuße sind immer unheimlich schön. Diesmal ist es ein bunter Strauß Ranunkeln. »Deine Lieblingsblumen, weiß ich doch!« Kristina lächelt mich an und umarmt dann Sarah.

»Wieso weißt du das und Tom nicht?«, frage ich.

»Weil sie kein Mann ist«, antwortet Sarah für Kristina.

Ich forme die Hände zu einem Lautsprecher und mache eine Ansage an die sechs durchgeknallten Kinder, die die Treppe hoch- und runterjagen: »Achtung, Achtung, jedes Kind kann sich in der Küche jetzt einen Berliner abholen. Ich wiederhole, BERLINER in der KÜCHE abholen!« Wenn man eine Horde Kinder dirigieren will, muss man sich auf wenige Schlagwörter konzentrieren. Es funktioniert. Die Bande kommt angerannt. Ich gebe jedem einen Berliner und eine Serviette in die Hand. »Ordentlich am Tisch essen, danach Hände waschen!«, sage ich sechsmal hintereinander. Die Besucherkinder nicken artig. Meine albern rum und sprechen meinen Satz mit. Mir egal, solange jeder macht, was ich sage. Lucy und Madita teilen sich einen Stuhl, so passen alle an unseren kleinen runden Esstisch. Kristina verteilt Wasser an alle, und ich erkläre Ben, dem kleinen Bruder von Lasse, warum es bei uns keine Apfelschorle gibt. »Die klebt so, wenn ein Glas umfällt.« Er fragt mich jedes Mal nach Apfelschorle, wenn er hier ist, und bekommt jedes Mal diese Antwort von mir. Es ist wie ein kleines Spiel zwischen Ben und mir. Wir drei Mütter stehen im Türrahmen und gucken zufrieden auf unsere kleinen Menschen, die plötzlich alle ruhig sind und selig ihre Berliner futtern. Es ist ein hübsches

Bild. Meine dunkelblonde Lucy mit blauen Augen neben der dunklen Madita mit braunen Augen. Beide haben gleich lange Haare. Tia, die wie ihr Papa braune Haare und braune Augen hat, mit ihren Minizöpfen rechts und links. Daneben wieder ein schöner Kontrast, Ben, etwa gleich groß, mit hellblonden Locken. Und schließlich unsere beiden Ältesten: Flip, die immer überall heraussticht mit ihrem roten Haar und den grünen Augen, und Lasse, auch mit grünen Augen, aber blondem Haar wie sein Bruder. Nach einer Weile drehe ich mich um. »Wer will Kaffee?«

»Gibt es wieder deinen Spezialkaffee?«, fragt Sarah, um mich zu ärgern. Spezialkaffee heißt nix anderes als olle Plörre. Tom und ich sind der letzte Haushalt in Deutschland, der keine tolle Kaffeemaschine hat, in die man oben Pads reinfüllt und unten aromatischen Kaffee rausbekommt. Bei uns gibt es noch den guten alten Filterkaffee, was mir immerhin regelmäßig ein paar Punkte bei meiner Schwiegermutter einbringt. Bei allen anderen kann ich wenigstens mit Milchschaum punkten. Tom und ich sind ganz verrückt auf Milchschaum und haben deshalb statt teurer Kaffeemaschinen immer teure und tolle Milchaufschäumgeräte. Während ich schäume, unterhalten sich Sarah und Kristina in der anderen Ecke der Küche leise, damit es die Kinder nicht hören, über Andi und seine Vierundzwanzigjährige. Inzwischen ist er tatsächlich bei ihr eingezogen. Die Kinder sind schon fertig, und Sarah kontrolliert, ob auch wirklich alle ihre Zuckerhände waschen gehen und sich selbst danach in die Kinderzimmer räumen. Jetzt gehört der Esstisch uns. Ich wische viertausend Zuckerkrümel weg und verteile für uns Frauen Donauwelle auf Teller. Sarah und Kristina kommen mit ihren Kaffeetassen dazu. »Ist die von dem guten Bäcker?«, fragt Kristina. Ich nicke. Niemand von uns käme auf die Idee, etwas selbst zu backen, wenn man sich zum Kaffee trifft. Meine Mutter findet das immer skandalös. »Back doch wenigstens einen Rührkuchen!«, rät sie mir, wenn sie mitkriegt, dass Freundinnen kommen. Was ich meinen Töchtern wohl später für sinnlose Ratschläge geben werde?

Sarah erzählt von Andis Bemühungen, ein gutes Verhältnis zu ihr und den Kindern zu behalten. »Ich sehe, wie er sich anstrengt, und weiß, es wäre klug, darauf einzugehen, schon wegen der Jungs. Aber immer wenn ich ihn sehe, habe ich das Bedürfnis, ihn mit einem nassen Lappen zu erschlagen.« Kristina und ich nicken verständnisvoll.

»Das wird auch noch eine Weile so bleiben«, erklärt die Profigeschiedene Kristina. »Als Lars mich damals betrogen hat, hatte ich richtige Gewaltphantasien.« Ihre Geschichte ist noch härter als Sarahs, weil sie Lars in flagranti erwischte mit der, immerhin, Achtundzwanzigjährigen. Sarah erzählt ihr, wie sie die Bücher im Garten verbrannt hat.

»Ich habe damals den Wohnzimmerteppich mit Benzin übergossen.«

»Den Teppich, auf dem ...?«, fragt Sarah.

»Den Teppich, auf dem ich sie erwischt habe, ja. Aber ich hab mich dann doch nicht getraut, ihn anzuzünden. Wochenlang lag das stinkende Ding eingerollt auf der Terrasse, bis ihn endlich der Sperrmüll mitgenommen hat. Wenigstens musste ich im Haus nicht mehr draufgucken.« Eine Weile tauschen Kristina und Sarah Rachephantasien aus. Ich sitze daneben und frage mich, wo Liebe hingeht, wenn sie verschwindet. Andi und Sarah. Sarah und Andi. Ich habe Bilder vor Augen. Die beiden, wie sie zusammen auf unserer Schaukel sitzen bei einem Gartenfest und sich küssen. Andi, wie er Sarah von hinten umarmt bei einer Kindergartenaufführung von Lasse. Andi und Sarah, beide blass und mit Augenringen, aber so glücklich nach Bens Geburt. Lange hatten sie versucht ein zweites Kind zu bekommen. Sarah hatte zwei Fehlgeburten, bis sie schließlich Ben in den Armen halten durfte. Plötzlich war es nicht mehr wichtig, dass er kein Mädchen war. Wo ist die Liebe der beiden hingegangen, wann hat sie sich verflüchtigt?

»Liebst du ihn noch?«, frage ich unvermittelt. Plötzlich ist es ganz still im Raum, und ich bereue sofort, die Frage gestellt zu haben. Sarah sagt nichts, aber sie beginnt zu weinen. Na, das habe ich ja super hinbekommen. Ich umarme sie im Sitzen, und Kristina legt ihre rechte Hand auf Sarahs Arm. Aus den Augenwinkeln sehe ich Flip, die sofort schaltet und Lasse mit der Ausrede, sie hätte ihren iPod irgendwo oben verloren, wieder die Treppe hoch lotst.

Nach einer Weile beruhigt sich Sarah, und ich koche Kakao. »Erzähl deine Stiefelgeschichte!«, bittet sie mich, und ich hole die Entertainerin aus mir heraus und trage die ganze Story so komisch vor, wie ich nur kann. Ich mache sogar das Stiefelwerfen nach und ernte eine Menge Gelächter von Kristina. Auch Sarah muss schmunzeln. Dann zeige ich beiden den Erpresserzettel und erzähle vom Anruf, ohne Nachricht auf der Mailbox, von Richard.

»Du hast ihn nicht zurückgerufen?«, fragt Kristina ungläubig. »Was wenn es wichtig war?«

»Wenn es wichtig gewesen wäre, hätte er eine Nachricht hinterlassen oder noch mal angerufen«, sagt Sarah.

»Ich hatte Angst, es war vielleicht nur ein Versehen von ihm«, erkläre ich. »Dann rufe ich da peinlich zurück, und er sagt: Ach, ich bin nur in der Zeile verrutscht.«

»Erst bekommst du das Paket, dann den Anruf von ihm. Das ist doch kein Zufall!«, sagt Kristina.

»Du meinst, er will mich treffen? Aber warum, um mir eine Seniorensendung anzubieten? Und warum soll er das so geheimnisvoll machen und nicht einfach mit einem vernünftigen Termin?« Mein Handy klingelt. Weil ich Sarah und Kristina den Anruf in Abwesenheit gezeigt habe, liegt es noch zwischen uns auf dem Esstisch. Sarah schaut auf das Display und schreit: »Er ist es!!!!«

Tatsächlich. »Richard Kleisterberg« steht auf dem Display. »Was mach ich jetzt?«, frage ich hilflos.

»Geh dran!«, werde ich von den beiden angeschrien. Sarah hält mir das Handy hin, ich nehme es, renne ins kalte Gäste-WC und gehe dran. Warum bekomme ich wichtige Anrufe nie, wenn ich Zeit habe und die Kinder alle aus dem Haus sind? Warum jetzt, wo oben sechs kleine Leute durch mein Haus toben und unten zwei Freundinnen neugierig ihre Ohren ausfahren? Ich schließe mich ein, will gerne cool und souverän und unnahbar klingen, bin aber einfach nur überfordert. »Annabel Förster«, krächze ich in das Handy.

Als ich fünf Minuten später das Gäste-WC verlasse, warten Sarah und Kristina schon gespannt im Flur. »Habt ihr an der Tür gelauscht?«, frage ich.

»Man konnte leider kaum was verstehen. Viel zu dickes Holz. Was hat er gesagt?«, fragt Sarah aufgeregt.

Ich schlendere zurück zur Küche und gieße mir ein Glas Wasser ein. Die beiden folgen mir wie kleine Hunde.

»Ich kann den Job haben, wenn ich was machen lasse.«

»Wenn du was machen lässt? Was sollst du denn machen lassen?«, fragt Sarah verständnislos. Kristina kapiert schneller. »Krass. Und an was hat er da gedacht?«

Ich zucke mit den Schultern. »Sie haben Probeaufnahmen von Hannah Weide gemacht, und es war wohl eine ziemliche Katastrophe.« Ich muss grinsen. »Richard will mich, kann das aber seinen Leuten nicht verkaufen, weil die Ansage ganz klar war, eine Frau um die dreißig zu nehmen. Und ich werde dieses Jahr vierzig«, füge ich überflüssigerweise hinzu.

»Und jetzt soll dich jemand zehn Jahre jünger operieren?«, fragt Sarah entsetzt.

»So in etwa.«

»Krass«, wiederholt Kristina.

»Der spinnt doch«, empört sich Sarah. »Annabel, da brauchen wir ja wohl hoffentlich nicht drüber zu reden. So einen Scheiß machst du nicht!« Ich antworte nichts und trinke mein Glas leer.

»Also, ich finde, es kommt darauf an, was sie machen lässt«, mischt sich Kristina ein. Kristina hat sich damals nach der Sache mit Lars den Busen machen lassen. Von ehemals Körbchengröße A ist sie aufgestiegen in die üppige C-Liga. Während Sarah und ich unsere abgestillten Hautlappen in Push-up-BHs obendrauf legen müssen, kann Kristina jetzt Blusen mit Dekolleté tragen, von denen wir nur träumen. Damals haben wir schon überlegt, ob wir würden, wenn wir das Geld hätten.

»Wer bezahlt das?«, fragt Kristina.

»Die Produktion«, sage ich.

»Du kannst dich einmal rundum erneuern lassen auf deren Kosten?«, fragt Kristina. »Das ist doch super!«

Sarah schüttelt den Kopf. »Tom wird ausflippen«, sagt sie. Das wird er allerdings.

»Ich könnte eine Abendsendung moderieren. Das war immer mein Traum.« Ich schaue Sarah an. »Vielleicht habe ich überhaupt nur so noch eine Chance. Wenn ich mich jetzt überall bewerbe mit meinen neuen retuschierten Fotos und dann da so alt hinkomme, wie ich tatsächlich bin. Wie groß sind dann wohl meine Chancen?«

»Das ist doch Schwachsinn. Du bist nicht alt. Wir sind alle nicht alt!« Sarah guckt von Kristina zu mir.

»Die Frau, die mir meinen Mann ausgespannt hat, war achtundzwanzig. Die Frau, die dir deinen Mann gerade ausspannt, ist vierundzwanzig.« Kristina spielt jetzt den Trumpf. »Wir müssen einfach mit der Zeit gehen. Heutzutage kann man als Frau eine Menge machen lassen, und alle, die über vierzig noch gut aussehen, haben auch etwas machen lassen. Ich finde da nix dabei. Es muss ja auch nicht gleich eine OP sein. Ein bisschen Botox kann schon viel helfen. Ich meine, wir färben uns doch auch alle die Haare!« Vor lauter Aufregung schenke ich mir noch ein Glas Wasser ein und trinke es leer.

»Kannst du diese Rede bitte auch Tom halten?«, frage ich Kristina.

»Ich würde ihm erst mal gar nix sagen. Und wenn du dann einen super Busen hast und keine Krähenfüße um die Augen, wird er sicher nicht rumschreien, er hätte gerne seine alte Frau zurück.«

»Nehmen wir mal an, du lässt was machen«, überlegt Sarah. »Du gehst zu einem Schönheitschirurgen, der gibt dir eine Wunderpille, und bumm siehst du wieder aus wie dreißig. Wie will der Kleisterberg denn dein echtes Alter verkaufen? Oder macht er dich dann zehn Jahre jünger? Dann hast du Flip mit achtzehn bekommen? Und mit elf schon *Zippezapp* moderiert?«

Daran hatte ich noch gar nicht gedacht. »Ich glaube, wenn ich entsprechend jung aussehe, muss man nicht erklären, wie alt ich bin.«

»Wenn ich jetzt noch einmal das Wort ALT höre!«, regt sich Sarah auf.

Kristina kommt mir wieder zu Hilfe: »Sarah, es ist doch nur eine Definitionssache.«

»Ja eben«, sagt sie, »und ich definiere Frauen um die vierzig als jung. So, Ende!« Sie gießt sich jetzt auch ein Glas Wasser ein.

»Das sind wir ja auch. Genau deswegen dürfen wir auch so aussehen. Und weil die Natur das nicht vorgesehen hat, helfen wir einfach ein bisschen nach.«

Sarah schaut Kristina jetzt ganz genau an. »Du hast noch was machen lassen! Gib 's zu! Irgendwas an der Stirn?« Jetzt starren wir beide auf Kristinas Stirn.

Sie lächelt. »Keine Zornesfalten mehr dank Botox.« Ihre Stirn sieht ganz normal glatt aus.

»Hattest du da überhaupt Falten?«, frage ich.

»Die hat jeder in unserem Alter.« Sie fährt mit dem Finger erst über meine Stelle zwischen den Augenbrauen, dann über Sarahs. Jetzt starren Sarah und ich uns an. Tatsächlich sehe ich bei Sarah zwei dünne unschöne Linien. Ich weiß, dass ich solche auch habe. Sarah und ich wollen sofort unsere Falten vergleichen, und so quetschen wir uns zu dritt vor den Spiegel im Flur. »Meine sind schlimmer«, sagt Sarah.

»Nee. Meine sind schlimmer«, murmele ich und fahre mit zwei Fingern über die Falten, als könnte ich sie wegbügeln. Kristina schaut zufrieden auf ihre glatte Stirn. »Mach mal so«, befehle ich Kristina und hebe und senke meine Augenbrauen. Sie tut es. »Jetzt du«, fordere ich Sarah auf, um einen Vergleich zu haben. Auch sie wackelt gehorsam die Augenbrauen hoch und runter. »Du noch mal!«, sage ich zu Kristina. Sie wackelt.

»Geht super«, sagt sie. »Das wird heute so gering dosiert, wegen der Mimik brauchst du dir da keine Sorgen zu machen.«

»Tut das weh?«, fragt Sarah.

»Etwas«, gibt Kristina zu. »Und warum hast du es machen lassen?«, fragt Sarah weiter.

»Ich fühl mich besser so. Ist doch schöner ohne Falten.« Wir starren alle in dem Spiegel unsere Falten an und müssen lachen.

»Bis wann musst du dich entscheiden?«, fragt Sarah.

»Ich habe zwei Wochen.«

»Dann mache ich uns für nächste Woche sofort einen Termin bei meinem Chirurgen«, sagt Kristina zufrieden.

»Wieso uns?«, fragt Sarah. »Ich gehe da bestimmt nicht mit. Höchstens, um Annabel davon abzuhalten!«

Ich kontrolliere meine Unterkinnhaut und höre mich sagen: »Mach das, Kristina. Eine Beratung kann ja nicht schaden.«

Am nächsten Tag ist *Jeanny*-Tag. Ich springe in meinen roten Mini und fahre auf die andere Rheinseite zu der kleinen alten Villa, in der die Produktionsfirma Lupe die Sendung produziert. Ich bin unausgeschlafen und habe keine Lust. Die ganze Nacht habe ich mir vorgestellt, was der Chirurg an mir wohl alles verbessern möchte und wie ich das dann Tom erklären soll. Ihn einfach vor vollendete Tatsachen zu stellen kommt für mich nicht in Frage. Das ist das Einzige, wobei ich mir ganz sicher bin. Bei der ganzen Verjüngungsgeschichte schwanke ich ständig zwischen Sarahs: »Der spinnt doch« und Kristinas »Wir färben uns doch auch alle die Haare« hin und her. Mir fällt ein, dass ich vergessen habe, mir die Augenbrauen zu zupfen. Hoffentlich ist Ida morgen nicht da. Ida ist eine der Maskenbildnerinnen bei *Jeanny-TV*. Ich mag sie nicht. Immer hat sie etwas zu meckern. Meine Haare sind schlecht geschnitten, die Augenbrauen unmöglich gezupft, außerdem ist mein Gesicht asymmetrisch. Seufzend schminkt sie an mir rum und lässt mich mit jeder Bemerkung wissen, dass es eine echte Bürde ist, mit so schlechtem Material arbeiten zu müssen. Das schlechte Material ist in diesem Fall mein Gesicht. Wenn sie nicht gerade meckert, tippt sie auf ihrem Handy rum und zeigt mir ständig blöde YouTube-Filme: »Den müsstet ihr mal in der Sendung bringen, DEN, dann wäre es endlich ein bisschen lustig.«

Leider gibt es für Masken kein psychologisches Coaching in der Ausbildung. Anfängerkurs eins: Wie ich eine Moderatorin schminke, ohne dabei ihr Selbstwertgefühl zu zerstören. Ida macht systematisch alles, aber auch alles, was man als Maske nicht tun sollte. Erst raucht sie und glaubt dann, mit einem Pfefferminzbonbon würde man nichts davon riechen, auch wenn sie sich nur neun Zentimeter von meiner Nase entfernt, oben an meinen schlecht gezupften Augenbrauen aufhält. Während ich verzweifelt versuche meinen Text zu lernen, fuchtelt sie mir ständig mit dem Handy vor der Nase herum und stellt einen witzigen Klingelton nach dem anderen ein. Wäre das hier eine richtige Produktion für eine richtige Sendung, könnte ich sagen, tut mir leid, mit Ida kann ich nicht arbeiten. Aber wir machen *Jeanny-TV*, und ich kann froh sein, dass ich mich nicht selber schminken muss. Ich habe eine Zeitlang als Reporterin gearbeitet, und da ist es ganz normal und üblich, dass du dich selbst schminkst. Die wenigsten können das. Und genau so sieht es dann vor der Kamera auch aus. Schlecht! Dann darfst du wieder mit vier Redakteuren diskutieren, die alle gute Ideen haben, wie du es besser machen kannst. Drei von ihnen sind übrigens Männer. Bei *Jeanny-TV* arbeite ich mit den beiden Redakteuren Franz und Karsten zusammen. Ich komme mit jedem gut aus. Allerdings nur einzeln. Gemeinsam sind sie unerträglich. Man kann richtig dabei zusehen, wie sie sich von normalen, gesellschaftlich angepassten Männern in ein Duo pöbelnder, Witze reißender Idioten verwandeln. Ich habe immer gedacht, dieses Siebtklässlerniveau hört bei Männern irgendwann auf. Vermutlich so in der achten Klasse. Franz und Karsten haben es sich bis ins hohe Alter bewahrt (beide sind weit über vierzig). Sie finden es auch ganz offensichtlich herrlich und sogar ziemlich liebenswert. Ich nicht. Ich würde ganz normale Redaktionsbesprechungen vorziehen, in denen keiner beim Reinkommen so tut, als würde er gegen die Tür rennen, oder seinem Gegenüber quer über den Tisch M & M's zuwirft, die der andere mit dem Mund auffängt und dann nach jedem Treffer schreit: »Bingo! Eingelocht!«

Heute ist es besonders schlimm. Frank spult einen der Einspielfilme dreimal zurück, um die Körbchengröße der Frau noch genauer bestimmen zu können. Ich muss mir wirklich ganz dringend einen richtigen Job suchen. »Ich unterbreche euch ungern, aber wir müssten noch besprechen, ob ich den Gast vor oder nach dem Film begrüße. Außerdem brauche ich ein paar DVDs von den letzten Sendungen.«

Plötzlich habe ich ihre Aufmerksamkeit. »Wozu das denn?«, fragt Karsten misstrauisch.

»Es gab ein paar Beschwerden über meine Klamotten, und ich will mir das noch mal genau anschauen«, flunkere ich. Eine plausible Lüge. Beschwerden über Klamotten gibt es dauernd. Ganz egal, welche Sendung du moderierst, und auch völlig egal, was du anhast. Kleidung ist ein Thema, bei dem jeder, wirklich jeder glaubt, er könnte mitreden und es dann leider auch tut. Wenn ich darauf hören würde, könnte ich gar nichts mehr vor der Kamera anziehen. Damals bei *Zippezapp* hatte ich einen

Kostümbildner. Leo hieß er. Leo war klasse. Leo hatte große Visionen. Er ließ mich von Kopf bis Fuß vermessen und verpasste mir eine Farbanalyse. Dabei kam heraus, dass ich ein typischer Herbsttyp bin. Dem Herbsttyp stehen natürlich herbstliche Farben, und so zogen wir gemeinsam los und kauften braune und gelbe und beigefarbene und dunkelblaue Klamotten. Ich durfte sie im Geschäft auswählen, und er sagte dann ja oder nein. Die Leute dachten damals bestimmt, ich gehe mit meinem Papa einkaufen und muss ihn immer fragen, ob ich das haben darf. Ich durfte eine Menge haben. Leo zückte die Kreditkarte des Senders, und wir schleppten alle zwei Monate kiloweise die Klamotten in die Garderobe. Erst nur in den Herbstfarben, später dann doch in allen Farben, die ich mochte. Das Beste war, ich durfte die Sachen, nachdem ich sie in der Sendung getragen hatte, abkaufen für vierzig Prozent vom Ladenpreis. Alles, was ich nicht abkaufte, kam in den riesigen Fundus. Manchmal frage ich mich, ob das wohl jemals jemand weggeschmissen hat, oder ob man dort, in riesigen Lagerhallen, noch meine Outfits aus den neunziger Jahren findet. Tom hat dieses Privileg auch. In regelmäßigen Abständen kauft er coole Lederjacken und Gürtel mit riesigen Schnallen ab, die seine Figur »Stan« in der Serie trägt.

Bei *Jeanny-TV* gibt es keinen Kostümbildner und schon gar keinen Fundus. Es gibt nicht mal ein Budget für Klamotten. Das bedeutet, dass ich mir alles selber kaufen muss und anschließend mit einer Horde schlecht angezogener Redakteure darüber diskutieren darf, ob mein Rock vielleicht zu kurz war oder ein Blazer vielleicht doch passender gewesen wäre als eine Tunika. Wenn ich tatsächlich die Abendsendung moderieren würde, wäre das alles bestimmt kein Thema mehr. Niemand kritisiert an Klamotten von Abendmoderatoren rum. Jedenfalls nicht, wenn sie anwesend sind. Wenn ich Richard gestern richtig verstanden habe, als ich vor Aufregung und Kälte zitternd im kleinen Gäste-WC hockte, liegt die Entscheidung jetzt tatsächlich bei mir. Ich lasse was machen und habe die Sendung. Vermutlich muss man mit meinem Alter auch gar nicht schummeln, wenn ich jung genug aussehe. Laut Richard klang es so, als könnte man durchaus mit vierzig in der Primetime moderieren, solange man nur aussieht wie dreißig. Verkaufe ich mich, wenn ich das mache? Dieser Gedanke hat sich schon im kalten Gästeklo in meinen Kopf geschlichen. Jetzt hat er sich dort eingenistet und flüstert immer wieder diese Frage. Ich kann sagen, dass ich mich in all den Jahren, in denen ich jetzt schon Fernsehen mache, nie verkauft habe. Ich habe gute Sendungen moderiert und weniger gute. Aber ich habe nie etwas gemacht, hinter dem ich nicht stehen konnte. Die Anfrage eines großen Privatsenders, für den ich als Reporterin Witwen schütteln sollte, habe ich abgelehnt. »Witwen schütteln« ist eine ziemlich treffende Beschreibung dafür, was manche Reporter tun. Irgendwo ist etwas Schlimmes passiert, und dann fahren sie sofort los, um von Betroffenen, Nahestehenden oder Augenzeugen möglichst viel Elend vor die Kamera zu kriegen. Je mehr geheult wird, umso besser.

Damals gab es auch ein anderes fragwürdiges Angebot. Ich sollte ein Lied singen und dafür auch ein Musikvideo drehen. Das klang ja erst mal gar nicht so schlecht. Ich kann zwar überhaupt nicht singen, aber das konnten Milli Vanilli schließlich auch nicht. Als Tom und ich uns dann aber das Demotape anhörten, welches damals noch als Kassette geschickt wurde, rollten wir uns über den Boden vor Lachen. Mein ganzer Text war folgender: »Tiger, Tiger-Baby … uuuuu iiiiiiiii uuuuuuu« Das sollte ich, in der Vorstellung des Musikproduzenten, bekleidet mit einem Trägerkleid mit Tigermuster auf einer Bühne singen. Ich habe dankend abgelehnt, obwohl mir der Musikproduzent garantierte, es würde ein Hit werden, egal, wer es singt. Für mich war immer klar, ich mache nichts, bei dem ich mein Gesicht verliere. Verliere ich mit Botox mein Gesicht, oder rette ich es?

»Annabel!« Frank reißt mich aus meinen wichtigen Gedanken. Er schaut mich fragend an. Offensichtlich hat er mir schon alle YouTube-Filme vorgeführt und wartet jetzt auf meine Meinung. »Ja, schön. So machen wir es!«, sage ich so souverän wie möglich. Frank und Karsten schauen sich fragend an. »Heißt das jetzt, du willst die Pizza Funghi oder lieber die Pizza Hawaii, wie letzte Woche?«

»Hawaii, immer Hawaii«, antworte ich schnell und flüchte auf die Toilette.

Schlecht gelaunt fahre ich im Dunkeln nach Hause. Ich bin müde und genervt von der langen Redaktionssitzung, in der so brennend wichtige Fragen diskutiert wurden wie: Soll der Gast, der morgen kommt, einen Auftritt durch die Tür haben, oder sitzt er lieber schon am Tisch? Ich hätte am liebsten laut geschrien: »Glaubt ihr, irgendjemand guckt den Quatsch lieber, wenn der Gast durch eine Tür reinkommt? Meint ihr wirklich, ein Auftritt durch eine Studiotür bringt uns hunderttausend Zuschauer mehr, dienstagsnachts um zwei Uhr?!«

Ich sehne mich richtig nach meiner lauten Familie in meinem kleinen Hexenhaus. Die Fahrt von der Villa nach Hause dauert etwa eine halbe Stunde. Die nutze ich gerne zum Telefonieren. Ich will Sarah anrufen, finde aber mein »Ohr« nicht. Ich habe mir schon zweimal so ein Blue-tooth-Ding gekauft, aber jedes Mal verliere ich den kleinen Ohrstöpsel nach ein paar Wochen. Vielleicht finde ich sie eines Tages alle unter Tias Kopfkissen. Ich rufe ohne Stöpselohr an.

»Yep«, meldet sich Sarah.

»Na?«, frage ich.

»Pffffff«, schnauft sie. »Andi war heute da und hat ein paar Sachen abgeholt.«

»Ojeeeee ... Und, war's schlimm?«

»Es ging eigentlich. Am Schlimmsten ist, dass er so verdammt glücklich aussieht. Er hat so ein Glänzen in den Augen. Ich hab ihn gebeten, das nächste Mal doch bitte eine Sonnenbrille aufzusetzen, wenn er kommt.«

»Hat er das kapiert?«

»Nein, und ich hab es auch nicht erklärt. Er war auch sofort wieder weg. Du, Anna, ich hab mir was überlegt.« Ihre Stimme ist ein bisschen aufgeregt, ich hoffe sie fängt jetzt nicht von der Botox-Sache an. »Ich werde mit jemandem knutschen!«

»Was?«, frage ich.

»Ich werde mit jemandem knutschen!«, wiederholt sie lauter.

»Äh ja, o.k., warum nicht …« Ich weiß nicht, was ich sagen soll.

»Die Sache ist so: Ich will diese ganze Liebeskummernummer abkürzen, und das macht man am besten durch Ablenkung.«

»Ja?«, frage ich unsicher. »Und mit wem möchtest du knutschen?«

»Völlig egal«, antwortet Sarah. »Gutaussehend, mit Knackarsch und vermögend wären jetzt kein Ausschluss-Kriterium, aber eigentlich brauche ich einfach jemanden, der willig ist.«

»Sarah, hast du was getrunken?«

»Nein, aber das werde ich. Und dann knutsche ich mit jemandem.« Sie ist wild entschlossen.

»Kannst du bis morgen damit warten?«, frage ich.

»Absolut nicht. Aber weil mir noch kein Williger eingefallen ist, werde ich das wohl müssen.«

»Ich denke mal nach, ob mir einer einfällt«, verspreche ich ihr zum Abschied.

Manchmal frage ich mich, ob meine Kinder abwechselnd mit einem Fernglas oben am Fenster stehen und spähen, wann ich nach Hause komme. Ich weiß nicht, wie sie es sonst so unfassbar schnell schaffen, mich direkt hinter der Haustür zu überfallen. Lucy hält mir ihr Schreibschriftübungsheft hin, sobald ich die Haustür hinter mir geschlossen habe. Noch in Jacke und Schuhen lese ich ihre kleinen perfekt gezeichneten Buchstaben, die von den vorgedruckten wirklich kaum zu unterscheiden sind. »Jan jammert im Januar. Jakobs junger Jaguar jault. Jogis Joghurt ist aus Japan«, lese ich vor.

»Ich bin schon bei J, auf Seite neunundvierzig!«, strahlt Lucy.

»Das ist super, Maus!« Ich beuge mich runter, um mir meine Schuhe auszuziehen. Als ich wieder hochkomme, hält Flip mir ein Bild von einem süßen kleinen Hund hin.

»Wie findest du den?«, fragt sie.

»Lass mich doch erst mal meine Jacke ausziehen«, bitte ich.

»Mami, wir wollen ein Hundebaby!«, verrät Tia und umarmt meine Beine. Flip sieht jetzt keine Veranlassung mehr, auf meine Jacke zu warten. »Ich habe eine ganz tolle Rasse gefunden. Guck mal«, wieder hält sie mir das Foto hin, auf dem ein braunweißer, wuscheliger Hund mit langen Ohren zu sehen ist. »Das ist ein Cavalier-King-Charles-Spaniel, Mama. Das sind superkinderfreundliche Hunde und gar nicht groß. Die werden nur zweiunddreißig bis fünfunddreißig Zentimeter.« Ich habe es geschafft, meine Jacke aufzuhängen, und laufe in die Küche. Flip immer neben mir her. »Guck mal, Mama, was hier steht.« Sie hält ein paar ausgedruckte Zettel hoch. »Der Cavalier ist trotz seiner Größe ein äußerst robuster und anpassungsfähiger Hund. Der Cavalier zeigt keinerlei Neigung zu Nervosität und ist nicht streitsüchtig. Er ist absolut kinderfreundlich und auf Spaziergängen ein unermüdlicher Begleiter, bei jedem Wetter. Auch die Erziehung ist selbst für den Hundeanfänger problemlos zu bewältigen. Was sagst du, Mama?«

Drei Paar Kinderaugen schauen mich erwartungsvoll und etwas ängstlich an. Ich muss dringend mal auf Toilette und bin schlicht überfordert mit der Situation. Ich liebe Hunde, wollte als Kind auch unbedingt einen und durfte nicht. Heute habe ich dieselben Argumente gegen einen Hund wie meine Mutter damals. »Wir reden da gleich in Ruhe drüber. Lasst mich mal eben schnell Pipi machen.«

Tom hat das Abendessen vorbereitet und sitzt lächelnd am

Tisch zwischen Hundebüchern, Laptop und Flips ausgedruckten Zetteln. Lucy hat ihr Schreibheft vergessen und arbeitet an einer Namensliste.

»Papa hat versprochen, dass er jeden Abend mit ihm geht! Außer er hat Nachtdreh, natürlich.« Papa hat das versprochen?

»Hast du den Kindern den Hund schon erlaubt?«, frage ich Tom.

»Ja. Nein. Also nur quasi. Wir wollten doch immer einen Hund, du und ich.« Das war, bevor wir Kinder hatten. Da haben wir tatsächlich mal ernsthaft drüber nachgedacht. Aber seit wir Eltern sind, hatten wir das Thema natürlich schon ein paar Mal auf dem Tisch und es nie ernsthaft in Erwägung gezogen. Jedes Kind fragt eines Tages nach Haustieren, und ganz oft steht der Hund dann ganz oben auf der Wunschliste. Bisher sind wir immer um alles herumgekommen. Außer ein paar Schnecken, die meine drei letztes Jahr ein paar Tage in einem Karton im Garten gefangen hielten, hatten wir noch nie ein Tier. Ich bin gar nicht wirklich dagegen. Ein Hund wäre schön, aber wie kann Tom das hinter meinem Rücken entscheiden? Soll ich jetzt die Rolle der Buhfrau übernehmen, die vernünftig alle Argumente gegen ein kleines Fell aufzählt? Wer nimmt den Hund, wenn wir in den Urlaub fahren? Wer kümmert sich den ganzen Tag, wer geht mit ihm, wenn es draußen schüttet? Wer fährt zum Tierarzt? Die Antwort auf die meisten dieser Fragen lautet: Ich. Genau deshalb finde ich es doppelt unmöglich, dass Tom hier fröhlich einen Hund verspricht, wenn ein Großteil der Arbeit am Ende an mir hängenbleibt! Ich setze mich erst mal hin und mache mir ein Brot. Tief durchatmen und das Richtige sagen.

»Ich finde, ein Hund ist eine schöne Idee …« Weiter komme ich leider nicht, weil sich die Kinder alle jubelnd in den Armen liegen und jetzt um den Tisch herumrennen, um mich zu umarmen. Ich kann den zweiten Teil des Satzes mit all den wichtigen Informationen über Verantwortung und gemeinsame Entscheidungen überhaupt nicht mehr sagen. Tom sieht mir an, dass ich noch etwas anderes sagen wollte, macht eine »Was soll's, es ist durch«-Geste und grinst. Ich werfe ihm einen bösen Blick zu, lasse mich dann aber von der Begeisterung der Kinder anstecken. In der nächsten Stunde erfahre ich, dass man unbedingt einen guten Züchter finden muss, weil diese Rasse zu Herzkrankheiten neigt und noch zu ein paar anderen, die Flip aber nicht weiter erläutert. Die Elterntiere der Welpen müssen getestet sein, damit die Wahrscheinlichkeit, einen gesunden Hund zu bekommen, möglichst hoch ist. Ich bin ziemlich beeindruckt von unserer Elfjährigen, die offensichtlich die ganze Recherchearbeit geleistet hat und mir jetzt den kleinen Spaniel verkauft, als würde sie ein perfekt vorbereitetes Biologiereferat halten. Ihre kleinen Hände fliegen geschickt über die Tastatur des Laptops. Jedes Mal, wenn ich etwas anklicken will, kommt sie mir zuvor. Vor einem halben Jahr noch habe ich ihr gezeigt, wie man Lesezeichen setzt und wie man was in einer Suchmaschine sucht. Jetzt bin ich ihr schon zu langsam.

»Diese Züchterin wohnt in Buschhoven, das ist bei Bonn, also gar nicht weit weg«, erklärt sie mir die Welt. »Und die haben gerade Welpen bekommen!« Sie klickt auf einen Link, und ich sehe vier kleine Hunde in einem Knäuel übereinander, die alle wie Meerschweinchen aussehen. Flip merkt, dass sie damit nicht genug punkten kann, und zeigt mir schnell einen Film, in dem sechs Wochen alte Cavalier-Welpen hinter einem Ball herrennen. Das ist tatsächlich unglaublich süß. Jetzt hat sie mich. Weiter geht es mit der Bildersuche. Große braune Augen schauen mich an. Weiche federige Ohren, kleine Schnauzen. Ich bin hin und weg.

»Es gibt drei Farben«, mischt sich jetzt auch Lucy ein.

»Vier«, korrigiert die große Schwester.

»Dunkel, also so schwarz und so«, sagt Lucy.

»Black and Tan«, ergänzt Flip und lässt sie weiter aufzählen.

»Dann so rot …« Sie schaut hilfesuchend zur Schwester.

»Ruby«, erklärt die.

»Ja genau, Ruby, und dann die schönste Farbe, Braun und Weiß. So einen wollen wir!«

»Blenheim heißt das. Dann gibt es noch Tricolour, aber Blenheim ist am allerschönsten.« Sie zeigt mir Bilder, und ich muss ihr zustimmen. Tom hat sich während des Referats schön im Hintergrund gehalten und den ganzen Tisch abgeräumt. Ich werte das als Schuldeingeständnis. »In drei Wochen haben wir einen Termin bei Frau Radenbach. Das ist die Züchterin in der Nähe von Bonn. Dann können wir die Welpis anschauen!« Bei den letzten Worten geht Flips Stimme ganz aufgeregt nach oben.

»Ihr habt schon einen Termin gemacht?«, frage ich Tom. »Was, wenn ich nein gesagt hätte?«

»Hättest du nicht, mein Mamichen!«, schreit Tia und wirft sich auf meinen Schoß. Ich schaue weiter Tom fragend an, aber er guckt auf seine Uhr.

»So Leute, es ist halb neun!« Er scheucht die Kinder nach oben. Normalerweise sind die Kleineren um diese Uhrzeit schon eine halbe Stunde im Bett.

Zu zweit schaffen wir es, alle drei im Schnelldurchlauf in fünfundzwanzig Minuten in ihre Betten zu rödeln. Flip will mir oben noch hundert Hundebilder zeigen. Aber neun Uhr ist auch für sie Zeit zum Schlafen. In diesem Punkt sind wir tatsächlich ziemlich strenge Eltern. Ausgeschlafene Kinder machen das Leben erheblich leichter, deshalb gibt es bei uns selten Ausnahmen von der üblichen Schlafenszeit.

Auf dem Sofa angekommen, leite ich diesmal nicht erst ein, was ich sagen will. »Tom. Das geht so nicht. Du kannst den Kindern keinen Hund versprechen, ohne dass wir das miteinander besprechen.«

»Du hast recht«, sagt er. Eine alte Strategie von ihm, die ich schon kenne. Immer erst mal der Frau sagen, dass sie recht hat, und dann aufzählen, warum es nicht anders ging. »Wir haben diesen unglaublich süßen Hund im Wald gesehen, und alle durften ihn streicheln. Zu Hause war Flip dann nicht mehr zu halten. Sie hat alles allein recherchiert und rausgefunden. Du weißt doch, wie sie ist, wenn sie etwas will. Hartnäckig, wie du!« Er lächelt mich an.

»Ja, aber es kann ja nicht sein, dass eine Elfjährige hier die Entscheidungen trifft. Ich meine, so ein Tier kostet ja auch Geld.« Als hätte ich ihm ein Stichwort zugerufen, zaubert Tom plötzlich hinter dem Sofa eine Flasche Prosecco und zwei Gläser hervor.

»Mach jetzt nicht den Moment kaputt, und sag, das sind Rotweingläser. Ich konnte auf die Schnelle keine anderen finden!«

Ich muss gegen meinen Willen lachen. Diese Seite liebe ich an Tom. »Sie haben heute nicht nur meinen Vertrag für zwei weitere Staffeln *Rheincops* verlängert ...« Er macht eine bedeutungsvolle Pause. »Sie haben auch meine Drehtage aufgestockt. Von hundertfünfzig auf ...«, er imitiert einen Trommelwirbel, »zweihundert!«

»Wow«, sage ich, »das ist toll!« Einerseits ja, andererseits nein, denke ich. Die meisten Schauspieler und Moderatoren werden pro Drehtag oder pro Sendung bezahlt. Je mehr Tage oder Sendungen, desto mehr Geld. »Dann arbeitest du jetzt mehr«, sage ich mehr zu mir selbst als zu ihm.

»Ja, aber ich verdien auch mehr Geld!«, sagt Tom zufrieden und schenkt uns beiden Prosecco ein. Tom liebt dieses Frauengesöff. Wir trinken es beide gerne, und gerade jetzt kann ich ein Glas Prosecco wirklich brauchen. Ich stürze es fast in einem Zug herunter. »Was ist denn, wenn ich jetzt auch einen Job finde. Einen größeren als *Jeanny-TV*?«, frage ich.

»Dann buchen wir Elli einfach mehrere Tage die Woche.«

»Sie studiert«, gebe ich zu bedenken.

»Bella, dein letztes Casting lief doof. Jetzt verkrafte das doch erst mal, und dann suchst du dir ganz in Ruhe einen schönen neuen Job, bei dem du gar nicht mehr arbeiten musst als jetzt.« Er küsst mich auf den Mund. Das wäre jetzt der Moment, um ihm die ganze Richard-Sache zu erzählen. Vielleicht bin ich in einigen Wochen geliftet und moderiere eine Abendsendung. Dann brauchen wir ganz dringend eine Elli, die immer kann, und haben dann auch noch ein Hundebaby am Hals, das alle zwei Stunden raus muss. Und ich werde den Kleinen nicht hochheben können, weil mir meine neu gemachten Titten so weh tun werden. Vielleicht kriege ich auch eine schlimme Entzündung, und dann schwellen sie an wie Luftballons und … Ich kann das alles nicht. Ich kann es Tom nicht sagen. Er wird mich vierteilen. Er wird mich nicht verstehen. »Jetzt guck nicht so gequält, mein Hase. Alles ist gut!« Er lehnt sich auf dem Sofa zurück, schlürft seinen Prosecco und legt die Beine auf den Tisch. Ich beschließe, ruckartig noch ein Glas Prosecco zu trinken. Mindestens noch eins.

Kapitel 5

Es moderiert sich nicht gut mit dickem Kopf. Ich mache lauter Fehler. Verhasple mich, stelle den Gast mit einem falschen Namen vor, verspreche mich in jedem vierten Satz. Furchtbar. An solchen Tagen bin ich sehr froh, dass *Jeanny-TV* keiner schaut.

In einer Pause stelle ich mich mit einer Flasche Cola in den Wind, um etwas frische Luft zu atmen. Ein Nachteil der Abendsendung wäre natürlich das große Publikum. Das ist ein Widerspruch in sich. Jeder Schauspieler und jeder Moderator will das große Publikum. Aber es bringt eben auch Nachteile mit sich. Tom kann auf keinen Weihnachtsmarkt gehen und nicht ins Schwimmbad. Er meidet Menschenansammlungen, weil es dort immer Leute gibt, die ihn erkennen. Anfangs ist das toll und spannend.

Als ich damals bei *Zippezapp* anfing, konnte ich es gar nicht abwarten, mein erstes Autogramm zu geben. Ich lief durch die Straßen und wartete, dass mich jemand erkennt. Wochenlang passierte gar nichts. Als es dann losging, war ich froh und stolz. Ich gab Autogramme, gab mir Mühe, mit jedem auch noch zu sprechen. Ich wollte ein Star zum Anfassen sein. Jemand, der sein Publikum respektiert und liebt. Diese Einstellung hielt nicht lange. War ich irgendwo im Urlaub, setzten die Leute mir ihre Kinder, die ich unterhalten sollte, so wie im Fernsehen, an den Tisch. Im Freibad machten sich ein paar Halbwüchsige einen Spaß daraus, mich unter Wasser zu tunken. Mehrmals. Als ich halb ertrunken zu meinem Handtuch schlich, waren meine Klamotten weg. Versteckt, geklaut. Witzig, wie die vom Fernsehen sie jetzt nass sucht! Man ist Freiwild, wenn man in der Öffentlichkeit steht.

Bei Tom ist es jetzt nicht so schlimm. Viele trauen sich auch nicht, ihn anzusprechen. Einen »Polizisten« spricht man nicht so leicht an wie jemanden, der eine Kindersendung moderiert und sich mit zotteligen Handpuppen unterhält. Mich erkennt inzwischen niemand mehr. Ich könnte nackt durch Köln gehen, und keine Zeitung würde darüber berichten. Eigentlich ist das ganz schön so. Allerdings finde ich nicht nur beim Publikum nicht statt, sondern auch in der ganzen Medienwelt nicht. Ich werde nie zu irgendwelchen Filmpremieren eingeladen wie Tom oder sitze in Talkshows und darf darüber reden, wie man Kinder heutzutage erzieht. Dabei habe ich weiß Gott mehr Erfahrung damit als die, die mit Ende dreißig schnell noch ein Kind in die Welt gepresst haben und jetzt alle mit diesem Erlebnis langweilen. Ja, ich bin neidisch. Auf die alle. Die ganzen Weiber in meinem Alter, die da locker in Talkshows rumsitzen und immer gute Sprüche wissen. Haben die alle Gag-Schreiber, oder wie funktioniert das? Ich könnte Sarah als Gag-Schreiberin engagieren. Die weiß, was man wann sagen muss. Mir fällt das dann immer eine Stunde später ein. Wenn ich mir solche Talkshows angucke, bin ich danach immer tagelang frustriert. Warum haben die es alle geschafft? Warum haben die alle ein aufregendes, schönes Leben? Moderieren tolle Sendungen, spielen nebenher Hauptrollen in Kinofilmen! Schreiben unheimlich witzige Bücher, die sich dann auch noch unheimlich gut verkaufen, und sitzen vermutlich jedes Wochenende in ihrer schicken Ferienwohnung am Meer! Mit der Nanny, die sich um ihr einziges Kind kümmert, natürlich. Und dann nehmen sie dort auf der fußballfeldgroßen Terrasse auch noch schnell eine Yoga-DVD auf. Ich will das auch alles! Wenn ich das mit Botox erreichen kann, dann her damit.

»Annabel, kommst du bitte rein? Du musst dem Gast unbedingt sagen, dass er nicht jeden Satz mit ›Ähhhhhh, ja sicher‹ beginnen soll. Und konzentrier dich ein bisschen, ja?« Das sagt ausgerechnet Frank. Immerhin hat er heute nicht seinen Fußballschal an, was ja schon an Verformung seiner Persönlichkeit grenzt. Wir machen mit der Aufzeichnung weiter, und ich bin froh, als ich zwei Stunden später aus dem Laden raus bin.

Am nächsten Tag ist mein Foto-Shooting. Ich habe es nicht mehr geschafft, Sarah anzurufen, und habe ein schlechtes Gewissen. Aber ich musste einen ganzen Augenbrauenwald zupfen und Peelings machen, Klamotten aussuchen und minutenlang meine schlaffe Oberarmhaut bürsten. Unter meinem Kinn habe ich auch etwas rumgebürstet, aber das ging nicht so gut. Meine Haare sind noch in Ordnung, die hatte ich ja vor dem Casting erst getönt und schneiden lassen.

Die Klamottenwahl ist jedes Mal das Schwierigste. Stundenlang habe ich meinen ganzen Schrank durchprobiert, bestens beraten durch Flip und Lucy. »Und wie findet ihr das?«, fragte ich meine beiden Töchter. Flip schüttelte immer den Kopf, und Lucy fand immer alles gut. Sie waren echt keine Hilfe. Am Ende habe ich mich für ein schwarzes Oberteil mit schönem Ausschnitt entschieden. Dank Push-up-BH sieht mein Busen darin ganz in Ordnung aus. Dazu eine knackige Jeans und schwarze Stiefeletten. Fertig angezogen empfange ich die Visagistin in unserem Hexenhaus. Es ist einfacher, zu Hause zu schminken, als in einer Ecke im Museum. Lynn macht einen sehr guten Job. Das sollte sie auch, denn ich zahle ihr immerhin zweihundert Euro.

Gutgelaunt fahren wir nach Köln und treffen Lisa, die Fotografin. Sie hat schon einmal sehr gute Bilder von mir gemacht, und ich bin sehr zuversichtlich, dass es auch dieses Mal gut klappen wird. Als Location hat Lisa das Café Ludwig neben dem Museum gewählt. Dort gibt es riesige Fensterfronten. Perfektes Licht für Porträtbilder. Die Backsteinwand gibt einen guten Hintergrund ab. Ich setze mich in eine Ledersesselecke.

Es ist noch ziemlich leer heute Vormittag, die meisten Besucher kommen erst nach dem Museumsbesuch.

Die nächsten Stunden arbeiten wir konzentriert. Ich gucke ernst und dann halb lächelnd, dann nur mit den Augen lächelnd und dann komplett lächelnd. Ich denke an meine Kinder. Man soll an etwas Schönes denken, um mit den Augen zu lächeln. Ich versuche es probeweise mit Tom, aber das funktioniert nicht, weil mir sofort die ganze nichterzählte Richard-Geschichte einfällt. Die muss unbedingt aus meinem Kopf bleiben, sonst wird das hier nichts. Es läuft prima, bis wir eine Pause machen und Lisa einen ganz großen Fehler. Sie zeigt mir die Fotos auf der digitalen Spiegelreflexkamera. Ich seh so alt aus. Das gibt es doch nicht. Tolles Licht, toller Bildausschnitt, super Hintergrund, aber dann ich. Lauter kleine Fältchen um die Augen, und obwohl ich mich bemüht habe, meine Stirn zu glätten, sieht man auf jedem Bild die Zornesfalten, auf die mich Kristina freundlicherweise aufmerksam gemacht hat.

»Ich sehe so ALT aus!«, sage ich zu Lisa.

»Findest du?« Kritisch vergrößert sie ein Bild von mir. Jetzt ist es noch schlimmer! »Möchtest du, dass ich das alles wegretuschiere?«, fragt sie mich. Ich weiß es nicht. Was ich möchte, ist, dass das alles so wie früher aussieht. Mein erstes Foto-Shooting hat Tom mit mir gemacht. Wir haben uns einfach auf die Straße gestellt und Bilder gemacht. Schwarzweiß mit einem guten Film. Der wurde entwickelt, und es waren mindestens zehn gute Aufnahmen dabei. Damals habe ich mich überhaupt nicht geschminkt. Und heute soll ich die Frage beantworten, ob sie DAS ALLES wegretuschieren soll. Ja, bitte einmal alles wegretuschieren. Meinen blöden Job gleich mit und meinen erfolgreichen Schauspielermann, der mich nicht versteht, bitte auch gleich. Und Andi, der fremdvögelt, und den doofen Kleisterberg, der mich vor so eine unmögliche Entscheidung stellt. Ich fange tatsächlich an zu heulen, mitten im Café Ludwig, umgeben von den wenigen Cafébesuchern, Lisa und Lynn, die ganz betroffen gucken. Ich schließe mich in der Damentoilette ein und versuche mich wieder zu beruhigen. »Annabel, du bist neununddreißig Jahre alt und musst jetzt hier nicht wie Tia rumheulen. Reiß dich zusammen. Mach das Shooting fertig und heul zu Hause«, rede ich mir selber gut zu. Es hilft nichts. Ich kann einfach nicht aufhören.

»Annabel?« Lisa klopft vorsichtig an meine Kabinentür. »Alles o.k. mit dir?«

»Nein«, sage ich unter Tränen. Ich muss Lisa jetzt nichts vorspielen. Ich habe so viel geheult, das Foto-Shooting ist nicht mehr zu retten. Lisa ist erst dreißig, wie soll ich ihr erklären, dass ich bei der Retuschier-Frage zusammenbreche?

»Dieses ganze System ist krank«, höre ich durch die Toilettentür. »Alle müssen immer jung und glatt aussehen, es geht gar nicht mehr darum, von jemandem ein Foto zu machen. Eigentlich ist mein Job meistens, das Bild zu kreieren, das die anderen gerne sehen wollen. Aber das ist dann gar nicht mehr der Mensch.«

»Aber die anderen, das sind doch wir«, antworte ich von meiner Seite der Tür aus. »Wir wollen doch glatt und schön und jung sein. Am liebsten für immer.«

»Willst du das, oder musst du das?«, fragt Lisa. Warum stellt sie mir dauernd Fragen, die mich zum Heulen bringen? Ich hatte mich gerade etwas beruhigt. Ich höre, wie sie den Raum verlässt, und heule noch ein bisschen weiter. Kurze Zeit später schiebt jemand etwas unter meiner Tür durch. Schokolade! Ich muss lächeln.

»Danke«, sage ich zu Lisa und breche mir ein Stück ab.

Danach kann ich irgendwie nicht gleich nach Hause zurück. Elli ist sowieso bis achtzehn Uhr gebucht, deshalb beschließe ich, wieder an den Rhein zu fahren. Das Kölner Nieselwetter nimmt gerade eine kleine Auszeit vor dem nächsten langen Angriff. Als ich über die Anhöhe laufe und den Rhein sehen kann, bricht die Sonne durch die Wolken. Das Wasser glitzert, aber ich kann nichts Schönes daran finden, wünschte, ich hätte eine Sonnenbrille und eine warme Pudelmütze. Ich laufe zügig am Ufer entlang, als wäre es eine meiner Pflichten, die ich wie alle anderen auch abarbeiten muss. Ich warte vergeblich auf die Entspannung, die doch irgendwann einsetzen müsste. Der Himmel macht jetzt einen auf dramatisches Schauspiel. Dunkle Wolken wechseln sich mit viel zu grellem Sonnenlicht ab. Die Kontraste flitzen über das Wasser. Hell. Dunkel, dunkel, hell. Ich bin ganz allein hier. Vermutlich habe ich eine Zeit erwischt, in der Hundebesitzer nicht spazieren gehen. Mir fällt wieder ein, dass ich den Kindern den Welpen versprochen habe. Momentan fühlt sich das an, als hätte mir jemand gesagt, ich müsste noch ein Kind kriegen. Ich bleibe stehen, weil das Laufen nichts hilft. Mein Blick fällt auf den breiten Fluss, der sich vom Ufer einfach genommen hat, was er will. Ich möchte ein Wort über den Fluss schreien. Ein schlimmes Wort. Aber alle die mir einfallen, kommen mir lächerlich vor. »Scheiße!«, schrei ich probeweise halbherzig. Das kannst du besser. »Verdammte Hacke!«, brülle ich etwas lauter. Fühlt sich auch nicht richtig gut an. Jetzt fällt mir plötzlich ein Wort ein, das ich ganz lange vergessen hatte. Ich hole ganz tief Luft und schreie: »Du Arschgeigenhonigziege!« über den Rhein. Mein kleiner Bruder hat mich früher so genannt, wenn er sehr wütend auf mich war. Je wütender, desto mehr Ärsche hängte er aneinander. »Du Arscharscharschgeigenhonigziege!!!«, steigere ich mich. Das ist das richtige Wort. Ein Wort, das hilft. Ich sammle ein paar Steine und werfe bei jedem Arsch einen in das Wasser. Ich schreie und werfe, bis mir plötzlich klar wird, an wen die Schimpftiraden gerichtet sind. Ich schreie das einzige Schimpfwort, von dem ich weiß, dass es mal persönlich für mich erfunden wurde. »Ich Arscharscharschgeigenhonigziege!«, brülle ich ein letztes Mal und gehe weiter.

Warum kann ich nicht einfach glücklich sein? Warum muss ich immer so lange an meinem Leben herumzupfen, bis es klein und hässlich aussieht? So vieles stimmt doch, warum kann ich es nicht sehen und genießen? Ich wollte doch unbedingt drei Kinder. Jedes unserer Mädchen war ein geplantes Wunschkind. Ich hatte nie eine Fehlgeburt, und schwanger zu werden funktionierte wie auf Knopfdruck. Wir konnten die Abstände wählen, in denen wir die Kinder bekamen. Jedes war gewollt. Von ganzem Herzen. Tom ist der richtige Mann. Alles könnte gut sein. Aber jetzt komme ich mit meiner Glücksskala, halte sie an mein Leben und frage mich, ob neun denn reicht. Ob zehn nicht besser wäre. Ob es denn überhaupt neun sind, oder eventuell nur acht. Oder gar sieben?! Ich stelle mir die Frage, die man sich nicht stellt. Mit der ich so alleine bin. Im Niemandsland. Wäre ich ohne Kinder glücklicher? Hätte ich dann alle meine Ziele und Träume verwirklichen können? Diese Frage jemandem zu stellen, der Kinder hat, ist absurd. Die Frage an sich ist absurd. Kinder zu haben bedeutet, eine andere Dimension von Liebe zu erleben. Und wer sie erlebt, weiß, dass es unmöglich wäre, ohne sie zu leben. Kinderlosen diese Frage zu stellen ist genauso absurd, weil sie die Dimension nicht kennen und sie nicht einmal erahnen können, auch wenn sie das glauben. Das Verrückte ist: Ohne Kinder würde ich mir sicher dieselbe Frage stellen. Wäre ich mit Kindern glücklicher? Ich weiß, es ist die Anleitung zum Unglücklichsein. Aber ich kann es nicht lassen. Tom ist bei so was ganz pragmatisch. Kinder kann man nicht zurückgeben, also stellt er sich diese Frage gar nicht. Für mich ist es noch komplizierter. Ich wollte meine Kinder gar nicht zurückgeben und frage mich trotzdem, wie glücklich wäre ich ohne?

Es gibt so viele Dinge, die ich nicht wusste über das Elternsein. Man liest kluge Sätze wie diesen von Elizabeth Stone: »Die Entscheidung, ein Kind haben zu wollen, ist folgenschwer. Du entscheidest für immer darüber, dass dein Herz außerhalb deines Körpers herumläuft.«

Das ist eine unheimlich niedliche Vorstellung. Ein kleines Herz auf Kinderfüßen, das fröhlich um dich herumflitzt. Es ist auch eine tiefromantische Vorstellung. Liebe, die so groß ist, dass du für dein Kind jederzeit sterben würdest. Schön, monumental, das möchte man einfach erleben. Die Wirklichkeit ist dann ganz anders. Es ist nämlich grausam. Es bedeutet, dass du eigentlich keine ruhige Minute mehr hast. Irgendwann gewöhnst du dich zwar an diesen Zustand und kannst etwas loslassen, aber der Schmerz bleibt. Und ich rede jetzt nicht von großen Dingen. Die wage ich mir nicht mal auszumalen. Ich rede davon, wie sehr es Dir weh tut, wenn dein Kind nicht zu einem Kindergeburtstag eingeladen wird, alle Kinder um es herum aber Einladungen in die Hände gedrückt kriegen. Wie dir die Luft zum Atmen fehlt, wenn dein Kind einen gebrochenen Fuß hat und in deinem Kopf die Endlosschleife läuft: Hätte ich es verhindern können? Warum habe ich es nicht verhindern können? Wenn du hoffst, dass es das Seepferdchen schafft, weißt, wie sehr es sich das gewünscht hat, und siehst, wie es bis zur Erschöpfung versucht, den blöden Ring vom Beckenboden hochzuholen, und schließlich weinend ohne dasteht.

Vielleicht ist genau das der Grund, warum einige Mütter ihren Kindern die Liebe verweigern, weil sie spüren, dass man daran kaputtgehen kann. Wenn ich ehrlich bin, ist das frei herumlaufende Herz aber nicht der Grund, warum ich mir absurde Fragen stelle. Ich hätte so gerne mehr Raum, mehr Freiheit. *Jeanny-TV* anzunehmen war reine Notwehr. Ich wäre sonst wahnsinnig geworden, immer nur mit den Kindern zu Hause. Während andere Mütter im Winter tapfer Lebkuchenhäuser bastelten, schaute ich nachmittags ab drei nur ständig auf die Uhr und rechnete mir aus, wie lange es noch dauert, bis alle im Bett sind!

Ich bin von ganzem Herzen Mutter. Manchmal. Und manchmal eben auch nicht. Manchmal wäre ich einfach gerne von ganzem Herzen Annabel. Neununddreißig Jahre alt. Ich würde dann auch einfach gerne leben wie eine Neununddreißigjährige. Mit Bodenvasen auf dem Parkett und mit einem aufgeräumten

Wohnzimmer ohne kleine Pferde, die überall herumfliegen und in allen Farben leuchten. Ich hätte keine blöden Sammelaufkleber in meinen Esstischschubladen und keine grottenhässlichen selbstgebastelten Kerzenständer aus dem Kindergarten auf der Fensterbank. Ich würde Filme gucken, die MICH interessieren, völlig egal, ob sie ab zwölf, sechzehn oder achtzehn freigegeben sind oder zu langweilig, zu schnell, zu aufregend, zu unpassend für Fünfjährige. Ich würde einen Motorradführerschein machen, weil ich nicht dauernd daran denken müsste, wie verantwortungslos ich bin und dass ich, wenn ich jetzt sterben würde, drei Halbwaisen hinterlasse. Ich würde reisen, überallhin. Ich müsste nicht kompliziert Oma und Opa bitten, sich doch mal für eine Woche wenigstens vom Golfen, Aquarellmalen, Eisenbahn im Keller bauen und Wellness-Urlauben frei zu nehmen. Ich könnte einfach fahren, wann ICH Zeit habe, unabhängig von allen Schulferien dieser Welt, und ich könnte es sogar bezahlen. Ein Flugticket. Gut, zwei, wenn Tom mitkommt, aber auf alle Fälle nicht FÜNF!!! Ich würde die Welt sehen und in Museen gehen und schlaue Bücher lesen und natürlich auch Karriere machen. Also, das hätte ich längst. Ich hätte ja genug Zeit dafür gehabt. Ich würde Abendsendungen moderieren und wäre die deutsche Oprah Winfrey.

Außerdem hätte ich ständig Sex mit Tom und auch noch mit anderen Männern. Ich wäre doppelt so schön, und mein Busen wäre noch das wippende, mittelüppige Vergnügen, das er einmal war, bevor drei Leute alle Lebensfreude aus ihm herausgesaugt haben. Ich würde mich mit unheimlich interessanten Männern in afrikanischen Restaurants treffen, die alle mit mir schlafen wollen. Aber ich würde mich nur ganz selten in einigen Ausnahmefällen dazu hinreißen lassen. Aber dann richtig. Ich würde einen gutgebauten, herrlich attraktiven, männlich riechenden Kerl vernaschen, im Aufzug eines teuren Hotels in München. Wir hätten uns in einem Taxi kennengelernt, welches wir aus Versehen gleichzeitig heranwinkten. Ich würde schwarze, glänzende Highheels tragen und lauter so weiche Stoffe. Kaschmir, Seide, Alpakawolle. Und er hätte mir während der Fahrt plötzlich seine warme Hand auf den Oberschenkel gelegt und dabei aus dem Fenster gesehen, auf die regennasse Straße und die nächtlichen Münchner Lichter. In prickelnde Erregung hätte mich diese Berührung versetzt und ihn natürlich auch. Ganz langsam hätte ich mich zu ihm rübergebeugt, so als würde ich versuchen, ein schönes Gebäude durch sein Fenster zu betrachten. Mein mittelüppiges Vergnügen würde ihn ganz sacht streifen. Dann würde er sich zu mir umdrehen und in einer einzigen fließenden Bewegung seine rauchigen Lippen auf …

Mein Telefon klingelt. Das war so klar. Als Mutter kannst du nicht mal in Ruhe einer Sexphantasie nachhängen, sofort ruft dich wieder irgendeins deiner Kinder an. Ich irre mich. Es ist Sarah: »Ich weiß, mit wem ich knutschen kann!« Ja, und ich wüsste, wo. In einem Taxi in München zum Beispiel. »Mit wem?«

»Henry!«

»Henry? Der Henry?« Henry ist ein ganz alter Verehrer von Sarah, mit dem sie vor hundert Jahren mal was hatte, aber nur ganz kurz. »Habt ihr denn noch Kontakt?«

»Ja, über Facebook ab und zu.«

»Und du meinst, der ist …«

»… willig?«, beendet Sarah meinen Satz. »Und wie! Er hat auf Facebook lauter Andeutungen gemacht, und heute Abend treffen wir uns. Du müsstest allerdings Lasse und Ben nehmen, wenn das o.k. wäre.«

»Ja, klar!« Wie spannend. Sarah wird heute Abend einen anderen Mann verführen. Ich bin fast ein bisschen neidisch. »Und wo geht ihr hin?«

»Zum Albaner.« Das ist eine sehr gute Wahl. Beim Albaner sitzt man sehr nah nebeneinander auf Barhockern, und es wird am Tisch gekocht. Es passiert etwas, und dann ist es auch nicht so schlimm, wenn man nicht weiß, was man reden soll. »Wann bist du verabredet?«

»Um sieben. Ich würde dir die Jungs auf dem Weg bringen. So gegen halb sieben. Sie haben dann schon gegessen.«

»Bloß nicht. Heute ist Freitag, das ist unser Pfannkuchenabend. Bring sie hungrig.«

»Du weißt nicht, was du da sagst, du hast Mädchen. Ich füttere sie vor, dann essen sie immer noch genauso viel wie deine!«

Die Fahrt zurück ist viel zu kurz. Ich fahre Umwege, um noch ein bisschen meinen Gedanken nachhängen zu können. Seit zwanzig Minuten suche ich die Radiolandschaft nach einem passenden Lied ab und finde nichts. War das früher schön, als ich einfach eine Kassette einwerfen konnte. Ich musste dann zwar auch zwanzig Minuten investieren und spulen, hatte dafür aber auch das richtige Lied. Ich muss mir endlich mal so eine Blue-tooth-Verbindung zu meinem Autoradio machen. Was helfen mir die ganzen Lieder auf meinem Handy, wenn ich sie nicht im Auto hören kann? Mein kleiner roter Mini ist die einzige Insel, die ich habe. Eine kleine Insel, die nur mir gehört. Gut, bis auf die Kindersitze hinten drin und die Gummibärchen im Handschuhfach und ja, die Ella-CDs, obwohl ich die auch gerne höre. Aber immerhin ist es keine typische riesige Familienkutsche. Kein Ford S-Max, den hier alle Familien mit mehr als einem Kind fahren. Tom fährt bei uns die Familienkutsche. Einen alten Volvo in Dunkelgrün. Tom ist da fast weiblich programmiert. Ein Auto muss ihn nur von A nach B bringen. Endlich läuft mein passendes Lied, eins von Lenka, »Trouble is a friend«. Ich drehe das kleine Autoradio auf, so weit es geht, dann ist es weniger schlimm, laut und schräg mitzusingen. Ganz langsam lenke ich den Mini in unsere Straße. Ich steige aus und bin bereit für den Wahnsinn im Hexenhaus.

Sarah ist schon um Viertel nach sechs da. Wir werfen die Jungs zu den Mädchen vor den Fernseher und verschwinden zu zweit im Bad. »Outfitcheck«, fordert Sarah.

»O.k. Enge Jeans, sehr gut. Dreh dich um, ich mach den

Knackarschtest.« Sie dreht sich und hält mir ihren Popo entgegen. »Ja, ist gut«, bewerte ich.

»Ist das zu lila?«, fragt sie und zupft an ihrem knalllila Oberteil mit V-Ausschnitt.

»Es ist super. Lila, aber super.« Sie schaut mich skeptisch an. »Es ist super, WEIL es lila ist, Sarah. Lila steht dir«, baue ich sie fleißig auf.

»Schuhe?« Sie hält mir ihre Füße hin.

»Chucks?«

Sie nickt eifrig. »Ich wollte, dass es nicht so gewollt aussieht. In Chucks gehst du, wenn du nicht davon ausgehst, dass was geht.«

»Aber es soll doch was gehen?«, frage ich.

»Ja klar, deshalb ja die Chucks!«

Das verstehe ich zwar nicht, aber wir haben noch ein viel wichtigeres Problem zu lösen. »Deine Haare …«

»… sind wie immer furchtbar!«, ergänzt sie meinen Satz.

Ich stecke mein Glätteisen ein und dirigiere sie mit einer Handbewegung auf die zugeklappte Toilette. »Was hat er dir auf Facebook für Andeutungen geschrieben?« Ich sprühe Hitzeschutzspray in ihre Haare und föhne sie trocken.

»Dass er oft an damals denkt«, sagt sie laut, um den Föhn zu übertönen. »Und dass er immer unser Lied hört. Und dass er gerne wissen würde, wie ich jetzt küsse – so im Vergleich zu früher.«

»Ja, perfekt. Das klingt willig«, stimme ich ihr zu. Und wie weit willst du gehen? Also, würdest du …«

»Nein, auf keinen Fall!« Sie schüttelt wild den Kopf.

»Stillhalten, ich komm jetzt mit dem Eisen.« Eine Weile sage ich nichts, weil ich mich konzentrieren muss. Sarah soll ja gut aussehen. Ich teile ihr helles Haar in Strähnen auf und lasse sie einzeln durch das Glätteisen rutschen. Den Spitzen verpasse ich durch eine leichte Kurvenbewegung am Ende etwas Schwung.

»Bist du vorbereitet?«

»Soll das jetzt eine Frage nach Verhütung sein?«

»Nein, das ist eine Frage nach deiner Unterwäsche.«

»Ah. Ja. Passt.« Ich bin mit ihren Haaren fertig.

»Zeig!«, fordere ich sie auf. Sie zieht ihre Jeans runter und ihr Oberteil hoch, und ich erhasche einen Blick auf ihre Schwangerschaftsstreifen am Bauch. Aber die Unterwäsche ist top. Schwarz mit zarten Blütenapplikationen an den Rändern. »Ganz toll«, lobe ich. Ich brauche auch mal wieder schöne Unterwäsche. »Wo hast du die her?« Oh, oh, ich merke sofort, das war eine falsche Frage. Ihre Augen füllen sich mit Tränen, und ich lenke ganz schnell ab. »Tadaa – guck, wie geil deine Haare jetzt aussehen!« Schwungvoll drehe ich Sarah zum Spiegel um. Sie schaut erstaunt auf ihr Spiegelbild. Eine hübsche Blondine mit traurigen Augen und einem coolen Pagenschnitt mit wild nach außen stehenden Spitzen schaut uns an. Sie nickt zustimmend. Ich nebele sie noch mit Haarspray ein und umarme sie. »Das wird super heute Abend! Lass es krachen! Wenn was ist, ruf mich an!!« Wir trampeln gemeinsam die laute Holztreppe runter, und Sarah verabschiedet sich von ihren Söhnen.

Lasse wirft ihr ein lässiges »Ciao, Mama« zu, ohne den Blick vom Fernseher zu lösen. Aber Ben kommt in ihre Arme geflogen und beginnt zu weinen.

»Geh nicht, Mama. Du sollst nicht auch noch weggehen!« Bitte nicht. Ben bringt gerade den ganzen Henry-Abend in Gefahr. Und ganz sicher das Augen-Make-up seiner Mutter. Mir muss schnell etwas einfallen.

»O nein!!!!«, schreie ich los. »Ich habe keine Eier für Pfannkuchen mehr! Das ist eine totale Katastrophe!« Ben schaut jetzt von Sarahs Arm aus interessiert zu mir herüber. »Jetzt muss irgendjemand mit mir mit dem MINI zur Tankstelle fahren. Anders geht es nicht. Aber wer soll das bloß machen?! Es gucken ja alle Fernsehen!« Tia wirft mir einen genervten Blick zu. Sie versteht nicht, warum ich wegen Eiern so aufgeregt rumschreie. Ben löst sich schnell aus Sarahs Arm:

»Ich, ich kann das machen, Annabel!« Flip, die mal wieder genau mitbekommen hat, was passiert, hält mir heimlich einen Daumen hoch, und Sarah sieht sehr erleichtert aus. Ben liebt Autos. Das höchste Glück für ihn ist es, wenn er in meinem Mini spielen darf. Ich erlaube das eigentlich nie, weil hinterher alles verstellt ist. Aber heute wird er alle Knöpfe drücken dürfen, die er möchte.

»Hau schon ab!«, ermuntere ich Sarah. »Und wehe, du rufst mich nicht an. Egal um wie viel Uhr!« Sie lächelt und verschwindet durch die Haustür.

Ich bastele für Ben Tias Kindersitz nach vorne und will ihn anschnallen.

»Das kann ich selbst«, strahlt er.

»Kannst du auch die Handbremse lösen?«, frage ich ihn, und er nickt ganz begeistert und tut es. Wir fahren zur Tankstelle um die Ecke. Ich kaufe Eier, die ich nicht brauche. Ben spielt so lange im Mini auf dem Parkplatz. Wieder zu Hause, bekomme ich ihn nicht aus dem Auto. »O.k.«, sage ich. »Bis die Pfannkuchen fertig sind, kannst du hier drin spielen.«

Tom ist inzwischen auch zu Hause, und wir schlagen die Pfannkuchenschlacht gemeinsam. Mit zwei Pfannen veranstalten wir einen Wettbewerb, wer seinen Pfannkuchen besser in die Höhe werfen und wieder auffangen kann. Es gibt ein paar Verluste, die wir hinnehmen müssen, denn von unserem Küchenfußboden kann man definitiv nicht essen. Der ganze Tisch ist voller Kinder, die Spaß haben, Marmelade hin und her reichen und so viele Pfannkuchen essen, dass wir zwei Mal Teig nachmachen müssen. Ich bin froh über die Tankstelleneier, ohne die es wirklich knapp geworden wäre.

Nach dem Essen scheuchen wir die ganze Bande nach oben. Dreißig Minuten später liegen alle in ihrem großen Matratzenlager, flüstern, kichern und hören eine Ella-CD. »Ich komme in einer halben Stunde noch mal gucken. Wenn ihr dann nicht schlaft, trenne ich euch!«, warne ich die fünf, bevor ich aus dem Zimmer gehe. Tom äfft mich tonlos nach, und alle lachen. Ich ärgere mich darüber, dass er meine Autorität so blöd untergräbt, will deswegen jetzt aber auch kein Fass aufmachen. Dann soll er eben bis Mitternacht dauernd hochrennen, bis sie endlich schlafen.

Ich mache mich dran, die Küche aufzuräumen. »Wie lief eigentlich dein Foto-Shooting?«, fragt Tom, als er dazukommt und anfängt, die Spülmaschine einzuräumen.

»Halt, die ist frisch«, hindere ich ihn daran, das schmutzige Geschirr zu dem schon gespülten einzusortieren.

»Ach, so.« Er räumt die schmutzigen Teller wieder raus. Und schließt die Spülmaschinentür.

»Man muss sie *ausräumen*«, erkläre ich genervt, weil ihm das offenbar nicht von selber einfällt.

»Na, du hast ja super Laune!«, antwortet er und bleibt vor der geschlossenen Spülmaschine stehen. Also geh ich rüber, schiebe ihn zur Seite, reiße die Tür auf und beginne lautstark die Maschine auszuräumen. Tom verlässt die Küche und lässt mich mit dem ganzen Chaos allein zurück. Schlaue Strategie. Ich räume weiter und ärgere mich mit jedem Teil, das ich wegstelle, über mich selber. Warum mache ich das? Einer muss eben die Küche fertig machen. Genauso wie einer eben die unangenehmen Ansagen an die Kinder machen muss. Aber warum soll ich das eigentlich immer sein. Oder ist es das Problem gar nicht, dass ich jetzt allein die Küche mache, sondern vielmehr, dass ich mir überhaupt Gedanken darüber mache?

In einem Kinofilm hätten wir nach der Pfannkuchenschlacht herrlichen ungeplanten Sex in der unaufgeräumten Küche, sobald die Bande glücklicher Kinder im Bett ist. Oder wenigstens einen handfesten Streit, bei dem Geschirr fliegt und einer türknallend das Haus verlässt und in die Nacht fährt. Über eine nebelige Brücke durch eine Allee voller Pappeln.

In meinem Leben gibt es wieder nur halbgares Angepflaume und eine halb aufgeräumte Küche. Die Spülmaschine ist jetzt ausgeräumt. Ich lasse das schmutzige Geschirr auf der Spüle stehen und räume nur die zwei Pfannen rein. Mit Deckel. Die Pfannen unten, die Deckel oben. Jetzt ist die Maschine voll. Tom räumt immer alle großen Teile wieder raus. Er sagt, es sei Wasserverschwendung. Töpfe und Pfannen könne »man« schnell mit der Hand spülen. Dann stellt er sie ungespült auf die Spüle, damit »man« das erledigen kann. »Man« bin natürlich ich. Aber nicht heute. Ich werde jetzt etwas unheimlich Verwegenes tun. Ich stelle die Spülmaschine nur mit den Pfannen darin an. Sobald ich das Rauschen und Gluckern höre, geht es mir ein kleines bisschen besser. Jetzt könnte ich eigentlich souverän sein und zu Tom ins Wohnzimmer gehen und ihm von meinem Heulflash beim Foto-Shooting erzählen. Aber vermutlich würde ich nur zwei hochgezogene Augenbrauen ernten. Außerdem lernt er schon wieder Text in seiner Jogginghose, und den Anblick kann ich mir heute Abend einfach nicht mehr antun. Unentschlossen stehe ich im Flur herum. Soll ich doch noch in die Nacht fahren? Aber wohin? Sarah und Henry heimlich beim Albaner beobachten? So tief werde ich nicht sinken. Ich schleiche ins Büro und hole meinen linken Stiefel und den Zettel dazu aus dem Versteck unterm Gästebett. Ich lege mich auf die Matratze zwischen die ganze Wäsche, die darauf wartet, dass »man« sie zusammenlegt. Es ist wirklich ein schöner Stiefel. Ich bin froh, dass ich den anderen morgen zurückbekomme. Ich weiß noch gar nicht, wie ich den Termin mit den Kindern organisieren soll. Tom dreht mal wieder. Er ist zwar nur in vier Bildern, aber das bedeutet nicht, dass er früh zu Hause sein wird. Wenn es regnet, müssen sie den ganzen Drehplan umstellen. Wenn die Sonne scheint, müssen sie auf Wolken warten, weil der Anfang der Szene schon mit Wolken gedreht wurde. Ich weiß nicht, warum ihn das alles nicht wahnsinnig macht. Ich streichele meinen weichen Wildlederstiefel, als wäre er ein Tier. Vielleicht wird es ja ganz schön, so einen kleinen Welpen zu haben. Ein kleines kuscheliges Fellchen. Ich lese noch einmal den Erpresserbrief.

Wenn Sie Ihren rechten Stiefel wiederhaben wollen, kommen Sie am 13. Februar um 17 Uhr in das Café Elefant in Köln. Keine Polizei. ☺

Keine Polizei. Könnte glatt kein Tom heißen. Der Smiley deutet irgendwie auf eine Frau hin. Vielleicht ist es doch Frau Selm. Frau Selm, die mir einen Job anbieten will. Sie hat heimlich an der Tür gelauscht, als ich mit Kleisterberg sprach, und jetzt reicht es ihr. Das ganze verlogene System. Seit zwanzig Jahren arbeitet sie für diesen Mann, aber diese Ungerechtigkeit Frauen gegenüber kann sie nicht durchgehen lassen. Sie klaut alle wichtigen Papiere und Konzepte, schafft heimlich drei Komma acht Millionen von den Einnahmen der Produktionsfirma auf die Seite und schickt mir diese Botschaft. Morgen werden wir dann im Café Elefant einen Schlachtplan entwerfen und unsere eigene Produktionsfirma gründen. Annabel-und-Anne-TV. Sie wird der bürokratische Kopf des Ganzen sein. Stets mit einem aufgeklappten Laptop Zahlen ausrechnend, und ich bin die Kreative, die mit Geist und Charme ein Millionenpublikum begeistern wird.

Ich betrete eine große Bühne. Die Scheinwerfer blenden mich, und tosender Applaus brandet auf. Günter Jauch tritt lächelnd auf mich zu mit einem riesigen Blumenstrauß in der Hand. Ich erkenne Hannah Weide im Publikum, die mit unbewegter Miene zu mir hochschaut. Ihre blonden Locken hängen schlaff neben ihrem blassen Gesicht herunter. Ich trete an das Rednerpult, schaue in strahlende Gesichter und will gerade etwas sagen, da rauscht plötzlich Richard Kleisterberg auf die Bühne mit einer Riesenspritze in der Hand. »Bella, du hast deine tägliche Dosis Botox vergessen!« Er hält mir mein Handy entgegen, das eine eingestellte Erinnerfunktion hat und klingelt und klingelt, um mich an meine Botox-Spritze zu erinnern, die mir Richard jetzt hier auf der Bühne vor allen Leuten in die Stirn rammen will.

Ich wache auf. Die Botox-Erinnerung klingelt weiter, und ich realisiere langsam, dass das tatsächlich mein Handy ist. Sarah! Ich gehe ran.

»Mmmhallo?«, nuschele ich.

»Hab ich dich geweckt?«

»Mhm. Wie viel Uhr ist es?«

»Halb elf.«

»Erst? Und du bist schon fertig mit Henry? Wo bist du jetzt?«

»Vor deiner Tür. Kann ich reinkommen?«

Ich steh zu schnell auf und muss mich ein paar Sekunden am Kopfteil des Betts festhalten, weil mir schwarz vor Augen wird. Ich husche zur Haustür und lasse Sarah rein. Tom kommt neugierig in den Flur. »Ach, du bist es. Schon fertig?«, fragt auch er.

»Ihr nervt!«, sagt Sarah und geht an uns vorbei in die Küche.

»Na, dann lass ich euch Ladys mal reden.« Er gibt mir einen Kuss auf den Mund, als wäre nie was gewesen, und knarzt die Treppe nach oben.

Sarah erwartet mich schon ungeduldig in der halbaufgeräumten Küche. »Kakao?«, frage ich.

»Schnaps!«, fordert sie.

»O Gott, so schlimm?«, frage ich und suche in der Speisekammer herum.

»Schlimmer«, sagt Sarah und drängelt sich zu mir in die kleine Kammer. »Ich fürchte, wir haben keinen Schnaps.« Sarah schiebt mich zur Seite und findet auf Anhieb eine Flasche Amaretto. Weder Tom noch ich trinken Amaretto, aber mein Vater liebt ihn und freut sich immer, wenn wir ein Schlückchen vorrätig haben. Meine Eltern waren lange nicht da, und die Flasche ist noch ziemlich voll und verstaubt. Ich gieße Sarah und mir einen ein. Wir stoßen an und kippen das süße Zeug runter. »Rede!«, fordere ich sie auf. »Was ist passiert? Hat er dich in eine dunkle Ecke gezerrt und grob an dir rumgefummelt?«

Sie schnaubt durch die Nase und schüttet sich sofort noch einen Amaretto ein. »Wenn ich es nicht besser wüsste, würde ich sagen, er ist schwul.«

»Was?«

»Annabel, es lief nichts. Es lief so was von gar nichts, also weniger kann nicht laufen.«

»Die Schuhe?«, frage ich grinsend.

»Ach was, die Schuhe! Der Typ ist einfach unfähig! Weißt du, was das Erste war, was er sagte, als wir uns trafen?« Ich schüttele den Kopf. »Er hätte Halsweh.«

»Halsweh?«, frage ich verständnislos.

»Ja. Halsweh. Deshalb würde das wohl heute nix mit dem Küssen.«

»Das hat er dir gesagt?«

»Was heißt gesagt. Es klang wie eine Lautsprecheransage auf dem Bahnhof: Achtung, Achtung bitte lassen Sie Ihre Lippen nicht unbeaufsichtigt.«

»Und dann?«

»Hab ich ihm gesagt, dass das wohl die luschigste Ausrede ist, die ich jemals gehört hätte, und dass ich zwei Kinder habe, die mir jeden Tag achtundzwanzig verschiedene Seuchen anschleppen, und ich deshalb absolut keine Angst vor seinem Halsweh habe!«

»Und er?«

»Hat Knoblauchhühnchen bestellt. Aber ich war wild entschlossen. Ich meine, da bin ich seit Jahren endlich frei, muss nichts heimlich machen, will einfach mal ordentlich mit nem Kerl knutschen, und der Kerl macht, schon bevor das Essen überhaupt angefangen hat, einen Rückzieher.«

»Lusche!«, sage ich.

»Lusche!«, wiederholt Sarah und kippt den zweiten Amaretto. »Dann habe ich mein komplettes Flirtpotential ausgeschöpft. Und es lief auch echt gut. Er ist voll drauf abgefahren. Hat sein Knoblauchhühnchen gegessen und sein Halsweh vergessen, und nach dem Essen fragt er mich: ›Wohin jetzt?‹ Und ich sage: ›Lass uns doch noch einen Spaziergang am Wasserturm machen.‹«

»Sehr gut«, lobe ich. Am Wasserturm haben sich Henry und Sarah damals das erste Mal geküsst.

»Er fährt, ich sitze daneben, wir haben richtig Spaß im Auto und lachen über alles, was im Radio läuft. Er legt die Hand auf meinen Oberschenkel.« Ich muss an meine Münchner Taxiphantasie denken. »Und dann?«, frage ich gespannt. »Wir steigen aus. Der Mond scheint groß und dramatisch auf uns herunter. Die Bäume rauschen im Wind. Wir sind ganz allein da. Ich bleibe extra irgendwann stehen und schau ihn an. Er macht gar nichts. Also denke ich, na gut, mach ich den ersten Schritt und umarme ihn.« Ich nicke aufgeregt und zupfe an meiner Unterkinnhaut herum. »Er umarmt mich auch, aber ich merke schon, eigentlich will er das nicht. Wir stehen also ein paar Sekunden schweigend herum und umarmen uns. Das ist der Moment, um sich zu küssen, aber Henry steht da wie ein alter Apfelbaum, also ergreife wieder ich die Initiative und nähere mich seinem Mund.« Ich kann die Spannung jetzt nicht mehr aushalten.

»Ja UND???«, brülle ich jetzt fast Sarah an.

»Nichts. Er lässt mich los und will weitergehen. Und ich bin langsam richtig sauer und sage: ›Hey, also normalerweise küssen mich Männer, wenn sie die Gelegenheit dazu haben!‹« Ich schaue sie an. Was für eine selbstbewusste, mutige Frau meine Freundin ist. Sie wurde gerade von ihrem Mann verlassen wegen einer Jüngeren, dann trifft sie sich mit einem alten Verehrer und wirft sich ihm praktisch an den Hals, bleibt ungeküsst und haut dann so einen Satz raus. Ich klopfe ihr anerkennend auf die Schulter. »Und dann beugt er sich zu mir herunter und gibt mir so einen kleinen blöden Bussi auf den Mund.«

»Nein!«

»Doch!«

Ich schenke uns noch mal Amaretto nach, obwohl ich ganz sicher nur ein Glas trinken wollte. Wir stoßen an. »Lusche!«, sagen wir gleichzeitig und trinken.

Kapitel 6

Als ich aufwache, ist es merkwürdig still im Haus. Ich schaue auf die Uhr: halb neun! Ich wühle mich aus dem Bett und tapere in meinem alten Schlafanzugoberteil runter. In der Küche sitzen Sarah, Tom und Sven. Sven ist ein echt netter Kollege von Tom, der ab und zu bei uns strandet, wenn sich der Drehplan mal wieder verschiebt. Draußen gießt es in Strömen, und die beiden Männer warten auf den Anruf des Aufnahmeleiters, wann es mit welcher Szene für sie weitergeht. »Guten Morgen!«, sage ich extra fröhlich, um zu überspielen, dass es mir peinlich ist, so halb nackt vor Toms Kollegen aufzutauchen. Schauspieler sind ja alle so extrem locker, da will ich nicht als verklemmte Frau rüberkommen. Ich versuche heimlich mein Schlafshirt etwas länger zu ziehen.

»Annabel! Was für ein herrlicher Anblick!«, sagt Sven grinsend. Sarah ist auch noch im Schlafanzug, trägt aber immerhin eine Pyjamahose. »Wo sind die Kinder?«, frage ich etwas dämlich.

»Die habe ich heute Morgen alle versorgt und in Schule und Kindergarten gebracht«, sagt Tom stolz.

»Dein Mann ist echt ein Goldschatz!« Sarah streicht ihm über den Kopf, als wäre er ein Kater.

»Ich geh schnell duschen«, sage ich und verschwinde nach oben. Als ich wieder runterkomme, riecht es nach Kaffee, und die drei frühstücken. Ich fühle mich in Jeans und weißem T-Shirt um Längen besser und kann jetzt auch Sven umarmen.

Für einen Schauspieler ist er ein ziemlich unauffälliger, angenehmer Typ, achtunddreißig Jahre alt, blonde Haare, blaue Augen. Bei den *Rheincops* spielt er Toms zurückhaltenden Partner, der nie eine Frau abkriegt. Im echten Leben hat er zwar ab und zu mal eine Freundin, aber ernst wird es irgendwie nie bei ihm. Ich gieße mir einen Kaffee ein und kippe fast den ganzen Milchschaum in meine Tasse. »Ich mach gleich neuen«, sage ich entschuldigend.

»Sarah, willst du ihn denn noch mal treffen?«, fragt Sven. Offensichtlich hat Sarah ihre Henry-Geschichte von gestern Abend erzählt.

»Nee. Sicher nicht. Ich will aber vor allem wissen, warum er mich nicht geküsst hat.« Sie schaut fragend die beiden Männer an, die ganz angetan davon sind, bei so einem intimen Frauenproblem um Rat gefragt zu werden.

»Hast du ihm von deiner Trennung von Andi erzählt?«, will Tom wissen, der immer gerne erst mal Informationen sammelt, bevor er sich ein Urteil erlaubt.

»Ja, aber ich habe das Ganze ziemlich runtergespielt. Ich wollte ihm nichts vorjammern. Das ist mir schon klar, dass das ziemlich unsexy wäre.«

»Aber er weiß es. Dann wollte er vielleicht einfach Rücksicht auf dich nehmen«, schlägt Tom vor. Ich nicke zustimmend. Das könnte tatsächlich sein.

»Ich bitte euch«, mischt sich Sven ein. »So denken Männern nicht. Du bist eine echt attraktive Frau. Also wenn sich so eine praktisch anbietet, dann sagt man einfach nicht nein.«

»Ja eben!«, ruft Sarah und beißt energisch von ihrem Marmeladenbrötchen ab. »Vielleicht findet er mich nicht attraktiv.«

»Quatsch!«, sagen beide Männer und ich gleichzeitig.

»Ihr seid süß!« Sarah freut sich.

Tom denkt nach. »Ich ekel mich vor zu viel Lippenstift. Ich würde nie eine stark geschminkte Frau küssen. Hattest du Lippenstift drauf?«

Sarah schüttelt den Kopf. »Nur etwas Lipgloss, aber das hat ihn früher ja auch nicht gestört.«

»Vielleicht dein Geruch«, überlegt Sven.

»Mein Geruch?!« Sarah schnüffelt an ihrem Schlafanzug.

»Ich hatte mal ein Date mit einer total scharfen Frau. Die hatte so eine geile Oberweite ...« Er deutet mit den Händen ein D-Körbchen an, bis er merkt, dass Sarah und ich nicht gerade begeistert gucken. »Egal, jedenfalls echt scharf. Aber ich konnte mich einfach nicht überwinden, sie zu küssen, weil sie so komisch roch.«

»Wonach?«, will ich wissen.

»Deo oder Shampoo. Irgendwie so ganz intensiv scheußlich.«

»Riech ich irgendwie so? Intensiv scheußlich?«, will Sarah wissen und hält Sven ihre blonden Haare hin, damit er daran schnüffelt.

Er tut es etwas verschämt und sagt viel zu schnell: »Nein, alles bestens. Das war es nicht.« Tom steht auf und macht neuen Milchschaum. Das schmutzige Geschirr von gestern Abend hat er auch schon in die Spülmaschine geräumt. Ich hätte mich gestern gar nicht so aufregen müssen.

»Seid ihr mit deinem Auto gefahren?«, frage ich. Sarah bestätigt das. »Vielleicht fand er die alte Karre abturnend?« Fragend schaue ich die beiden Männer an. Die schütteln den Kopf.

»Na, ich hab ihm ja auch im Auto keine Benjamin-Blümchen-Kassette vorgespielt! Mein altes Autoradio hat zwar nur einen Kassettenrekorder, ich konnte also keine schönen Erinnerungssongs vom Handy abspielen, aber das ist doch kein Grund, mich nicht zu küssen!«

»Dieser Henry. Ist der liiert?«, fragt Sven.

»Ja. Der ist sogar verheiratet.«

»Na also. Dann ist die Sache doch klar.« Sarah und ich schauen uns verständnislos an. »Er will einfach seine Frau nicht betrügen«, erklärt mir Tom und schaut mir dabei treu in die Augen.

»Ein Kuss ist doch noch kein Betrug«, versucht Sarah sich zu rechtfertigen.

»Aber Henry geht davon aus, dass nach dem Kuss eben der Sex kommt«, erklärt Tom. »Ist doch logisch.«

»Das ist überhaupt nicht logisch. Henry kann doch nicht davon ausgehen, dass Sarah mit ihm schläft!«, sage ich.

»Davon ausgehen kann er nicht. Aber das ist es, was er eigentlich will, aber nicht kann, weil er verheiratet ist.«

»Du meinst, der hat echt gedacht, ich würde mit ihm am Wasserturm rumvögeln?«, regt sich Sarah auf. Tom nickt. »Obwohl ich noch keine zwei Wochen von Andi getrennt bin?!« Sven nickt.

Ich finde die Vorstellung, dass Henry sich so was gedacht haben könnte, auch empörend. »Was glaubt ihr Männer eigentlich? Für euch ist es nur dann spannend, eine Frau zu treffen, wenn am Ende dabei Sex herausspringt?« Jetzt traut sich keiner mehr zu nicken, aber ihr Schweigen bedeutet wohl ja.

Passenderweise kommt genau in diesem Augenblick der Anruf vom Aufnahmeleiter. Die zwei sollen umgehend in der Maske auftauchen, im nächsten Bild sind sie dran. Erleichtert verlassen Tom und Sven die Küche.

Ich baue Sarah noch ein bisschen auf, die sich jetzt unsexy und vermutlich auch noch schlecht riechend findet. Nachdem sie duschen war, verspricht sie mir, heute Nachmittag vorbeizukommen, damit ich den geheimen Stiefelverschicker treffen kann. Wir rätseln noch ein bisschen, wer es sein könnte, tippen beide auf Kleisterberg, dann muss sie los.

»Sag ihm, dass du kein Botox brauchst!«, ruft sie noch aus dem Autofenster. Ich beschließe, mich sinnvoll mit Wäschebergen abzulenken. Noch sechs Stunden bis siebzehn Uhr.

Ich fahre um sechzehn Uhr schon los, damit ich vor dem geheimnisvollen Stiefelverschicker am Café Elefant bin. Schwungvoll biege ich in den Reichenspergerplatz ein und fahre eine Runde um das schöne Gerichtsgebäude herum, das hier in der Gegend irgendwie fehl am Platz ist.

Bevor wir Kinder bekamen, wohnten Tom und ich mal in der Nähe, in einer kleinen, gemütlichen Altbauwohnung ohne Balkon. Der Vermieter bekam Schnappatmung, als er sah, dass wir eine Wand dunkelblau und eine andere ganz in Gold gestrichen hatten. In zwei Minuten waren wir von unserer Wohnung aus am Rhein. Ich erinnere mich an viele schöne Abendspaziergänge. Wir flanierten die hässliche Steinpromenade am Ufer entlang, eingerahmt von der Süd- und der Zoobrücke. Mit Blick auf die Schiffe küssten wir uns, stritten oder schmiedeten wilde Zukunftspläne.

Am Gerichtsgebäude finde ich wie erwartet keinen Parkplatz. Ich biege rechts in die Weißenburgstraße ein und freue mich über den Anblick der schönen großen Bäume. Mein Mini holpert über das Kopfsteinpflaster, und ich sehe links auf der Straßenseite, die an die Allee grenzt, einen Parkplatz. Das war nicht zu erwarten. Jetzt bin ich tatsächlich viel zu früh hier. Noch fünfunddreißig Minuten, bis es siebzehn Uhr ist.

Ich beschließe, erst noch ein bisschen durch die Allee zu laufen. Im Sommer spielen die Leute auf der gestampften Erde Boule. Kinder fahren mit Laufrädern herum, und Hunde verrichten ihre Geschäfte. Das tun sie leider auch im Winter, und so muss ich richtig aufpassen, wo ich hintrete. Die Sonne hat sich entschlossen, sich zum Abend hin noch einmal zu zeigen. Die Häuserblocks tauchen alles in Schatten, und nur die glücklichen Anwohner mit Dachterrassen können sich über die Abendsonne freuen. Das war lange unser Traum, eine Wohnung in der Stadt mit Dachterrasse. Wir sind sehr oft umgezogen, aber so eine Wohnung war nie dabei. Kristina wohnt in einer schicken Dachwohnung, allerdings in Düsseldorf, im teuren Golzheim. Manchmal treffen wir Mädels uns alle im Sommer bei ihr auf der Dachterrasse. Dann halten wir unsere großen Sonnenbrillen in die Abendluft und schlürfen Prosecco und essen schokoladenüberzogene Erdbeeren und fühlen uns für zwei Stunden herrlich erwachsen und erfolgreich und schön.

Ich laufe vorbei am Café Weißenburg. Früher war das »unser Café«. Alles, was nicht am Rhein besprochen werden konnte, wofür man ein Glas Rotwein in der Hand halten musste, wurde von Tom und mir hier gelöst. Heute haben wir überhaupt kein Café in Laufnähe. Mir fällt auf, dass ich das vermisse. Tom und ich sollten uns wieder ein Stammcafé suchen. Realistisch gesehen, könnten wir es sogar zwei Mal im Jahr schaffen, dort Rotwein zu trinken und wichtige Dinge zu besprechen. Ich seufze innerlich. Das Leben mit Kindern ist manchmal ein einziger Staffellauf aus »Weißt du noch, was wir früher immer gemacht haben«-Sätzen. Neben dem Café Weißenburg gibt es immer noch die Reinigung von Theo und Paul, die damals mein Hochzeitskleid reinigten. Ich war ewig nicht hier. Die Metzgerei gab es damals wohl auch schon, beim Bäcker bin ich mir sicher.

Ein paar Meter weiter sehe ich schon das kleine Caféschild mit dem schwarzen Elefanten darunter. Türkisfarbene Stühle und Tische stehen davor auf der Straße, obwohl es seit Monaten zu kalt ist, um draußen zu sitzen. Ich schaue auf die Uhr. Zwanzig vor fünf. Jetzt bin ich richtig aufgeregt. Ich öffne die Tür und trete in den kleinen Raum. Hinter dem französisch aussehenden Tresen werkeln zwei junge Frauen herum. Die Dunkelhaarige lächelt mich an. In der Auslage liegen Paprika und Ingwer und Obst. Obendrauf stehen drei Packungen Eier. Die grüngestrichene Holzverkleidung sieht toll aus. Ich bereue fast, meine Küchenfronten nicht auch in diesem Ton gestrichen zu haben, meine sind heller. Vorne in dem Raum, den ich gerade betreten habe, gibt es nur vier Tische aus grünem Stahlgestell mit Granitplatten. Zwei davon sind besetzt mit jeweils zwei Frauen, die sich angeregt unterhalten. Durch die Glastür betrete ich den hinteren Raum mit der gleichen dunkelroten Holzvertäfelung an der Wand wie in dem vorderen. Sechs weitere Tische, von denen keiner besetzt ist. Mein Stiefelmensch ist noch nicht da. Ich wähle den Tisch ganz hinten am Fenster, ziehe meine Daunenjacke aus und husche schnell noch mal auf die Toilette. Die alte Tür lässt sich nicht gut schließen. Neben dem Waschbecken stehen zwei Wägelchen, die alte Frauen gerne benutzen, um ihre Einkäufe nach Hause zu rollen. Ob die hier von jemandem geparkt wurden? Ich habe gar keine alten Frauen gesehen. Dann sehe ich, dass sich Altglas in den Taschen befindet. Ich schaue in den Spiegel und denke: Altglas. Ich seh auch aus wie Altglas. Zu Hause habe ich versucht, mich für das Stiefeltreffen jung zu machen, falls es wirklich Richard ist. Ich habe eine Jeans mit Löchern angezogen und ein dunkelblaues T-Shirt mit V-Ausschnitt und Schrift drauf. Die Haare habe ich mir hinten zu einem wuscheligen Knoten gebunden, damit es nicht so aussieht, als hätte ich mir allzu viele Gedanken um meine Frisur gemacht. Leider ist mir das Haargummi aus meinen glatten, dünnen Haaren gerutscht. Jetzt fallen sie mir ungestylt auf die Schultern. Ich wuschle sie einmal mit den Fingern durch, bin unzufrieden und würde am liebsten wieder gehen. Vielleicht mache ich das auch. Das ist doch bescheuert, hier auf jemanden zu warten, der mir meinen rechten Stiefel wiederbringt. Richard soll mich gefälligst anrufen und einen vernünftigen Termin mit mir machen. Wahrscheinlich will er bei dem Treffen hier sowieso nur gucken, wie teuer es wird, wenn man mich komplett restaurieren muss.

Ich steuere auf meinen Tisch zu und bemerke einen jungen Mann, der auch im hinteren Raum Platz genommen hat. Ich setze mich und werfe einen Blick in die Karte, auf der selbstverständlich auch ein Elefant zu sehen ist. Jemand tritt an meinen Tisch. Ich weiß noch gar nicht, was ich bestellen will und blicke hoch in die grünen Augen meines Tischnachbarn. Er lächelt mich an. »Darf ich?«, fragt er, wartet die Antwort aber gar nicht ab und setzt sich frech zu mir an den Tisch.

Ich weiß nicht, was ich machen oder sagen soll. Alles, was mir einfällt, ist: »Ich warte auf jemanden.«

»Soso«, sagt er und lächelt mich weiter an. Spinnt der? Er ist ein gutaussehender Kerl. Sicher weiß er das auch. Seine dunklen Haare fallen ihm in die Augen mit den langen Wimpern. Er hat einen Dreitagebart und trägt ein weißes Hemd und eine ziemlich lässige Jeans mit einem ziemlich coolen Gürtel. Ich schätze ihn auf Ende zwanzig. Er bringt mich völlig aus dem Konzept, und ich kann überhaupt nicht einschätzen, warum er sich an meinen Tisch setzt. Will er mein Portemonnaie klauen? Ich fasse heimlich an meine Handtasche, die an meinem Stuhl hängt, und finde einen Zipfel Souveränität wieder.

»Was kann ich denn für dich tun?«, frage ich ihn.

»Für den Anfang könntest du dich mal an mich erinnern«, sagt er und schaut mich unverwandt an. Verwechselt er mich? Irgendwie kommt er mir aber tatsächlich ein bisschen bekannt vor. Ich verfluche mein Antitalent, mich an Menschen zu erinnern. Er sieht in meinem Gesicht, dass ich keine Ahnung habe, in welche Ecke ich ihn einsortieren soll. Langsam holt er unter dem Tisch meinen rechten Stiefel hervor. Er ist der geheimnisvolle Stiefelverschicker aus Bochum!

»Du bist der Staubsauger!«, fällt es mir plötzlich wieder ein. Der Praktikant, der mit mir beim Casting um die Wette gesaugt hat.

»Herr Werner, von der Verbraucherzentrale Duisburg«, korrigiert er mich lächelnd.

»Und wie heißt du richtig?«

»Sascha. Sascha Lenders.« Er hält mir die Hand hin. Ich nehme sie, sie ist ganz warm.

»Annabel. Annabel Förster«, sage ich überflüssigerweise. Die dunkelhaarige Bedienung kommt, und er bestellt Bitter Lemon, ich eine Erdbeermilch. »Jetzt erzähl, wie kommst du an meine Stiefel?«, frage ich ihn.

»Ich musste den Staubsauger oben ins Büro bringen, und als ich aus dem Aufzug steige, liegen da im Flur deine Stiefel herum.«

»Woher wusstest du, dass das meine sind?«

»Na, die habe ich doch an dir gesehen beim Wettsaugen.«

»Du bist also ein Mann, der auf die Schuhe einer Frau achtet?«, frage ich.

»Immer«, behauptet er.

»Dann sag mir mal, welche Schuhe ich heute anhabe.«

»Es sind wieder Stiefel«, sagt er. »Diesmal in Braun mit Fell.«

Ich bin beeindruckt. »Und dann hast du sie aufgesammelt und mir den Erpresserbrief geschickt.« Er nickt. »Warum hast du mir nur den Linken geschickt?«, will ich wissen.

»Um dich zu treffen«, antwortet er geradeheraus. Die Dunkelhaarige kommt mit unseren Getränken. Ich nehme einen Schluck von der Erdbeermilch. Sie schmeckt super. »Ich wollte unbedingt wissen, warum du deine Stiefel einfach oben im Flur hast liegen lassen.«

»Soso«, sage ich jetzt wie er vorhin, weil ich ihm die echte Geschichte eigentlich auf gar keinen Fall erzählen will. »Was vermutest du denn?«

Er grinst. »Eine Frau, die ihre teuren Stiefel irgendwo liegen lässt, hatte entweder wilden Sex, oder sie hatte es furchtbar eilig. Oder erst wilden Sex und es dann furchtbar eilig.«

»Leider nicht«, sage ich und entscheide mich zu einer Gegenfrage: »Warum hast du den Stiefel aus Bochum verschickt? Wohnst du da?«

»Nicht mehr. Ich hab in Bochum Medizin studiert, bin jetzt aber nach Köln gezogen für das Praktikum.«

»Warum macht ein Medizinstudent ein Praktikum in einer blöden Produktionsfirma?«

»Ehemaliger Medizinstudent«, verbessert er mich. Er zuckt die Schultern. »Als ich mit dem Studium fertig war, hatte ich keine Lust, meinen Facharzt zu machen, und dachte, ich schnupper mal ein bisschen Fernsehluft.«

»Lohnt sich nicht«, sage ich und schlürfe meine Erdbeermilch durch den grünen Strohhalm.

»Nein?«

»Nein. Wie alt bist du?«, will ich wissen.

»Achtundzwanzig.« Es ist ihm tatsächlich ein bisschen peinlich. Er trinkt sein Bitter Lemon und schaut aus dem Fenster. Wir schweigen, und ich frage mich, was er eigentlich von mir will. Als könnte er meine Gedanken lesen, sagt er: »Ich war mit zehn in dich verliebt. Ich fand, du warst die allerschönste Frau auf der Welt.« Das darf nicht wahr sein. Ich hab hier einen alten *Zippezapp*-Fan am Tisch sitzen. Wieso war er bitte erst zehn, als ich *Zippezapp* moderiert habe? Ich rechne. Neununddreißig minus achtundzwanzig macht elf. Er ist elf Jahre jünger als ich. Ich war einundzwanzig, er zehn. Das kommt hin. »Jetzt komm ich mir gar nicht alt vor«, sage ich, »überhaupt nicht.«

Er geht gar nicht darauf ein. »Ich hab dich sofort wiedererkannt im Studio und war richtig aufgeregt, als ich den Verbrauchertyp gespielt habe.«

»Du warst gut«, sage ich. »Nicht immer bekommt man einen Arzt als Staubsaugergegner.« Wir grinsen uns an. Er fragt nach meiner Familie und will wissen, wie alt meine Kinder sind. Er erzählt von seiner Wohnungssuche in Köln und dass er gerne einen Hund halten würde. Ich erzähle ihm vom Cavalier-King-Charles-Welpen und zeige ihm Bilder auf meinem Handy. Er rutscht nah an mich heran, um die Bilder besser sehen zu können. Er riecht gut. Irgendein ganz tolles Aftershave, vermischt mit seiner persönlichen Note Männlichkeit. Er schaut sich konzentriert die Hundebilder an, und ich wage einen Blick auf sein Gesicht. Er hat Wimpern, die sich jedes Mädchen wünschen würde. Seine Bartstoppeln sind alle ganz dunkel. Da ist nichts grau wie bei Tom, wenn er einen Dreitagebart hat. An der linken Wange hat er eine ganz kleine Narbe. Und keine Falten. Ein junges, schönes, männliches Gesicht. Plötzlich wird mir bewusst, wie ich wohl aussehe. Mit meiner doofen Zornesfalte auf der Stirn und den ungestylten Haaren und der schlaffen Unterkinnhaut, die er von der Seite sicher besonders gut sehen kann. Die Hundebilder sind zu Ende angeschaut, und jetzt ist plötzlich ein Bild von mir und Tia auf dem Display zu sehen. Ich bin als Indianerin verkleidet und rauche mit Tia zusammen eine Friedenspfeife, die eigentlich ein Bleistift ist. Geschickt vergrößert er das Bild, so dass nur noch ich zu sehen bin. Ich will ihm das Handy aus der Hand nehmen, aber er hält es fest. Unsere Hände berühren sich, und er schaut mich mit seinen grünen Augen an und sagt voller Überzeugung: »Du bist so schön.«

Ich werde rot wie ein kleines Mädchen und angele nach meiner Tasche. »Ich ... muss dann mal.«

»Vergiss deinen Stiefel nicht!« Er hält mir den Schuh hin und steht mit mir zusammen auf. Wir warten peinlich am französischen Tresen herum, bis uns die Dunkelhaarige die Rechnung fertig macht. Ich bestehe darauf, ihn einzuladen.

»Schließlich hast du meine Stiefel gerettet«, sage ich, als wir in die Kälte auf die Straße treten.

»Und immer noch nicht erfahren, warum du sie verloren hast.«

»Das nächste Mal«, lächele ich.

»Es gibt ein nächstes Mal?«, fragt er und umarmt mich einfach.

Ich bin völlig überfordert. »Falls wir uns mal wieder beim Staubsaugen treffen«, versuche ich locker zu klingen. Er ist nicht viel größer als ich. Sein Gesicht ist ganz nah an meinem. Seine grünen Augen funkeln mich an, und er riecht schon wieder so gut.

Er zieht mich an sich heran und flüstert mir ins Ohr: »Nächste Woche selbe Zeit, selber Ort.« Ohne meine Antwort abzuwarten, dreht er sich um und rennt fast davon. Ich kann plötzlich den Zehnjährigen sehen, der er vor achtzehn Jahren war. Ich muss ganz dringend Sarah anrufen. Die flippt aus.

Kapitel 7

»O Gott, ist der süß!«

»Der hat ganz kleine Ohren!«

»Und das süße Schwänzchen!« Meine Kinder sind hin und weg. Die Züchterin hält uns einen drei Wochen alten Welpen entgegen, der tapsig versucht alles anzulecken und zu beknabbern, was ihm vor das Schnäuzchen kommt. Sechs Kinderhände strecken sich der Züchterin entgegen, aber sie drückt mir den Winzling in die Hände. Ich halte das kleine warme Bündel an meine Wange, und er fängt sofort an mir nasse Küsschen zu geben. Ich bin entzückt. »Bitte, bitte Mami, darf ich auch mal?!« Ungeduldig bettelt Tia mich an.

»Gleich«, sage ich und denke, dass ich den kleinen Kerl leider nie mehr hergeben kann. Er weckt sämtliche Mutterinstinkte bei mir. Ich will ihn festhalten und beschützen und auf gar keinen Fall an jemanden abgeben. Auch nicht an meine Kinder. Aber schließlich reiße ich mich zusammen und reiche die Handvoll Hund weiter an Tia, während Flip und Lucy beinahe sterben, bis sie endlich auch dran sind. Tom hält sich lächelnd im Hintergrund und lässt uns vier Mädchen machen. Vorsichtig reichen die Schwestern den Kleinen von Kinderhand zu Kinderhand, und er küsst alle der Reihe nach ab. Flips Bändel von ihrem Kapuzenpulli haben es ihm besonders angetan. Hingebungsvoll knabbert er auf ihnen herum.

»Welchen Boden haben Sie zu Hause?«, fragt mich die Züchterin.

»Äh, unten Dielen und Fliesen, oben Parkett.« Ich wundere mich über diese Frage, denn ihrem Haus nach zu urteilen, macht sie sich nicht viel aus Einrichtung.

»Über den Parkettboden werden Sie in der ersten Zeit Teppiche legen müssen.« Bitte was?

»Ich dachte, Teppich geht gar nicht, weil die anfangs doch noch ab und zu mal Pipi ins Haus machen?«, sage ich verständnislos.

»Auf Parkett rutschen die Kleinen so. Das ist nicht gut für die Gelenke«, belehrt sie mich. »Halt! Nie nur am Bauch hochheben, ihr müsst immer den Popo unterstützen«, sagt sie zu Flip, die den Kleinen gerade noch mal an Tia weiterreicht.

Die Züchterin ist eine große Frau, schätzungsweise Mitte fünfzig. Ihre grauen Haare hat sie zu einem Pferdeschwanz gebunden. Ihre Stimme ist tief und etwas donnernd. Nur wenn sie mit den Welpen spricht, wird ihre Tonlage etwas sanfter und höher. Allerdings nur bei ihren Welpen, nicht bei meinen. Ihr Haus ist komplett praktisch für Hunde eingerichtet. Das Sofa sieht so aus, als gehöre es den Hunden, und zwar ausschließlich. Kleine Wasserfontänen, sogenannte Trinkbrunnen, stehen an jeder Ecke, man muss sehr aufpassen, wo man hintritt. Wir haben alle schon nasse Socken, und ich bereue, dass wir unnötigerweise die Schuhe an der Tür ausgezogen haben. Die Züchterin hat einen Boxer und sieben Cavalier-King-Charles-Hunde, die uns bei unserer Ankunft vor zwei Stunden alle schwanzwedelnd begrüßt haben. Kein einziger bellte. Ein gutes Zeichen. Um ins Wohnzimmer zu gelangen, muss man ein Kinderschutzgitter öffnen. Nachdem uns Edeltraut, die Züchterin, das Gitter geöffnet hatte, stürzte sich der Boxer Lulu sofort auf Lucy und begrub sie vor lauter Liebe erst mal unter sich. Edeltraut nahm es gelassen, Tom weniger. Etwas hilflos zog er an dem fünfunddreißig Kilo schweren Tier herum, um seine Tochter zu retten. »Aus, Schluss, Pfui!«

»Nein, nein«, donnerte Edeltraut. Erst dachte ich, sie spreche mit dem Boxer, aber sie redete mit Tom, der aufgeregt an Lulus Halsband zog. »Nicht drei Kommandos auf einmal geben. Sagen Sie ›Nein, Lulu!‹«

»Nein, Lulu!«, brüllte Tom.

»Sie müssen dabei gar nicht die Stimme heben. Einfach nur bestimmt nein sagen.« Der Boxer war inzwischen mit Lucy fertig, die zerzaust, aber wohlbehalten wieder auftauchte. Anschließend stürzte er sich auf Flip. Aber die war vorbereitet und wehrte ihn mit einem bestimmten »Nein!« ab. »Sehr gut«, lobte Edeltraut und holte eifrig Kaffee und Kekse aus der Küche und stellte alles auf den Esstisch mitten im Raum. Keiner von uns kam dazu, sich zu setzen. Es gab so viele Hunde zu streicheln und so viele Fragen zu beantworten. Edeltraut prüfte uns auf Herz und Nieren. Wann wer wie viel arbeitet, wie oft wir in den Urlaub fahren, ob wir hundegeeignete Ferienwohnungen mieten und ob unser Haus überhaupt hundegeeignet wäre. Tom und ich sahen uns ratlos an. Schließlich sagte Tom: »Also, bei uns sind drei Kinder gefahrlos groß geworden. Da sollten wir das mit einem kleinen Hund wohl auch schaffen.«

»Haha!«, lachte Edeltraut scheppernd und schlug Tom kräftig auf die Schulter. »Der ist gut! Hahaha! Greifen Sie zu!« Sie schob uns Kekse hin, die ich gar nicht mochte, aber auf die Kinder war wie immer Verlass. In fünf Minuten hatten sie den kompletten Keksteller vernichtet. »Gesunden Appetit haben die Kleinen!« Edeltraut war sehr zufrieden. Tom trank tapfer den starken schwarzen Kaffee ohne Milch, und ich nippte an meinem Glas Wasser und stellte mich weiteren Kreuzverhörfragen. Welches Auto wir fahren, ich verschwieg den Mini, ob wir einen Garten hätten, ich schummelte ihn etwas größer, ob eine Hundewiese in der Nähe sei, ich erfand schnell eine um die Ecke und hoffte, Tia würde nicht zuhören und mich berichtigen. Ich hatte zwar allen Kindern vorher eingebläut, dass wir uns möglichst hundefreundlich und gut präsentieren müssen, damit wir von Frau König auch einen Welpen bekommen, aber

Tia ist sehr wahrheitsliebend. Die Kinder und Tom hatten sich alle auf den Boden gesetzt und mindestens ein Fell auf dem Schoß. Der Boxer Lulu wich nicht von Lucys Seite und versuchte ab und zu auch, auf ihren Schoß zu klettern. Man sah nur noch Lucys Beine und dann das überdimensional große Hundetier, hinter dem sie völlig verschwand. Ich konnte Tom ansehen, dass ihm das gar nicht so recht war, aber da Lucy keine Angst hatte und einfach das riesige Gnu auf ihrem Schoß tätschelte, sagte er nichts. Dann kam die unbequeme Frage, was wir denn beruflich machen.

Ich mag diese Frage nicht, weil es immer etwas peinlich ist, zu erzählen, dass wir beide etwas im Fernsehen machen. Jedes Mal ist die Reaktion die gleiche: »Tatsächlich? Wir gucken ja kaum Fernsehen. Muss man Sie denn kennen?«

Und dann muss man abwinkend mit der Hand wedeln und sagen: »Nein, nein, ich mach nur eine ganz kleine Sendung, die mitten in der Nacht läuft, und Toms Serie läuft nur montags, und die schaut man natürlich auch nur, wenn man Polizeiserien mag.« Dann fragen die meisten, auf welchem Sender wir zu sehen seien, und erklären dann sofort, dass sie leider nur Arte und BBC schauen und das ganze Rumgeballer in Polizeiserien nicht leiden können und auch nicht verstehen, warum es so viele davon gibt. Dann muss man nicken und sagen, man selbst verstehe das auch nicht, aber es sei ein Glück für Tom, und seine Serie sei auch anders, da könne man noch echte Geschichten sehen. Und schließlich versprechen sie uns, sie würden das nächste Mal ganz bestimmt gucken, wenn sie Zeit haben und zufällig auch ihren Fernseher finden, der ja so selten und auch nur für ganz hochwertiges Programm angeschaltet wird.

Edeltraut kürzte das Ganze ab. »Aha«, sagte sie, und das Thema war erledigt. Offensichtlich hatte ich die Fragenprüfung bestanden, denn dann durften wir endlich die Welpen sehen, die im hinteren Teil des Wohnzimmers in einem abgetrennten Bereich alle wie kleine Wollknäule auf fluffigen Kissen schliefen. Im Welpengehege liegt mehr Spielzeug als in allen drei Kinderzimmern bei uns zu Hause zusammen. Es gibt eine Schaukel und dreihundert Stofftiere. Bälle, Quietscheentchen, einen Tunnel, durch den die Welpen durchlaufen können, eine Wippe und ein Körbchen, gefüllt mit Holzpellets.

»Was ist das?«, traute sich Tom zu fragen.

»Das ist ihre Toilette. Ich gewöhne sie ganz früh daran, sich nur dort zu lösen.«

»Lösen?«, fragte Lucy.

»Pipi machen«, erklärte ich.

»Ja, und vor allem die Häufchen sollen sie da rein machen«, donnerte Edeltraut. So genau wollte ich das gar nicht wissen, aber sie fuhr fort mit einem Vortrag über die Verdauung und wer wie oft wie viele Häufchen wohin macht. Tia fragte mich zum achten Mal, ob wir die Welpen mal auf den Arm nehmen dürfen.

»Ich weiß es nicht!«, erklärte ich genervt. Wir mussten dann tatsächlich insgesamt anderthalb Stunden warten, bis die Wollknäule endlich aufwachten, und dann kam der große Moment.

Jetzt sind wir alle ganz verliebt in den kleinen Kerl. Es gab fünf Welpen in diesem Wurf, aber nur einen einzigen Rüden. Tom hatte sich etwas männliche Unterstützung in seinem Weiberhaushalt gewünscht, und ich war einverstanden, weil es für Rüden auch viel schönere Namen gibt. Mit dem Namen sind wir uns allerdings alle noch ziemlich uneinig. Tom will ihn Schimanski nennen, Tia Bello, Lucy mag Nero, Flip wünscht sich einen Sylvester, und ich hätte gerne einen Ludwig. Der kleine Hund ist jetzt auf Lucys Arm eingeschlafen, und sie sitzt so still, wie sie nur kann, und streichelt ihn verzückt mit dem Zeigefinger. Erstaunlich zärtlich nimmt die große laute Edeltraut den kleinen Welpen, drückt ihm noch ein Küsschen auf die Schnauze und legt ihn wieder zu seinen Geschwistern auf die fluffigen Kissen. »Sie müssen einen Namen mit Z finden«, informiert sie uns.

»Mit Z?!«, fragt Flip entsetzt. »Ist das Ihr Z-Wurf?« Wir

hatten im Internet schon recherchiert, dass die Züchter ihre Würfe nach dem Alphabet nummerieren. Der erste Wurf ist der A-Wurf, der zweite der B-Wurf und so weiter. Alle Welpen aus dem Wurf erhalten dann einen Namen mit diesem Anfangsbuchstaben.

»Z-Wurf ist natürlich voll Banane!«, spricht Lucy aus, was wir alle denken. Edeltraut lacht wieder ihr dröhnendes Lachen und meint:

»Sie werden schon einen Namen finden. Sonst such ich einen aus.« Tom und ich gucken uns an und denken beide das Gleiche. Wir müssen grinsen. Wenn Edeltraut den Namen aussucht, dann heißt er garantiert Zorro. Die Mädchen hängen noch eine Weile verzückt an der Absperrung und betrachten die schlafenden Minihunde. Edeltraut hält uns noch einen Vortrag darüber, wie wichtig es sei, mit dem Kleinen eine Hundeschule zu besuchen. Sie wirft mit Wörtern wie Dummytraining, Nasenarbeit, Obedience und Agility um sich. Tom lächelt sie einfach nur an, und ich blicke hilflos zu Flip rüber, die bei allem wissend nickt.

»Ab welchem Alter kann man denn mit Agility beginnen?«, mischt sie sich ein. Edeltraut erklärt, dass sie mit den Welpen schon jetzt spielerisch trainiert und sie natürlich schon viel weiter sind als alle anderen Welpen, die wir in der Hundeschule in Zukunft treffen werden. Ich muss an die Spielplatzbesuche denken und die zähen Gespräche mit anderen Müttern, die alle ihre Jan-Niklasse und Liese-Lottas früh förderten und genau dieselben Sätze benutzen wie die Züchterin. Flip findet das Gott sei Dank alles spannend, hört sich noch an, dass der Hund im ersten Jahr auf keinen Fall Treppen steigen darf oder springen und dass wir auf jeden Fall lieber mal auf Schokolade und Weintrauben verzichten sollen, weil das für Hunde giftig sei.

»Auch wenn ICH das esse?«, fragt Tia. Und Tom und ich grinsen uns wieder heimlich an.

»Zeit zu gehen!«, sage ich zu meiner Familie und stehe auf.

Wir sammeln umständlich all unsere Jacken, Schuhe, Mützen und meine Handtasche ein. Flip tritt von einem Fuß auf den anderen.

»Mama!« Sie zieht an meiner Jacke rum. »Wir müssen fragen, ob wir denn einen Welpen kriegen. Haben wir bestanden?« Mir wäre es viel lieber, Flip würde diese Frage Edeltraut stellen, dann müsste ich es nicht tun. Aber sie zupft nur weiter und immer dringlicher an meiner Jacke herum. Wieso muss ich hier eigentlich plötzlich alles regeln? War das nicht Toms Plan und der der Kinder? Tom streichelt zum Abschied alle Hunde und macht überhaupt keine Anstalten, mal die entscheidende Frage zu stellen. Warum zupft Flip nicht an ihm rum? Was soll's? Ich mach es.

»Frau König, sagen Sie, kämen wir denn für einen Welpen in Frage?« »Also, so als Familie?«, füge ich sinnloserweise hinzu. Die große Frau sieht aus, als würde sie mich gleich mit einem nassen Lappen erschlagen. Mit unbewegter Miene macht sie zwei schnelle Schritte auf mich zu und drückt mich plötzlich an ihre Brust. Dabei klopft sie mir ordentlich auf die Schulter, als wäre ich ihr Boxer Lulu. »Frau Förster, Sie bekommen den Kleinen!«, sagt sie feierlich, und die Kinder jubeln.

»Dass du dir das jetzt auch noch antust.« Kristina ist nicht begeistert von unseren Hundeplänen. Wir sitzen zusammen in ihrem stilvollen Wohnzimmer mit Blick über Düsseldorf. Kristina hat echt ein Händchen für Inneneinrichtung. Ihr Sofa ist geschickt in eine Nische gebaut, mit verschiedenen ganz bunten Stoffen bezogen und mit passenden Kissen bestückt. Man liegt eher, als dass man sitzt, und ich fühle mich jedes Mal an die Clubs in Amsterdam erinnert, in denen man in Lounge-Ecken versumpfen und Gras rauchen kann. Wir rauchen nichts, trinken dafür ayurvedischen Schönheitstee.

»Schmeckt wie Elfenpipi«, sagt Sarah, als Kristina uns einschenkt.

»Das ist eine feurige Kräuter- und Gewürzmischung, die das Gefühl innerer Reinheit erspüren lässt und Kapha und Pitta besänftigt«, lese ich vor, was auf der kleinen hübschen Teedose steht.

»Was ist denn Kapha und Pitta?«, fragt Sarah.

»Lebensenergie«, sagt Kristina und klingt dabei unheimlich weise. Und vermutlich hat sie auch recht, und es wäre wirklich weise, sich keinen Welpen anzuschaffen.

»Das war ja nicht meine Idee mit dem Hund. Aber ich will auch nicht immer die Doofe sein, die alles verbietet.«

»Das war bei uns auch so«, sagt Sarah. »Andi war immer nur für den Spaß zuständig. Ich durfte die ganze Erziehungsarbeit leisten.«

»Man kann doch für Spaß zuständig sein, ohne gleich einen Hund anzuschaffen«, belehrt uns Kristina. Zeit, meine Fotos auf dem Handy zu zeigen. Ich ernte entzückte Rufe, danach ist das Thema vom Tisch und der Lebensenergietee glücklicherweise leer. Sarah macht mir seltsame Zeichen. Es sieht aus, als hätte sie unkontrollierte Zuckungen. Ich weiß nicht, was sie will. Schließlich gibt sie genervt auf.

»Erzählst du es Kristina?«, fragt sie jetzt laut. Na klasse. Habe ich jetzt noch eine Wahl?

»Nur wenn du deine Männergeschichte auch erzählst und ich noch etwas Vernünftiges zu trinken bekomme.« Kristina springt auf. Sie will sich nicht anmerken lassen, wie neugierig sie ist, aber ich sehe es doch.

»Latte Macchiato?«, bietet sie an. Sarah und ich nicken und folgen ihr in die große cremefarbene Küche. Eine riesige Vase mit großen schnabelartigen Blumen steht auf der Kücheninsel. Es gibt eine gemütliche Eckbank, die wie das große Lounge-Sofa mit vielen bunten Stoffen bezogen ist, kleine Kissen mit Troddeln liegen in perfektem Abstand zueinander überall verteilt. Über der Eckbank, die für Kristina und Madita allein viel zu groß ist, hängen ganz viele Bilder an der Wand. Sie zeigen

Madita als Baby, Madita mit eins vor einem Geburtstagskuchen mit einer Kerze darauf, Madita mit anderthalb auf einem Bobbycar, Madita mit fünf auf einem Pferd. Wo man hinschaut, strahlt einen das hübsche Mädchen mit seinen dunklen Augen an. Ein Bild zeigt die ganze Familie. Madita mit zwei im Urlaub am Meer mit Kristina und Lars. Ich glaube, das war ihr letzter gemeinsamer Urlaub. Lars ist auf einigen Bildern zu sehen. Auch Sarah scheint das heute zu bemerken.

»Wie schaffst du das, Bilder von Lars an die Wand zu hängen?«, fragt sie Kristina, die gerade die chromglänzende Profi-Kaffeemaschine bedient.

»Anfangs hatte ich alle abgehängt. Aber für Madita ist es wichtig. Er ist eben ihr Vater. Auch wenn sie ihn im Schnitt nur alle zwei Monate sieht.« Kristina und Lars sind seit fünf Jahren geschieden. Das ist vielleicht Zeit genug, um zu verzeihen oder wenigstens Frieden zu schließen. Ich glaube, die richtig große Liebe war es nie zwischen Kristina und Lars, aber wer weiß das schon? Mit Tom und mir, das war auch keine Liebe auf den ersten Blick, aber auf den zweiten hat es dann ziemlich geknallt. Ich war fünfundzwanzig und gerade frisch aus New York nach Köln gezogen. Ich hatte ein Jahr im Big Apple verbracht. Eigentlich war ich wegen eines Typs rübergeflogen. Jason hieß er. Das mit Jason und mir hielt genau zwei Wochen, und in diesen vierzehn Tagen hatte ich mich in die Stadt verliebt. Ich beschloss zu bleiben, jobbte illegal in Coffeeshops und nahm Sprechunterricht bei einer alten, etwas irren Dame, die sich Joyce nannte und um die Ecke am Upper Broadway in einer winzigen Bude mit zwei großen Hunden wohnte. Ich lernte eine Menge über den Atem. Bei unserer ersten Stunde ließ mich Joyce erst mal zwei Minuten die Luft anhalten, um mir zu zeigen, wie wichtig das Ein- und Ausatmen für uns ist, das wir so selbstverständlich und nebenher machen. Jede weitere Stunde begann mit bewusstem Ein- und Ausatmen nach ihren Kommandos. »Breathe in …«, forderte sie mich mit ihrer scheppernden kraftvollen Stimme auf und unterstützte diese Aufforderung mit einer Handbewegung nach oben. Dann ließ sie mich etwas zappeln und sagte schließlich: »... and breathe out.« Ihre Hand ging wieder nach unten, und ich durfte ausatmen.

Obwohl ich also perfektes Atmen gelernt hatte, blieb mir in den ersten Wochen mit Tom die Luft weg. Ich war so verknallt wie noch nie in meinem Leben. Wir hatten uns das erste Mal auf einer Party getroffen. Mir fiel der große gutaussehende Mann gleich auf, aber es dauerte, bis wir ins Gespräch kamen. Wir prosteten uns zu und redeten dann über alles und nichts. Es funkte zwar nicht, aber wir tauschten unsere Nummern aus. Vier Tage später hatte ich einen Fahrradunfall. Ein Wahnsinniger war einfach aus dem Gebüsch gesprungen und auf die Straße gerannt, um den Bus auf der anderen Seite noch zu erwischen. Ich machte eine Vollbremsung und einen unfreiwilligen Looping über meinen Lenker. Als ich völlig zerbröselt wieder aufstand, mit Schürfwunden an Armen und Knien, half mir der Wahnsinnige hoch. Es war Tom. Unsere Augen trafen sich, und es machte bumm! Er setzte mich vorsichtig auf eine Bank vor einen Blumenladen. Statt sich um mich zu kümmern, hechtete er in den gutgefüllten Laden und sprach mit seiner lauten Schauspielerstimme über alle Köpfe hinweg: »Können Sie mir in einer Minute eine Rose verkaufen?« Sie konnten. Zwei Minuten später saß ich mit schmerzenden Knien und einer langstieligen Rose auf der Bank, neben mir Tom, der gar nicht mehr daran dachte, irgendeinen Bus zu erwischen.

Unsere Latte Macchiato sind fertig. Kristina stellt uns noch Cantuccini, diese harten italienischen Kekse, hin und schaut uns erwartungsvoll an. »Du zuerst!«, fordert Sarah mich auf.

»Bei mir ist doch gar nichts passiert!«, sage ich.

»Bei mir ist noch viel weniger passiert!«, regt sich Sarah sofort auf.

»Ganz schlecht für die Dramaturgie«, tadelt uns Kristina.

»Ihr könnt doch nicht am Anfang schon verraten, dass gar nichts passiert ist!« Wir grinsen und erzählen. Erst ich, dann Sarah. Kristina hört zu und nickt gespannt an den richtigen Stellen. Als wir zu Ende erzählt haben, sagt sie: »Also, Sarah wollte gerne knutschen, und es kam nicht dazu, weil Henry eigentlich mit ihr schlafen wollte.« Sarah und ich sehen uns verblüfft an.

»Woher weißt du das?«, frage ich.

»Das ist doch klar«, meint Kristina.

»Das haben Tom und Sven auch gesagt!« Sarah hat ihren Latte Macchiato ausgetrunken und wedelt jetzt aufgeregt mit ihrem leeren Glas herum.

»Und Annabel wollte eigentlich nur ihren rechten Stiefel wieder und hat sich verliebt«, fährt Kristina unbeeindruckt fort.

»So ein Blödsinn!«, sage ich und spüre wütend, wie ich rot werde. Sarah bemerkt es sofort und schaut mich aufmerksam an. Auch Kristina guckt gar nicht mehr weg. »Jetzt hört schon auf, mich so blöde anzustarren! Ich hab mich nicht verliebt in den Achtundzwanzigjährigen!« Meine Freundinnen schweigen. »Das war einfach nur schön, mal einen Mann zu treffen, der mir ein gutes Gefühl gibt ... und und«, ich suche nach Worten, »... mir Komplimente macht und mich, obwohl er elf Jahre jünger ist, nicht alt findet. So wie der Rest der Welt.«

»Du fühlst dich geschmeichelt«, kommt mir Sarah zu Hilfe.

»Du hast dich verliebt«, beharrt Kristina.

»Gehst du denn nächste Woche wieder hin, um ihn zu treffen?«, will Sarah wissen. Ich mache ein ratloses Gesicht. Natürlich werde ich hingehen, aber das kann ich meinen Freundinnen jetzt nicht so offen gestehen, sonst fühlt sich Kristina in ihrer Verliebtheitsthese sofort bestätigt.

»Klar geht sie hin!«, sagt Kristina zu Sarah. Langsam geht sie mir etwas auf die Nerven.

»Was machen eigentlich deine Männergeschichten?«, frage ich sie, um von mir abzulenken.

»Welche?«, fragt sie zynisch. »Ich weiß nicht mal, wo Männer überhaupt wohnen. Ich hab das Gefühl, der männliche Teil unserer Bevölkerung ist entweder verheiratet oder hat so viele Macken, dass er deshalb noch auf dem freien Markt ist.«

»Was wurde denn aus dem Typen, den du auf Maditas Elternabend gesehen hast? Der Blonde!«

»Verheiratet UND voller Macken. Der hat mir eine Weile lang SMS geschrieben und dann plötzlich angefangen, mir Fotos von seinen Genitalien zu schicken.«

»Uuuäh!«, ekeln Sarah und ich uns gleichzeitig.

»Wann hattest du das letzte Mal Sex?«, traut sich Sarah zu fragen. Die hat echt Nerven. Sie bemerkt meinen Blick und sagt: »Was denn, ich will einfach wissen, was auf mich zukommt jetzt als alleinerziehende Mama.«

»Das willst du nicht wirklich wissen«, sagt Kristina. Jetzt bin ich auch neugierig. »Wann?«, frage ich. Kristina schaut auf die Tischplatte und fegt ein paar Krümel zusammen. Plötzlich ist es ganz still in der Küche.

»Vor drei Jahren«, sagt sie leise. Wir schweigen eine Weile.

»Und … mit wem?«, fragt Sarah.

Kristina beschäftigt sich immer noch mit den Krümeln auf dem Tisch. Sie legt hübsche kleine Krümelkreise. »Mit Lars.«

»Nein!«, sage ich.

Sie zerstört mit einer schnellen Handbewegung die Krümelkreise und schaut mich wütend an: »Du hast keine Ahnung, wie das ist. Eine Frau in unserem Alter mit Kind findet für Männer überhaupt nicht statt. Da kannst du noch so 'ne knackige Jeans anziehen. Immer bist du nur ›die Mutter von‹. Keiner kommt auf die Idee, dass du vielleicht auch noch eine Frau bist. Höchstens wenn es darum geht, einen Kuchen für eine dämliche Weihnachtsfeier zu backen. Alle Männer mit Kindern behandeln dich kumpelhaft lächelnd, und die ohne rufen nicht mehr an, sobald sie merken, dass du nur mittwochs abends kannst, wenn der Babysitter kann, oder gar nicht kommst, wenn dein Kind Fieber hat oder Angst hat oder einfach unglücklich ist. Und dann ließ sich Lars endlich nach Wochen mal wieder blicken. Er verbrachte den Tag mit Madita und blieb zum Abendbrot. Wir tranken Wein, und dann ist es einfach passiert. Und wenn das so weitergeht, werde ich ihn demnächst wieder mal zum Abendessen einladen. Besser als gar kein Sex«, beendet sie trotzig ihren Monolog.

Sarah legt den Kopf auf die Tischplatte. »Ich bin erledigt!«, murmelt sie. Ich sitze zwischen den beiden und komme mir unglaublich dämlich vor. Ich bin die Einzige, die ihren Ehemann noch hat, und jammere am meisten von allen. Ich müsste jetzt etwas Kluges sagen oder wenigstens etwas Witziges, was die Stimmung hebt. Welches Lied könnte jetzt passen? Ich stecke mein Handy in Kristinas Dockingstation, die neben der Profi-Kaffeemaschine steht.

Kristina und Sarah schauen zu mir rüber. Ich trau mich jetzt einfach und singe lauthals mit. Sarah stimmt mit ein. Bei »So lonely, so lonely, so lonely, so lonely«, singen wir alle drei.

Dann kommt Kristinas Solo. Sie springt auf, greift sich eine Banane als Mikrophon und singt. Sarah und ich tanzen dazu, und weil es keine weiteren Bananen gibt, nehmen wir unsere Latte-Macchiato-Löffel als Mikrophone. »I feel lololow – lololow lololow … I feel so, feel so low! So lonely so lonely so lonely!« Sarah legt jetzt ein Gitarrensolo hin und robbt auf den Knien durch die Küche. Kristina lässt ihre langen Haare vor dem Kopf herumschwingen und tanzt wie ein alter Hippie. Ich dirigiere das Ganze mit meinem Löffel. Plötzlich steht Madita in der Küche und schaut uns erstaunt an. Ich stelle ertappt die Musik leiser.

»Aber sonst geht's euch noch gut?«, fragt Madita, nimmt sich einen Keks und verlässt uns. Wir kichern etwas verlegen rum.

»Wir gucken zu viele Hollywoodfilme«, stellt Sarah fest. »Da lösen sie Probleme auch, indem sie in Bananen singen.«

»Ihr erzählt das aber niemandem!«, bittet Kristina eindringlich, und uns ist klar, dass sie nicht den Gesang meint.

»Natürlich nicht«, versichere ich. Dann räumen wir die Gläser in die Spülmaschine.

»Freitag, zehn Uhr. Beratungstermin bei Doktor Blum«, informiert uns Kristina. O Gott, der Schönheitschirurg. Den hatte ich erfolgreich verdrängt.

»Wir alle?«, fragt Sarah.

»Annabel hat den Termin, und wir gehen mit zur seelischen Unterstützung.« Mir wird plötzlich ganz schlecht, deshalb nicke ich nur. Sarah und ich müssen los, unsere Kinder von Schule und Kindergarten abholen. Ich umarme die beiden etwas länger als sonst zum Abschied.

Im Auto würde ich gerne noch mal »So lonely« hören, aber wie immer klappt das nicht, und auf allen Sendern laufen nur Nachrichten. Ich stelle das Radio aus und mache im Kopf eine Liste mit Dingen, die ich Tom verschwiegen habe:

1. Die Stiefel in der Chefetage
2. Der Anruf von Richard Kleisterberg mit dem »unmoralischen Angebot«, wie ich es heimlich nenne
3. Der Termin bei Dr. Blum
4. Das Paket mit dem linken Stiefel und dem Erpresserbrief drin
5. Mein Treffen mit dem Stiefelretter Sascha
6. Kristinas traurige Sex-Bilanz der letzten Jahre

Die Punkte vier bis sechs wird er auf keinen Fall erfahren. Aber über alles andere muss ich dringend mit ihm sprechen. Ich weiß nur einfach nicht, wie. »Du, Tom, ein bisschen Botox hat noch keiner Frau geschadet, und deshalb dachte ich …« »Tom, ich bin einfach furchtbar unglücklich nur mit dir und den Kindern, da verstehst du doch sicher, dass ich für meine Karriere deshalb Opfer bringen muss …«

Das geht alles nicht. Egal, wie ich es anfange, er wird es nicht verstehen. Er weiß ja gar nicht, wie sich das für mich anfühlt. Für ihn läuft ja alles schön nach Plan. War das nicht mal ursprünglich unser gemeinsamer Plan?

Als ich vor fast fünfzehn Jahren mit blutigen Knien und der Rose in der Hand auf dieser Bank saß, sagte Tom unvermittelt: »Ich will drei Kinder!« Ich antwortete: »Und ich ein Haus mit blauen Fensterläden!« Wir schauten uns eine Weile lang an, dann beugte er sich ganz langsam zu mir herüber.

»Deal!«, sagte er ganz leise, bevor er mich küsste.

Wir haben drei Kinder und sogar meine blauen Fensterläden. Warum fühle ich mich trotzdem um irgendetwas betrogen? Vielleicht habe ich einfach eine Midlife-Crisis.

Ich beschließe, heute Abend ganz bestimmt mit Tom zu sprechen. Ich muss es wenigstens versuchen.

Um halb neun sitzen wir beide zusammen auf unserem roten Sofa. Den Elefantenpuff hab diesmal ich für meine Füße. Toms liegen in löchrigen Socken auf dem Couchtisch. Der Fernseher läuft, irgendjemand sucht mal wieder irgendeinen Star. Wenn die Leute wüssten, dass echte Castings um ein Vielfaches grausamer sind als das, was sie da sehen, würden sich nicht alle immer so aufregen. Wir gucken beide nicht wirklich hin. Tom hat wie immer seinen Text auf dem Schoß liegen, und ich surfe sinnlos auf meinem Tablet im Internet rum. Ich bin in diversen Hundeforen gewesen und habe Hunderte von Postings gelesen, in denen sich Leute einen Hund anschaffen wollen, die überhaupt keine Zeit haben und den ganzen Tag arbeiten und deshalb auch seitenweise Haue bekommen von den anderen Usern, die das alle unmöglich finden. Seltsam, wie viele Leute Sehnsucht nach einem Hund haben. Seit ich den kleinen, süßen Welpen auf dem Arm hatte, zähle ich wie die Kinder die Wochen, bis er zu uns kommt. Viele andere im Hundeforum warten auch schon aufgeregt auf ihren Welpen. Es werden meiner

Meinung nach sinnlose Dinge gekauft und stolz gepostet. Jeder schreibt eine Liste, was er schon hat und was er noch braucht. Witzig finde ich das, weil es mich an meine erste Schwangerschaft erinnert. Da habe ich solche Sachen auch gemacht. Ich hatte eine Kiste mit Klamotten ersteigert, die unter meinem Bett stand. Mindestens einmal am Tag habe ich sie aufgemacht und mir die winzigen Sachen angeschaut. Bodys, Pullöverchen und Schühchen. Aber so ein Theater wegen einem Hund?

Ich gebe *Cavalier King Charles Spaniel* in die Suchmaschine ein und finde einen Blog, in dem eine Frau ihr Leben mit ihrem Cavalier beschreibt. *Feivel und ich* heißt der Blog. Der Text ist erbärmlich, aber die Bilder sind toll. Feivel mit langem schönem Fell, wie er mit fliegenden Ohren über Wassergräben springt oder kuschelig auf der Couch liegt. »Mein Schatzi und ich ruhen uns aus. Das war ein aufregender Tag.« Da ist jemand im Poesiealbum-Alter hängengeblieben.

Ich suche »Brust-OP«, sehe ganz schlimme Bilder und klicke sofort weg. Dann gebe ich »Midlife-Crisis« ein und finde heraus, dass es sich dabei um einen »psychischen Zustand der Unsicherheit« handelt. Den hab ich bestimmt. Auch das Alter passt perfekt. Dieser Zustand ereilt die meisten Menschen zwischen dreißig und fünfzig. Ich werde dieses Jahr vierzig, bin also genau in der Mitte. Eigentlich kann ich das ganze Theater um die Lebensmitte nicht leiden. Blöde Bekannte, die dich informieren: »Du wirst ja dieses Jahr vierzig« und dich dann so erwartungsvoll anschauen. Als müsstest du dich jetzt vor Schmerzen auf dem Boden krümmen. Ich war in den letzten Jahren auf einigen Feiern zum vierzigsten Geburtstag. Seltsame Veranstaltungen, zu denen unheimlich viele Leute eingeladen werden, also alle, die man irgendwie aktivieren konnte, an diesem Abend in die gemietete In-Kneipe zu kommen. Ob Freund oder nicht, ganz egal, nur voll muss es sein. Irgendwo steht ein Sparschwein, das man bitte füttern soll, damit sich das Geburtstagskind ein Sportrad oder einen Wellness-Trip leisten kann. Und dann soll man auf Kommando die Party des Jahrhunderts feiern, was leider gründlich in die Hose geht, weil die Hälfte der Partygäste Ende dreißig erst Eltern geworden sind und jetzt dementsprechend müde auf den Designersesseln hängen und sich darüber aufregen, dass sie über eine halbe Stunde einen Parkplatz suchen mussten, was sie alle in ihren beschaulichen Vororten nicht mehr gewohnt sind. Gegen halb eins huscht dann jeder zurück in sein Reihenmittelhaus und hofft, dass ein paar echte Freunde bleiben und irgendwie bis halb drei durchhalten, damit das Geburtstagskind seinen Vierzigsten nicht als schmale Party, die um zwanzig vor eins schon zu Ende war, in Erinnerung behält.

Also, das kommt für mich nicht in Frage. Ich dachte immer, ich würde meinen vierzigsten Geburtstag auf den Malediven feiern. Ich hab mal nachgeschaut, was das kosten würde, wenn wir zu fünft da hinfliegen und uns einen Bungalow am Wasser mieten würden. Von dem Geld könnte man sich einen Kleinwagen kaufen. Das ist eine Sache, die sogar Tom manchmal frustriert. »Wieso verdiene ich gut und kann mir trotzdem nie etwas leisten?!«, fragt er manchmal. Eine Familie mit drei Kindern ist finanzieller Wahnsinn. Das sagt einem vorher auch keiner. Manchmal liege ich nachts wach im Bett und kriege Panik. Was, wenn Tom plötzlich stirbt? Von meinem *Jeanny-TV*-Taschengeld kann ich uns unmöglich ernähren. Ich muss dann prüfen, ob er noch atmet, und halte meine Finger unter seine Nase, so wie ich es manchmal bei den Kindern mache, wenn ich noch mal nach ihnen sehe, bevor ich ins Bett gehe. Ob alle Menschen mit der unbestimmten Angst leben, ihre Liebsten könnten nachts plötzlich sterben?

Momentan sieht Tom ganz lebendig aus, wie er da neben mir sitzt und Text lernt. Er bemerkt meinen Blick, schaut hoch und grinst mich an. Das ist die Gelegenheit. Ich werde ihm jetzt alles sagen. Also fast alles. »Du, ich hab mir doch neulich neue Stiefel gekauft.« Was für eine schwachsinnige Einleitung! Von den Stiefeln wollte ich doch gar nichts sagen!

»Ich liebe dich in Stiefeln«, sagt Tom und legt seinen Text weg. »Am liebsten nur in Stiefeln.« Wie ein Tiger kommt er über das Sofa zu mir geschlichen.

»Ähm, ich wollte noch mal über das Casting mit dir reden.«

»Mhm«, macht er und fängt an meinen Hals zu küssen.

»Richard Kleisterberg hat mir da eine Art unmoralisches Angebot gemacht.«

»Mhm.« Tom öffnet geschickt meinen BH. »Ich mach dir auch gerade ein unmoralisches Angebot.« Verstehe, offensichtlich ist schon nicht mehr genug Blut im Kopf, sondern woanders. Mein Inhalt kommt gar nicht an. Soll ich ihn jetzt wütend wegschieben und rumjammern, dass er mir nicht zuhört, oder lieber einfach mitmachen? Ich weiß gar nicht, wann wir das letzte Mal Sex hatten. Sicher ist es schon gefährlich lange her. Ich muss an Sarah denken, die sagte, so habe es bei Andi und ihr angefangen, die Entfremdung. Also lieber Sex als reden jetzt? Tom liegt inzwischen ganz auf mir drauf, hält kurz inne, um sich sein Shirt auszuziehen, und küsst mich dann. Ein warmer, weicher Tom-Kuss, den ich so gut kenne. Wie Sascha wohl küsst, schießt es mir durch den Kopf. Ich erinnere mich an seinen Geruch, seine langen Wimpern, seine dunklen Bartstoppeln. Ich schlafe mit meinem Mann und denke an einen anderen. Zur Strafe kann ich danach lange nicht einschlafen.

Kapitel 8

Am nächsten Morgen fahre ich ungeduscht mit Tia zum Kindergarten. Ich nehme den Mini, obwohl wir auch laufen könnten, aber es ist immer noch gruselig kalt draußen, und ich bin heute faul.

»Mama«, sagt Tia vom Rücksitz. »Mach Ella an.« Ich schiebe die CD rein, obwohl es sich wirklich nicht lohnt, biege zweimal um die Ecke, und schon sind wir da. Allerdings finde ich wie immer keinen Parkplatz. Alle parken kreuz und quer an der Straße. Man darf Kindergartenkinder nicht vor dem Eingang aus dem Auto und sie die sechzig Meter allein zu Fuß gehen lassen. Nein, man muss sie bis an die Tür bringen. Dann darf man wiederum nicht mit in den Kindergarten reinkommen, weil die Kinder das alles selbst machen sollen und sonst die Verwöhnmamas ihren Kleinen noch die Jacke und die Schuhe ausziehen, und dann werden die Kinder niemals selbständig. Das finde ich ziemlich paradox, weil man ihnen erst nicht zutraut, allein zur Tür zu laufen, sie dann aber nicht mal im Warmen verabschieden darf. Ich bin jetzt seit acht Jahren Mutter von Kindergartenkindern. Ich habe aufgehört, mir über solche seltsamen Regeln Gedanken zu machen. Ich kaufe brav jedes Jahr Gummistiefel, Hausschuhe und Matschhose in der richtigen Größe, versuche mich möglichst aus allen Bastelaktionen und Kuchenbackereien rauszuhalten, was nicht immer leicht ist, und trabe jedes Jahr im Regen an St. Martin im Laternenumzug mit. Allein natürlich, weil Tom immer an diesem Tag drehen muss. Ich vermute, er schaut schon im September im Kalender nach und bittet Erwin, die alte Agentenfistelstimme, ihm unbedingt an St. Martin einen Drehtag hinzubasteln. Ich parke so weit vom Kindergarten entfernt, dass wir eigentlich genauso gut von zu Hause aus hätten laufen können. Hundert Meter vom Auto entfernt fällt mir auf, dass Tia keine Mütze trägt und diese vermutlich noch im Mini auf der Rückbank liegt. Also wieder zurück. Jetzt müssen wir richtig rennen, um es bis neun Uhr zu schaffen. Um neun Uhr beginnt die Morgenrunde, und wer danach kommt, muss die fünfzehn Minuten draußen vor der Tür warten, bis sie vorbei ist und eine der Erzieherinnen wieder Zeit und Gnade findet, die Tür zu öffnen. Kindergarten ist eine tolle Sache, Erziehung der Eltern ist in diesen Jahren inklusive. Völlig außer Puste kommen wir an, und Tia schlüpft noch im letzten Moment durch die Tür. Natürlich treffe ich dort auf Jacqueline Hasentor. Jaqueline Hasentor mit ihrem Profirad und dem Profikinderanhänger hintendran. Perfekt gestylt lächelt sie mich an und schiebt mit ihren manikürten Fingernägeln ihre Designersonnenbrille auf ihre gutsitzende Föhnfrisur. »Na, du bist ja optimistisch!«, sage ich und deute erst auf die Brille und dann auf den wolkenverhangenen Februarhimmel.

»Heute ist der erste März«, informiert sie mich, als könnte sie Gedanken lesen »Und ich bin eigentlich immer optimistisch.« O Gott, das glaube ich. »Und du?«, sagt sie mit Blick auf meine mit einem Haargummi notdürftig zusammengewurschtelten Haare und meine Jogginghose. »Gehst du jetzt laufen?« Ich nicke und denke, genau, gute Ausrede. Jaqueline lächelt ein böses Supermutterlächeln und vernichtet mich dann: »Da würde ich mir aber noch ganz schnell andere Schuhe anziehen.« Mit diesen Worten schwingt sie sich auf ihr Markenrad, und ich sehe nur noch ihren stylischen Filzmantel von hinten. Ich schlurfe in meinen Crocs mit Fell zurück zum Mini.

Nach dem Duschen stelle ich mich nackt vor den Spiegel. Ich kann eigentlich nicht jammern. »Drei Kinder, und dann diese Figur«, höre ich oft. Ich bin einen Meter siebzig groß und schlank. Alles an mir ist unauffällig, also so figurtechnisch. Ich habe keinen breiten Hintern oder dicke Oberschenkel. Trotzdem habe ich natürlich wie jede Frau meine Problemzonen. Ich mag zum Beispiel meine Oberarme nicht. Sie sind völlig formlos. Ich hätte gerne so knackige, definierte Oberarme. Es muss ja nicht gleich wie bei Madonna aussehen, aber so wie Jennifer Aniston, das wäre schon toll. Leider müsste ich dafür richtig trainieren. Ich hasse Muskeltraining. Es macht mich aggressiv, wenn ich Sit-ups mache, oder noch schlimmer, Liegestütze. Ich finde, das ist eine elende Quälerei. Währenddessen tut dir alles weh, und wenn du es richtig machst, hinterher auch. Und bis man Erfolge sieht, dauert es ewig. Jedenfalls habe ich nie so lange durchgehalten. Yoga soll ja auch die Figur definieren, aber auch das müsste man einfach ein paar Mal die Woche machen und nicht nur, so wie ich, sporadisch vor einem Casting sieben Mal, dann wieder acht Wochen gar nicht. Eigentlich kriege ich nur das Laufen regelmäßig hin. Gut, auch da kommt mir immer wieder mal etwas dazwischen, kranke Kinder, oder ich selbst habe mal wieder Halsweh, aber in guten Zeiten laufe ich regelmäßig zweimal die Woche.

Kritisch schau ich mich im Spiegel an. Dick bin ich nicht, aber käseweiß. Ich gehe ganz nah an den Spiegel ran und kontrolliere meine Unterkinnhaut. Schlaff. Dann schau ich mir meinen Busen an. Der rechte ist etwas kleiner als der linke. Das blieb irgendwie so, nachdem ich Tia abgestillt hatte. Insgesamt sind die beiden Brüste ein eher trauriger Anblick. Schlapp hängen sie an mir herunter. Nicht so schlimm wie auf manchen Bildern im Internet, aber da könnte man natürlich schon eine Menge verbessern. Ich hebe sie einige Zentimeter an. Da wären sie richtig. Ob so eine OP sehr schmerzhaft ist? Und wie fühlt sich der unechte Busen dann an? Ich hätte auch Angst, dass die Silikonkissen, oder was da reinkommt, platzen, auslaufen, giftige Gase absondern. Vielleicht könnte man sie ja einfach etwas weiter hochnähen, ohne Füllung. Die Vorstellung, irgendetwas an mir nähen zu lassen, ist komplett gruselig. Ich glaube, eine Brust-OP scheidet aus. Ich muss ja auch nicht nackt vor die Kamera. Ich leg die schlaffen Tüten einfach in einen Push-up-BH, und dann sieht das einigermaßen aus. Aber was mache ich mit dem Rest? Mein Dekolleté wird auch schon faltig. Vielleicht nicht wirklich faltig, eher knitterig. Ich ziehe meine Haut auseinander. So wäre es gut. Wie macht man das? Warum gibt es da keine Creme für? Also eine, die auch wirklich hilft?

Tja, und dann mein Gesicht. Eigentlich mag ich mein Gesicht. Meine Nase hat genau die richtige Größe. Meine blauen Augen sind relativ groß, und ich habe auch schöne Wimpern, jedenfalls wenn sie getuscht sind. Meine Haare sind leider kein Hingucker. Dünn und eher fusselig, ohne Wellen oder gar Locken, und dann auch noch in Mittelbraun. Ich habe alle Tönungen der Welt schon gehabt. Mahagoni, Haselnuss, Henna (ganz schlimm), Rehbraun, Herbstzeit, Schokolade. Irgendwie bleibt es doch immer braun. Meine Frisur variiert in Längen vom kurzen Bob bis zu den Schultern, mehr kann man nicht aus meinen Haaren rausholen. Ich drehe mir die Haare hinten zusammen und schau mich lange an. Steht mein linkes Ohr etwas ab? Das ist mir noch nie aufgefallen! Bewegen sich Ohren mit den Jahren? So wie sie auch angeblich ein Leben lang wachsen? Ich dreh den Kopf von rechts nach links. Bilde ich mir das ein? Kann ich gleich zur großflächigen Botox-Behandlung noch Ohr anlegen hinzubuchen. Denn um Botox komm ich wohl nicht herum, wenn ich mir so meine Fältchen um Mund und Augen anschaue. Wenn Richard mich zehn Jahre jünger will, müssen die einfach verschwinden.

Ich seufze und ziehe mich schnell an. Wie das wohl abläuft bei dem Beratungstermin? Ob mich der Arzt von allen Seiten begutachtet und dann mit einem dicken schwarzen Filzer alle meine Schwachstellen einkreist wie bei einem Suchbild? »Finde die neununddreißig Fehler der Annabel Förster.«

Mir kommt das alles falsch vor. Plötzlich habe ich Sehnsucht nach einem Job, bei dem es völlig egal ist, wie ich aussehe. Ein kleines Büro mit einem Computer, an dem ich ein bisschen rumtippe, wäre doch schön. Ich hätte zwei schüchterne Kollegen, die kaum ein Wort sprechen und mich immer nur mal verstohlen anlächeln, nicht so eine laute pubertäre Medien-Nerv-Truppe wie bei *Jeanny-TV*. Sarah würde natürlich auch bei uns in der kleinen Bürofirma arbeiten, und wir würden jeden Mittag zusammen essen gehen. Genau um die Ecke wäre ein toller Thai-Imbiss mit so einem netten kleinen Mann darin, der uns kennt und uns immer Guavensaft in Dosen schenkt. Ich wäre Single und hätte eine kleine Wohnung unterm Dach und eine Katze, die ich Fräulein Winterbottom nennen würde. Niemand würde meine Sachen in Unordnung bringen, und ich hätte so wenig Wäsche, dass ich jedes Mal lächeln müsste, wenn ich ab und zu mal eine Waschmaschine deswegen anwerfen würde. Überall könnten große und kleine Bodenvasen stehen mit blauen Blumen darin, die mir keiner beim Pferdspielen über den Haufen galoppiert. Im Supermarkt könnte ich ein Körbchen nehmen zum Einkaufen. Mein Wocheneinkauf würde da reinpassen! (Das ist eine extrem witzige Vorstellung!) Ich müsste nie Familienpackungen von irgendetwas kaufen und könnte mir an der Käsetheke so winzige Stückchen von lauter teuren und tollen Käsesorten einpacken lassen, statt das immer gleiche Fünfhundertgrammstück Gouda in meinen überfüllten Wagen zu werfen. Ich wäre überhaupt **die** Käseexpertin, denn ich hätte ja alle Zeit der Welt, nach der Arbeit an der Theke alle nur erdenklichen Sorten zu probieren und mir dann eine Stunde lang den dazu passenden Rotwein auszusuchen. Ich wäre eine schöngeistige Frau, die so echte Literatur liest. Thomas Mann und Hermann Hesse und neue französische Autoren, die dann Jean Claude Martinue heißen und über traurige Landschaften schreiben, die die innere Zerrissenheit des Protagonisten widerspiegeln. Ich hätte so einen ganz eloquenten Freund, eine Art

John Cusack, nur in jünger, der nächtelang auf meinem kleinen weißen Sofa mit mir sitzt (alles in meiner Wohnung könnte weiß sein, weil es niemand mit Schokofingern schmutzig macht!!!) und diskutiert. Über Bücher und Weinsorten und Filme. Abendelang würde ich kochen mit Freunden in der Küche, raffinierte, schwierige Gerichte, die unglaublich gut schmecken. Ich hätte haufenweise Freunde, die alle keine Kinder haben und nie früh aufstehen müssen und deshalb alle lange bleiben. Gutaussehende Singlemänner müssten natürlich auch dabei sein. Einen nach dem anderen würde ich vernaschen, morgens um halb vier auf meiner Kücheninsel. Es wäre herrlich!

Stattdessen ziehe ich mich an, werfe noch schnell einen der sieben vollen Wäschekörbe in die Waschmaschine, klappe die Rückbank meines Minis um, damit vier große klappbare Einkaufskörbe darin Platz haben, und fahre in Ermangelung einer anderen die Ella-CD hörend los zu einem Termin bei Frau Flappke. Ich hoffe, der dauert nicht allzu lange, damit ich es noch zum Supermarkt schaffe. Ich habe zugegebenermaßen heute Morgen rumgetrödelt, und jetzt passt mein ganzes Pensum nicht mehr in den engen Zeitrahmen zwischen *Tia ist im Kindergarten* und *Lucy kommt aus der Schule zurück*. Ich stelle die Heizung auf volle Pulle und stelle mir vor, ich wäre eine Einzelkindmutter wie Kristina und müsste mein Leben nur um ein einziges Kind herumbasteln und nicht um drei. Wenn dein einziges Kind auf einem Kindergeburtstag ist, dann hast du frei! Ich sehe immer die strahlenden Gesichter von diesen Müttern, wenn wir uns alle vor der Tür des Geburtstagskindes treffen. Die Einzelkinder mit Zöpfen und Schleifchen, während meins aussieht wie immer, mittelschlampig, und ich schon froh bin, dass ich das Geschenk noch schnell auf dem Weg besorgen konnte und mein Kind nicht ohne reingehen muss.

Einmal hat mich eine gefragt: »Und, was machst du jetzt mit deiner freien Zeit?« Ich hätte ihr beinahe in den Bauch gebissen.

Was ist bloß los mit mir? Warum möchte ich heute dauernd jemand anders sein?

Vielleicht liegt es auch an meinem Termin, dass ich so schlechte Laune habe. Frau Flappke ist die rechte Hand der Geschäftsführung der Firma, die *Jeanny-TV* produziert. Heute muss ich zu ihr hin, weil sie gerne mal über meine Klamotten sprechen möchte, was übersetzt so viel heißt wie: Ihr gefällt ganz und gar nicht, was ich in den Sendungen trage. Ich kenne solche Gespräche schon. Tom meint immer, ich sollte das als Kompliment ansehen, wenn sie am Inhalt nichts zu motzen hätten, dann wären eben die Klamotten dran.

Ich parke und bleibe kurz vor dem Auto draußen stehen. Oben am Himmel kommt tatsächlich gerade die Sonne zwischen den Wolken raus. Ich schließe die Augen und halte mein Gesicht in die Sonnenstrahlen. »Vorsicht, in deinem Alter gibt das ganz schnell Falten!« Frank, wer sonst. Am liebsten würde ich ihm sagen, er soll einfach die Klappe halten, aber ich ringe mir ein Lächeln ab, und wir betreten zusammen die alte Villa.

Bei Frau Flappke wird meine Laune nicht besser. Ich muss schwarzen Kaffee mit scheußlicher Kondensmilch trinken und mir anhören, dass es doch angebrachter wäre, wenn meine Kleider länger wären und meine Schuhe hochhackiger und überhaupt, ob ich denn nicht besser Klamotten von einer anderen Marke tragen könnte, die nicht so alltäglich wären, sondern irgendwie schicker und der Sendung angemessener. Der Sendung angemessener? Welche Kleidung ist denn bitte angemessen für eine blöde halbe Stunde im Nachtprogramm, bei der Internetvideos gezeigt werden, und eine Moderatorin, die niemand kennt, Gäste interviewt, die gar keiner kennt?! Außerdem finde ich es ziemlich unverschämt, dass eine Produktionsfirma, die weder Kleidergeld bezahlt noch einen Kostümbildner beschäftigt, sich dann auch noch über die Klamotten, die ich mir mühsam besorgen muss, beschwert. Wie bei Frank vorhin sage ich all das nicht und denke es nur. Ich habe einen ganz guten Deal mit einem Laden in Köln, bei dem ich mir für die Sendung Sachen ausleihen darf, wenn ich sie innerhalb von vierzehn Tagen wieder gereinigt zurückbringe. Als Gegenleistung wird der Laden im Abspann genannt. Jetzt meckert die Flappke an der Marke herum, heißt das, ich muss mir mühsam einen anderen Laden suchen?

»Ich werde sehen, was ich machen kann«, verspreche ich ihr unbestimmt, gebe mir aber jetzt auch keine allzu große Mühe zu verstecken, dass ich das ganze Gespräch eigentlich ziemlich lächerlich finde. In der Zeit hätte ich weitaus sinnvollere Dinge tun können.

Auf dem Weg zum Supermarkt wird mir klar, dass ich mich nicht besonders klug verhalten habe. Mein Vertrag läuft in ein paar Monaten aus, und ich weiß aus Erfahrung, dass unbequeme Moderatoren ganz schnell entsorgt werden.

Alle Probleme wären gelöst, wenn ich die Abendsendung moderieren würde. Ich könnte bei der Flappke reinspazieren und ihr sagen, sie kann demnächst andere Leute mit unwichtigen Klamottenfragen nerven, weil ich ab sofort nicht mehr zur Verfügung stehe und mein Talent jetzt endlich sinnvoll einsetze, bei einer Sendung, die in der Fernsehlandschaft relevant ist und für die ich mich nicht dauernd entschuldigen muss. Vielleicht sollte ich mit Richard einfach noch mal sprechen. Es kann doch nicht sein, dass ich mich wirklich zehn Jahre jünger machen muss, um den Job zu bekommen. Das ist doch lächerlich. Mir graut vor dem Termin beim plastischen Chirurgen von Kristina. Ich will da nicht hin. Und schon gar nicht will ich mit Tom über all das reden. Mein Handy klingelt. »Sarah?« Schluchzen am anderen Ende der Leitung. »Was ist los?!«

»Wo bist du?«, fragt sie weinerlich.

»Im Auto, ich fahre gerade über die Zoobrücke. Was ist passiert?«

»Ich – hab – sie gesehen!« Ich brauche eine Weile, um diese Information einzuordnen.

»Die Neue von Andi?«

»Ja, die Schlampe! Sie hat mit ihm geknutscht! Und ich war so sauer und wollte in ihre Handtasche pinkeln, und jetzt bin ich auf der Toilette mit ihrer blöden Tasche und und trau mich nicht mehr raus!« Ich muss mich verhört haben.

»Sarah, du hast WAS getan?«

Sie muss jetzt unter Tränen kichern. »Annabel, du musst kommen, schnell, bevor sie merkt, dass ihre Tasche weg ist!«

»Wo bist du?«, frage ich.

»Café Maybach.«

»Ich bin in zehn Minuten da. Bleib, wo du bist. Tu nichts Unüberlegtes.« Ich biege rasant links ab, obwohl man hier gar nicht links abbiegen darf, wie eigentlich nirgends in Köln. Aber wenn Sarah mit einer geklauten Handtasche auf der Toilette sitzt, darf ich keine Zeit verlieren.

Am Café Maybach gibt es einen kleinen Parkplatz, der immer, immer knackevoll ist. Ich versuche es trotzdem, und endlich stimmt mal mein Park-Karma. Wie durch ein Wunder gibt es noch einen freien Platz.

Ich wähle Sarahs Nummer und schleiche zum Eingang.

»Der Adler ist gelandet«, informiere ich meine Freundin. »Wo befindet sich das Zielobjekt? Habe ich eine Chance, unerkannt zu dir auf die Toilette zu kommen?«

»Sie sitzen, wenn du reinkommst, gleich links. Geh am besten außen rum und schau, ob die Glastür zur Terrasse auf ist, da kommst du direkt zu den Toiletten.«

»O.k., over!«, flüstere ich in mein Handy und wage einen Blick durch die Eingangstür. Tatsächlich kann ich Andi sehen, der ganz verliebt mit einer Frau turtelt, von der ich nur ihre langen schwarzen Haare sehe. Er schaut plötzlich in meine Richtung, und ich tauche schnell ab und schleiche ums Haus. Auf der Terrasse sind alle Tische und Stühle zusammengestellt. Im Sommer ist hier immer die Hölle los. Ich friere mich über den Kies bis zur Glastür, die natürlich zu ist. Mist! Ein Kellner winkt von drinnen und bedeutet mir, außen rum zu gehen. Ich mache eine Handbewegung, als würde ich ein Schloss aufschließen, und schaue ihn bittend an. Er deutet weiter auf die Eingangstür. Sehr hilfreich von ihm. Genervt renne ich wieder ums Haus und beschließe, einfach schnurstracks an Andi vorbeizugehen. So beschäftigt wie er ist, wird er mich gar nicht bemerken. Energisch betrete ich das Café. Leider hält mich nach fünf Metern der blöde Kellner auf und erklärt mir lautstark, warum die Terrassentür im Winter leider nicht auf ist und ob ich einen Tisch für eine Person brauche oder auf jemanden warte. Ich versuche mich unsichtbar zu machen, während er auf mich einredet, aber ich kann fühlen, wie Andi und die Schlampe zu mir rüber sehen. Ich nuschele den Kellner an, dass ich nur eine Person bin und gerne ganz weit hinten sitzen möchte, aber erst einmal auf Toilette muss. »Da müssen Sie nach rechts und dann die Treppe runter …«, trompetet er laut los. Ich zische ihn an, dass ich wisse, wo die Toilette ist, und rausche ab. Klasse, spätestens jetzt weiß Andi, dass ich da bin und vorhabe, mich auf der Toilette aufzuhalten.

»Sarah?«, frage ich in die Stille hinein. Sofort kommt sie aus einer Kabine geschossen und fällt mir um den Hals.

»Gott sei Dank bist du da! Was für ein Glück, dass du in der Nähe warst!« Ihre Wimperntusche ist etwas verschmiert.

»Andi hat mich gesehen, glaub ich. Wo ist die Tasche? Wie bist du an die überhaupt rangekommen?«

Sarah holt ein leuchtend rotes Täschchen aus der Kabine. »Da will ich einmal einfach in Ruhe einen Kaffee trinken. Und ich geh extra hier hin, weil ich hier nie mit Andi war. Ich setz mich also hin, bestell mir einen Latte und denke auf einmal, den Typ da kenn ich doch! War eigentlich nicht viel von ihm zu sehen, weil die Schlampe ihn fast aufgefressen hat. Knutschen die da wie Teenager im Café rum. Ekelhaft!«, regt sie sich auf und bekommt ganz rote Wangen.

»Was hast du gemacht?«, frage ich gespannt.

»Das war wie ein Reflex. Ich hab mich sofort unter den Tisch geworfen. Aber ich wollte sie schon auch gerne mal sehen, also habe ich mich langsam rangepirscht.«

»Du bist auf allen vieren durchs Café gekrabbelt?« »Weiß ich nicht mehr. Vielleicht bin ich auch auf dem Bauch gerobbt. Ich wollte sie sehen, unbedingt. Und dann war ich hinter dieser Palme und hab mir angeschaut, wie sie meinen Andi abknutscht. Und ...« Tränen treten in ihre Augen, aber sie presst energisch ihre Fäuste an die Schläfen und redet tapfer weiter. »... dann war ich plötzlich so wütend wie noch nie in meinem Leben. Diese Tussi schnappt mir meinen Mann weg, den Vater meiner Kinder ...«, jetzt laufen die Tränen doch, »und da hab ich mir, ohne zu überlegen, ihre Tasche geschnappt und bin auf die Toilette gerannt.«

»Und die haben nix gemerkt?«, frage ich ungläubig.

»Nein, sie waren viel zu beschäftigt.« Ich hebe vorsichtig die Tasche hoch. »Hast du denn jetzt in die Tasche gepieselt?«, frage ich.

»Nein, hab ich nicht. Als ich hier ankam, hab ich eigentlich nur geheult. Was machen wir denn jetzt?« Ihre nassen blauen Augen sehen mich fragend an.

»Erst mal filzen«, entscheide ich. Wir schließen uns in einer Kabine ein und leeren den Inhalt der Tasche auf dem Boden aus.

Wir starren auf ein hässliches riesiges Smartphone mit goldener Hülle, einen Schlüssel mit seltsam grinsenden Affen als Anhänger, ein kleines Notizbuch, drei Tampons, eine Handcreme mit Olivenöl, einen halbgegessenen Schokoriegel und eine überdimensionale Brieftasche in Knallgrün. Sarah schnappt sich das Handy, während ich mir das Notizbuch anschaue.

»Mist, das ist mit 'nem Code gesichert!«

»Gib Andis Geburtsdatum ein«, schlage ich vor. Sie tut es.

»Ich flippe aus, das funktioniert!« Sarah starrt auf das Handy.

Wir schauen uns an, einen Moment lang haben wir Skrupel, dann sage ich:

»Los, geh auf Fotos!« Keine gute Idee. Wir sehen furchtbar viele Bilder mit einem furchtbar glücklichen Andi. Auf vielen Bildern ist auch die Schlampe zu sehen. Leider sieht sie ziemlich gut aus, hat aber unmöglich dünn gezupfte Augenbrauen. Ständig zieht sie einen Schmollmund und posiert ziemlich peinlich für die Kamera. Irgendwie haben wir beide Angst, gleich auch noch auf Nacktfotos zu stoßen, und so klickt Sarah lieber die Mails an. Die sind alle langweilig.

»Und jetzt?«, fragt Sarah. Ich nehme das Handy und mache drei Fotos von der Klobürste. Dann schauen wir das Notizbuch durch. Einkaufslisten mit auffällig viel Tiefkühlgerichten. »Kochen kann sie schon mal nicht«, sagt Sarah zufrieden. Zahlenreihen, Kritzeleien, ansonsten sind die Seiten leer. Sarah öffnet die Brieftasche. Ein Foto von der Schlampe mit einer alten Frau, ihrer Oma? Sympathisch sehen die zwei aus. Andis Freundin hat einen Arm um die alte Dame gelegt und auf ihren Schmollmund verzichtet. Plötzlich schämen wir uns beide und räumen alles schnell in die Tasche zurück. »Und jetzt?«, fragt Sarah wieder.

»Wieso muss ich alles wissen, du hast doch die Tasche geklaut!«

»Wir könnten sie einfach hier stehen lassen«, schlägt Sarah zögernd vor. Ich schüttle den Kopf. »Andi weiß ja sowieso, dass ich hier bin. Ich lenk die beiden ab, und du stellst die Tasche wieder hin!« Sarah schaut mich ängstlich an.

»Jetzt komm schon, du hast sie geklaut, du kannst sie auch wieder hinstellen. Ranrobben, abstellen und wieder wegrobben!« In diesem Moment öffnet sich die Tür der Damentoilette, und zwei Leute stürzen kichernd rein. Sarah und ich erstarren und stehen ganz still in unserer Kabine. Eine Frau lacht, dann hören wir einen Mann unanständige Dinge sagen. Sarah und ich schauen uns entsetzt an. Andi, das ist Andis Stimme!!! Die beiden schließen sich in der Kabine neben uns ein und fangen an wild rumzumachen, zumindest hört es sich so an. Ich ziehe leise zwei Kaugummis aus meiner Tasche, die ich immer für die Kinder griffbereit habe. Sarah nimmt geistesabwesend eines und steckt es sich in den Mund. Ich tue das Gleiche, kaue es kurz weich und klebe es dann in das Innenfutter der Handtasche. Sarahs Augen blitzen auf, und sie klebt ihr Kaugummi auf die goldene Smartphonehülle. Mit einer schnellen Handbewegung fordert sie mich auf, ihr noch ein weiteres zu geben. Wir kauen schnell alle übrigen Kaugummis, die ich habe, immerhin fünf Stück, und kleben die Handtasche kreuz und quer damit zu. In der Kabine nebenan geht es jetzt richtig zur Sache.

Ich merke, wie die Wut in Sarah hochkocht. Flink wie ein Wiesel klettert sie auf die Schüssel und beugt sich über die Kabinenwand zum kopulierenden Andi mit Schlampenfreundin rüber. »Entschuldigung!«, sagt sie laut, und die zwei halten sofort inne. Die Schlampe stößt einen kurzen Schrei aus. »Tut mir leid, wenn ich störe. Aber ich glaube, die gehört dir!« Sarah knallt ihr von oben die Handtasche auf den Kopf. Ich kann anhand der Geräusche nur vermuten, dass Sarah sie getroffen hat, sehen kann ich ja leider nichts. »Und der Typ, den du da gerade vögelst, gehört mir, aber weißt du, was, du kannst ihn haben!« Mit hochrotem Kopf klettert sie von der Schüssel und stürmt aus der Damentoilette. Ich renne hinterher, höre noch, wie Andi ihr nachruft. Zusammen stürmen wir aus dem Café, vorbei am doofen Kellner bis zu meinem Mini. Atemlos werfe ich den Motor an und fahre los. Nach fünfhundert Metern sagt Sarah: »Ein Café weniger, in das ich gehen kann.« Ich nicke verständnisvoll. »Ich habe den Latte nicht bezahlt!«, ergänzt sie. Wir schauen uns an und prusten los.

Kapitel 9

Zu Hause empfangen mich ein beschwipster Tom und drei extrem gutgelaunte Kinder. Die Bande hat Pizza bestellt, und ich komme gleichzeitig mit dem Lieferanten an. »Sechzehn Euro zwanzig«, verlangt der dünne Typ mit Baseballkappe. Tom reicht ihm einen Zwanzigeuroschein und sagt großzügig, er solle den Rest behalten. Irgendetwas ist doch hier los. Ich ziehe meine Schuhe aus, und noch bevor ich meine Jacke aufhängen kann, stürzen Tia, Lucy und Flip in den Flur und schreien alle durcheinander. Ich bin zwar relativ geübt im mehrspurigen Hören, aber mehr als »Preis« und »Papa« kann ich nicht herausfiltern. Fragend schaue ich Tom an, der mit theatralischer Geste auf sich selbst zeigt und sagt: »Rate, wer vor dir steht?«

»Der Pizzabestellkönig?«

Er schaut kurz beleidigt, grinst dann wieder und sagt: »Vor dir steht der Einzige, der aus der Serie *Rheincops* nominiert wurde zum …« Ich kann es nicht lassen und beende den Satz mit: »… besten In-löchrigen-Socken-Textlerner?«

»Papa ist nominiert für den Fernsehpreis! Als bester Schauspieler!«, mischt sich jetzt Flip ein. Das ist der Moment, in dem ich kreischen und ausflippen sollte vor lauter Freude, dass mein Mann vielleicht bald einen Fernsehpreis bekommt und belohnt wird für all die gute Arbeit, die er nur leisten kann, weil ich inzwischen seine Kinder hüte. Diese Gedanken sind kleinlich und neidisch. Ich weiß das, deshalb springe ich über meinen Schatten und sage:

»Das ist ja der Hammer! Wie toll!« Wir essen Pizza und feiern. Tom und ich stoßen mit Prosecco an, die Kinder dürfen Cola trinken. So hatte ich mir die Feier nach meinem Casting für die Abendsendung vorgestellt. Stattdessen sitzt mir jetzt dieser irrwitzige Schönheitstermin im Nacken. Als Tom dann auch noch nach Frau Flappke fragt, sinkt meine Laune komplett in den Keller. Ich nuschele was von »Die nerven einfach alle nur« und bringe dann schnell die Kinder ins Bett, während Tom glücklich simst und der ganzen Welt mitteilt, dass er nominiert ist. Keine Frage, das ist tatsächlich toll. Jeder in der Branche wünscht sich einen Fernsehpreis. Es macht sich unheimlich gut im Lebenslauf und auch auf dem Regal.

Tia und Lucy lese ich noch ein paar Seiten aus *Momo* vor, dann klettere ich zu Flip hoch in ihr Bett. »Mama, hättest du auch gerne einen Fernsehpreis?«, fragt sie mich geradeheraus, als ich mich neben sie kuschele.

»Mhm«, sag ich. Vor Flip kann ich wirklich kaum etwas geheim halten. »Nein, Schätzchen, ich brauche keinen Preis, ein Job, der mir wirklich Spaß macht, würde mir reichen.«

»Was würde dir denn richtig Spaß machen?«, fragt sie. Kluge Frage, auf die ich eigentlich keine Antwort weiß. Die Abendsendung? Doch, ich glaube, die würde mir richtig Spaß machen. Aber der Preis, sie zu bekommen, ist so hoch. Flip wartet noch auf meine Antwort. Als keine kommt, fragt sie zögernd: »Hier zu Hause mit uns, macht dir das eigentlich keinen Spaß?« Um Himmels willen!

»Doch natürlich! Wieso glaubst du, dass mir das keinen Spaß macht?«, frage ich sie. Ihre grünen Augen weichen meinem Blick aus, und ich kann sehen, dass sie Angst hat, etwas Falsches gesagt zu haben. »Maus, ihr vier, Papa, Tia, Lucy und du, ihr seid mein größtes Glück. Ich weiß nicht, wie andere Menschen vierzig werden ohne Kinder. Ihr seid das Beste, was mir je passiert ist.«

»Aber …«, fragt sie nach.

»Aber … Nein, kein aber. Und muss es heißen. Und trotzdem ist es mir wichtig, dass es auch noch ein Leben gibt, das mir gehört. Einen Teil, in dem ich meine Talente ausleben kann und unabhängig von euch Glück empfinde.«

Flip nickt verständnisvoll. »Und Anerkennung«, ergänzt sie.

»Ja, auch das«, gebe ich zu.

»Du willst nicht so sein wie Oma?«

Ich muss lachen. »Niemand möchte so sein wie seine Mutter! Du auch nicht, oder?« Sie lächelt und schweigt. »Was meinst du damit, nicht so wie Oma?«, frage ich.

»Na, Oma hat nie gearbeitet, und weil sie kein anderes Leben hatte, so wie du dir das wünschst, mischt sie sich immer noch in deins ein und in das von Christian.« Ich bin ziemlich erstaunt, dass Flip das so glasklar analysiert mit ihren elf Jahren. Meine Mutter hat tatsächlich nie begriffen, dass ihre Kinder erwachsen sind. Wenn sie uns besucht, bringt sie nicht nur immer eine Wagenladung Essen mit, sie redet mir auch in alles rein und pfeift mich sogar zurück, wenn ich es wage, bei unter siebzehn Grad ohne Mütze das Haus zu verlassen. Ich lasse ihren mütterlichen Eifer meist einfach über mich ergehen, weil ich weiß, dass sie in drei Tagen sowieso wieder abreist, um mit meinem Vater ein neues Wellnesshotel oder einen anderen Golfplatz auszuprobieren. »Oma Monika hat mich einfach ganz doll lieb, und es ist ihre Art, mir das so zu zeigen, als sei ich immer noch elf Jahre alt.«

»Aber ich bin elf und darf trotzdem Dinge so machen, wie ich will.«

Wie schön, dass sie das sagt. »Wie schön, dass du das sagst.« Ich puste fest in ihre Halsbeuge, und sie quietscht wie ein kleines Kind. »Aber morgen ziehst du eine Mütze auf, und das Regal hier muss man komplett anders einräumen, und die Eulenfotos hängst du ab, Eulen sind furchtbar unhygienische Tiere. Alle Tiere sind unhygienisch!«, ahme ich meine Mutter nach und kitzele Flip dabei, die sich windet und laut kreischt. »Pssst! Tia soll doch nebenan einschlafen!« Ich küsse sie zärtlich auf die Nasenspitze und balanciere dann die Leiter runter.

Tom bleibt den restlichen Abend unerreichbar. Jedenfalls für mich. Er telefoniert mit dem Rest der Welt und lässt sich beglückwünschen. Ich geh ins Bett, und als er endlich kommt, tue ich so, als ob ich schlafe. Zehn Minuten später ist er eingeschlafen, und ich liege wach neben ihm und habe den dringenden Wunsch, ihn mit einem dicken, fluffigen Kissen zu schlagen. Ich weiß, dass ich unfair bin, aber die ganze Welt ist auch nicht gerade fair zu mir. Wäre mein Leben ein Film, würde ich jetzt einen Spaziergang machen, draußen in der lauen Nachtluft. In Filmen haben die ständig laue Nachtluft. In Wirklichkeit sind draußen zwei Grad. Wobei Tom jetzt sagen würde, dass das Quatsch ist und die Schauspieler bestimmt bei null Grad da im T-Shirt langflanieren mussten und Eiswürfel lutschen, damit ihr Atem nicht als weiße Wolke im Bild zu sehen ist. Ich würde jedenfalls in echter lauer Nachtluft spazieren gehen und über meinem weißen kurzen Nachthemdchen so eine tolle, schicke weiche Wolljacke tragen und Boots, die eigentlich nicht passen, aber trotzdem unheimlich cool aussehen. Und während ich da so langflaniere und nach oben blicke zu dem Sternenhimmel, biegt plötzlich Sascha um die Ecke, der auch nicht schlafen kann, weil er natürlich nur an mich denkt. Und er blickt auch hoch zum Sternenhimmel, und so wären wir fast ineinandergerannt. Ich würde mir in meine hollywoodverwuschelte Frisur fassen und ihn schüchtern und überrascht anlächeln und mir dann meine dünne weiche Strickjacke über meinem prallen Dekolleté zusammenziehen, so als sei es mir peinlich, dass er mich im Nachthemd sieht. Er würde dadurch erst recht hingucken und wäre ganz abgelenkt. Unser Gespräch wäre relativ sinnentleert, bis er mich einfach in seine Arme ziehen und sagen würde: »Ich sterbe, wenn ich dich nicht sofort küsse, Annabel Förster (vielleicht würde ich im Film anders heißen, Leila Wigsby, oder so, damit es besser klingt).« Und dann würde er mich küssen, und die ganze Welt um uns herum würde verschwinden.

Neben mir schnarcht mein Ehemann und reißt mich aus meinen nächtlichen Phantasien. Der gönnt mir auch wirklich gar nichts. Jetzt haue ich ihn tatsächlich mit meinem Kissen, und als er verschlafen fragt, was los ist, sage ich sauer: »Du schnarchst!«

Ich versuche wieder an meine Phantasie anzuknüpfen, will mir vorstellen, wie es im Bett mit Sascha und mir weitergehen würde, aber irgendwie ist jetzt die Luft raus, und die Flappke schiebt sich ständig in meine Gedanken mit einem Stapel Klamotten, die ich anziehen soll, und einer Liste, auf der Sachen stehen, die ich in meinem Alter nicht mehr tragen kann.

Als ich am nächsten Morgen in den Spiegel schaue, weiß ich sofort, was der plastische Chirurg mir nachher beim Termin sagen wird: Liebe Frau Förster, ich kann eine Menge, aber zaubern kann ich nun auch nicht. Die Substanz Ihrer Unterkinnhaut hat sich in der Festigkeit bereits um siebzig Prozent verringert, normal wären in Ihrem Alter übrigens fünfzig. An den Augenringen kann ich gar nichts machen, und für die ganzen Falten in Ihrem Gesicht brauche ich so viel Botox, da muss ich erst mal im Lager nachschauen, wie viel wir da noch haben.

Mit flauem Gefühl im Bauch fahre ich in die Kölner Innenstadt. Kristina und Sarah sind schon da. Sie gucken mich an, als sei ich schwerkrank und müsste mir heute das alles entscheidende Ergebnis abholen. »Leute, es ist nur ein Beratungsgespräch!«, mache ich mir selber Mut. Kristina betrachtet mich kritisch.

»Du hättest dich ein bisschen besser anziehen können!«, tadelt sie mich.

»Was, wieso?«

»Na, wenn ich meinem Dr. Blum schon Patienten empfehle, dann sollten die auch einen guten Eindruck machen!«, meint sie.

»Quatsch«, mischt sich Sarah ein. »Du hast Annabel den Blum empfohlen, so rum ist es richtig. Da sollte ER besser einen guten Eindruck machen.« Die beiden diskutieren während des ganzen Treppenhausaufstiegs, bis wir vor einer weißen, stuckbesetzten Tür stehen. Frau Miske, die Sprechstundenhilfe, empfängt uns an der Tür wie eine Hausdame. Sie ist etwas mollig, hat eine Frisur wie die ehemalige Königin Beatrix der Niederlande und trägt lange fließende Klamotten und einen langen fließenden Schal. Sie ist mir sofort sympathisch. Ich hatte erwartet, dass uns ein Model an der Rezeption begrüßt, und diese ganz normale Frau um die fünfzig macht mir Mut.

Sie weist uns an, im Wartezimmer Platz zu nehmen. Das Wartezimmer sieht nicht aus wie erwartet. Vier schmale rote Sessel stehen im Raum. An der Wand gegenüber der Tür gibt es einen Kamin, der so blitzsauber ist, dass ich mir sicher bin, dass er niemals zum Feuermachen benutzt wird, sondern nur Deko ist. Sauber aufgestapeltes Holz soll Gemütlichkeit ausstrahlen. Ganz gelingt das nicht, weil der Boden nicht aus Holz ist, sondern aus Marmorfliesen, und neben jedem Sessel ein kleines, leeres Beistelltischchen steht, das irgendwie ziemlich verloren wirkt.

Ich lasse mich in den roten Sessel neben dem Kamin fallen, meine Jacke behalte ich an, denn es gibt seltsamerweise keine Garderobe. Tief sinke ich in dem kleinen, engen Sessel in die Polster. Sarah und Kristina geht es genauso. Sarah ruckelt sich umständlich in eine bessere Position und sagt: »Ich komm hier leider nie wieder raus!« Wir kichern alle.

»Das ist absichtlich so!«, flüstert Sarah mir ziemlich laut zu »damit dir bewusst wird, wie sehr die Schwerkraft schon wirkt auf alle deine bedürftigen Körperteile!«

»Meine bedürftigen Körperteile, ja? Ich schick dich gleich mal da rein!«, antworte ich von meinem Sessel aus. Kristina schaut uns streng an und schlägt, so elegant sie kann, die Beine übereinander, was in diesen Sesseln nicht so leicht ist.

»Fehlt nur noch eine überdimensionale Bahnhofsuhr …« witzele ich zu Sarah rüber, »die mit riesigen Zeigern das ständige Fortschreiten der Lebenszeit deutlich macht!« Sarah nickt zustimmend. Kristina schaut etwas genervt an die Decke.

»Ob wir gleich etwas serviert bekommen?«, fragt mich Sarah und deutet auf die leeren Tischchen. Frau Miske ist in ihrem Rezeptionszimmerchen verschwunden. Ich bin neugierig, wie es da aussieht, habe aber keinen Grund gehabt, es zu betreten, weil sie uns ja gleich an der Tür begrüßt hat. Auf dem Kaminsims stehen grüne Töpfe mit ein paar Plastikblumen darin. Das geht gar nicht, finde ich. Aber vielleicht sind echte Pflanzen aus hygienischen Gründen nicht möglich. Ein Radio läuft, und ich stelle fest, es ist das Gleiche wie bei meinem Hautarzt. Ein kleiner Würfel, der aussieht wie ein Radio aus den sechziger Jahren mit erstaunlich gutem Sound. Vielleicht gab es den mal als Werbegeschenk an alle Arztpraxen in Köln. Oder es gibt so einen Laden, der Wartezimmerbedarf hat. Da kaufen dann alle Ärzte ein, und das Radio war im Sonderangebot. Der Herr Dr. Blum hätte meiner Meinung nach ein paar Sachen mehr mitnehmen können in diesem Laden. Die Einrichtung ist ziemlich spartanisch. Keine Garderobe, kein Wasserspender, keine Bilder an den Wänden. Vielleicht soll man sich hier auf sich selbst konzentrieren und sich klarwerden, ob man das Ganze überhaupt will. Mir ist ziemlich klar, dass ich es nicht will. Was mache ich hier? Ich stöhne ein bisschen in meinem Sessel vor mich hin.

»Der ist wirklich sehr, sehr nett, der Dr. Blum«, sagt Kristina aufmunternd. Sie steht schwungvoll auf, vermutlich die einzige Möglichkeit, wieder aus dem Sessel zu kommen, und geht an das Zeitschriftenregal an der Wand. Ohne zu fragen, reicht sie mir die *Schöner Wohnen* und Sarah die *Eltern*. In diesem Moment klingelt es an der Tür. Frau Miske ist sofort da und begrüßt jetzt eine ziemlich große Frau, die sehr elegant gekleidet ist, aber definitiv eine Männerstimme hat.

Sarah, Kristina und ich wechseln bedeutungsvolle Blicke.

Die Frau entschuldigt sich, sie sei etwas zu früh und nimmt dann auf dem letzten freien Sessel Platz. Verstohlen versuchen wir drei sie anzuschauen, ohne sie dabei anzustarren. Lange Zeit bleibt mir dafür nicht, denn jetzt geht eine neue Tür auf. Ein Paar kommt heraus. Sie sieht aus, wie ich mir die Klientel beim Schönheitschirurgen vorstelle. Groß, gepflegt, High Heels, blondierte Haare, auffällige Klamotten. Er ist der Typ Hemd und Jeans. Sofort hab ich einen Film im Kopf. Der Mann möchte, dass seine Herzensdame eine sehr viel größere Brust bekommt. Deshalb begleitet er sie zum Chirurgen, um dann in der Computersimulation die Körbchengröße zu bestimmen. Ich kann Sarah ansehen, dass sie etwas Ähnliches denkt.

Hinter den beiden kommt jetzt ein kleinerer Mann zum Vorschein. Er trägt keinen weißen Kittel, sondern eine schwarze Jeans und ein anthrazitfarbenes Hemd, aber das muss Dr. Blum sein. Herzlich verabschiedet er sich von den beiden und begrüßt erst Kristina, dann Sarah, und schließlich hält er mir die Hand hin. Ich wühle mich hektisch aus dem Sessel, reiche ihm meine Eishand und folge ihm in sein Besprechungszimmer. Auch hier wurde wieder an der Einrichtung gespart. Ein toller alter Schreibtisch, drei moderne Stühle. Zwei vor, einer hinter dem Schreibtisch. Das war es dann auch schon. Auf dem Schreibtisch liegt ein aufgeklapptes silbernes Notebook. Sonst nichts. Keine Kaffeetasse, kein Bilderrahmen, gar nichts. »Setzen Sie sich«, lädt Dr. Blum mich ein und nimmt hinter dem Schreibtisch Platz. Es ist schwer zu sagen, wie alt er ist. Er hat freundliche grüne Augen, seine Haare sind etwas länger und alle nach hinten gekämmt. Die Schläfen grau, der Rest dunkelbraun. Er hat Fältchen um die Augen und erinnert mich an jemanden, aber ich komme nicht darauf, an wen.

»Was führt Sie denn zu mir?«, fragt er mit einer warmen, tiefen Stimme, und ich entspanne mich ein bisschen und beschließe, mit der Wahrheit rauszurücken.

»Ich, na ja, ich bin so eigentlich ganz zufrieden mit mir. Aber jetzt habe ich ein sehr tolles Jobangebot, für das ich leider ein paar Jahre jünger sein sollte. Also, optisch jetzt.«

Er schaut mich ruhig an und fragt: »Von wie vielen Jahren sprechen wir denn?«

Ich werde nervös. »So, ein paar. Also so fünf ... bis zehn.« Ich werde rot. Mein Gott ist das alles dämlich. Er nickt mir aufmunternd zu und fragt, wie alt ich bin. »Neununddreißig«, sage ich etwas kläglich und füge hinzu, dass ich bald vierzig werde.

Er nickt wieder und zaubert einen Handspiegel irgendwoher. »Üblicherweise bitte ich meine Patienten immer, in den Spiegel zu sehen und mir dann zu sagen, was sie stört.« Er reicht mir den Spiegel, und ich schaue in mein Gesicht, das Gott sei Dank nicht so rot ist, wie ich dachte. Ich weiß nicht so genau, was er jetzt von mir erwartet. »Fangen wir oben an«, sagt er. »Ihre Stirn ist noch wunderbar faltenfrei, da müssen wir noch nichts machen.« Ich freue mich ein bisschen, registriere aber sehr wohl das »noch« in seinem Satz.

Ich weise ihn auf die Zornesfalten hin, und er nickt wieder sein verständnisvolles Nicken. »Was stört Sie noch im Gesichtsbereich?«, fragt er. Ich schaue in den Spiegel und entdecke Falten um den Mund herum, die ich ihm zeige, und natürlich meine Unterkinnhaut. Als wir mit meinem Gesicht fertig sind, fühle ich mich wie fünfzig. Dr. Blum macht ein Foto von mir und hat es sofort auf seinem Notebook. Er vergrößert mich und markiert alle Stellen, die ich ihm genannt hatte. Immerhin malt er mir nicht mit Edding im Gesicht rum, denke ich, aber es kommt meiner »Finde die neununddreißig Fehler der Annabel Förster«-Phantasie schon ziemlich nahe.

»Wie könnte man denn das alles ... beheben?«, frage ich schließlich.

»Man könnte diesen Bereich entweder füllen mit einem Filler oder mit Botox bearbeiten, dass sie sich nicht mehr so zusammenziehen können.«

»Wie lange hält das?«, will ich wissen.

»Das hält je nach Material ein halbes Jahr oder auch bis zu einem Jahr.«

Ich bin entsetzt. Ich hatte ganz naiv angenommen, man lässt sich Botox spritzen, und das bleibt dann so. Also vielleicht nicht für immer, aber doch ein paar Jahre. Wenn das jetzt nur sechs Monate hält, muss ich ja dauernd wiederkommen! »Und was könnte man hiermit machen?«, frage ich und deute auf meine Truthahnstelle.

»Also die Haut ist bei Ihnen ja noch sehr schön elastisch, da würde ich keine OP machen, da reicht es, in diesem Bereich eine Fettabsaugung durchzuführen.«

Fettabsaugung! Es ist also viel schlimmer, als ich angenommen habe. Wir reden gar nicht von schlaffer Haut, das, was da so rumlabbert, ist FETT! »Wie, wie …«, ich muss schlucken, »saugen Sie das ab?«

»Sie bekommen eine Narkose, und dann wird das im Halsbereich mit einer kleinen Nadel abgesaugt. Dabei gibt es Risiken zu bedenken, man kann einen Nerv treffen, und es könnte eventuell auch Dellen geben.« Jetzt wird mir richtig schlecht. Ich sehe mich mit delliger Unterkinnhaut und Gesichtslähmung auf der Titelseite der BILD-Zeitung. »Vierzigjährige Moderatorin ließ sich im Jugendwahn von Schönheitschirurg ihr Gesicht verpfuschen! War es das wert?!«

»Frau Förster, wollen Sie vielleicht ein Glas Wasser?«, bietet er mir besorgt an. Ich nicke. Er verschwindet kurz und kommt mit einem Glas wieder. Ich nehme es und halte es nur in der Hand. Mir ist überhaupt nicht gut. Ich atme ein und aus, *breathe in and breathe out*, aber ich fürchte, gleich macht mein Kreislauf hier schlapp. Also peinlicher geht es jetzt nur noch, wenn ich losheule. Dr. Blum, ganz der Arzt, merkt sofort, was los ist, und führt mich sanft am Arm in den Nebenraum. »Vielleicht legen Sie sich besser einen Moment hin«, sagt er und packt mich auf eine bequeme Behandlungsliege. Ich nicke und atme. Er lässt mich einen Moment allein und spricht im Nebenraum mit Frau Miske. Das Liegen hilft, und ich merke, wie mein Gehirn langsam wieder mit Blut versorgt wird. Dr. Blum kommt zurück und setzt sich freundschaftlich und gar nicht arztmäßig neben mich auf die Liege. Er nimmt meine Hand und sagt: »Frau Förster, ich will Ihnen mal was sagen. Ich habe hier jeden Tag Patienten, die richtig leiden.« Das glaube ich ihm sofort. »Patienten, die kein Selbstwertgefühl haben und sich gar nicht mehr auf die Straße trauen. Diesen Menschen kann und möchte ich helfen.« Das klingt mir jetzt sehr nach Gutmenschentum, und ich bin gespannt, wo die Rede hingeht, vor allem weil er immer noch meine Hand hält, als wollte er mir einen Heiratsantrag machen. »Aber Sie, meine Liebe. Sie sind hier falsch.« Ich nicke automatisch, denn das entspricht genau meinem Gefühl. »Sie sind eine wunderschöne junge Frau.« Ich muss lächeln und höre sofort auf zu nicken. »Nichts an Ihrem Gesicht stört Sie wirklich. Sie wollen das Ganze überhaupt nicht, haben nur das Gefühl, für den Job müsste es sein.«

Jetzt richte ich mich auf und ziehe meine Hand weg, obwohl sich seine schön warm und sicher angefühlt hat. »Ich habe nicht nur das Gefühl, ich habe die Anweisung, mich verjüngen zu lassen! Natürlich wäre es mir lieber, die würden sagen: ›Frau Förster, wir suchen eine Vierzigjährige, Sie sind genau richtig, so wie Sie sind!‹«

»Sie arbeiten beim Fernsehen?«, rät er richtig.

Ich nicke und sage: »Und es geht um eine Abendsendung. Das wollte ich schon immer machen. Und das ist vermutlich meine letzte Chance!« Jetzt lächelt er.

»Ich habe folgenden Vorschlag …«, fängt er an. Ich höre zu und trinke mein Wasser.

Sarah und Kristina gucken ganz gespannt, als ich aus dem Besprechungsraum wieder in das Wartezimmer komme. Gleichzeitig legen sie ihre Zeitschriften weg und ziehen sich, so schnell sie können, ihre Jacken über, die sie in der Zwischenzeit dann wohl doch ausgezogen hatten.

Ich verabschiede mich von der netten Beatrix, also Frau Miske, und bin froh, als wir zu dritt aus der Tür ins strahlende Sonnenlicht treten.

»Und??«, wollen Kristina und Sarah wissen.

»Kaffee«, sage ich knapp und gehe voraus. Sie laufen rechts und links wie zwei kleine Hunde neben mir her.

»Ich erzähl euch alles bei Fernando, okay?«, beruhige ich sie, bevor sie noch anfangen an mir hochzuspringen und an meinem Mantel zu knabbern.

Fernando ist ein kleines Café, nicht weit entfernt vom Neumarkt, in dem man die beste Schokolade in ganz Köln trinken kann. Man kann zwischen verschiedenen Kakaosorten wählen, je nachdem, wie süß oder herb man es möchte. Es bleibt nie nur bei einem Kakao, weil Fernando außerdem noch unheimlich viele, unglaublich leckere kleine Schweinereien anbietet. Pralinchen, Mandelgebäck, Himbeertörtchen, Apfel-Mandel-Küchlein, Brownies, Blaubeermuffins, Éclaires, die meine Kinder und ich nur »die Knochen« nennen.

Kurze Zeit später sitzen wir alle mit Schokolade und süßen Sünden um einen kleinen Tisch in riesigen Sesseln. Ich beuge mich verschwörerisch nach vorne, Sarah und Kristina folgen meinem Beispiel. Flüsternd erzähle ich alles und ernte bei der Stelle mit dem Fettabsaugen und den Risiken zwei gespannte und besorgte Gesichter. »Und?«, fragt Sarah wieder.

Ich hole tief Luft und erzähle dann von meinem schlechten Kreislauf und was Dr. Blum alles Nettes zu mir auf der Liege gesagt hat: »Und dann hat er mir einen Wellness-Urlaub empfohlen, bei dem ich mich so richtig entspannen soll, viel schlafen und viel Sport machen. Wenn ich dann straff und frisch gebräunt zurückkomme, denkt der Kleisterberg, ich hab ganz brav alles machen lassen.«

»Pfffff«, macht Kristina enttäuscht. »Und das soll helfen?« Kritisch betrachtet sie meine Falten. Sarah dagegen ist hochzufrieden.

»Das ist ja mal echt ein guter Arzt! Ich finde das genau richtig. Kristina, jetzt mal im Ernst, der Kleisterberg spinnt doch. Annabel sieht super aus, kein Mensch würde sie auf vierzig schätzen, das ist doch reine Schikane, sie da zum Schönheitschirurgen zu schicken. Deshalb ist die Lösung doch perfekt. Er glaubt, du wärst da gewesen, und du kannst dein Gesicht behalten, wie es ist!«

»Und was ist mit der Rechnung?«, fragt Kristina. Das ist der unangenehme Teil, von dem ich gehofft hatte, meine Freundinnen würden ihn übersehen. Herr Dr. Blum hat mir tatsächlich angeboten, mir eine Rechnung zu schicken, das Geld wollte er dann für einen guten Zweck spenden.

»Na?«, sagt Sarah fragend. »Also, ob er das macht? Schönheitschirurgen und guter Zweck? Kannst du dem Kleisterberg nicht einfach sagen, du würdest es gerne selbst bezahlen?«

Ich überlege. »Das wäre doch ziemlich auffällig!«

»Ist es sowieso«, sagt Kristina schnippisch. »Falten kann man nicht einfach wegwellnessen!«

»Einen Versuch ist es jedenfalls wert!«, sage ich, und dann sagt eine ganze Weile niemand etwas. Wir genießen unsere süßen Leckereien, und ich stelle fest, dass sich gerade unheimliche Erleichterung in mir breitmacht. Ich muss mir kein Botox spritzen und kein Fett absaugen lassen. Ich werde einfach ab sofort gesund essen, also gleich nach dem Besuch hier im Fernando, und laufen gehen und brav all meine Yogaübungen machen.

»Wohin soll dein Wellness-Trip denn gehen?«, holt mich Kristina aus meinen Überlegungen.

Ich zucke mit den Schultern. »Ich muss erst mal mit Tom reden. Ich muss das irgendwie in seine Drehpausen basteln, damit jemand für die Kinder da ist.«

»Ich hätte da vielleicht eine Idee ...«, sagt Kristina geheimnisvoll. »Und dass du nicht allein fahren kannst, ist auch klar!« Sie strahlt mich an.

»Hallo? Und ich?«, fragt Sarah beleidigt.

»Na, du musst natürlich auch mit!«, sage ich.

»Das wird ja ne Kleinigkeit. Keinen Mann, der auf die Kinder aufpasst, und kein Geld. Aber klar, ich komm mit!« Sie grinst.

»Das kriegen wir schon hin«, verspricht Kristina. Ziemlich gutgelaunt trinken wir unseren Kakao aus und fahren nach Hause.

Es ist Dienstag, siebzehn Uhr. Es war ein ganz schöner Akt, alle Kinder zu verteilen. Sarah und Kristina wollte ich nicht fragen, denn dann hätte ich ja zugeben müssen, dass ich Sascha wiedertreffe. Also habe ich Tia und Lucy bei Freunden untergebracht und Flip, die allein zu Hause bleibt, vorgelogen, ich hätte einen Arzttermin. Als ich das Café betrete, ist mein Arzt schon da. Grinsend steht er auf und umarmt mich zur Begrüßung, als wären wir alte Freunde. Als wir sitzen und ich umständlich meine Handtasche unter dem Tisch verstaue, sagt er: »Ich hatte Angst, du kommst nicht.«

»Die Erdbeermilch war das letzte Mal so gut, das konnte ich mir einfach nicht entgehen lassen.« Wie aufs Stichwort kommt die kleine dunkelhaarige Bedienung. Ich bestelle meine Erdbeermilch, Sascha wieder sein Bitter Lemon. Wir reden über unwichtige Dinge und vermeiden es ein bisschen, uns in die Augen zu schauen. Sascha erzählt, wie sie beim Studium ein Fischauge sezieren mussten und einer nach dem anderen umkippte.

»Du auch?«, will ich wissen.

»Nein, ich bin doch kein Weichei! Ich habe mich bloß in den Papierkorb übergeben.« Wir lachen, und ich fühle mich zum ersten Mal heute entspannt. Er legt sechs Euro auf den Tisch und sagt: »Komm mit, ich zeig dir was!« Draußen reicht er mir einen Helm und steigt auf eine blaue Vespa. Mit einer Kopfbewegung deutet er mir an, dass ich hinter ihm aufsteigen soll. Mein Helm sitzt etwas locker, aber ich steige, ohne zu zögern, auf den Roller. Als Teenager war das mein Traum: eine eigene Vespa. Mit so einem Wunsch hatte ich keine Chance bei meinen

Eltern, vor allem nicht bei meiner übervorsichtigen Mutter. Was da alles passieren kann! Als wir noch kinderlos waren, hatten Tom und ich uns manchmal im Urlaub eine gemietet. Es ist Jahre her, dass ich auf einer mitgefahren bin. Ich halte mich an Sascha fest, schlinge meine Arme um seinen Bauch, und er startet den Motor. Die Straßen fliegen an uns vorbei. Sascha fährt sicher und macht keine Angeber-Manöver, die ich ihm in seinem Alter durchaus noch zugetraut hätte. Obwohl heute endlich mal ein warmer Tag war, wird es schnell ziemlich kalt vom Fahrtwind. Ich kuschele mich von hinten an Sascha und genieße die Fahrt. An den Ampeln fasst er mit seinen warmen Handschuhen meine eiskalten Finger und wärmt sie ein bisschen.

Wir fahren aus der Stadt raus über Feldwege, und mir wird plötzlich klar, dass niemand weiß, wo ich bin. Wie eine Siebzehnjährige bin ich einfach bei einem fremden Typen auf die Vespa gestiegen und lasse mich jetzt von ihm in ein geheimes Versteck entführen, wo er mich in kleine Stücke zerhacken und vergraben wird. Sascha biegt links ab in einen Schotterweg. Wir rollen durch die Überreste eines Zauntores, dann hält er an. Mit steifen Knochen klettere ich von der Vespa. Als ich den Helm abnehme, fragt er: »Ist dir nur kalt, oder hast du jetzt Angst?« In seinen Augen ist echte Besorgnis zu sehen, und deshalb antworte ich wahrheitsgemäß, dass mir das schon etwas unheimlich ist, hier mit ihm so allein in der Pampa. »Du schickst deiner Freundin jetzt unseren Standort. Dann weiß sie, wo du bist, und kann dich holen kommen, falls sich herausstellt, dass ich ein durchgeknallter Triebtäter bin.« Ich denke erst, er macht einen Scherz, aber er besteht tatsächlich darauf, dass ich Sarah eine SMS schreibe. Ich tippe: »Bin mit Sascha hier in der Pampa. Er will mir was zeigen.« Dann schau ich ihn fragend an, weil ich nicht weiß, wie man den Standort verschicken kann. Sascha umarmt mich von hinten und zeigt es mir. Dann lässt er mich sofort wieder los. »So, alles okay?«, fragt er mich. Ich nicke. »Dann komm!« Er nimmt meine Hand und zieht mich durch das Gebüsch einen kleinen Pfad hinunter. In meiner Tasche macht es blingedibling. Sarah schreibt: NO SEX ANNABEL NO SEX!!!!

Sascha, der die Botschaft aus den Augenwinkeln gelesen hat, sagt: »Schreib ihr, ich werde mich beherrschen, auch wenn es schwerfällt.« Er schaut mir tief in die Augen und nimmt wieder meine Hand, kaum dass ich das Handy verstaut habe. In meinem Körper kribbelt es, und ich hoffe, dass Sarah mir jetzt nicht minütlich »NO SEX«-Nachrichten schickt. Ich bin nicht ständig mit jungen gutaussehenden Männern im Wald, die mich an der Hand nehmen und mir Überraschungen zeigen wollen, deshalb will ich das hier jetzt genießen. »Gleich sind wir da!«, sagt Sascha. Jetzt klingt er aufgeregt, und ich frage mich, was er mir hier so Spannendes zeigen will. Vielleicht hat er eine riesige Holzskulptur geschnitzt? Zwischen den Bäumen kann ich einen kleinen See erkennen. Wir betreten einen Holzsteg. Sascha zeigt auf eine kleine Hütte am Ende des Stegs: »Willkommen bei mir zu Hause!«, sagt er stolz.

Der See ist ein kleines Baggerloch und die Hütte eine kleine Bretterbude mit Plumpsklo, aber ich finde das alles paradiesisch. Der Steg läuft einmal komplett um das Häuschen herum, ohne Geländer, wie mein geschultes Mutterauge feststellt. Zum See hin gibt es so etwas wie eine Terrasse, auch ohne Geländer, auf der Platz genug für einen kleinen Tisch oder zwei Liegestühle wäre. Die Hütte wurde wohl vor vielen Jahren mal dunkelgrün gestrichen. Hier und da ist noch etwas von der Farbe zu erkennen, aber jetzt ist das Holz größtenteils grau verwittert. Sascha schließt auf und bittet mich zuerst einzutreten. Die Tür lässt sich erstaunlich leicht öffnen. In der Hütte ist es klamm und kalt. Ein Stuhl, ein kleiner Ofen, ansonsten ist sie leer. Durch zwei Fenster fällt die Abendsonne herein.

»Erst jammerst du rum, dass du keine Wohnung in Köln findest, und eine Woche später hast du ein Haus am See!«, sage ich begeistert, als er den kleinen Heizlüfter einsteckt.

»Ich habe eine überteuerte Bruchbude gemietet, aber mir gefällt es hier. Die Romantik ist nicht zu unterschätzen«, lacht er und rennt um die Hütte rum, um den Generator anzuwerfen, damit der Heizlüfter Strom bekommt. Kurze Zeit später pustet das kleine Ding tatsächlich warme Luft in unsere Richtung. Sascha schiebt mir den einzigen Stuhl hin, und ich setze mich. »Ich würde dir gern einen Tee anbieten, aber ich bin leider noch nicht richtig eingezogen.«

»Wie beruhigend«, sage ich, »ich dachte schon, dein einziger Besitz ist dieser Stuhl! Wie bist du denn an dieses Schätzchen gekommen?«, will ich wissen.

»Wie das immer so läuft. Der Vater meines Freundes ist der Vorsitzende des Polizeiangelvereins.« Ich gucke ihn verständnislos an. »Der Polizeiangelverein darf hier an diesem Baggersee angeln. Und nur die dürfen überhaupt hier hin.« Jetzt wird mir klar, warum ich den kleinen See überhaupt nicht kenne. »Die Hütte steht seit Jahren leer, und ich fand, das ist eine gute Gelegenheit, mal am Wasser zu wohnen«, beendet Sascha seine Geschichte.

»Und im Sommer angeln hier auf deinem Steg lauter Polizisten?«, frage ich.

»Eher nicht. Die haben drüben noch eine richtige Hütte, da ist ihr Vereinsheim drin, und angeln werden sie vermutlich dort.« Er zeigt aus dem Fenster. Ich stehe auf und sehe lauter kleine Buchten mit kurzen Stegen auf der gegenüberliegenden Seite des Sees.

»Darf ich Sie zu einer Hausführung einladen?«, fragt Sascha und bietet mir seinen Arm an.

Ich schaue mich in der leeren Fünfundzwanzigquadratmeterhütte um und bin sehr gespannt. »Sehr gern«, sage ich und hake mich ein.

»Hier …«, er deutet auf eine Ecke neben dem Fenster, »ist die Küche. Leicht zu erkennen am großen amerikanischen Kühlschrank, der selbstverständlich Eiswürfel machen kann.« Er deutet auf eine schmutzige Stelle am Boden. »Und hier ...«, er wirbelt mich herum, und ich muss kichern, »sehen Sie meine Studierecke. Ein eichenholzgeschabter Schreibtisch, an dem einst Newton seine Gesetze vom freien Fall austüftelte.«

»Ah ja«, sage ich und sehe es vor mir.

»Dann geleite ich Sie ins Schlafzimmer«, fährt er fort. »Dort befindet sich ein gemütliches französisches Bett, auf dem ich Sie gerne verführen würde. Schade nur, dass ich das leider nicht tun kann, weil eine gewisse Sarah uns Sexverbot erteilt hat.« Sascha führt mich an die Stelle, an der das Bett stehen soll, schwingt mich einmal im Kreis herum, und ich lande mit dem Rücken an der Wand. Er steht ganz dicht vor mir. Wir berühren uns nicht, aber er stützt sich mit beiden Händen links und rechts von mir an der Wand ab. Seine grünen Augen sind auf meiner Augenhöhe. Er schaut mich frech und herausfordernd an unter seinen dunklen Ponyfransen, und ich stelle erschrocken fest, dass ich mir jetzt und hier ganz dringend einen Kuss wünsche. Und vielleicht nicht nur einen Kuss.

Sascha schaut mich abwartend an. Mir ist klar, dass er nichts tun wird, ohne eine Einladung von mir zu bekommen. Plötzlich spüre ich meinen ganzen Körper, der sich selbständig machen will, unabhängig von meinem Kopf, der »Halt, nein, das geht nicht!« denkt. Ich spüre Saschas Atem an meiner Wange. Er bewegt sich nicht, wartet ab, aber ich kann fühlen, dass ihn das, genau wie mich, ziemliche Überwindung kostet. »Halt die Fresse!«, sage ich innerlich zu meiner Stimme der Vernunft, die aufgeregt rumtrötet, dass ich verheiratet bin und Kinder habe und Tom liebe. Nur zehn Minuten, wünsche ich mir. Zehn Minuten frei sein, nicht daran denken, dass ich die Kinder dringend abholen muss und Abendbrot machen sollte. Alles vergessen und Sascha küssen. Hier in einer Hütte am See. Ich schließe die Augen. Langsam beugt Sascha die Arme und lehnt sich ganz leicht an mich. Ich spüre die Gürtelschnalle seiner Jeans an meiner Körpermitte und seine Bartstoppeln, die sacht mein Kinn streifen, bevor seine Lippen meine finden. Er riecht so gut. Meine Selbstbeherrschung schmilzt wie After Eights in der Sonne. Ich greife in seine wuscheligen weichen Haare und ziehe ihn energisch an mich heran, als es plötzlich so laut knallt, als wäre der Heizlüfter explodiert. Wir fahren auseinander. »Scheiße! Der Generator!« Sascha stürmt nach draußen, und ich lehne mich seufzend an die Bretterwand. Das war knapp.

Als er wieder reinkommt, habe ich mich etwas gefangen. Wir schauen uns schweigend an. Dann lächelt er und sagt: »Komm, ich fahr dich nach Hause!«

Glücklicherweise hat Tom heute einen Nachtdreh. Während ich den Kindern Abendbrot mache und anschließend Tia und Lucy ins Bett bringe, denke ich nur an Sascha. Meine kleine schlaue Flip habe ich mit dem Hundethema abgelenkt, damit sie nicht merkt, was mit mir los ist. Ich habe ihr gesagt, wir müssten dringend eine Liste machen mit Dingen, die wir für unseren Welpen noch brauchen. Jetzt sitzt sie mit glühenden Wangen am Laptop oben in ihrem Bett und ist überhaupt nicht mehr ansprechbar.

»Maus, mach in ner halben Stunde Licht aus, okay?«, rufe ich die Leiter hoch.

»Jaja …«, kommt es von oben. Ich schließe ihre Zimmertür und knirsche die Treppe herunter. Ich mache mir eine Kanne Tee und ein ganzes Schälchen voller Schokolade (dringend nötige Ersatzbefriedigung) und werfe mich mit dem Telefon in der Hand aufs Sofa. Sarah geht sofort ran. Sie hat sicher schon auf meinen Anruf gewartet. »Habt ihr?«, will sie sofort wissen.

»Nein.« Sie pustet hörbar ihre angehaltene Luft aus. »Aber ich hätte am liebsten«, gebe ich zu. Ich erzähle alles. Angefangen von der Erdbeermilch über die blaue Vespa bis zum Beinahe-Kuss in der Hütte.

»O Mannomannomann«, murmelt Sarah. Dann versucht sie die Situation zu analysieren. »Okay, ist er einfach wahnsinnig sexy, und du bist etwas untervögelt …«

»Ich bin was?«

»Na untervögelt. Sind wir doch alle. Wer hat denn bitte neben Kindern und Job noch Nerven für Sex?«

Da hat sie leider recht. Und so wie sie das formuliert, klingt das ganz normal.

»Ja«, gebe ich zu. »Vermutlich bin ich einfach untervögelt, und er ist achtundzwanzig und wahnsinnig sexy.«

»Okay …«, sagt Sarah langgezogen. »Aber hast du auch Spaß mit ihm? Macht er Dinge mit dir, wie … ich sage jetzt mal Vespa fahren oder in kleinen romantischen Hütten an Seen abhängen, die dir in deinem Leben fehlen?« Ich schweige.

»Sarah, was soll das?«

»Ich errechne den Risikofaktor dieser Affäre«, sagt sie nüchtern.

»Ich hab doch keine Affäre!«, verteidige ich mich.

»Nein?«, fragt sie listig.

»Nein!«, beharre ich.

»Du hast also nicht heute den ganzen Abend nur an ihn gedacht, und du hast auch nicht vor, ihn wieder zu treffen in seiner kleinen, schnuckeligen Bude, in der das nächste Mal ein französisches Bett stehen wird?!«

Ich schweige. Sarah schweigt auch.

»Was soll ich tun?«, frage ich nach einer Weile.

»Pfff!« Sie macht ein pfeifendes Geräusch. »Also vor einem halben Jahr hätte ich dir dringend geraten, es zu lassen, aber wenn du mich heute fragst …« Ich warte gespannt, dass sie weiterredet. »Das Leben ist einfach zu kurz, um keinen Spaß zu haben, Annabel. Ich denke, du kannst dir ein bisschen Inspiration holen bei deinem Sascha. Du musst dich ja nicht gleich verlieben.«

»Nein!«, sage ich entschieden.

»Vielleicht wären Andi und ich noch zusammen, wenn wir uns ab und zu mal etwas Spaß gegönnt hätten.«

»Was meinst du damit? Ist das jetzt ein Plädoyer für eine offene Beziehung?«, frage ich erstaunt.

»Nein, aber ein Plädoyer dafür, sein Leben zu leben. In allen Facetten. Und wenn Vespa fahren und junge Männer küssen eine Facette deines Lebens ist, dann solltest du sie genießen.«

Jetzt bin ich ziemlich aus der Spur. Ich war mir sicher, Sarah würde mir ganz dringend davon abraten, Sascha wieder zu treffen. Nun mache ich das pfeifende Geräusch. »Ich will ja gar keine Affäre«, sage ich dann. »Ich will mich einfach nur ein bisschen gut fühlen. Und mal machen, was eine neununddreißigjährige Frau tun will. Nicht immer nur den Jobscheiß oder den Kinderscheiß.«

»Sex in der Hütte am See?«, fragt Sarah neugierig.

»Ja, verdammt«, gebe ich zu, »am liebsten Sex in der Hütte am See!«

»Das klingt ja verlockend!«, sagt Tom, der plötzlich im Wohnzimmer steht.

»Ich glaub, ich muss Schluss machen …«, sage ich zu Sarah und lege auf. »Wieso bist du schon da?«, frage ich und gebe mir große Mühe, nicht rot zu werden.

»Die Steadycam ist kaputt gegangen, und sie konnten so schnell keinen Ersatz bekommen. Jetzt darf ich morgen Nacht noch mal antanzen.« Er holt sich eine Limonade aus dem Kühlschrank. Ich gehe schnell auf ihn zu und umarme ihn. Er ist ein ganzes Stück größer als ich. Ich vergrabe meinen Kopf an seiner Brust. Mein Herz klopft ganz schnell vor lauter schlechtem Gewissen. Er trinkt einen Schluck Limonade und hält mich fest.

Später im Bett frage ich mich, warum er nicht nachgefragt hat, was es mit Sex in der Hütte auf sich hat. Tom kommt offensichtlich gar nicht auf die Idee, dass ich etwas mit einem anderen Mann haben könnte. Hat das mit meinem Alter zu tun? Aber eigentlich war er nie besonders eifersüchtig, auch nicht, als wir beide jünger waren. Auf Partys haben wir uns immer unseren Freiraum gelassen. Er flirtete mit anderen Frauen und ich mit anderen Männern. Allerdings nur verbal. Ich erinnere mich an eine sehr peinliche Situation, von der Tom gern jedem erzählt, vor allem weil ich dann jedes Mal hochrot anlaufe. Immerhin kann ich inzwischen auch darüber lachen. Wir waren vielleicht zwei Jahre zusammen und machten Urlaub in Italien. In Florenz bummelten wir durch die Gassen und entdeckten einen Klamottenladen, der gerade Ausverkauf hatte. Während ich mich durch die Stapel von T-Shirts wühlte, fiel mir ein Italiener auf, der unheimlich schnuckelig aussah. Braune Augen, dunkle Locken, ein süßer Latino eben. Er hatte mich auch gesehen, und wir warfen uns, erst etwas verstohlen und dann immer offener, Blicke zu. Schließlich lächelten wir uns an. Genau in diesem Moment kam Tom um die Ecke getrampelt und legte mir den Arm um die Schulter.

In der Annahme, dass der süße Italiener kein Wort Deutsch spreche, zischte ich Tom etwas theatralisch zu: »Geh weg, ich bin gerade beim Flirt meines Lebens!« Tom fand das völlig in Ordnung und trollte sich, kam aber kurze Zeit später laut lachend wieder. Er hatte den süßen »Italiener« belauscht, wie der wiederum in perfektem Deutsch seiner Freundin mitteilte, dass die seltsame brünette Frau da drüben glaubte, sie habe gerade den »Flirt ihres Lebens« mit ihm, woraufhin die zwei lachend den Laden verließen. Ich bin g e s t o r b e n, und wir mussten leider sofort die Stadt verlassen, weil ich Angst hatte, den beiden noch einmal über den Weg zu laufen. Ich kann nie wieder nach Florenz!

Wieso hat Sarah mir nicht dringend davon abgeraten, Sascha wiederzusehen? Irgendwie wäre mir das fast lieber gewesen. Jetzt muss ich mir selbst den Moralapostel machen. Kann ich das bringen mit Sascha? Und wenn ja, wie weit kann ich gehen? Wie würde ich es finden, wenn Tom sich mit irgendeiner jungen

Schnalle in geheimen Hütten trifft und sie beinahe küsst? Wo wäre meine Grenze? Ehrlich gesagt, wäre sie schon überschritten. Vielleicht treffe ich Sascha nur noch, wenn andere Leute dabei sind? Oder ich treffe ihn in seiner Hütte, genieße das Prickeln, bleibe aber ganz brav und eisern. Das müsste doch erlaubt sein. Ich meine, wer weiß, wen Tom alles trifft und wo es dabei bei ihm überall prickelt? Ist doch im Prinzip wie ein Flirt im Klamottenladen, nur eben ohne Freundin, die anschließend über mich lacht. Da kommt mir ein neuer Gedanke. Hat Sascha vielleicht sogar eine Freundin? Und wenn ja, macht das die Sache besser oder schlechter? Ich weiß es nicht.

Ich beschließe, dass ich mich genug im Bett hin- und hergeworfen habe. Ich stehe auf und knirsche, so leise ich kann, die Treppe runter. Meine Hausschuhe stehen wie vermutet nicht unten an der Treppe. Ich weiß gar nicht, wozu ich die Dinger überhaupt habe. Dauernd lasse ich sie unter irgendeinem Tisch stehen oder unter dem Sofa liegen. Ich finde sie nie und habe immer kalte Füße. Mal sehen, was so im Kühlschrank ist. Ich sehe nicht wirklich etwas, auf das ich Lust habe, und esse im Stehen ein bisschen Schinken. Und ein bisschen Käse. Und noch ein bisschen mehr Schinken. Als der Kühlschrank sich durch lautes Piepen beschwert, dass ich seine Tür so lange auflasse, schließe ich sie schnell und suche anschließend oben im Küchenschrank nach Schokolade, obwohl ich eigentlich sicher bin, dass da keine mehr ist. Ich finde ein Ü-Ei, das ich eigentlich für Tia gekauft habe. Den Kindern Süßigkeiten wegzufuttern ist vermutlich das Allerletzte, aber ich weiß, dass jede Mutter hin und wieder so etwas tut. Ich ziehe meine kalten Füße hoch auf den Stuhl und wurschtele sie mühevoll unter mein Nachthemd. Ich packe das Ei aus und esse die Schokolade. Sie schmeckt himmlisch. Aus dem gelben Ei schäle ich eine kleine Plastikschlange. Könnte eine Warnung sein oder einfach der Buchstabe S. Ich werfe das Plastikei samt S in den Mülleimer. Dann stelle ich mich vor den Flurspiegel und betrachte mein nächtliches Spiegelbild.

Ich beschließe drei Dinge:

Erstens, ich werde Sascha wiedertreffen.

Zweitens, ich werde Richard mit einem Wellness-Urlaub austricksen, und wenn das nicht hilft, kann er mich mal.

Drittens, ich werde nicht noch einmal Zähne putzen und ab sofort wild und gefährlich leben.

Hochzufrieden schlüpfe ich zurück in mein Bett und schlafe sofort ein.

Kapitel 10

»Bella, ich weiß, das ist blöd jetzt, aber kannst du mir schnell meinen Gürtel vorbeibringen?« Tom ist am Telefon und erklärt mir, dass er in der nächsten Szene unbedingt den Gürtel mit der Adlerschnalle braucht, der zu Hause im Bad liegt, den er gar nicht aus der Garderobe am Set hätte entfernen dürfen und den ich ihm also ganz dringend und selbstverständlich so schnell wie möglich bringen muss. Große Lust habe ich nicht dazu, jetzt quer durch die Stadt zu fahren, aber auf meiner To-do-Liste stehen weit unattraktivere Punkte, und außerdem hat man ja nicht wirklich die Wahl als Frau eines Schauspielers, der zwar für den Fernsehpreis nominiert ist, aber jetzt gürtelschnallenlos in der Garderobe sitzt. Der Gürtel »hat Anschluss«, erklärt er mir, was bedeutet, dass er ihn in der Szene davor trug und er jetzt natürlich nicht plötzlich aus seiner Hose verschwunden sein kann, weil es ziemlich unlogisch wäre, wenn der coole Kommissar Stan mit Gürtel in den Verhörraum geht, aber ohne wieder rauskommt.

»Kannst du keinen anderen nehmen?«, frage ich. »Ihr werdet doch wohl noch ein paar andere Gürtel in der Garderobe haben!«

»Natürlich«, zischt er genervt, »aber keinen mit der Adlerschnalle!« Ich seufze und lege auf. Den Adler finde ich nicht wie versprochen im Bad, sondern unter unserem Bett. Im Mini suche ich lange nach einem passenden Lied im Radio. Aber welches Lied passt zu einem Gürtelschnallentransport? Ich denke an Saschas Gürtelschnalle, die ich beim Beinahe-Kuss gespürt habe. Momentan reicht die kleinste Sache, um mein komplettes Kopfkino anzuwerfen. Ich spüre wieder die Holzwand im Rücken, seinen Atem an meiner Wange. Was wäre passiert, wenn wir uns geküsst hätten?

Ich wechsele den Sender und lande bei »Call me maybe«. Keine wahnsinnig innovative Melodie, aber ich bleibe wie immer am Text hängen. Auch eine Frau, die zufällig einen Kerl kennenlernt, nach dem sie gar nicht gesucht hat. Tom würde jetzt über mich lachen. Musikmäßig passen wir überhaupt nicht zusammen. Was er gern mag, höre ich nicht gerne und umgekehrt. Er singt bei allem mit und kann nie den Text. Ich singe selten mit und kann jeden Text. Musiktexte, ich meine, die machen ein Lied doch erst aus. Wie kann ich denn bei einem Song etwas fühlen, wenn der Text nur lalala, bla bla bla bla ist?

Sie hat ihn gerade erst kennengelernt, aber sie gibt ihm schon mal ihre Nummer, singt Carly Rae Jepsen, und mir fällt plötzlich auf, dass ich keine Nummer von Sascha habe. Und er nicht von mir. Und wir haben auch kein nächstes Date ausgemacht. Er hat mich einfach bei meinem Auto abgeliefert und ist davongebraust. Eine Art Panik durchflutet mich. Was, wenn wir uns jetzt gar nicht mehr sehen? Vielleicht wollte er einfach mit mir schlafen und hat am See festgestellt, dass da nix zu holen ist, und hat sofort das Interesse verloren?

Waren sich nicht alle Männer einig, als wir über Sarahs Exlusche Henry redeten, dass nur geküsst wird, wenn danach auch Sex folgt? Das war vermutlich die kürzeste Affäre in der Geschichte der Menschheit. Und es gab nicht mal einen Kuss. Ich wähle Sarahs Nummer, ohne Ohrding, wie immer, und erwische sie im Büro. Sie meldet sich leise, und ich höre, wie sie raschelnd auf dem Flur verschwindet. Sie hört sich all meine Befürchtungen an und sagt dann: »Das ist totaler Blödsinn, Annabel. Männer sind Jäger. Ihr habt euch doch fast geküsst, das weckt höchstens seinen Jagdinstinkt! Ich sag dir, der ist heiß, und er wird schon eine Möglichkeit finden, dich zu kontaktieren.«

»Das heißt, ich muss abwarten?«, stöhne ich. Warten war noch nie meine Stärke.

»Ich muss Schluss machen«, flüstert Sarah, »Chef naht!«

»Na toll«, sage ich laut zu meinem tutendem Telefon. »Ich warte also auf den Anruf eines Typen, der meine Nummer gar nicht hat. Das ist ja so was von erbärmlich!« Der Touchscreen meines Handys reagiert nicht. Wütend tippe ich darauf herum, um das Tuten abzustellen, da kracht es plötzlich. Rote Ampel, und ich bin meinem Vordermann voll hinten draufgefahren.

Mist. Im Film würde ich jetzt aussteigen und in Saschas überraschtes Gesicht sehen. Aber in meinem Leben steigt ein kleiner dicker Typ kopfschüttelnd aus seinem Sharan und begutachtet den Schaden. Ich bin mit meiner Stoßstange an seine gebumst, und meiner Meinung nach ist da echt nichts zu sehen. »Gut, dass Sie nicht mit dem Porsche unterwegs waren!«, versuche ich einen Scherz.

Der Typ schaut mich nur ziemlich missbilligend an, verschwindet in seinem Auto und taucht mit Stift und Zettel wieder auf. »Sie haben Glück, dass ich es eilig habe, normalerweise hole ich in solchen Fällen nämlich die Polizei!«, sagt er streng. In solchen Fällen? Er lässt sich wohl nicht zum ersten Mal anfahren. »Ausweis!«, blafft er mich an. Ich gehorche wie ein kleines Mädchen und halte ihm brav meinen Ausweis hin. Er schreibt sich sorgfältig meine Adresse ab.

Ich warte, bis er damit fertig ist, und sage dann: »Soll ich Ihnen jetzt auch noch meine aktuelle Adresse diktieren? Das ist meine alte.«

Er schaut irritiert. »Warum sagen Sie das nicht gleich! Sind Sie gerade umgezogen?«

Ich nicke. Muss ihm ja nicht auf die Nase binden, dass ich mich in den acht Jahren, die wir jetzt im Hexenhaus wohnen, nie umgemeldet habe, weil ich es Quatsch finde, so einen Aufwand zu betreiben, wenn die Stadt doch dieselbe geblieben ist. Ich vermeide Bürokratie, wo es nur geht. Ich diktiere dem Mann, der inzwischen schwer genervt von mir ist, meine Adresse und sämtliche Telefonnummern. Er drückt mir seine Visitenkarte in die Hand, die ich ungelesen einstecke, und rauscht mit den Worten: »Sie hören von mir!« ab. Im Auto stelle ich fest, dass ich vier Anrufe in Abwesenheit habe. Tom, der verzweifelt auf seine Gürtelschnalle wartet.

Ich rufe nicht zurück, denn mehr Unfälle kann ich mir heute wirklich nicht leisten. Ich fahre vorsichtig nach Köln-Porz. Die Produktion der *Rheincops* hat hier ihren Hauptsitz, und das Büro, in dem die Kommissare ihre Fälle lösen, befindet sich in der Lagerhalle. Heute drehen sie hier alle Szenen, in denen sie sich im Verhörraum aufhalten. Das ist praktisch für die Lichtleute, weil sie nicht dauernd neu einleuchten müssen, und unpraktisch für die Schauspieler, weil sie sich dauernd umziehen müssen, da verschiedene Szenen aus unterschiedlichen Tagen der Folge gedreht werden.

Am Set angekommen, werde ich gleich ganz aufgeregt und bestimmt von einem Typen in Regenjacke, auf der »Action Production« steht, aufgehalten. »Sie können hier nicht parken, hier wird gedreht«, informiert er mich. Ich habe keine Zeit für sinnlose Diskussionen und sage ihm, dass hier gar nichts gedreht wird, bevor ich – die Frau vom Hauptdarsteller – nicht die Gürtelschnalle abliefere, die Anschluss hat. Ich bekomme sofort einen Parkplatz. Er winkt mich hinter einen großen Wohnwagen, auf dem »Catering Hollywood-Food« steht. Die Regenjacke geleitet mich zum Tatort, an dem Tom, Sven und der Verdächtige proben. Wir gehen durch eine große Stahltür, die man kraftvoll aufreißen muss, in die Lagerhalle. Durch einen langen Gang erreichen wir den kleinen, vollen Verhörraum. Vor dem Verhörraum stehen lauter kleine Klapphocker. Wer hier sitzen will, darf nur einen ganz schmalen Popo haben. Schmalhocker für Schmalärsche. Innen liegen Kabel kreuz und quer. Überall stehen Scheinwerfer. Alle haben drei Beine und sehen aus wie überdimensionale Notenständer. Oben befindet sich ein Metallgehäuse mit Klappen, an denen bei einigen Scheinwerfern mit Wäscheklammern Folien befestigt sind. Was dilettantisch aussieht, ist hochprofessionell. So lässt sich das Licht weicher und schmeichelnder machen. Solche Folien sollte man eigentlich immer in seiner Handtasche haben. Zu grelles Licht im Restaurant beim Abendessen mit Richard – zack, befestige ich schnell eine Folie an der Lampe, und er sieht weder meine Augenringe noch meine Zornesfalten. Vor einigen Lampen ist auch eine blaue Folie, das gibt dem Verhörraum den richtigen »Look«. Ein Typ in einer Baggyhose und mit drei Gürteln um, an denen rotes, blaues, grünes und schwarzes Klebeband hängt, bearbeitet gerade einen Scheinwerfer, indem er mit der Faust auf die Metallklappe haut, damit sie sich weiter schließt. Offensichtlich ist die Klappe ziemlich heiß. Geschickt kloppt er an ihr herum, bis der Winkel stimmt. Dann klemmt er eine lila Folie daran fest. Ich steige über die Lichtkabel und quetsche mich an Kameras vorbei. Dank der Regenjacke schaffe ich es bis zu Tom. Er küsst mich schnell und nimmt dann dankbar den Adlergürtel entgegen, um ihn sofort an seine Hose zu fummeln.

»Wo warst du denn«, fragt er leise. »Wieder unterwegs shoppen?«, versucht er mich zu ärgern.

»Nein, nur ein kleiner Auffahrunfall, aber für deinen Anschlussgürtel tu ich ja alles«, antworte ich gereizt. Er zieht die Augenbrauen hoch und will nachfragen. Aber der Aufnahmeleiter, ein kleiner Typ mit stylischer Frisur, scheucht jetzt alle, die nicht ins Bild gehören, also mich und die Maske, die noch an Sven rumzupft, hinter die Scheinwerfer und Kameras. Sven wirft mir noch ein schnelles Hallo zu. Dann heißt es »Alle auf Anfang! Ruhe am Set! Und bitte!« Während die Szene läuft, kann ich nicht weg, also setze ich mich auf einen der kleinen Klapphocker. Mein Hintern ist definitiv nicht schmal genug, ich lappe links und rechts über. Ich beobachte den Regisseur, der in einen kleinen Monitor schaut, der gut geschützt in einer Art Tasche verpackt ist. Der Bildschirm ist frei, und rechts und links hat die Taschenverpackung sogar Griffe, damit man ihn festhalten kann. So krumm, wie der dasitzt und in das kleine Ding starrt, hat er heute Abend Rückenschmerzen. Seinen grauen Schläfen nach zu urteilen, ist er auch nicht mehr der Jüngste. Ich versuche mich an seinen Namen zu erinnern, erfolglos. Sicher ist er schon über fünfzig. Hinter der Kamera ist das Alter wohl völlig egal.

Ich seufze innerlich und schaue auf meine Schuhe. Rosa Converse. Neulich habe ich Flip gefragt, ob ich die in meinem Alter noch tragen kann. »Bist ja noch keine vierzig«, war ihre gemeine Antwort. Ich liebe die Dinger. Ich trage Converse, seit ich dreizehn bin, und habe nicht vor, jemals damit aufzuhören. Außerdem trägt Sarah die auch, aber die macht sich ja sowieso kaum Gedanken ums Alter. Neben mir liegt auf dem Boden eine Dispo, so nennt man den Drehplan, auf dem jeder nachlesen kann, wer wann am Set sein muss und welche Szene mit welchen Schauspielern gedreht wird. Ich schaue nach, ob Tom heute lange arbeiten muss. Die Schauspieler sind mit Zahlen gekennzeichnet. Tom ist die Nummer drei. In der letzten Szene steht keine Nummer drei mehr drin, dafür aber in der vorletzten. Ich rechne und schätze, er könnte gegen siebzehn oder achtzehn Uhr zu Hause sein. Ich blättere eine Seite weiter, um nachzuschauen, wann er morgen dran ist, da fällt mein Blick auf die Liste der Episodenschauspieler, die in dieser Folge mitspielen. Ein Name sticht mir sofort ins Auge, als hätte ihn jemand mit einem Leuchtstift angemalt: Hannah Weide.

Ich weiß zwar, dass die blöde Kuh ab und zu in Serien oder TV-Filmen mitspielt, aber doch nicht hier, doch nicht bei meinem Mann! Ich verstehe sowieso nicht, wieso alle Frauen immer Moderatorin UND Schauspielerin sein müssen. Reicht denn nicht eine Sache? Muss man denn unbedingt auf allen

Hochzeiten tanzen? Nur weil beides vor der Kamera stattfindet, heißt das noch lange nicht, dass jeder gute Schauspieler auch moderieren kann und natürlich umgekehrt. Oft ist das eine ziemliche Selbstüberschätzung. Aber ab einem gewissen Bekanntheitsgrad spielt das überhaupt keine Rolle mehr. Ich hatte bisher nie den Wunsch, in Toms Serie aufzutauchen, aber jetzt lese ich Hannah Weide auf der Dispo und frage mich, wieso Tom mich eigentlich nie gefragt hat. Schließlich war ich ja auf der Schauspielschule in New York. Einmal die Woche, immerhin. So bekam ich ein bisschen etwas mit vom berühmten »method acting«. Für eine Folge *Rheincops* sollte es jedenfalls reichen. Aber jetzt hat Hannah Weide eine Episodenrolle und spielt mit meinem Mann. Warum hat er mir das nicht erzählt? Sie steht für morgen auf der Dispo, das weiß er doch längst!

Die Szene ist zu Ende, und ich hab überhaupt keine Lust, noch mit Tom zu sprechen. Ich lege die Dispo zurück und rausche, so schnell ich kann, durch den langen Flur zurück. Die verflixte schwere Stahltür kriege ich nicht auf. Ich ruckele und zerre, bis mir von hinten plötzlich ein Arm zu Hilfe kommt und mühelos die Tür aufstemmt. Sven! »Du hast es aber eilig!«, sagt er.

Mit einem kurzen Blick prüfe ich, ob Tom schon den Gang entlangkommt, kann ihn aber nicht entdecken. »Ich muss noch tausend Sachen erledigen«, antworte ich, was ja nicht gelogen ist. Wir treten beide hinaus an die kühle Luft.

»Grüß mal deine Freundin von mir!«, sagt Sven.

»Sarah?«, frage ich.

Er nickt und schaut weg. »Ich hol mir noch schnell einen Kaffee, dann muss ich wieder rein, soll ich Tom etwas von dir ausrichten?«

Ich schüttle den Kopf und verabschiede mich. Sven eilt zum Hollywood-Food-Wagen, und ich steige in mein Auto. Mein Mann macht überhaupt keine Anstalten, noch mal nach mir zu sehen. Keine Frage nach dem Auffahrunfall, kein zweites Danke für den Gürtel, nichts. Vielleicht bin ich auch unfair, vielleicht kommt er nicht weg aus dem Verhörraum. Aber Sven ist schließlich auch kurz rausgegangen. Am liebsten würde ich jetzt Sarah anrufen, aber die arbeitet, und ich kann sie kein zweites Mal im Büro stören. Und ein zweiter Auffahrunfall wäre auch nicht so gut. Ich habe aber das dringende Bedürfnis, jemandem von Hannah Weide zu erzählen.

Ich fahre rechts ran und wähle Kristinas Nummer.

Fünfunddreißig Minuten später sitze ich bei ihr am Küchentisch, umgeben von einem Meer von Katalogen. Ich hab nicht den Hauch einer Chance, Hannah Weide auch nur zu erwähnen, denn Kristina ist jetzt voll in ihrem Element und macht mir die Reiseverkehrskaufsfrau. Bevor sie Lars heiratete und er dann fand, es sei nicht nötig, dass sie weiter arbeite, war genau das ihr Job, und wie ich sehen kann, hat sie nichts davon verlernt. Perfekt vorbereitet, bietet sie mir jetzt fünf verschiedene Wellness-Urlaube an. Kristina wirft mit Vokabeln wie Thalasso, Hot-Stone-Massage und Ayurveda-Aufgüssen um sich. »Ich will nichts, was so schmeckt wie dein Tee!«, werfe ich ein.

Sie, ganz die Verkäuferin, lächelt und sagt: »Nein, nein, es gibt selbstverständlich überall Büfett.«

»Büfett? Dann komm ich ja noch fetter wieder zurück, also das geht auf keinen Fall!«

»Annabel, du hast keine Ahnung. Hier im Sunset Beachresort in Chalkidiki, zum Beispiel, gibt es extra das speziell auf dich zugeschnittene »Youth all inclusive«-Paket. Verjüngendes Wellnessfood-Büfett und Personal Trainer sind da inbegriffen.« Sie strahlt mich an und deutet auf ein Bild im Katalog, auf dem eine schlanke Schönheit im Liegestuhl am Pool sitzt.

»Und da geh ich dann also zwei Wochen hin und komm als Dreißigjährige wieder, ja?«, frage ich zweifelnd.

»Natürlich nicht. Aber das habe ich ja von vornherein gesagt, dass das nicht klappt. Aber wenn du kein Botox willst, ist das sicher einen Versuch wert.«

Ich seufze und blättere durch die vielen Kataloge. Ich habe keine Ahnung, was ich nehmen soll.

»Was würdest du denn buchen?«, frage ich Kristina.

»Was willst du denn ausgeben?«, fragt sie zurück.

»So wenig wie möglich!«, sagen wir beide gleichzeitig und lachen.

»Du bist wie meine alten Kunden!«, seufzt jetzt Kristina. »Nach Spanien kommst du außerhalb der Saison am günstigsten. Das Cristall Island Paradise hat kleine Bungalows am Meer, und ich hab schon drei davon reservieren lassen. Wir müssen nur bis heute Nachmittag um siebzehn Uhr meiner ehemaligen Kollegin Svenja Bescheid sagen.«

Ich bin platt, kann aber nichts sagen, weil Kristina gerade laut an ihrer Profikaffeemaschine Milch aufschäumt. Cristall Island Paradise ... Ich finde es im Katalog und schaue auf einen großen türkisfarbenen Pool. Fernweh kriecht in mir hoch. Allein mit meinen Freundinnen einen Flieger zu besteigen und in die Sonne zu reisen klingt unheimlich verlockend. Ohne für drei Kinder zu packen und Tom zu sagen, er soll an seine Badelatschen denken und nicht das hässliche karierte Hemd mitnehmen. Ich werde Sonnencreme nur für mich kaufen, was bedeutet, dass ich diesmal eine tolle gutriechende Marke kaufen kann und nicht literweise von der nehmen muss, die sich nicht verreiben lässt, aber die einzige Creme ist, die Lucy verträgt.

»Ich brauche einen neuen Bikini«, fällt mir plötzlich ein. Kristina kommt mit zwei Latte Macchiatos an den Tisch zurück und findet keine Abstellfläche. Ich schiebe rasch die Kataloge zur Seite. »Ich freu mich!«, sage ich zu ihr. »Für wann hast du eigentlich reserviert? Ich muss ja erst mal Tom fragen, ob er ...«

»Hat er.« Kristina schlürft von ihrem heißen Getränk. »Vom zweiten bis zum siebzehnten Mai hat er drehfrei, und Andi nimmt in dieser Zeit Urlaub und kümmert sich um seine Kinder.«

Ich starre sie an. »Das hast du alles organisiert?!«

Sie nickt stolz. »Ich hab mit Sven gesprochen. Der kennt ja Toms Drehplan. Die Reise musst du deinem Mann also noch selbst verkaufen. Und Andi war ganz merkwürdig, ganz kleinlaut und seltsam, hat sofort alles zugesagt. Also hab ich am Ende auch noch verlangt, dass er das Ganze bezahlt, und auch das hat er geschluckt.«

Ich muss grinsen. Kein Wunder nach der Nummer mit der Schlampe im Café Maybach. Ich erzähle Kristina davon, und sie wirkt plötzlich ganz nachdenklich.

»Annabel, kann ich dich mal was fragen?«, fragt sie.

»Klar, frag.«

»Sex in der Damentoilette ... hattest du so was schon?«

Ich überlege. »Nein.«

»Und ... woanders?« Ich schau sie fragend an. »Na, du weißt schon. An ungewöhnlichen Orten?«

Mir fallen ein paar ein, aber ich habe plötzlich das Gefühl, dass Kristina das gar nicht wirklich hören möchte. »Warum fragst du?«, forsche ich vorsichtig nach.

Kristina schaut auf ihre Hände, die sie ineinander verhakt hat. »Ich hab manchmal das Gefühl, ich bin die einzige Frau auf der Welt, die ein langweiliges Sexleben hat«, gibt sie zu. »Nicht nur jetzt, momentan. Auch früher mit Lars. Das war ...« Sie muss ihren Händen plötzlich was zu tun geben und schiebt die Kataloge alle zusammen auf einen Stapel. »Irgendwie sehr selten. Und wenn wir's miteinander taten, dann ...« Sie stockt mitten im Satz.

Ich lege meine Hand auf ihren Arm und schaue sie an. »Dann?«, frage ich sanft.

»Ich ... fand es nie richtig schön«, sagt sie ganz leise. »Ich hab nie einen Orgasmus bekommen.« Sie ist jetzt ganz rot, und ich nehme meine Hand wieder weg und suche nach Worten.

»Ich glaube, viele Frauen kriegen keinen Orgasmus. Lars war ja auch nicht der richtige Mann für dich.« Kristina schweigt eine Weile, dann nickt sie. Ich überlege, wie viel ich wohl nachfragen darf. »Gab es denn mal einen Mann, bei dem du …?«

»Ja«, sagt sie schnell. »Thorsten. Aber auch nicht immer.«

Wir schauen beide auf die fein aufgestapelten Kataloge vor uns. Ich traue mich noch ein Stückchen weiter und frage: »Und wenn du … allein?«

»Das geht gut!«, sagt sie, froh endlich auch mal eine meiner Fragen positiv beantworten zu können.

»Dann ist mit dir doch alles okay. Und beim nächsten Mann musst du einfach reden.«

»Reden?«, fragt Kristina verständnislos.

»Jaha. Reden! Glaubst du, die Kerle wissen von selbst, wie wir es wollen?«

»Pffffffffffff!«, machen wir beide gleichzeitig und grinsen.

Auf dem Rückweg denke ich an Sascha. Ich frage mich, wie er wohl im Bett ist. Ob ich ihm viele Anweisungen geben müsste? Eigentlich hoffe ich genau wie Kristina darauf, dass ein Mann einfach ahnt, was ich schön finde. Ohne große Worte. Ich denke an Saschas dunkle Bartstoppeln, an seine Arme und an seine Hände. Wie er mich in der Hütte herumgeführt hat. Das war alles so … anders, schön. Mir fehlt das richtige Wort. Es dauert eine Weile, bis es mir einfällt. Leichtigkeit. Es hatte so viel Leichtigkeit. Mit Sascha fühle ich mich ganz im Moment. Ist es nicht das, wovon alle dauernd reden? Dass man im Moment leben muss? Dazu gehört auch, dass man sein Leben selbst in die Hand nehmen muss. Man muss Entscheidungen treffen. Wie hat Sarah es formuliert? Man sollte sein Leben leben, in allen Facetten.

Entschlossen lenke ich den Mini zu dem kleinen See. Ich bin mir nicht mehr ganz sicher, ob das der richtige Weg war. Ich habe hinten auf der Vespa an ziemlich viel gedacht, aber kaum auf den Weg geachtet. Unsicher halte ich an. Da fällt mir ein, dass ich Sarah ja den Standort geschickt habe. Ich schaue nach und habe ihn. Der blaue blinkende Punkt bin ich, und ich befinde mich tatsächlich auf der richtigen Straße.

Ich parke vor dem alten Tor und krieche durchs Gebüsch Richtung See. Was mache ich eigentlich, wenn Sascha gar nicht da ist? Setze ich mich dann wie ein Hündchen vor seine Hütte und warte? Immerhin ist er noch nicht wirklich eingezogen, es ist also fast wahrscheinlich, dass ich ihn nicht antreffe. Trotzdem stapfe ich weiter und mein Herz macht vor Freude einen Satz, als ich auf dem Steg am See eine Gestalt entdecke, die Sascha ziemlich ähnlich sieht.

Betont langsam schlendere ich über den Steg und genieße seine Verwunderung. »Schöne Frau, was machen Sie denn hier?«

»Ich war gerade überhaupt nicht in deiner Gegend«, zitiere ich irgendeinen Hauptdarsteller aus einem Hollywoodfilm. Ein Satz, den ich immer schon mal sagen wollte. Er grinst und fasst meine beiden Hände. Eine Weile stehen wir uns so gegenüber, Hand in Hand, und schauen uns an. Dann dreht er mich geschickt zu sich ein und fängt an, mit mir auf dem Steg Walzer zu tanzen. Meine rechte Hand liegt warm in seiner linken. Seine andere Hand liegt leicht auf meinem Rücken. »Machst du das mit allen Frauen so?«, frage ich.

»Nein. Nur mit denen, auf die ich sehr, sehr lange gewartet habe«, sagt er ernst.

»Du wusstest also, dass ich komme? Standst da am Steg rum und hast auf mich gewartet?«, frage ich scherzhaft.

»Ich habe mein ganzes Leben lang auf dich gewartet«, sagt er und schaut mir ganz tief in die Augen.

Mein Handy klingelt laut in meiner Jackentasche. »Wenn du dein ganzes Leben lang auf mich gewartet hast, kannst du dann noch zwei Minuten länger warten?«, frage ich, als ich sehe, dass »Kindergarten« auf dem Display steht.

Mein schönes Kribbeln ist weg und wird sofort ersetzt durch ein flaues Gefühl. Der Kindergarten ruft dich nämlich nie an, um dir mitzuteilen, dass dein Kind gerade überglücklich im Gras sitzt und mit Murmeln spielt. Ich geh schnell dran und höre von der Erzieherin Frau Glück, dass Tia von einem Kletterbaum gestürzt ist, sich vermutlich den Arm gebrochen hat und auf dem Weg ins Krankenhaus ist. Verdammt nochmal. Muss sie sich denn ausgerechnet jetzt den Arm brechen?!

Sascha bietet mir noch ganz lieb an mitzukommen, aber ich lehne ab und steige frustriert in mein Auto.

Auf dem Weg dahin heule ich ein bisschen. Teils aus Wut, weil ich diesen tollen Moment am See mit Sascha nicht weiter erleben durfte, und teils aus schlechtem Gewissen, weil ich gerade dabei war, mich in einen anderen Mann zu verlieben, während mein Kind gerade mutterseelenallein im Krankenhaus ist. Wäre ich zu Hause gewesen, hätte ich in drei Minuten am Kindergarten sein können.

Als ich endlich ankomme und durch gefühlte dreizehn lange weiße Flure und unzählige Glastüren renne, ist Tia gerade beim Röntgen. Tränenüberströmt kommt sie rausgeschlichen, von einer Schwester gestützt, den kaputten Arm auf einem Kissen vor sich hertragend, als gehöre er nicht mehr zu ihr. Umarmen kann ich sie nicht, also trabe ich aufgeregt neben den beiden in den Behandlungsraum. Da sitzt schon Frau Scholl, Tias andere Erzieherin, die in Ermangelung der Mutter selbst mitgefahren ist, um die Kleine nicht ganz fremden Leuten zu übergeben. Sie macht mir sofort Platz, und ich hocke mich neben Tias Stuhl und streichele beruhigend ihren linken Arm, der sich um die Stuhllehne krampft. Der Arzt wirft einen Blick auf das Röntgenbild. Nuschelt was von Grünholzbruch am Handgelenk und drei Wochen Gips und ist wieder weg. Die nette Schwester packt Tias verletzten Arm gut ein. Erst in einen weißen Strumpf, dann in eine Gipsschiene, und schließlich umwickelt sie das Ganze schnell und professionell. Tia, die anfangs noch zitterte und weinte, wird immer ruhiger und darf sich eine Farbe aussuchen für die letzte Schicht, die drumgewickelt wird. Sie wählt natürlich Pink.

»Da können jetzt alle deine Freunde drauf unterschreiben!«, sagt die Schwester, und Tia gelingt ein kleines Lächeln. Mir ist die ganze Zeit furchtbar zum Heulen zumute, aber ich reiße mich zusammen. »Ist nur ein Grünholzbruch. Nichts Schlimmes!«, sagt die Schwester zu mir, als mein Kind versorgt ist und sie merkt, dass ich um Fassung ringe. »Das bedeutet, die Knochenhaut ist unverletzt, und es ist ein ganz glatter Bruch. Nach drei Wochen ist der Arm wieder wie neu!«

Ich nicke und denke, ich müsste bestimmt einige Fragen stellen, aber mein Kopf ist leer. Frau Scholl ist da um einiges fitter und fragt, in welchen Abständen ich Tia Schmerzmittel geben dürfe, und informiert mich, dass Tia vor einer halben Stunde eines bekommen hat. Als ich nichts erwidere, schreibt sie alles auf einen kleinen Zettel und drückt ihn mir in die Hand. »Frau Förster, können Sie fahren?«, fragt sie mich besorgt. »Sonst nehme ich Sie und Tia mit. Nicht, dass heute noch ein Unfall passiert!«

Ich erwache aus meiner Starre. »Nein, Frau Scholl. Das wird gehen. Vielen Dank für alles. Ich wüsste nicht, was ich ohne Ihre Hilfe gemacht hätte!« Sie lächelt mich an, dann wünscht sie Tia gute Besserung und ist weg.

Tom ist wie erwartet nicht erreichbar. Ich rufe trotzdem noch fünfmal an, damit er sich wenigstens schlecht fühlt, wenn er »6 Anrufe in Abwesenheit« auf seinem Display liest.

Ich fahre uns langsam und sicher nach Hause. Heimlich schleicht sich Sascha in meine Gedanken. Er hat ein Leben lang auf mich gewartet! Das ist so abartig kitschig. Leise sage ich den Satz immer wieder vor mich hin.

»Wo warst du überhaupt, als der Kindergarten bei dir anrief?«, fragt Tom mich sauer, als die Kinder alle im Bett sind und wir gemeinsam das Hühnchen-Curry abräumen.

»Wieso bist du eigentlich drei Stunden am Stück nicht erreichbar?«, frage ich genauso sauer zurück und knalle die Teller auf die Spüle. »Ich kann nicht mein Leben im Umkreis von fünfhundert Metern um den Kindergarten herumführen, nur für den Fall, dass sich in all den Jahren mal eins unserer drei Kinder einen Arm bricht!«, verteidige ich mich, als von ihm nichts kommt.

»Und ich kann nicht ständig mit dem Handy in der Hosentasche drehen. Du weißt genau, dass die Dinger am Set verboten sind!«

Ich stehe mit dem Rücken zum Kühlschrank, Tom mit dem Rücken zur Spüle. Wir haben beide die Arme vor der Brust verschränkt und funkeln uns wütend an. »Ich bring dir deinen blöden Gürtel, hab auf dem Weg dahin noch einen Unfall, mach alles, fahr, so schnell ich kann, ins Krankenhaus, und dann kriege ich von dir auch noch auf die Mütze, weil ich nicht direkt neben dem Baum stand und Tia aufgefangen habe. Dabei müsste ich das als Mutter doch wohl ahnen, oder was?«

Tom dreht sich wortlos um und räumt an der Spülmaschine rum. »Ist da jetzt eigentlich was kaputt am Mini?«, fragt er mit dem Rücken zu mir.

»Das ist jetzt nicht dein Ernst ...« Ich fühle, wie sich der ganze beschissene Tag wie ein Wirbelsturm in mir zusammenbraut. »Du fragst jetzt nicht ernsthaft, ob an DEM AUTO WAS KAPUTT IST?!« Ich betone jedes Wort und werde immer lauter.

»Du brauchst dich gar nicht so künstlich aufzuregen«, sagt Tom cool, verlässt aber sicherheitshalber mal die Küche. Zu recht, denn ich flippe völlig aus. Schreie rum, was er für ein ignoranter Idiot ist und dass ich ihm nie, nie wieder im Leben irgendetwas bringen werde und ihn auch auf keinen Fall noch mal anrufen werde, sollte sich eins seiner Mädchen einen Arm brechen, weil er ja sowieso und überhaupt nie erreichbar ist und außerdem auch nie da ist, wenn man ihn mal braucht. Und weil mir das alles noch nicht genügt, um dem großen Wirbelsturm in meinem Bauch Ausdruck zu verleihen, schnappe ich mir das Netz mit Orangen und werfe sie schreiend in seine Richtung. Verblüfft stelle ich fest, dass ich viel weiter werfen kann, wenn ich so richtig sauer bin. Ich kann auch ziemlich gut treffen: die Lampe, das Bild, den Elefantenpuff, nur leider nicht Tom, der hinter der Couch in Deckung gegangen ist. So ein Netz Orangen ist leider sehr schnell leer.

»Bist du jetzt fertig?«, fragt er und kommt langsam und so würdevoll wie möglich wieder hoch.

»Nein. Noch nicht ganz.« Ich gehe auf ihn zu, bis ich vor der Sofalehne, die uns trennt, stehen bleiben muss. »Ich würde gerne noch wissen, warum du morgen mit Hannah Weide drehst und mir nichts davon gesagt hast.« Überrascht schaut er mich an. »Ich kann Dispos lesen«, beantworte ich die Frage in seinen Augen. »Stell dir vor, ich arbeite auch beim Fernsehen.«

»So«, sagt er, um Zeit zu gewinnen, wie ich glaube. »Und du stellst mir jede Woche jeden Gast einzeln vor, der bei dir in der Sendung auftauchen wird?«

»Du wirst unsachlich«, stelle ich fest.

»Das sagt die, die mit Orangen wirft?«

Ich unterdrücke ein Grinsen, werde aber ganz schnell wieder ernst und sauer. »Ach komm, Tom, du weißt genau, dass Hannah Weide meine Hasskonkurrentin ist. Ausgerechnet mit der bescheuerten Kuh drehst du jetzt auch noch.«

»Und genau deshalb hab ich dir nichts davon gesagt!« Er bückt sich nach einer Orange. »Weil ich genau wusste, du würdest dich dann sinnlos aufregen.« Mir fällt keine passende Antwort ein, also spiele ich den Mamatrumpf und sage, ich ginge nach Tia gucken. Die kleine Maus schläft, ihren pinkfarbenen Arm auf ein extra Kissen gebettet. Ich küsse ihre Stirn und decke sie vorsichtig richtig zu. Tom steht unschlüssig im Türrahmen, kommt dann schließlich auch rein, um sein verletztes Mädchen noch mal zu küssen. Der Moment, wie wir so beide am Bett unserer Tochter stehen, eint uns, aber ich bin noch nicht bereit für eine Versöhnung und verlasse das Zimmer.

Wir putzen schweigend Zähne und gehen schweigend ins Bett. Je länger keiner das Schweigen bricht, umso dichter wird es. Ich muss an die »Unendliche Geschichte« denken und den

Nebel in den Sümpfen der Traurigkeit. Unser Schweigen ist wie dieser Nebel. Ich lege meine Hand neben Toms Hand, aber er ergreift sie nicht. Sauer ziehe ich meine wieder zurück und werfe mich geräuschvoll auf die Seite, um ihm den Rücken zuzudrehen. Er seufzt und dreht sich ebenfalls von mir weg. Zur Strafe für Tom denke ich jetzt an Sascha und wünsche mir einen richtig schönen Sextraum von ihm.

Leider komme ich in dieser Nacht gar nicht zum Träumen. Gegen zwei weint Tia. Tom und ich springen beide auf und reißen uns praktisch darum, ihr das Schmerzmittel zu geben. Keiner will das Rabenelternteil sein, das einfach liegen bleibt, nachdem wir beide schon so viel Schuld auf uns geladen haben. Eine Mutter, die sich heimlich mit jungen Männern rumtreibt, und ein Vater, der ohne Handyempfang arbeitet.

Die Nacht ist kurz, um sechs ist Tia wieder wach und hat Schmerzen, darf aber eigentlich erst in zwei Stunden wieder etwas kriegen. Tom ist ganz verzweifelt. Eins seiner Mädchen, und dann auch noch das Nesthäkchen, leiden zu sehen, das kann er gar nicht aushalten. »Hol Paracetamol«, weise ich ihn müde an.

»Sie darf doch nicht?«

»Doch, man kann Schmerzmittel im Wechsel alle vier Stunden geben. Anderer Wirkstoff, das geht«, erkläre ich knapp. Muss eigentlich immer ICH alles wissen und entscheiden? Unglaublich froh über diese Nachricht, fliegt er die knarrende Treppe runter zu unserem Medizinschränkchen im kalten ungenutzten Gäste-WC, kommt kurze Zeit später mit dem Paracetamolsaft wieder und verschüttet die Hälfte auf der Bettdecke. Genervt reiße ich ihm den Messbecher aus der Hand und mache es selbst.

Sobald das Mittel wirkt, geht es Tia wieder blendend, und sie genießt die geballte Aufmerksamkeit ihrer zwei großen Schwestern, die ihr am Esstisch einen Thron bauen, auf dem sie bequem sitzen und ihren rechten Arm ablegen kann. Lucy fragt mich flüsternd, ob sie der Verletzten ihren Nintendo leihen darf. »Sehr gerne, Schätzchen, aber ich weiß gar nicht, ob sie mit einer Hand damit spielen kann«, überlege ich laut. Flip weiß Rat. Eifrig rennt sie die Treppen zu ihrem Zimmer hoch und kommt mit ihrem iPod wieder, der mit einem Code gesichert ist und unter normalen Umständen niemals in die Hände der jüngeren Geschwister gelangen darf.

»Das kannst du spielen, Tilly«, sagt sie zärtlich zu der Jüngsten und zeigt ihr, wie sie die Apps mit den Spielen für Einarmige öffnen kann. Tia strahlt.

»Wie machst du das eigentlich mit deiner Redaktionssitzung heute?«, fragt Tom. Wie ich das mache. Aha. Wir haben ein verletztes Kind, das nicht in den Kindergarten kann, und müssen beide arbeiten. Aber offensichtlich ist es mein Job, eine Lösung zu finden.

»Wie machst du das eigentlich mit deinem Dreh heute?«, frage ich zurück.

»Ich könnte sie mitnehmen«, bietet er großzügig an, wohlwissend, dass ich nein sage. Schon ohne gebrochenen Arm ist ein Filmset nicht der richtige Ort für eine neugierige Fünfjährige. Aber mit gebrochenem Arm UND Hannah Weide am Set schon mal gar nicht.

»Ich rufe Elli an«, bietet Tom schnell an, als er mein Gesicht sieht. Er will unbedingt eine neue Hannah-Weide-Diskussion vermeiden. Elli kann und verspricht um halb zwei zu kommen.

Ich packe Tia vor den Fernseher und dusche ausgiebig. Ziehe an sämtlichen schlaffen Hautfalten herum und bezweifele sehr, dass das beim Wellnessen alles verschwinden wird. Ob Sascha mich überhaupt sexy finden würde? Ich meine … nackt?

Schnell mache ich noch zehn Liegestütze auf den Knien. Das ist schlimm anstrengend und tut überall weh. Ich bin ein bisschen stolz auf mich. Vor lauter Übermut hänge ich noch ein paar Dips an, die ich am Badewannenrand absolviere. Wenn ich Sascha das nächste Mal sehe, will ich tolle Oberarme haben. Andererseits will ich auf keinen Fall so lange warten. War bei dem Cristall-Paradise-Dings eigentlich auch ein Personal Trainer dabei? Ich muss dringend Sarah anrufen, die ja noch gar nichts von ihrem Glück weiß. Ob Sascha vielleicht auch ganz zufällig in Spanien sein könnte? Im selben Hotel? Das würden mir meine Freundinnen nie im Leben abnehmen. Draußen wird es langsam endlich Frühling, und ich wage es, einen Rock anzuziehen. Die Temperaturen sind noch nicht wirklich ideal dafür, aber ich kann jetzt nicht mehr länger darauf warten.

Ich mache für Tia einen Toast und einen kleinen Obstsalat. Mir selbst einen großen Obstsalat und einen Milchkaffee. Nach dem Frühstück will Tia mit dem iPod spielen, und ich rufe Sarah an.

»Ja! Mach die Tür auf!«, meldet sie sich.

»Mit wem sprichst du?«

»Mit dir, du Ei, mach auf!« Ich trabe zur Haustür, vor der tatsächlich Sarah mit einem riesigen Teddy im Arm steht.

»Kristina hat mir gestern alles erzählt, und Ben und Lasse wollten Captain Unterhose unbedingt Tia schenken.« Jetzt erkenne ich den Bären, der eine grüne Unterhose trägt, wieder.

»Aber das müssen sie nicht!«, protestiere ich, teils weil es mir wirklich für die Jungs leid tut, und teils weil ich Captain Unterhose gar nicht so furchtbar gern beherbergen möchte. Sarah marschiert an mir vorbei, ohne sich die Schuhe auszuziehen, und findet Tia auf dem Sofa.

Die ist völlig begeistert von dem überdimensionalen Geschenk. »Mama, können der Captain und ich ein paar Salzstangen?« Das finde ich jetzt sehr süß, denn Tia bringt gerade den gebrochenen Arm und die letzte Magen-Darm-Grippe durcheinander. Ich serviere Salzstangen auf zwei Tellern und ermahne Tia, sie soll bitte darauf achten, dass der Bär nicht krümelt. Sie nickt ernsthaft und spielt dann einhändig weiter auf ihrem iPod.

Sarah und ich setzen uns mit einem Tee an den Esstisch. »Kristina ist der Hammer!«, sagt sie. »So genial, wie sie das mit Andi gedealt hat!«

»Sie wäre eine gute Managerin!«, sage ich. Sarah will noch wissen, wie das mit Tias Arm passiert ist, und dann komme ich endlich dazu, von Hannah Weide zu erzählen. Von meinem Ausflug zur Hütte am See erzähle ich nichts. Sarah würde sofort merken, dass ich dabei bin, mich Hals über Kopf in diesen Typen zu verknallen. Also muss Hannah herhalten. »Nein!«, sagt Sarah.

»Doch!«, sage ich.

»Was hat die denn für 'n Management?«

Ich zucke mit den Schultern. »Offensichtlich ein besseres als ich.«

»Du hast GAR KEINS!«, belehrt mich Sarah.

Wir googeln Hannah Weide und finden sie. »Das darf nicht wahr sein«, stöhne ich.

»Was, wieso?«, fragt Sarah aufgeregt und klickt auf der Seite herum. »Das ist DIE Schauspielagentur überhaupt. Die nehmen nur die allerbesten.«

»Die besten UND Hannah Weide«, verbessert mich Sarah und klickt das Showreel an. Wir sehen eine ziemlich hübsche Hannah, die sich wütend auf einem Boot mit einem Kerl streitet. Ich klicke es schnell weg und gehe auf »Pictures«. Hannah mit zerzaustem wilden Haar, Hannah im Trenchcoat mit Hochsteckfrisur, Hannah mit sexy Dekolleté in der Hocke vor einer Mauer, Hannah mit wallender Mähne auf der Mauer.

»Die sieht ja leider richtig gut aus«, stellt Sarah fest. »Meinst du, Tom steht auf die?«

Ich weiß nicht, was ich antworten soll. Wird das jetzt so ein »Alle Männer sind Schweine«-Gespräch? »Pffffff«, mache ich unbestimmt.

»Da wär ich vorsichtig!«, sagt Sarah eifrig. »Das ist ne echte Schnitte, und Tom ist ja auch nicht mehr der Jüngste …«

»Meinst du Tom oder mich?«, frage ich.

»Tom! Männer in dem Alter sind … na ja, irgendwie notgeil eben.«

Jetzt geht sie mir ein bisschen zu weit. »Nur weil Andi …«, setze ich an und merke gleich, dass das ein Fehler war.

»Nur weil Andi fremdging und Lars zum Beispiel auch, heißt das noch lange nicht, dass Tom so was macht? Dir kann das natürlich nicht passieren, was? So was passiert nur deinen erbärmlichen Freundinnen …« Sie wird ganz rot vor Ärger, und ich mache beschwichtigende Gesten, die sie nur noch mehr aufregen. »Und nicht einer Annabel Förster, die ja schließlich hauptsächlich damit beschäftigt ist, für einen beknackten Job zehn Jahre jünger auszusehen.« Bäng, das hat gesessen. Jetzt sind wir beide verletzt und starren über unsere Kaffeetassen in verschiedene Richtungen.

Schließlich beginnt Sarah leise zu sprechen. »Annabel, dein Leben ist so verdammt perfekt, und du siehst es nicht mal. Stattdessen zupfst und bastelst du dran rum, statt einfach mal zu sehen, was du hast. Tom ist ein wahnsinnig toller Mann. Wer euch zusieht, der kann sehen, was es heißt, wenn man tatsächlich die große Liebe gefunden hat. Und dann laufen dir auch noch junge Kerle zu, die mit dir in Hütten am See knutschen wollen, während ich …« Sie bricht in Schluchzen aus. »Mich … will … keiner!«

Ich weiß nicht, was ich sagen soll. Ich fühle mich seltsam ertappt. Ungeschickt nehme ich Sarah in den Arm. »Der großartige Mann, den ich habe, bekommt einen Fernsehpreis und interessiert sich einen Scheiß dafür, welchen Job ich gerade mache und wie ich die Kinderbetreuung organisiere. So perfekt fühlt sich das alles gerade nicht an.«

Sarah wischt sich die Tränen ab. Ich stehe auf, um ihr ein Taschentuch zu holen. Tia ist auf dem Sofa eingeschlafen. Sarah folgt meinem Blick und sagt: »Ich hab mir immer eine Tochter gewünscht.«

»Es ist nie zu spät«, antworte ich, wohl wissend, dass das nicht stimmt.

»Nee, klar. Wenn ich heute Nachmittag den Mann fürs Leben finde, könnte ich noch vor meinem vierzigsten Geburtstag ein Kind rauspressen!«

»Na also!«, sage ich. »Passt doch!«

»Ich bin nämlich fast ein ganzes Jahr jünger als du!«, stellt Sarah fest. »Während deine Gebärmutter schon in den letzten Zügen liegt, habe ich noch elf frische Monate!«, versucht sie mich zu ärgern.

»Würdest du das alles noch mal wollen?«, frage ich jetzt ernsthaft.

»Noch mal schwanger sein und fett werden, noch mal unter wahnsinnigen Schmerzen diese Melone durch die winzige, schon mal geflickte Öffnung pressen und dann drei Jahre am Stück nicht schlafen?«, fragt Sarah nach. Ich nicke leidend. »Ja, ohne zu zögern«, sagt sie. »Aber das wird jetzt echt etwas knapp.«

Ich bin leicht erstaunt über diese Antwort. Ich wusste gar nicht, dass Sarah sich noch ein Kind wünscht. Für mich wäre ein weiteres Kind eine absolute Horrorvorstellung. Mir fällt plötzlich ein, dass Sascha ja sicherlich nicht wie Tom sterilisiert ist. Nach den drei Mädchen haben wir uns sehr schnell dafür entschieden, dass eine endgültige Lösung her muss. Tom hat zwar ziemlich rumgejammert von wegen man würde ihm nun den letzten Rest Männlichkeit durchtrennen, aber er hat es schließlich machen lassen, und seitdem ist Verhütung kein Thema mehr.

Ich weiß überhaupt nicht, wie das heutzutage funktioniert. Hat man da als Frau immer ein paar frische Kondome dabei? In einer Seitentasche im Handtäschchen? Oder kümmert sich da der Mann drum? Vielleicht sollte ich einfach mal ein paar Kondome kaufen. Nur so, für alle Fälle. Mit vierzehn hatte ich auch eins in meinem Geldbeutel. Die Vorstellung Sex zu haben war zwar ungeheuerlich und sogar etwas eklig, aber das Kondom im Geldbeutel fühlte sich großartig an. Aber wie lange würde das heute in meiner Handtasche überleben? Tia würde es finden und aufblasen. Oder, noch schlimmer, Tom, wenn er nach Kaugummis sucht. Ein Kondom in meiner Tasche könnte ich nicht wirklich plausibel erklären. Ich frage mich, wie viele Frauen es gibt, bei denen die Handtasche so sehr Allgemeingut ist wie bei mir. Ein Ort, an dem jeder mal rumwühlen kann, nach Bonbons suchen und lustige Dinge finden. Gibt es eigentlich überhaupt irgendetwas, das nur mir allein gehört?

Sarah schaut mich an und wartet, dass ich etwas sage. »Meinst du, du und Andi, ihr kommt nie mehr zusammen?«, frage ich vorsichtig.

Sie schüttelt den Kopf. »Er ist so … beschissen glücklich. Und ich will ihn gar nicht mehr wollen. Und ich kann mir jetzt ein Leben mit ihm auch gar nicht mehr vorstellen. Ohne ihn bin ich irgendwie … mehr ich, verstehst du?«

Ich nicke, und wir verabschieden uns bald darauf. Sarah fährt unpünktlich los und wird zu spät am Kindergarten sein, um Ben abzuholen, dafür kommt Elli überpünktlich. Sie hat für Tia ein kleines Geschenk mitgebracht. Ein Pferdebuch, aus dem sie ihr vorlesen will.

»Weißt du, ein Buch über Hunde wäre viel schöner gewesen, weil wir doch bald einen kleinen Hund kriegen«, sagt sie ehrlich zu Elli. Ich werfe meiner Kleinen einen tadelnden Blick zu und sage, dass das Pferdebuch eine ganz tolle Idee war und da sicher unheimlich tolle Geschichten drinstehen und ich jetzt leider ganz dringend los muss.

Ich fühle mich etwas schuldig, weil ich froh bin, dass ich das Haus verlassen kann. Am liebsten würde ich direkt wieder an die Hütte am See fahren. Da weitermachen, wo wir aufgehört haben. Ich frage mich, ob Tom überhaupt an sein Handy gegangen wäre, hätte ihm gerade eine Achtundzwanzigjährige gesagt, dass sie ihr ganzes Leben lang auf ihn gewartet hat. Klar, er muss nicht ständig in Rufbereitschaft leben, weil ich das ja tue.

Wie geht noch dieser Spruch? Hinter jedem erfolgreichen

Mann steht eine starke Frau? Vielleicht müsste es eher heißen: Hinter jedem starken Mann steht eine bescheuerte Frau. Ich habe überhaupt keine Lust, länger diese bescheuerte Frau zu sein.

Ich beschließe sofort nachzuprüfen, was da mit Hannah Weide am Set passiert, und fahre in die Leupoldstraße 66. Das ist die Adresse, die auf der Dispo stand. Ich parke ein paar Straßen weiter und schleiche mich an wie ein peinliches Groupie. Ich sehe schon von weitem den Cateringwagen Hollywood-Food. Perfekt, denke ich, denn da treffen sich immer alle. Ich bleibe auf der anderen Straßenseite hinter einem Lieferwagen und sehe Tom von hinten, leicht zu erkennen an seiner etwas buckeligen Haltung. Weil er so groß ist, versucht er sich immer etwas kleiner zu machen. Das hat er sich wohl mal während der Schulzeit an- und leider nie wieder abgewöhnt. Er sieht aus wie ein Grinch. Er steht da, mit noch zwei anderen vom Team, einen Kaffee in der Hand und quatscht. Die zwei anderen rauchen. Mann, die machen aber guten Milchschaum bei Hollywood-Food. Würde mich interessieren, was die für einen Schäumer haben. Oh, jetzt nähert sich das blonde Gift von hinten. Ich mach den Hals ganz lang hinter meinem Lieferwagen, um zu sehen, wie sie aussieht. Lange, helle Locken, ein kurzes Kleidchen und drüber eine dicke Wärmejacke, die man von der Garderobe immer bekommt, in Stahlblau, vermutlich passend zu ihrer Augenfarbe. Konnten sie ihr kein graues, hässliches Teil geben? Und … Pumps! Stöckelt die hier in Pumps rum! Konnte sie keine Gummistiefel anziehen in der Pause? Das ist so typisch von der blöden Eule. Was macht die jetzt? Ja, spinnt die? Hannah schlingt von hinten ihre Arme um meinen Tom und hält ihm kokett die Augen zu. Jetzt soll er raten, wer sie wohl ist. Also vom geistigen Niveau her befinden wir uns jetzt in der dritten Klasse, oder was? Ich muss fast grinsen, weil ich weiß, dass Tom von solchen blöden Spielchen gar nichts hält. Aber was macht der da eigentlich? Hält schön lange still und rät, wer es wohl sein könnte? Miss Piggy? Jetzt dreht er sich lachend zu ihr um und hält dabei ihre linke Hand fest, die er sich gerade von den Augen genommen hat. Immer noch. IMMER NOCH!

Ich vergesse meine Deckung und komme hinter dem Lieferwagen hervor, um besser sehen zu können. Tom setzt Hannah jetzt seine Sonnenbrille auf. Sie fasst ihn am Arm und lacht bescheuert. Dann lässt er sie von seinem Milchkaffee trinken. Er sagt etwas zu ihr und beugt sich dabei weiter als nötig an ihr Ohr heran. Wieder lachen beide. Sie wirft geziert ihre Locken in den Nacken, und er macht jetzt so was wie einen albernen Tanz. Was soll das?! Ein Balzritual? Der kleine Typ mit den stylischen Haaren und dem Headset kommt und pfeift alle wieder ans Set. Ich verziehe mich schnell wieder hinter meinen Lieferwagen, und Tom wirft tatsächlich noch einen Blick in meine Richtung. Er sieht mich nicht und legt im Weggehen den Arm um Hannah Weide, die immer noch seinen Milchkaffee mit dem sensationell guten Milchschaum in der Hand hält. Was läuft da, bitte?

Sarah ist nicht erreichbar. Wütend fahre ich nach Köln-Marienburg in die alte Villa. Tom flirtet mit Hannah Weide. Und zwar völlig ungeniert vor allen am Set, er muss sich dafür nicht mal eine abgelegene Hütte suchen. Großartig.

Entsprechend schlecht gelaunt starte ich in die Redaktionssitzung, in der Frank mir die MAZ über den Nerd vorspielt, der morgen ins Studio kommt. Ein blasser dünner Typ, der Filme mit Playmobilmännchen macht. Man sieht ihn, wie er die ganze Playmobilwelt aufbaut – eine Straße, Autos, Männchen, die Einkaufstaschen tragen. Der Dünne leuchtet das Ganze mit ziemlich professionellen Lampen aus und nimmt dann Szenen per Stopptrick auf. Stück für Stück bewegt er die Männchen und die Autos auf der Straße. »Der muss ja Zeit haben wie Heu!«, sage ich. Frank schaut mich irritiert an. »Jetzt mal echt!«, ereifere ich mich: »Auf so eine bescheuerte Idee kommst du doch nur, wenn du nach der Arbeit allein rumhockst und überhaupt kein Leben hast!« Frank schweigt. »Der ist nicht verheiratet und hat schon gar keine Kinder, stimmt's?« Frank bestätigt das.

»Sag ich doch. Ein Typ ohne eigenes Leben! Ich meine, wie bescheuert kann man sein? Er könnte alles machen! Ohne Kinder, ohne feste Bindung. Das sind doch paradiesische Zustände, und dann vertrödelt er seine Zeit mit so einem Quatsch!« Frank fummelt beleidigt an seinen Unterlagen herum. Ich bin ja auch so eine Idiotin. Frank ist auch unverheiratet und kinderlos und ganz sicher fällt er ebenfalls in die Kategorie »ohne eigenes Leben«. Er füllt seine Zeit garantiert auch nicht sinnvoll, sonst würde er nicht immer bis dreiundzwanzig Uhr hier in der alten Villa rumhängen und solche Nerds für die Sendung auftreiben.

Aus der Nummer komm ich jetzt nicht mehr raus. »Spielen wir denn auch einen seiner Filme vor?«, frage ich so neutral wie möglich.

»Ich habe dir extra Links zu seinen letzten zwanzig Filmen geschickt. Hast du dir da etwa keinen von ausgesucht?«, fragt Frank jetzt ziemlich angepisst. Frank schickt mir immer das ganze Internet als Vorbereitung auf die Sendung. Er glaubt doch nicht im Ernst, dass ich mir zwanzig Filme von dem Dünnen angucke, in denen Playmobilmännchen ruckartig über eine Straße gehen?! Im Gegensatz zu ihm habe ich nämlich ein Leben, ein verdammt volles sogar. Das sollte ich jetzt vermutlich nicht sagen, deshalb versuche ich mich lauwarm zu rechtfertigen, dass nicht alle Links funktioniert hätten und man doch am besten den Film mit den Autos nehmen sollte. »Den, in dem die Frau stirbt, oder den, in dem der Alien landet?«

Ich würde jetzt gerne meinen Kopf auf die Tischplatte knallen. Stattdessen diskutiere ich mit Frank, was man diesen Nerdtypen am besten fragen sollte und ob es wohl schwieriger ist, mit Playmobil oder mit Legomännchen solche Filme zu drehen. Frank belehrt mich noch, dass der Typ mit solchen Filmen sein Geld verdiene und tatsächlich der Beste in seinem Fach in Deutschland sei. Der Beste in seinem Fach! Ich bin auch in meinem Fach die Beste, wenn man nächtliches Ü-Eier-klauen-und-essen als Fach bezeichnen will. Frank ist nach der Sitzung wieder gut drauf, wenigstens das habe ich geschafft. Und mir ist spätestens jetzt klar, dass ich mir ganz, ganz furchtbar dringend einen neuen Job suchen muss. Ich hoffe, der Wellness-Urlaub hält, was er verspricht! Müde von der Nacht und dem Playmobilwahnsinn, schleiche ich aus der Villa. Erst kurz vor meinem Auto bemerke ich den Mann, der auf der Motorhaube sitzt. Sascha!

»Was …?«, frage ich dämlich.

»Ich freu mich auch sehr, dich zu sehen. Und ja, ich warte schon ziemlich lange!«, sagt er und sieht unverschämt gut aus. Er zieht mich einfach an sich heran und gibt mir einen Kuss auf den Mund. Er ist warm und hat wieder seinen Dreitagebart.

Ich schau mich erschrocken um, ob uns jemand gesehen hat. »Nicht hier!«, sage ich, obwohl das gerade der beste Moment meines Tages war.

»Na, dann woanders!«, sagt Sascha und zieht mich zur Fahrertür. Er nimmt mir den Schlüssel aus der Hand, und ich steige ziemlich willenlos auf der Beifahrerseite ein. Wie schon auf seiner Vespa, fährt er sicher und routiniert. Ich will etwas sagen, aber er legt seinen Finger an meine Lippen. Ich schweige also, stelle das Radio an, lehne mich zurück und beobachte ihn dabei, wie er mein Auto fährt.

Caro Emerald singt dazu, sie habe ein kleines Problem, das doch eher groß sei: Von Anfang bis Ende war er nicht mehr als ein Freund …

Ob Sascha auf Liedtexte achtet? Wie gut ist sein Englisch? Er trägt ein hellblaues Hemd, das an den Armen nachlässig hochgekrempelt ist. Ich kann seine muskulösen Unterarme sehen. Er schaut mich nicht an, sondern guckt, scheinbar aufs Autofahren konzentriert, auf die Straße. Caro beschwert sich, dass der flammenartige Mann mit ihr spielt.

Grinst er etwa?

Sie hat einen Mann auf ihrer Liste, den sie küssen will, und ihre einzige Sünde ist, dass sie das Spiel nicht gewinnen kann.

Er grinst definitiv.

Das rhythmische, schwungvolle Lied wirkt bei mir wie ein Piña Colada. Ich entspanne mich und lege meine Hand auf seinen Oberschenkel. Er lenkt mit links weiter und legt seine rechte Hand auf meine. Nur zum Schalten nimmt er sie kurz weg, um dann sofort zurückzukommen und über meine Finger zu streichen. Das Kribbeln, das ich ja schon kenne, breitet sich langsam in meinem ganzen Körper aus.

Wir sind inzwischen irgendwo auf dem Militärring, die Richtung nach Hause stimmt ganz grob. Seltsamerweise ist mein Kopf ziemlich leer. Keine aufgeregten Stimmen schreien darin herum.

Wir halten an einer roten Ampel. Er schaut mich immer noch nicht an. Legt seine Hand aber in meinen Nacken und streichelt mich da ganz sanft. Ich bekomme eine Gänsehaut und wandere mit meiner Hand auf seinem Oberschenkel ganz langsam ein Stückchen höher. Es wird grün, und Sascha biegt spontan und daher etwas schwungvoll rechts in einen Waldweg ein. Ich tue so, als sei das der übliche Weg nach Hause, und schaue weiter geradeaus, während meine Hand langsam weiter nach oben wandert.

»Who cares?«, wiederholt Sascha die letzte Zeile, stoppt den Wagen und beugt sich zu mir rüber. Wir küssen uns. Der Kuss ist anders als in meiner Phantasie. Stürmischer, nasser, echter, fremd und aufregend. Sascha schmeckt nach Pfefferminz. Offensichtlich war er vorbereitet. Obwohl es ziemlich unbequem ist, sich so über die Kupplung hinweg zu küssen, hören wir lange nicht damit auf. Seine Hände bleiben an meinen Schultern, Nacken und Haaren, also an den »erlaubten« Stellen. Ich bin ganz erstaunt, wie gut ich den Kuss genießen kann, ohne mir selbst irgendwelche Vorwürfe zu machen. Es fühlt sich einfach so gut und richtig an, hier und jetzt diesen elf Jahre jüngeren Mann zu küssen. Who cares?!

Im Radio läuft schon eine ganze Weile Werbung, als wir

schließlich ein Ende finden. Etwas außer Atem sitzen wir nebeneinander und schauen vorn aus dem Fenster. »Nett hier, oder?«, sagt Sascha und steigt aus. Ich warte eine Weile, bevor ich aussteige, damit er nicht glaubt, ich folge ihm wie ein Hündchen.

Um uns herum sind blühende Büsche und Bäume. Weit und breit ist niemand zu sehen. Die Sonne ist gerade untergegangen, und die Vögel zwitschern laut in den Ästen über uns. Ich lehne mich an den Mini und warte, bis Sascha zu mir herüberkommt. »Das war sehr schön eben«, sage ich. Er nickt und sagt: »Ich frage mich, wie es ist, dich im Stehen zu küssen.« Mit zwei Schritten ist er bei mir und küsst mich wieder. Diesmal langsamer und intensiver. Wir sind gleich groß, und ich stelle schnell fest, dass mir Im-Stehen-Küssen noch sehr viel besser gefällt. Ich ziehe Sascha an mich heran und spüre seinen Körper ganz nah an meinem.

Ich hake meine Finger in seinen Gürtel ein. An einer Stelle ist sein Hemd aus der Hose gerutscht, und ich finde ganz automatisch den Eingang und lege meine Hand auf seine nackte Haut. Wir haben uns jetzt sozusagen in Stimmung geküsst. Ich bin fasziniert davon, wie gut das doch immer funktioniert, ein Mann und eine Frau. Der Mann küsst mich jetzt immer intensiver und findet auch bei meinem Oberteil einen Eingang. Seine Hand liegt jetzt auf meinem Rücken, immer noch weit entfernt von allen verbotenen Stellen. Aber so wie ich die Sache einschätze, wird das nicht mehr allzu lange so bleiben. Schließlich ist er keine fünfzehn mehr.

Kapitel 11

Ich habe wieder Glück, und Tom muss länger drehen als erwartet.

Ich werfe die Kinder ins Bett, höre mir von Elli noch an, wie der Tag war, und freue mich, dass Tia kein Schmerzmittel gebraucht hat. Zur Nacht gebe ich ihr noch mal eine Dosis in der Hoffnung, diesmal bitte durchschlafen zu dürfen. Flip nervt mich und will mir unbedingt die Homepage von einem tollen Ponyhof zeigen, aber ich bügele sie ab und sage ihr, dass wir für so was sowieso kein Geld haben und es mir schon reicht, dass ich den blöden Hund erlaubt habe.

Hinterher tut es mir leid, aber ich habe keine Zeit, darüber nachzudenken, weil ich bei Lucy noch die sieben Spalten in ihrem Rollladen abzählen muss, die aufbleiben müssen, und alle Stofftiere in ihrem Schrank verstecken muss. »Das musst du nicht mehr Mama«, sagt Lucy.

»Nein?«, frage ich erstaunt.

»Ich bin doch kein Baby mehr!«, meint sie und schaut mich ernsthaft aus ihrer »Hello Kitty«-Bettwäsche heraus an. Ich drapiere die Tiere also wieder auf dem Schrank und gebe ihr ein schnelles Küsschen auf die Nase. Als ich dann endlich alleine in der Küche stehe, weiß ich nicht, wie ich mich fühlen soll. Ich bin todmüde und gleichzeitig ganz aufgekratzt wach. Ich müsste eigentlich Hunger haben. Beim Abendbrot mit den Mädchen habe ich nichts gegessen. Aber in meinem Bauch sind nur ein paar vierblättrige Kleeblätter zu spüren, die sich leicht und kitzelig hin und her bewegen. Ich beschließe, dass ein Glas Wein jetzt das geeignete Abendessen wäre. Ob ich Sarah anrufen soll? Ein Teil von mir will alles haarklein erzählen, aber ein anderer möchte das Erlebnis lieber für sich behalten. Als ich mit Handy und Weinglas auf dem Sofa liege, nimmt Sarah mir die Entscheidung ab und ruft mich an.

»Du rätst nie, was vor meiner Tür lag!«, platzt sie ohne Einleitung in meinen Abend.

»Mama …«, kommt es in diesem Moment von der Treppe. Lucy steht da im Nachthemd mit dem Schlafhasen in der Hand.

Genervt frage ich: »Was IST denn?«

»Die Stofftiere schauen mich alle so böse an …« Ich stöhne und sage in den Hörer: »Sarah, ich ruf dich sofort zurück, muss eben ein paar ganz böse Stofftiere verstecken!« Sarah kennt das natürlich und brummt zustimmend. Ich laufe barfuß nach oben, verstecke die blöden Tiere im Schrank, küsse noch mal Lucys Nase, lösche noch mal das Licht. Da ich schon oben bin, werfe ich noch einen Blick durch Tias halb geöffnete Tür. Sie liegt auf der Seite, den gebrochenen Arm auf ein Kissen gebettet, und spricht leise mit Captain Unterhose, der wie ein großer Berg am Kopfende ihres Elfenbettes sitzt, der rosafarbene Vorhang fällt ihm wie ein Schleier vom Kopf. Ich schleiche wieder die Knarztreppe runter, wickele meine eiskalten Füße in die Decke, nehme einen großen Schluck Wein und rufe Sarah zurück. »Was lag vor deiner Tür?«

»Hast du alle Stofftiere besiegt?«, lässt sie mich zappeln.

»Versteckt«, korrigiere ich. »Nun sag schon, was lag da?«

»Ich bin beinahe draufgetreten. Das ahnt ja kein Mensch. Und es war auch nicht mal eingepackt. Lag da einfach so nackt auf der Fußmatte.«

»SARAH!«

»Eine Kassette.«

»Eine Kassette?«, frage ich dämlich. »Was für eine Kassette? Eine mit Geld drin?«

»Wieso mit Geld? Nein, eine Kassette. Mann, Annabel. So ein Ding, das man früher in einen Kassettenrekorder steckte, und dann war da Musik drauf oder Benjamin Blümchen!«

»Ach so! Und was ist drauf?«

»Ein einziges Lied.«

»Wie spannend!« Ich setze mich aufrecht hin und nehme noch einen Schluck Wein. »Welches?«

»›You don't know‹ von Milow.«

Ich gehe im Kopf schnell das Lied durch. Das sagt mir jetzt auf Anhieb nichts. »Und von wem ist die Kassette?«

»Ich habe nicht den Hauch einer Ahnung. Sie lag plötzlich vor der Tür. In einer durchsichtigen Hülle. Auf der Kassette steht: »für Sarah«. Ansonsten kein Absender. Nichts.«

»Könnte Andi etwas damit zu tun haben?«, frage ich.

»Nein. Glaube ich nicht. Der hat auch nie Milow gehört.«

»Wir müssen das Lied analysieren«, sage ich, laufe los und suche meinen Laptop. Kurze Zeit später sitzen wir beide vor unseren Bildschirmen und gehen das Lied Zeile für Zeile durch.

»Ich soll mir einen Mittwochabend im März vorstellen«, überlegt Sarah.

»Zukunft und Vergangenheit zur gleichen Zeit«, übersetze ich weiter. »Das deutet alles auf die Lusche hin«, finde ich. »Zukunft und Vergangenheit gleichzeitig, ganz klar ein Exfreund! Wann warst du mit Henry essen, Sarah?«

»Da müsste ich im Kalender nachgucken.«

»Tu's!«, befehle ich. Während sie den Kalender holt, lese ich weiter den Text. Okay, typischer Songtext und typisch Mann, er trinkt sich also in die Nacht, weil er ja sonst nichts hat, und findet es schön, ihren Namen zu kennen.

»Es war ein Dienstagabend im März.« Sarah ist zurück.

»Hm«, sage ich »es passt trotzdem auf Henry.«

»Wir müssen anders denken«, sagt Sarah. »Wie denken Männer?«, fragt sie.

»Vielleicht war es gar kein Mann!«, witzele ich.

»Ja, wer weiß? Warum glauben wir automatisch, dass die Kassette von einem Mann kommt?«, fragt Sarah.

»Weil das so ist«, erkläre ich ungeduldig. »Das war schon früher so. Jungs nahmen den Mädchen ein Tape auf. Mit bedeutungsvollen Liedern. Und genau das hast du bekommen. Wir müssen jetzt nur noch den Code entschlüsseln.«

»Mensch, mein letztes Mix-Tape war vom Abiball, die grüne Kassette. Wo ist die eigentlich?«, überlegt Sarah.

»Konzentrier dich!«, verlange ich. »Wir müssen denken wie ein Mann. Männer nehmen keine Details wahr. Sie wissen nicht mehr, welchen BH du anhattest, sie erinnern sich nur an deinen Busen.«

»Aha. Und was heißt das jetzt auf das Lied übertragen?«

»Das bedeutet, die Strophen sind nicht so wichtig, der Schlüssel liegt im Refrain!«

»Na, der ist ja sehr aufschlussreich! Du weißt nichts über mich, und ich kenne deinen Namen«, übersetzt sie. »Also ein Fremder?«

»Der deinen Namen aber kennt.« Ich kichere. Der Wein ist mir schon ziemlich überallhin gestiegen.

»Warte, am Ende heißt es ›ANYMORE!‹ Nicht mehr. Früher wusste sie vielleicht alles über ihn, aber jetzt nicht mehr.«

»Die Lusche«, seufze ich und leere mein Glas.

»Och nööööö«, jammert Sarah, »ich will nicht, dass das Tape von Henry ist.«

»Von wem soll es denn sein?«, frage ich listig.

»Von jemandem, den ich sexy finde.«

»Wen findest du sexy?« Schweigen am anderen Ende.

»Weißt du es nicht, oder willst du es mir nicht sagen?«, frage ich nach.

»Pffffff«, macht Sarah unser Mädchengeräusch, das wir immer machen, wenn wir keine bessere Antwort wissen.

»Die Schrift!«, fällt mir plötzlich ein. »Wie ist die Handschrift? Erkennst du Henry?«

»Wie soll ich Henrys Schrift erkennen?«

»Na, habt ihr euch früher etwa keine Liebesbriefe geschrieben?«

»Doch, aber das ist ja ewig her. Hm, ich würde sagen, ich kenne die Schrift überhaupt nicht. Sie ist ziemlich gleichmäßig. Könnte jeder geschrieben haben.«

»Spiel es mir mal vor.«

»Was?«

»Na, das Lied!«

»Dazu müsste ich ins Auto, nur da habe ich einen Kassettenrekorder.«

»Aha!«, schreie ich.

»Was, aha?«

»Es ist jemand, der dein Auto kennt! Jemand, der weiß, dass du als letzter Mensch auf der Welt noch einen Kassettenrekorder im Auto hast!« »Oder es ist deshalb eine Kassette, weil sie dich an früher erinnern soll.«

»Doch die Lusche«, seufzt Sarah.

»Na ja, du hast ja auch noch mehr Exfreunde. Irgendeiner könnte gehört haben, dass Andi und du getrennt seid, und jetzt wittert er seine Chance und schickt dir ein Tape, auf dem einer singt ›du kennst mich nicht mehr‹. Total passend.«

»Annabel, ich muss mal nach Ben und Lasse sehen, irgendeiner rumpelt da im Kinderzimmer rum. Sollen wir morgen weitersprechen?«

Ich zögere. Will ich Sarah nicht noch alles erzählen? Ich entscheide mich dagegen, verabschiede mich und lege auf. Auf YouTube finde ich eine Live-Version von Milows »You don't know«. Ich klicke sie an, schließe die Augen und lausche der schönen, etwas rauen Stimme. Meine Gedanken wandern zu Sascha, und ich stelle mir den ersten Kuss im Auto noch mal in allen Details vor. Dann den zweiten. Ich hatte ganz vergessen, was man ans Auto gelehnt alles für schöne Dinge tun kann.

Am nächsten Morgen läuft alles, aber auch wirklich alles schief. Die ganze Familie verschläft, weil ich auf dem Sofa eingepennt bin und Tom mich zwar nachts, als er nach Hause kam, noch zugedeckt hat, aber keinen Wecker stellte. Müde scheuche ich die Kinder durch die Gegend und schreie alle ein bisschen an. Flip, weil sie wie ein Möbelstück im Weg steht, Lucy, weil sie beim Kämmen rumjammert, und Tia, weil sie nicht aufhört zu fragen, wann sie endlich Fernsehen gucken darf, als hätte die Menschheit keine größeren Probleme! Tom geht mitten im Trubel einfach laufen, er hat ja eine bescheuerte Frau, die alles macht. Als er zurückkommt, schmiere ich gerade mit Händen und Füßen Pausenbrote. Bevor er helfen kann, kommt prompt ein Anruf von Action Production. Er soll bitte dringend sofort ans Set kommen, was er nur zu gerne tut. Seinen entschuldigenden Blick kann er sich sparen. Ich werfe wütend die Haustür hinter ihm ins Schloss und kümmere mich weiter allein um den ganzen Wahnsinn, rufe Elli an, die aber erst später kann. Das bedeutet, ich muss Tia dreißig Minuten allein mit gebrochenem Arm vor dem Fernseher parken. Ich wünsche mir zum tausendsten Mal eine Oma in der Nähe, staple Berge von geschnittenen Äpfeln ans Sofa und bete Tia die Regeln herunter: »Du lässt niemanden rein, du gehst nicht an den Herd, am besten nirgendwohin und bleibst hier auf dem Sofa, bis Elli kommt, okay?«

»Und wenn ich mal Pipi muss?«

»Dann darfst du aufstehen und gehen, aber danach sofort wieder zurück aufs Sofa!« Ich will einfach vermeiden, dass sie hier im Haus irgendwelchen Blödsinn anstellt. Viel zu spät rausche ich los. An der Villa angekommen, sind alle Parkplätze besetzt, und ich muss weit entfernt an der Straße parken. Das kostet mich weitere sieben Minuten. Frank, der immer noch sauer ist, weil er jetzt weiß, dass ich denke, er ist ein Nerd mit Zeit wie Heu und ohne eigenes Leben, schaut demonstrativ auf die Uhr und sagt: »Hoffe, du moderierst heute nicht so schlecht, wie du aussiehst.« Dann grinst er schnell, um die Unverschämtheit etwas abzumildern. Ich ignoriere ihn, so gut ich kann, und rausche in den Besprechungsraum, in dem schon Tobias, unser Regisseur, sitzt. Er steht kurz auf, um mich zu umarmen. Das macht man so beim Fernsehen, unabhängig davon, ob man sich nun leiden kann oder nicht. Tobias ist so neutral wie ein weißes Blatt Papier. Die Arbeit mit ihm ist angenehm und unauffällig. Er pflegt ein großes Desinteresse an der Sendung. Wenn Frank oder Karsten, je nachdem wer dran ist, uns in der Regiebesprechung ein weiteres Mal die YouTube-Filme zeigen, schaut er oft gar nicht hin. Er guckt dann lieber auf seine Schuhe und stellt nur ab und zu mal eine Frage, die ausdrückt, wie wenig er von den Redakteuren hält. »Und der Gast soll wirklich durch die Tür reinkommen?« Wenn Frank das bestätigt, diskutiert er nicht, obwohl jeder sehen kann, wie sinnlos er diesen Auftritt findet. »Gut«, sagt er knapp, und ich übersetze dieses »gut« im Stillen mit: Das müsst ihr Idioten selber wissen.

Ich leide mich durch die Besprechung und verschwinde dann, so schnell ich kann, in die Garderobe. Dort ziehe ich mir einen spießigen pinkfarbenen Hosenanzug an. Frau Flappke hat klare Anweisungen gegeben, was ich zu tragen habe. Ich komme mir jetzt zwar vor wie eine schlechte Version von Angela Merkel, aber was tut man nicht alles für Geld. Immerhin habe ich bei der Maske Glück, es ist nicht Ida, sondern Luise. Luise mag ich gern. Sie ist eine immer fröhliche Frau Ende dreißig, die nicht nur sehr gut schminkt, sondern dabei auch noch witzige Geschichten erzählt und mich ein bisschen von dem Playmobil-Nerd ablenkt, den ich gleich begrüßen muss. Außerdem erfahre ich von ihr immer den neuesten Klatsch und Tratsch aus der Villa. Wer was wirklich denkt. Eigentlich ist es überhaupt nicht erstrebenswert, so etwas zu erfahren. Es lebt sich sicher besser, wenn man nicht so genau weiß, was jeder Redakteur oder die Chefetage von deinen Moderationen oder von deiner Nase hält.

Von Luise höre ich, dass Frau Flappke mich also nicht nur

unpassend angezogen findet, sondern gleich ganz unmöglich angezogen. Das größte Ärgernis der Woche waren wohl ein paar Ohrringe, die ich unerlaubterweise in der letzten Sendung trug, ohne das vorher mit irgendjemandem abgesprochen zu haben. »Ich soll die Ohrringe absprechen, die ich tragen will?«, frage ich, zu verwundert, um sauer zu sein.

»O ja!«, sagt Luise ganz nah an meinem Gesicht, weil sie mir gerade einen Lidstrich zeichnet. »Die Ohrringe waren nicht autorisiert. Das waren ihre Worte!«

Ich öffne die Augen und sehe Luise an. »Wie lächerlich kann es jetzt noch werden?«, frage ich sie.

»Ach, da ist noch Luft nach oben«, meint sie leichthin, »bisher hat ja noch niemand etwas zu deiner Unterwäsche gesagt. Du hast dir hoffentlich Deinen BH autorisieren lassen?«

Ich schließe wieder die Augen, damit sie weiter an mir rummalen kann. »Nur ein Job. Nur ein Job. Nur ein Job«, sage ich mir innerlich vor wie ein Mantra. Wenn alles glatt läuft, bin ich hier in einem Monat raus und moderiere endlich eine richtige Sendung. Ohne einen Frank, der mir dünne, blasse, uninteressante Gäste einlädt, und ohne eine Frau Flappke, die unter Kontrollwahn oder Langeweile leidet. Tief in meinem Inneren weiß ich, dass das so nicht stimmt. Es gibt überall Franks und Flappkes, die Sender sind voll von ihnen. Auch in der neuen Sendung werde ich auf Menschen treffen, mit denen ich lieber nicht zusammenarbeiten würde. Aber vielleicht darf ich dort ein bisschen mehr ich sein. »Ein bisschen mehr du?«, sagt eine Stimme in meinem Kopf. »Hier musst du zwar sogar deine Ohrringe absprechen, aber da darfst du nicht mal mit deinem Gesicht antreten!« Ich atme tief ein. *Breathe in and breathe out.*

»Alles okay mit dir?«, fragt Luise, die mit meinen Augen fertig ist.

»Ja, mir ist bloß ein bisschen warm«, schwindele ich und erzähle dann schnell von Tias gebrochenem Arm, um den Stimmen in meinem Kopf nicht weiter zuhören zu müssen. Am liebsten würde ich von Sascha erzählen. Luise hat so etwas Vertrauenserweckendes an sich. Man möchte ihr sofort sein Herz ausschütten. Aber jedes Kind weiß, dass man alles, was man in der Maske erzählt, genausogut ans Schwarze Brett hängen könnte. Luise hin oder her. Ich reiße mich zusammen und beschließe das Thema Sascha nicht nur nicht anzusprechen, sondern auch ein paar Stunden aus meinem Kopf zu verbannen. Ich muss hier schließlich arbeiten und kann mich nicht wie ein Teenager benehmen.

Als Luise mit mir fertig ist, schneide ich mir meine Moderationskarten, die mir der Aufnahmeleiter Gunnar auf DIN-A4-Blätter ausgedruckt hat, auf die Hälfte zurecht.

»Der Gast ist schon da«, informiert er mich mit Headset auf dem Kopf und wichtigem Klemmbrett unter dem Arm. Gunnar erfüllt sämtliche Kriterien, die ein Aufnahmeleiter erfüllen muss. Er ist klein, hat eine stylische Frisur, ist unter fünfunddreißig und hat ein komplett ausdrucksloses Gesicht, das er auch dringend braucht, um unangenehme Ansagen jederzeit emotionslos rüberbringen zu können. Ich seufze leise vor mich hin, setze ein professionelles Lächeln auf und klopfe an der Gästegarderobe an. Ich reiche dem Playmobilfilmemacher die Hand. Er ist noch dünner und blasser als in dem Film, den ich über ihn gesehen habe. Sein Händedruck ist wie erwartet feucht und schlaff, und ich widerstehe nur mit Mühe dem Impuls, mir meine rechte Hand schnell an meinem Merkel-Hosenanzug abzuwischen. Wir setzen uns in die zwei unbequemen Sessel. Er starrt auf die Schnittchen, die auf dem Glastisch zwischen uns stehen, während ich ihm erkläre, was wir in der Sendung gleich machen werden. Als ich mit allem durch bin, zeigt er keine Reaktion.

»Haben Sie noch Fragen?«, hake ich deshalb nach.

Er löst seinen Blick endlich von den Schnittchen, schaut mich kurz an, um dann sofort wieder wegzusehen, und sagt: »Kann ich jetzt noch mal eben ins Studio? Ich muss den Aufbau noch mal überprüfen.«

Um den Zuschauern zu zeigen, wie er die Filme macht, haben wir einen Teil seines »Playmobil-Filmsets« im Studio. Von Gunnar weiß ich, dass der Dünne schon seit acht Uhr morgens alles akribisch genau aufgebaut hat. Wenn es ihn glücklich macht, noch mal seine Männchen anzuschauen, soll er das tun. Ich entlasse ihn ins Studio und schaue wieder über meine Moderationskarten. Es fällt mir ziemlich schwer, mich zu konzentrieren. Nach einer Weile ertappe ich mich dabei, wie ich gedankenverloren kleine Herzchen mit einem S in der Mitte an den Rand male. Jetzt reicht es aber!

Entschlossen stehe ich auf und gehe in den Regieraum. Hier sieht es genauso aus, wie man das in Filmen immer sieht. An einer Wand sind unzählige Bildschirme, die die verschiedenen Kameraeinstellungen zeigen. Auf einem Bildschirm läuft unser Sender mit dem aktuellen Programm, auf einem anderen ein Autorennen, das wohl gerade live übertragen wird. Vor den Bildschirmen ist ein ganz langes Pult, an dem etwa fünf Leute sitzen. Auf dem Pult befinden sich viele Knöpfe und Hebel und weitere kleine Bildschirme, auf denen man Excel-Listen sehen kann oder auch einfach die Startseite von Google.

Weiter hinten im Raum geht es eine Stufe hoch, damit die Leute, die am zweiten langen Pult mit vielen Hebeln und Knöpfen sitzen, auch freie Sicht auf die Bildschirmwand haben. An diesem Pult bleibe ich stehen und warte, bis Orkan, der Toningenieur, seinen Kram zusammengesucht hat, den er für mich braucht. Orkan ist klein und stämmig. Er sieht aus, wie man sich einen Orkan vorstellt. Dunkle Haare, leicht lockig, braune Augen unter zusammengewachsenen Augenbrauen.

Gemeinsam gehen wir in meine Garderobe, und er verkabelt mich. Zuerst verlegt er mein »Ohr«, einen kleinen Stecker mit durchsichtigem Kabel dran, den ich mir ins Ohr stecke, um mir dann während der Sendung aus der Regie hundertzwanzig sinnlose Kommentare von Frank anzuhören und etwa drei sinnvolle Ansagen von Tobias, der mir durchgibt, in welche

Kamera die nächste Anmoderation geht. Orkan muss das Kabel unter meinem Top durchführen. Er tut es routiniert und ruhig und schraubt das Kabel anschließend an ein kleines Ding, das aussieht wie ein altes Handy und mit einer Klammer an meinem Hosenbund festgeklemmt wird. Danach ist das Mikrophon dran. Er reicht es mir, und ich führe es von unten nach oben unter meinem Top durch. Orkan klemmt es an meinem Ausschnitt fest und tippt noch einige Male mit seinem rechten Zeigefinger darauf herum, um zu gucken ob es so am Stoff hält. Tonleute stehen immer unter Generalverdacht, Grapscher und Spanner zu sein. Ich kann das nicht bestätigen. Die meisten sind sehr still, ja fast schüchtern, während sie dich verkabeln. Meistens geben sie sich auch große Mühe, dich dabei so wenig wie möglich anzufassen. Ich hatte nur ein einziges Mal einen echten Grapscher, aber das war auch kein Ton-, sondern ein Kameramann.

Orkan ist fertig. Ich habe jetzt zwei von den kleinen Kästen am Hosenbund, und wie immer fällt mir ausgerechnet jetzt ein, dass ich noch mal zur Toilette muss. Manche Dinge lerne ich einfach nie. Ich klipse mir die kleinen Kästchen vom Hosenbund, balanciere sie in den Händen und hoffe wie immer, dass der Tonregler unten ist und niemand im Studio oder in der Regie jetzt mein Geplätscher hören kann. An den Kästchen sind kleine Antennen dran. Früher bei *Zippezapp* habe ich mit Hilfe der Antennen immer das ganze Gerät ausgeschaltet. Man konnte sie biegen und mit der Spitze dann den winzigen Schalter von *on* auf *off* schieben. Mit den Fingern schafft man das nicht. Leider sind die Antennen inzwischen stabiler und lassen sich nicht mehr so gut knicken.

Beim Händewaschen höre ich schon die aufgeregte Stimme von Gunnar, der mich sucht. Kann ich denn nicht mal in Ruhe drei Minuten auf die Toilette gehen? Ich trete auf den Flur und haue Gunnar beinahe die Tür ins Gesicht. Was muss er sich auch genau vor der Damentoilette aufhalten? »Wir können!«, schreit er aufgeregt, als er mich sieht. Ich gehe durch die Studiotür, über der eine große Lampe hängt. Wenn die Aufzeichnung beginnt, leuchtet sie rot, und man kann *record* lesen. Ich frage mich immer, warum man nicht lieber *Halt*, *Stopp*, oder *Keep out* auf die Lampe schreibt, denn genau das soll das *record* einem vermitteln.

Im Studio umarme ich schnell Frisko, den Chefkameramann. Ich mag ihn, weil er tatsächlich immer bemüht ist, ein gutes Bild zu machen und dabei so wenig wie möglich aufzufallen. Findet man selten beim Fernsehen.

Ich stelle mich auf meine Position vor dem Tisch und lasse mich von Friskos Zeige- und Mittelfinger noch ein paar Zentimeter nach links korrigieren. Tobias ist jetzt auch im Studio. »Wir machen mal eine Probe.« Ich gehe noch mal schnell meinen Text durch, lege dann meine Moderationskarten so weit weg, dass sie nicht mehr im Bild sind, und warte auf Tobias' Zeichen. »Und bitte«, sagt er. Zwei Kabelhilfen unterhalten sich laut während der Probe, und ich stolpere mich mittelschlecht durch meine Zeilen. »Noch mal«, sagt Tobias und spricht dann mit Frisko, der die Zufahrt auf mich irgendwie verändern soll. Diesmal klappen die Fahrt und der Text. Dem Dünnen wird noch gesagt, dass er erst mal auf einem Stuhl hinter der Kamera Platz nehmen soll. Nur ungern trennt er sich von seiner aufgebauten Playmobilwelt.

»Wir machen es heiß«, schreit Gunnar, als wären wir alle taub. Tobias verschwindet nebenan in der Regie und spricht mit mir über meinen Ohrstecker.

»Annabel, hörst du mich?« Ich nicke in die Kamera eins. »Pass auf, dass du dich beim Sprechen nicht zu weit nach vorn lehnst, sonst hast du kein Licht mehr.« Ich nicke wieder. Es geht los. »Achtung im Studio!« Der *Jeanny*-Jingle erscheint auf allen Bildschirmen. »Zwanzig!«, schreit Gunnar die verbleibenden Sekunden. Ich räuspere mich noch mal, um zu testen, ob meine Stimme da ist, wo sie sein soll. »Zehn und Achtung!«

Ich erlaube mir, kurz an Sascha zu denken, und habe sofort das gewünschte Lächeln auf dem Gesicht, das ich jetzt brauche. Alter Schauspielschultrick. »Herzlich willkommen bei *Jeanny-TV*!«

Ich verkaufe die langweilige Sendung, verspreche einen unglaublich spannenden Gast und moderiere den ersten Film an.

Während der Film läuft, wird der Dünne von seinem Stuhl gezerrt und neben mich unter die Scheinwerfer geschubst. Ängstlich starrt er auf seine kleine Welt, hinter der wir stehen. »Das sieht unheimlich echt aus!«, motiviere ich ihn. »Wie haben Sie das mit den Blumen nur hinbekommen?«, frage ich, bemüht, ihn in den verbleibenden anderthalb Minuten schnell zu lockern.

Er beißt an und erzählt mir, dass er die Playmobilblumen alle so unecht findet und sie deshalb selbst macht. »Aus Fimo«, gibt er zu und lächelt.

Jetzt hab ich ihn. »Echt? Das ist ja eine geniale Idee! Sieht täuschend echt aus!«

»Noch zwanzig!«, schreit Gunnar dazwischen.

Ich schau noch mal schnell auf meine Karte, wie der Typ heißt. Das Rotlicht der Kamera zwei geht an, und ich stelle ihn vor und beginne das Interview mit ihm. Anfangs redet er noch etwas umständlich und stockend, aber bald hat er die Kameras um uns herum vergessen und erzählt begeistert von seiner Leidenschaft. So wenig ich mich auch für seine Berufung begeistern kann, ich beneide ihn um das Herzblut, das er in die Filmchen steckt. Es ist, glaube ich, sehr schön, wenn man in einer Sache so aufgeht. Ich frage mich, wann ich das letzte Mal so begeistert von etwas war. *Jeanny-TV* am Anfang? Eigentlich war das immer schon mehr ein Job, um Geld zu verdienen.

»So ist das Berufsleben«, sagt mein Bruder Christian immer. »Du gehst da hin, um zu arbeiten, nicht um Spaß zu haben.«

Der Dünne, der übrigens Sönke Mauerbach heißt, scheint eine Menge Spaß zu haben bei seinem Job. Ich erinnere mich, dass mir das bei *Zippezapp* genauso ging. Ich bin morgens aufgewacht und dachte: Ja, genau das will ich heute machen! Eigentlich renne ich seitdem diesem Gefühl hinterher.

»Wussten Sie immer schon, dass Sie Filme mit Playmobilmännchen machen wollen?«, frage ich Sönke, und Frank stöhnt mir sofort aufs Ohr. Ich weiß, dass diese Frage ein journalistisches No Go ist, aber es interessiert mich einfach.

»In der Schule dachte ich immer, es gibt nichts, was mich wirklich interessiert. Irgendwann wird es ja auch peinlich, mit Playmobil zu spielen.« Ich nicke verständnisvoll. »Dann habe ich BWL studiert, weil meine Eltern das so wollten. Während des Studiums habe ich dann angefangen, mir wieder Playmobil und Legosachen zu kaufen. Heimlich natürlich. Und dann habe ich mit meiner alten Kamera ein bisschen rumprobiert und meinen ersten kleinen Film gemacht. Da war mir klar, das ist es!« Er strahlt mich an.

»Aber warum mit Playmobilmännchen? Sie hätten ja auch auf die Filmhochschule gehen und Regisseur werden können.«

»Sie meinen, warum ich keine richtigen Filme drehe? Mit Menschen und so?«

Frank spricht mir genervt aufs Ohr, ich soll bitte dringend zum Ende und zur nächsten MAZ kommen – das interessiere nun wirklich keine Sau, fügt er unfreundlich hinzu. »Ja, warum nicht mit echten Menschen?«, halte ich unbeirrt das Interview am Laufen.

»Ich weiß nicht. Ich bin nicht so gut im Umgang mit anderen Menschen. Mit Playmobil und Legomännchen ist das einfacher.« Er lächelt mich etwas beschämt an, und ich habe plötzlich Lust, ihn zu umarmen. Frank nervt auf meinem Ohr, ich solle jetzt DRINGEND, SOFORT, aber UNBEDINGT zur MAZ kommen. Mit meiner linken Hand greife ich an meinen Hosenbund und stelle den Ton auf meinem Ohr ab.

»Was ist das für ein Gefühl, wenn Sie einen Film fertig haben?«, frage ich behutsam, während hinter der Kamera zwei jetzt Gunnar in Aktion tritt und anfängt wild zu winken.

»Die Frage ist falsch«, antwortet Sönke.

»Warum?«, frage ich weiter, obwohl Gunnar da hinten fast einen Herzinfarkt bekommt und mir mit Handzeichen, die sehr nach Würgen aussehen, klarmachen will, dass ich die nächste MAZ anmoderieren soll.

»Weil es mir gar nicht um das Ergebnis geht. Sie müssten fragen, was es für ein Gefühl ist, den Film zu machen.«

Ich muss grinsen und frage: »Was ist es für ein Gefühl, den Film zu machen, Sönke?« Ich duze ihn plötzlich, aber das spielt nun auch schon keine Rolle mehr. Gunnar hat es aufgegeben, mir Zeichen zu machen, und hängt frustriert über einem Monitor. Ich weiß, dass ich mir gerade einen Riesenärger einhandle und Frank das ganze Gespräch rausschneiden wird, aber es ist mir unglaublich egal. Wichtig ist nur noch Sönkes Leidenschaft, von der ich vermutlich sehr viel lernen kann.

»Es ist spannend und schön. Manchmal plane ich ein bestimmtes Ende, und beim Machen kommt es dann plötzlich ganz anders. Es ist, als würden die Männchen ein Eigenleben entwickeln und die Geschichte mitbestimmen. Wenn der Film schließlich fertig ist, bin ich fast ein bisschen traurig.«

»So wie wenn man ein gutes Buch gelesen hat und es plötzlich zu Ende ist?«, frage ich.

»Ja, genau«, bestätigt er. »Die Männchen, die eben noch Polizist oder Bäckerin waren, mit Sorgen und Freuden, die Träume hatten und Ziele erreichen wollten ...«, wir blicken beide auf die Playmobilwelt und die Bewohner darin, »sind dann auf einmal wieder nur leblose Männchen.«

»Bis zum nächsten Film«, sage ich.

»Bis zum nächsten Film«, wiederholt Sönke.

»Bist du eigentlich total von der Rolle?« Ich stehe am Tonpult im Regieraum und lasse die Kritik von Frank auf mich herunterprasseln. »Gestern noch sagst du, das sei ein Nerd ohne eigenes Leben, und dann überziehst du den Talk gnadenlos um fünf

MINUTEN und fragst diesen Spinner, wie es sich anfühlt, solche Filme zu machen. Was hat dich denn bitte geritten?« Tobias schaut seufzend auf seine Schuhe, und Orkan ist in eine seiner Schubladen gekrochen und tut so, als müsste er dort dringend etwas finden. Die anderen Menschen im Raum gucken betreten in einen der vielen Monitore, Auswahl haben sie ja genug.

Frank ist fertig und schaut mich wütend an. Vermutlich sollte ich jetzt etwas sagen. Mir fällt nichts ein, jedenfalls nichts, was ich laut sagen könnte. Soll ich ihm erklären, dass ich nicht länger eine im Merkel-Hosenanzug verkleidete Marionette sein will, die genau die Anweisungen ausführt, die ihr jemand aufs Ohr sagt? Soll ich ihm sagen, dass der Nerd ohne Leben uns allen hier im Raum etwas voraushat, nämlich Spaß an seiner Arbeit? Oder dass diese fünf Minuten endlich mal interessant waren im Gegensatz zu den ganzen dämlichen Videos und den viel zu kurzen, oberflächlichen Interviews, die wir sonst machen, bei denen ich Fragen stelle, die mir die Redaktion diktiert hat, die mich nicht wirklich interessieren und auf die der Gast Antworten liefert, von denen er glaubt, dass wir sie hören möchten?

»Können wir weitermachen?«, frage ich stattdessen und gehe wieder zu Sönke und seinen Männchen ins Studio.

Den Rest der Sendung mache ich genauso, wie es von mir erwartet wird. Ich bin sehr froh, als ich endlich aus dem pinkfarbenen Anzug steigen kann. Ich schminke mich auf der Toilette ab und entkabele mich. Frank spart sich glücklicherweise sein Feedback zur Sendung und rennt auf dem Flur an mir vorbei in den Schnitt, in dem er gleich alles, was an meinem Interview gut war, herausschneiden wird.

Sönke verabschiedet sich herzlich von mir. Zum Abschied schenkt er mir ein Playmobilmännchen. Als ich ihn fragend anschaue, erklärt er: »Das bringt dir Glück!« Ich bedanke mich und stecke das kleine Männchen in die Tasche meiner Jeans.

Als ich die Stufen der alten Villa heruntergehe, ertappe ich mich dabei, wie ich Ausschau nach Sascha halte. Wir haben wieder kein neues Treffen geplant, und er hat nach wie vor keine Nummer von mir und ich keine von ihm. Auf dem Parkplatz ist kein Sascha zu sehen, und auch mein Auto steht nicht wie erwartet da. Kurz durchflutet mich Adrenalin, bis mir einfällt, dass ich ja heute Morgen am Ende der Welt parken musste und mir natürlich auch nicht gemerkt habe, wo ich stehe. Suchend laufe ich die Straßen um die Villa herum ab. Ein Teil von mir hofft immer noch, dass ich gleich Sascha auf meiner Motorhaube vorfinden werde. Als ich schließlich mein Auto finde, sitzt kein Arzt darauf. Leider. Und es steckt auch kein Zettel hinter der Windschutzscheibe mit einem Herz drauf, oder eine rote Rose. Obwohl es mir vor mir selber peinlich ist, gehe ich einmal um das ganze Auto herum und suche nach einem kleinen Liebesbeweis von Sascha. Nichts. Bescheuerte Kuh, beschimpfe ich mich selbst beim Einsteigen. Die Enttäuschung ist wie ein großer Klumpen, der schwer in meinem Magen liegt. Passenderweise ruft Tom mich auch noch an und schlägt vor, dass wir in der Stadt zusammen essen gehen könnten. »Tia geht es gut, und Elli will den Kindern Kartoffelpuffer zum Abendbrot machen. Hast du Lust, Bella?«, fragt er mich.

Ich habe weder Lust noch Hunger. Der einzige Mann, mit dem ich etwas essen möchte, ist Sascha. »Wohin denn?«, frage ich etwas lahm.

»Irgendwohin, wo wir noch nie waren!«, sagt Tom enthusiastisch und gibt mir eine Adresse durch, die er im Internet gefunden hat. Normalerweise halte ich nie an, um Adressen in mein Navi einzugeben, aber seit dem Auffahrunfall bin ich vorsichtiger geworden.

Ein halbe Stunde später finde ich das Restaurant mit dem Namen Zaubermeer. Obwohl es längst keine zwanzig Grad sind, sitzt Tom draußen in einem hübschen kleinen Biergarten. Überall stehen Steinfiguren, die halb von Efeu bewachsen sind. Trolle, große Fische und Meerjungfrauen treffe ich auf dem Weg zu Tom. Fragend zieht er die Augenbrauen hoch, weil er weiß, dass mir immer überall zu kalt ist. Er deutet auf den Heizpilz über unserem Tisch, und ich setze mich zustimmend neben ihn. Irgendwie vergessen wir den Begrüßungskuss. Tom hat für mich schon eine Apfelschorle bestellt. »Ich hätte lieber Erdbeermilch gehabt«, gebe ich zu.

»Seit wann trinkst du Erdbeermilch?«, fragt er.

»Seit zwei Wochen«, sage ich geheimnisvoll. »Und seit wann verleihst du deine Sonnenbrille?«, frage ich ihn.

»Wie kommst du darauf dass ich meine Brille verliehen habe? Sie liegt im Auto!«

»Sicher?«, frage ich. Er fährt sich etwas nervös durch die Haare. »Sonst schleppst du sie immer überallhin mit und legst sie hier auf den Tisch, neben deinen Geldbeutel und dein Handy.« Ich deute auf den kleinen Stapel, den er in jedem Restaurant an einer Tischecke aufbaut. Irgendwie macht mich der Anblick seiner gestapelten Sachen grundlos aggressiv.

»Hast du Ärger bei *Jeanny-TV*?«, lenkt er vom Thema ab.

»Auch nicht mehr als sonst«, antworte ich. »Und wie war dein Dreh?« Den Zusatz »mit Hannah Weide« schlucke ich schnell herunter.

»Okay«, sagt er kurz und knapp. Wir reden, ohne zu reden. Fast kann ich Frank auf meinem linken Ohr hören, der mich drängt, zur MAZ zu kommen.

Ein Kellner kommt und nimmt unsere Bestellung auf. Als er weg ist, habe ich auf einmal Lust, Tom zu sagen, dass ich eine Auszeit will. Eine Auszeit, in der ich mal machen kann, was ICH will. Ohne ständig Rücksicht zu nehmen auf die Bedürfnisse von vier anderen Menschen und selbst immer als Allerletzte dranzukommen. Jeder nimmt sich in unserer Familie einfach, was er möchte. Süßigkeiten, Hunde, Hannah Weides. Jetzt will ich mal dran sein. Und in meinem Plan kommt momentan keiner der vier Menschen vor, mit denen ich seit Jahren mein Leben teile. Ich hole tief Luft. »Du Tom. Ich muss dir was sagen«, beginne ich.

»Oh, oh«, lacht er, »so fangen aber keine guten Nachrichten an. Bist du schwanger?«

Ich schüttle irritiert den Kopf. »Nein, aber ich habe ein ... interessantes Angebot von Richard Kleisterberg bekommen.«

»Ist das der Produzent, mit dem Casting, für das du zu alt warst?«

»Genau der.«

»Und, sollst du dich jetzt verjüngen?«, fragt Tom vergnügt und glaubt, er mache einen guten Witz nach dem anderen. Ich schweige. Nach einer Weile kapiert er und verschluckt sich fast an seinem Bier. »Du sollst dich verjüngen!«, stellt er fest. »Wie?«, will er sofort wissen. »Sag jetzt nicht, dass du bei einem Schönheitschirurgen warst oder zu einem hingehen wirst ...« Tom reagiert genauso sauer, wie ich befürchtet hatte, dabei habe ich noch nicht mal zu Ende geredet. »Bella, bist du denn jetzt total von der Rolle?«

Wieso fragen mich das heute alle dauernd? »Mann, ich lass doch gar nichts machen!«, verteidige ich mich.

»Aber du sollst!«, regt Tom sich auf. »Der Kleisteridiot hatte die tolle Idee, dass du dich verjüngst und dann die Sendung moderieren kannst. Oder? So war es doch!« Ich nicke. »Und du bist hoffentlich nach diesem attraktiven Angebot wortlos aufgestanden und gegangen, Bella, oder?«

»Ich konnte nicht gehen, es war ein Telefongespräch«, erkläre ich. »Das ist natürlich etwas krass vom Kleisterberg, aber ich habe eine Lösung gefunden, wie ich es machen kann«, rede ich schnell weiter, damit Tom sich nicht noch mehr aufregt »Der Schönheitschirurg hatte eine wirklich gute Idee ...«, weiter komme ich nicht.

Tom ist aufgesprungen und schreit mich an: »Du warst beim Schönheitschirurgen?!« In diesem Moment kommt der Kellner mit unserem Essen. Entweder er ist taub oder ein ziemlich begabter Schauspieler. »So, dann haben wir einmal den Putenbrustsalat und einmal das Schweineschnitzel. Guten Appetit!«

Elegant stellt er die Teller auf den Tisch und ignoriert dabei völlig, dass Tom steht und ich mir beide Hände vors Gesicht geschlagen habe.

»Wenn Sie noch Ketchup brauchen, sagen Sie Bescheid!« Der hat echt Nerven. Tom wartet, bis er weg ist, um sich dann weiter aufzuregen. Gleichzeitig versuche ich ihm zu sagen, dass ich – verdammt nochmal – nichts machen lasse und dass er mich überhaupt nicht versteht und keine Ahnung hat, wie ich mich fühle, aber das kommt gar nicht bei ihm an.

»Ich kenn dich gar nicht mehr!«, sagt er schließlich und geht einfach.

Der große Steinfisch schaut mich mit seinen riesigen Augen traurig an. Ich bleibe reglos sitzen, inmitten von Trollen, Meerjungfrauen und Fischen, an meinem kleinen Tisch unter dem Heizpilz, den ich mit einem Schweineschnitzel und einem Putenbrustsalat teile, die ich beide nicht essen werde.

Kapitel 12

Der Weg zum See ist im Dunkeln unheimlich. Ich hab Angst, gleich auf irgendein Tier zu treten, eine Schlange oder einen Frosch. Eine Apotheke zu finden, die noch auf hat, war gar nicht schwer. Ich habe das als Zeichen gesehen. Die Kondome liegen jetzt wie glühende Kohlen in meiner Handtasche. Durch die Büsche kann ich schon die Hütte sehen. Es ist Licht an. Sascha ist also da. Als ich näher komme, höre ich Stimmen. Das passt jetzt so gar nicht in mein Bild. In meiner Vorstellung stand er wieder am Steg und wartete auf mich, als könnte er gar nichts anderes mehr tun in seinem Leben. Ich bin überhaupt nicht auf die Idee gekommen, er könnte nicht allein sein. Ich bleibe stehen. Mein Herz klopft bis zum Hals, und ich erwäge die Möglichkeit, einfach umzudrehen. Was mache ich hier?

Aber wo soll ich hin? Sicher nicht nach Hause zu Tom, der mich nicht versteht und sich nicht einmal anhört, was ich zu sagen habe. Ich kann keine Gipsarme mehr sehen und keine blöden Teddybären, die Unterhosen tragen, und ich will keine Spalten abzählen müssen in Rollläden und nachts verzweifelt Ü-Eier futtern wie eine frustrierte, dicke Hausfrau und Mutter mit ewig kalten Füßen. Ich will jetzt verdammt nochmal in diese Hütte gehen und einen sexy Achtundzwanzigjährigen vögeln.

Entschlossen fahre ich mir durch die Haare, werfe mir meine Kondomtasche lässig über die Schulter, überwinde den Holzsteg und klopfe an die Tür.

Ein junger Typ mit einer Bierflasche in der Hand schaut

mich fragend an. »Ist Sascha da?«, frage ich so souverän wie möglich. Der Typ öffnet die Tür ein Stück weiter, und ich kann sehen, dass die Hütte jetzt eingerichtet ist. Eine winzige Küche, ein kleines grünes Sofa, ein Klapptisch mit zwei Stühlen, eine Kleiderstange, auf der erstaunlich ordentlich Klamotten hängen, und ein großes Bett. Bei diesem Anblick habe ich wieder die vierblättrigen Kleeblätter im Bauch.

Sascha, der mit zwei anderen jungen Menschen auf dem Sofa sitzt, springt auf und küsst mich auf den Mund. Lässig legt er den Arm um mich und sagt: »Leute, das ist ANNABEL!« Er spricht meinen Namen sehr betont aus, so als würde er seinen Freunden den Weihnachtsmann persönlich vorstellen, und alle starren mich an. Die zwei auf dem Sofa sind vermutlich ein Paar, jedenfalls hat der Typ, der eine Mütze trägt, obwohl es ziemlich warm in der Hütte ist, den Arm um die schlanke, langhaarige Gazelle gelegt, die neben ihm sitzt.

Sie reagiert auch als Erste, steht auf und sagt: »Das ist ja krass. Cool, dich kennenzulernen ... also Sie«, verbessert sie sich.

»Du«, sage ich schnell. Alles alte *Zippezapp*-Zuschauer. Mir wird bewusst, dass ich sehr viel älter bin als alle anderen hier in der Hütte. Auch der Mützentyp ist jetzt aufgestanden und gibt mir die Hand. Dann ist die Bierflasche dran. Sie sagen mir alle ihre Namen, die ich sofort wieder vergesse.

»Ich denke, wir sollten dann mal gehen«, sagt der Mützentyp und wirft einen bedeutungsvollen Blick in die Runde. Alle geben mir ein zweites Mal die Hand und sagen artige Dinge wie »War nett Sie, äh dich, kennenzulernen« und verschwinden kichernd nach draußen. Sascha geht noch mit zur Tür.

»Alter, Hammer! Na, dann hau rein!«, sagt die Bierflasche noch, dann trampeln sie laut lachend und johlend über den Steg.

»Das war die ECHT!«, hören wir die Gazelle ganz deutlich im Weggehen sagen, und Sascha schaut mich etwas peinlich berührt an.

»Du bist eingerichtet!«, sage ich schnell, um das Thema zu wechseln. »Wo ist denn der amerikanische Kühlschrank und der eichengeschabte Schreibtisch?«, frage ich.

»Ich hab was viel Besseres!«, sagt Sascha und geht in eine Ecke der Hütte. Ich sehe nicht, was er macht, aber nach einer Weile höre ich ein vertrautes, lange nicht gehörtes Knistern. Dann ertönen die ersten Takte von *Hungry Eyes* aus *Dirty Dancing*. Ich glaube, ich spinne. Stolz, als hätte er ihn persönlich gebaut, zeigt Sascha auf den Plattenspieler.

»Und den kannst du bedienen?«, frage ich, um ihn zu ärgern.

»Ich kann ne ganze Menge!«, sagt er und legt von hinten beide Arme um mich.

Ich nehme ihm das Plattencover weg, das er noch in der Hand hält. *»Dirty Dancing, the time of my life«*, lese ich und gucke mir Patrick Swayze und Jennifer Grey an. »Woher hast du die denn?«

»Von meiner Schwester«, sagt Sascha und fängt an meinen Nacken zu küssen.

»Wie alt ist denn deine Schwester?«, frage ich erstaunt.

»Zehn Jahre älter als ich«, sagt er und streichelt meine Arme.

»So alt?«, frage ich lachend und befreie mich aus seiner Umarmung. »Und mit der Nummer kriegst du also die Frauen Ende dreißig rum, ja?«

»Warum redest du immer von anderen Frauen, Annabel? Du bist die Einzige, die ich will, und dafür würde ich eine ganze Menge mehr tun als nur *Dirty Dancing* zu hören.«

»Warum ich?«, frage ich, obwohl ich mir die Antwort ja denken kann.

»Ich habe immer von dir geträumt, Annabel. Mit dreizehn saß ich jeden Sonntag vor dem Fernseher und hab nur dich gesehen. Du kannst dir gar nicht vorstellen, wie oft ich mir vorgestellt habe, dich zu küssen.« Er schaut mich mit glänzenden Augen an.

Genauer gesagt, mit hungrigen Augen. »I feel the magic between you and I«, tönt es aus der Box. Das Ganze hier ist doch oberlächerlich. Warum kann ich dann nicht aufhören zu lächeln und ziehe mir jetzt meine Jacke aus und werfe meine Kondomtasche in eine Ecke?

»Dann zeige ich dir jetzt mal, wie es richtig geht«, sage ich und krempele die Ärmel meiner Bluse hoch.

»Was, das Küssen?«, fragt er und macht schnell einen Schritt auf mich zu.

»Nein«, sage ich und halte ihn mit meinem rechten Arm auf Abstand. »Die *Dirty Dancing*-Nummer. Hast du den Film gesehen?«

»Ja, ganz früher mal. Meine Schwester hat den geliebt. Außerdem kommt man an dem Retroschinken ja gar nicht vorbei!«

»Genauso ist es«, sage ich. »Und ich gebe dir jetzt etwas Nachhilfe in dem Retroschinken. Wir befinden uns im Jahr 1963 ...«

»Ich dachte, der Film ist aus den Achtzigern?«

»Keine Zwischenfragen«, sage ich streng. »Der Film SPIELT 1963. Wir sind in Johnnys Hütte. Du bist Johnny.«

»Patrick Swayze?«, fragt er nach.

»Genau. Und ich, ich bin Baby«, ich wuschele mir durch die Haare, als hätte ich Jennifer-Grey-Locken. »Ich bin wütend und traurig und verwirrt.«

»Musst du keine Melone tragen?«, fragt er.

»Nein, das ist eine andere Szene!« Sascha lacht. »Okay, zieh dich aus«, sage ich.

»Ich soll was?«, fragt er belustigt.

»Die Szene in der Hütte. Johnny steht da mit nacktem Oberkörper. Mach schon!« Ohne zu zögern, zieht er erst sein Hemd aus und dann sein T-Shirt. Er sieht super aus. Mit seinem muskulösen Oberkörper gibt er tatsächlich einen guten Johnny ab, auch wenn er nicht groß genug ist. Ich widerstehe der Versuchung, ihn zu berühren, und wende mich schnell dem Plattenspieler zu. »Jetzt brauchen wir das richtige Lied«, sage ich und schaue auf dem Cover nach. *Cry to me* ist Nummer sieben. Ich zähle die Ringe an der Platte ab und setze die Nadel vorsichtig auf die richtige Spur. *Da da dum da, da da dum da*, fängt das Lied an. Sascha wirft mir einen beeindruckten Blick zu. Er steht da in seiner Jeans, die ihm trotz Gürtel lässig auf die Hüfte rutscht. Seine dunklen Locken fallen ihm in die Augen, und er schaut mich die ganze Zeit an.

»Komm her ... Baby!«, improvisiert er.

»Tanz mit mir«, sage ich den richtigen Text und gehe langsam auf ihn zu. Ich lege meine Arme langsam um seinen Hals, und er schließt die Augen. Wir tanzen langsam, und nach einer Weile versucht er mich zu küssen. »Noch nicht«, sage ich und gehe wie im Film langsam einmal um ihn herum und küsse seinen Rücken. Wieder vorne angekommen, hebe ich meine Arme in die Höhe, und er versteht sofort und zieht mir die Bluse über den Kopf. Jetzt stehe ich in BH und Jeans vor ihm. Sofort wünsche ich mir weniger Beleuchtung, denn mein Bauch und meine Oberarme, alles eigentlich, sind nicht halb so knackig wie bei Jennifer Grey 1987.

Sascha scheint das nicht zu bemerken. Er ist völlig damit beschäftigt, mich sanft überall zu berühren und mich dabei noch nicht zu küssen, weil das ja schließlich meine Regieanweisung an ihn war. Ich fahre mit den Fingerspitzen über seine glatte Männerbrust und lasse meine Finger tiefer gleiten. Sein Bauch ist hart und flach. Ein richtiges Sixpack, kein kleiner Rettungsring wie bei Tom. Spielerisch lasse ich meine Finger an seinem Hosenbund hin- und herfahren. Er stöhnt leise und zieht mich ganz nah an sich heran, und diesmal spüre ich nicht seine Gürtelschnalle, sondern etwas anderes auf dieser Höhe.

Er hält mich eine Weile so fest. Dann löst er sich von mir und geht ein paar Schritte weg, um das Licht zu löschen. *Cry to me* ist zu Ende, und jetzt hören wir *Time of my life*. Er kommt zurück, findet mich im Dunkeln und küsst mich leidenschaftlich. Endlich, denken wir wohl beide. Er dirigiert mich während des Kusses Richtung Bett. Wir küssen uns wild, und als wir beide aufs Bett plumpsen, denke ich nur »Ja! Gut!«, weil ich jetzt genau auf den Stellen von ihm liege, die ich so gerne spüren möchte. Er liegt unten, greift nach meinem Po und zieht ihn fest an sich heran. Das fühlt sich so unfassbar gut an, dass ich jetzt dran bin mit einem kleinen Stöhnen. Wir wälzen uns über das Bett. Seine Hand ist zwischen meinen Beinen. Ich greife von oben in seine Hose. Meine Fingerspitzen berühren seinen nackten Schwanz. Er stöhnt und öffnet meinen Hosenknopf, fährt mir zwischen die Beine und berührt mich. Ein Schauer nach dem anderen breitet sich in meinem Körper aus, und die Stimmen in meinem Kopf, die sagen, dass ich nicht fremdgehen kann, dass ich nicht den Vater meiner drei Kinder betrügen darf, werden immer leiser.

Bald kann ich nur noch eine einzige Sache denken, nämlich dass ich jetzt und hier Sex will. Wilden, hemmungslosen Sex mit einem fremden Mann, der sein Leben lang auf mich gewartet hat.

Ich strampele mich aus meiner Hose, und Sascha tut das Gleiche. Einen kurzen Moment halten wir inne, genießen die Spannung, um dann wie die Tiere wieder übereinander herzufallen. Zwischen ihm und mir ist jetzt nur noch der dünne Stoff meiner Unterhose. Sascha ist komplett nackt. Seine Fingerspitzen fahren am Rand meines BHs auf und ab und berühren so meine Brustwarzen. Die Platte ist zu Ende, und wir hören nur noch unseren Atem. Sein Schwanz ist groß und schlank. Ich schließe meine rechte Hand um ihn und bewege sie auf und ab. Saschas Atem geht schneller, und er zerrt an meinem Höschen. Ich lasse sein Teil los und klettere auf ihn drauf. Meinen Slip habe ich immer noch an, aber er ist inzwischen so verrutscht, dass ich kaum noch Stoff zwischen uns spüre, als sich unsere Genitalien berühren. Wir stöhnen beide auf, und mir ist klar, dass die Sache jetzt langsam ziemlich brenzlig wird und ich ganz dringend mal in meine Kondomtasche greifen oder aus der Hütte rennen sollte. Aber ich kann gerade jetzt überhaupt nicht aufhören, weil Sascha schon wieder an meinen Brustwarzen spielt und auch noch anfängt, mit den Zähnen an meinem BH zu knabbern. Ich habe jetzt nur noch den dringenden Wunsch, ihn in mir zu spüren. »Warte!«, stöhnt er. »Wir dürfen nicht …«

Ich bringe ihn mit einem Kuss zum Schweigen. Er gibt auf, und ich spüre an der Art, wie er sich bewegt, dass er jetzt den Eingang finden will, da unten an meinem feuchten Höschen.

Er öffnet meinen BH und lässt sich auf den Rücken fallen. Ich bin über ihm. Spüre seinen Schwanz jetzt genau da, wo er sein soll. Wir sind nur noch eine Bewegung davon entfernt, und er ist in mir. Irgendjemand müsste schleunigst den Verstand einschalten und ein verdammtes Kondom auspacken. Da kommt mir ausgerechnet mein Busen zu Hilfe. Meine Augen haben sich längst an die Dunkelheit gewöhnt. Etwas Mondlicht fällt durch das Fenster herein, und ich sehe auf einmal, wie meine Tüten von der Schwerkraft angezogen ziemlich formlos nach unten hängen. Sascha hat zwar die Augen geschlossen, aber ich finde den Anblick so abturnend, dass ich es jetzt schaffe, mich von ihm runterzuwälzen.

»Wir brauchen ein Kondom«, erkläre ich und halte im Sitzen meinen Arm vor meinen Busen, weil ich keine Decke finde, mit der ich das machen könnte, so wie die Frauen das in Filmen immer tun. Er seufzt und nickt. Ehe ich noch etwas sagen kann, ist er aufgesprungen und kramt in einer Schublade herum, in der er offensichtlich nichts findet. Leise fluchend sucht er immer weiter. Ich sitze auf dem Bett im Mondschein, halte mir meinen schlaffen Busen zu, damit Sascha ihn nicht sieht, und gucke auf meine Handtasche, in der sich drei ganz neue Kondome befinden, die ich vor wenigen Stunden gekauft habe. Statt sie zu holen, bleibe ich sitzen. Sascha kommt zurück zum Bett.

»Keine da«, sagt er und beginnt wieder an meinem Nacken herumzuküssen. »Vielleicht können wir ja so?«, fragt er.

Ich schüttele den Kopf und schaue immer noch auf meine Tasche, die gar nicht weit vom Bett entfernt auf dem Boden liegt. Ich könnte einfach ein Kondom herausholen und es mit ihm tun. Aber meine ganze Lust ist plötzlich weg. Der Mann, den ich gerade noch so unwiderstehlich fand, dass ich selbst fast auf ein Kondom verzichtet hätte, ist plötzlich nur noch ein verantwortungsloser junger Kerl, der mich poppen will. Ohne Rücksicht auf Verluste. Schweigend ziehe ich mich an. Er stellt keine Fragen, sieht mir nur dabei zu und begleitet mich zur Tür.

»Kommst du wieder?«, fragt er.

»Ich weiß es nicht«, sage ich die Wahrheit.

Als ich unser schlafendes Hexenhaus betrete, wünsche ich mir, ein kleiner Hund würde mich jetzt begrüßen und sich freuen, mich zu sehen. Alle Kinder liegen in ihren Betten, wo sie hingehören, aber unser Schlafzimmer ist leer. Kein Tom. Ich knarze durch alle Zimmer und finde ihn im Gästebett. Er tut, als würde er schlafen, und ich drehe mich sofort um und gehe in mein Bett. Ich will sein verknautschtes Gesicht nicht sehen und überhaupt gar nichts mehr. Im Bett streichle ich ein bisschen meinen Busen. »Ihr könnt nichts dafür«, sage ich zu den beiden schlaffen Tüten und bemitleide mich und meinen Busen und mein ganzes verkorkstes Leben.

Ich hatte völlig vergessen, dass heute Abend die Preisverleihung ist. Vielleicht wäre ich früher darauf gekommen, wenn Tom und ich miteinander reden würden. Aber das tun wir nicht, deshalb erwischt es mich am nächsten Vormittag eiskalt. Tom ist mit irgendwelchen »Jungs« Volleyball spielen, und ich kann gucken, wie ich mir jetzt mit drei Kindern am Bein ein Outfit für heute Abend bastele. Ich bemühe die Bildersuche bei Google, gebe »Fernsehpreis« ein und werde erschlagen von perfekten Roben, von denen ich weder eine besitze noch weiß, wo man so etwas kaufen kann. Sicher haben die meisten, die da heute Abend hingehen, einen Ausstatter, sie leihen sich schöne Kleider von tollen Designern und müssen nicht wie ich verzweifelt ihren Kleiderschrank durchwühlen. Flip und Lucy sind überhaupt keine Hilfe. Im Gegenteil. Übereifrig schlagen sie mir unmögliche Kombinationen vor, und ich bin gerade so gar nicht in der Stimmung, souverän oder pädagogisch wertvoll zu reagieren. »Leute, das ist doch kein Kindergeburtstag heute Abend! Ich kann kein Fransenkleid mit Leggings tragen! Geht mal in eure Zimmer und macht Hausaufgaben oder sonst was Sinnvolles, ihr seid mir hier nur im Weg!«, pflaume ich meine Töchter an, die daraufhin beleidigt das Schlafzimmer verlassen.

Ich wähle die Notfallnummer, und Kristina meldet sich nach dem dritten Klingeln. Ich erkläre ihr die Lage, und sie sagt, sie kann leider nicht weg, weil sie Handwerker im Haus hat, die ihr gerade eine Wellness-Dusche einbauen. »Ich dachte, ich bin schlau und baue die direkt vor dem Urlaub ein, dann ist das nicht so unangenehm, wenn man zurückkommt und wieder ganz normal duschen muss.«

»Aha. Und wie löst du das mit dem fehlenden Meer, dem Strand, dem Pool und dem perfekten Büfett?«, frage ich.

»Man kann eben nicht alles haben!«, antwortet sie »Man muss Prioritäten setzen.«

»Aha«, sage ich noch mal »Und die Priorität liegt ganz klar bei der Wellness-Dusche?«

»Für dich, meine Liebe, würde ich sie kurzfristig auf deinen Kleiderschrank verschieben«, sagt sie hoheitsvoll und weist mich an, sie über Skype anzurufen.

Ich suche erst mal zwanzig Minuten meinen Laptop und finde ihn schließlich unter Tias Bett. »Du darfst nicht schimpfen, ich hab nen gebrochenen Arm!«, sagt sie schnell und macht dazu einen Welpenblick mit ganz großen, scheuen Augen. Ich ignoriere sie, renne mit dem Laptop nach oben und bau ihn auf dem Bett auf. Ich rufe Kristina per Skype an. Sie erscheint lächelnd auf dem Bildschirm und ist die nächsten zwei Minuten damit beschäftigt, sich und ihre Haare zu optimieren.

»Kristina, komm schon, es ist mir egal, wie du aussiehst, sag mir bitte, was ich anziehen soll!« Ich führe ihr ein Teil nach dem anderen vor, und sie schüttelt bei jedem sorgenvoll den Kopf. Ich werde immer nervöser und die blöde Internetverbindung immer schlechter. Ständig bleibt das Bild stehen, und schließlich reißt auch der Ton ab.

»Komm vorbei, ich leih dir was!«, sagt Kristina am Telefon. Ich schaue auf die Uhr. Irgendwie wird das alles ziemlich knapp. Aber ich habe keine Wahl. Also binde ich mir die drei Kinder um den Kopf, auch Flip will nicht allein zu Hause bleiben, und rausche mit dem Mini nach Düsseldorf ins Schickimickiviertel, in dem Kristina wohnt. Das Radio lasse ich aus. Ich habe keine Lust, mit irgendeinem Text an Sascha erinnert zu werden.

»Lucy, kannst du uns schon mal einen Parkplatz bestellen?«, bitte ich meine Mittlere. Lucy ist in der Halloweennacht geboren. Deshalb hat sie einen Hang zu übernatürlichen Phänomenen. Sie kann die Sprache der Trolle verstehen. Wenn wir einen Waldspaziergang machen, müssen wir immer viel Zeit einplanen, weil Lucy vor jedem Wurzelgeflecht unter großen Bäumen stehen bleibt und mit den Trollen spricht, die dort ihre Höhlen haben. Außerdem kann sie Ampeln grün werden lassen und Parkplätze bestellen. Meistens klappt das. Aber heute ist Lucy noch beleidigt, weil ich ihre Outfit-Beratung so unfreundlich abgelehnt habe.

»Nö«, sagt sie schlicht.

»Ich mach's!«, ruft Tia.

»Pffff, das kannst du gar nicht!«, sagt Lucy.

»Doch! Wohl kann ich das!«, schreit Tia. Krieg auf der Rückbank. Flip schaut mich über den Rückspiegel genervt an. Ich schau genervt zurück und stelle mir vor, einfach anzuhalten und alle drei aus meinem Auto zu werfen. Direkt vor dem schönen weißen Jugendstilhaus, in dem Kristina wohnt, ist ein Parkplatz frei. Tia und Lucy streiten weiter, wer nun diesen Parkplatz bestellt hat und wem wir es zu verdanken haben, dass wir hier stehen können, so direkt vor der Tür. Lucy schreit, allein sie hätte »die Macht«, während Tia unlogisch argumentiert, dass aber ihr Arm gebrochen sei und deshalb ihr Parkplatzglück.

Ich komme mir vor wie jemand, der mit zwei Wildkatzen unterwegs ist.

Bei Kristina unterbrechen sie ihren Streit für eine Weile. Erst auf der Rückfahrt geht es wieder los. Ich bin jetzt ein bisschen entspannter, weil Kristina mir ein sehr schönes, elegantes schwarzes Kleid geliehen hat. Nur das BH-Problem muss ich noch lösen. Bei diesem Schnitt muss man einfach so einen tollen Busen haben wie Kristina, der mit den Silikonkissen darin einfach von selber geradeaus ragt. Davon ist meiner ja weit entfernt. Von ragen kann überhaupt nicht die Rede sein. Sofort habe ich wieder das Bild vor Augen, wie er letzte Nacht im Mondschein unförmig schlaff nach unten hing. Letztendlich hat er mich gerettet, mein Busen. Ich bin froh, dass ich nicht mit Sascha geschlafen habe und er heute der Bierflasche nicht erzählen kann, dass er »die Alte genagelt hat«. Ob er jetzt an mich denkt? Vermisst er mich, oder ist er einfach nur enttäuscht, dass es nicht passiert ist?

Kristina hat mir aufgetragen, schnell bei Cippers anzuhalten – einem kleinen Dessous-Laden um die Ecke – und mir dort Klebeschalen zu besorgen, die man sich unter die schlaffen Tüten klebt. Einen Versuch ist es wert.

Ich parke vor einer Einfahrt und lasse alle drei im Auto.

»Was kann ich für Sie tun?«, fragt eine furchtbar stark geschminkte Verkäuferin und meint damit eigentlich, was sie gegen mich tun kann.

»Ich suche diese Klebe-BH … Schalen«, sage ich. Ich weiß

nicht, wie man so ein Anliegen souverän klingen lässt. Mir gelingt das jedenfalls nicht. Sie lässt den Blick zu meinem Busen schweifen und nickt. Gleich erwürge ich sie.

»A oder B?«, fragt sie emotionslos. Ich schlucke ein »Vor den Kindern hatte ich C!«, herunter und sage schüchtern, dass ich nicht so sicher wäre. Sie fixiert wieder meine Brust und rät mir zu einer Brustvergrößerung. Ich bin sprachlos, bis sie mir ein wabbeliges Silikonteil in einer Folie hinhält, auf dem steht: »Klebe-BH Silikon, trägerlos, selbstklebend, brustvergrößernd«.

Ich wünsche mir, Sarah wäre hier, dann hätten wir sicher einen Riesenspaß mit den Dingern. Allein ist das Ganze einfach nur peinlich. Probeweise halte ich mir das glibberige Ding an die Brust. Könnte passen. Die Verkäuferin nickt. »Hält das denn?«, frage ich.

»Bei den meisten Kundinnen hält das problemlos«, sagt sie und gibt mir das Gefühl, ich sei selbst dafür verantwortlich, ob ich zu dieser Sorte Kundinnen gehöre.

Ich zahle unverschämte siebendreißig Euro für das Teil, das ich nur ein einziges Mal benutzen kann.

Zu Hause ist Tom wieder da und sitzt frisch geduscht und gutgelaunt in der Küche. »Na, meine Grazien? Wo wart ihr denn?« Ach, er redet plötzlich wieder mit mir? Vermutlich, damit ich nachher beim Filmpreis das perfekte Frauchen an seiner Seite gebe.

»Bei Kristina. Outfit leihen«, sage ich, so knapp ich kann.

Ich überlasse ihm die Kinder und starte das komplette »Frau um die vierzig macht sich für den Fernsehpreis fertig«-Programm. Ich dusche, rasiere, massiere, creme, zupfe, desinfiziere, töne, pflege, föhne, glätte, fluche und schminke mich.

Andere Frauen in meinem Business machen das mit links. Sie können es einfach. Wenn man jede Woche von einer professionellen Maskenbildnerin geschminkt wird, sollte man doch wissen, wie es geht. Ich bin da eine Ausnahme. Ich sitze immer wie ein braves Schaf in der Maske und denke, sie wird es schon machen. Ich schließe die Augen, wenn ich soll, gucke nach oben, wenn ich muss, und halte die Luft an, wenn am Ende das Haarspray kommt. Gelernt habe ich in all den Stunden auf dem Stuhl leider nichts. Zu meiner Verteidigung kann ich nur sagen, dass ich ja nicht wirklich zuschauen kann, wenn mir jemand die Augen schminkt. Ich muss ja schließen und hochgucken und kann gar nicht sehen, was genau da wo gemalt und gewischt wird. Wischen ist wichtig. So viel weiß ich immerhin.

Ich schminke mich also, so gut ich kann, sehe aber leider nicht annähernd so toll aus wie bei *Jeanny-TV*, wenn Luise das macht. Ich denke an die Gazelle gestern. In dem Alter sieht man noch ohne Make-up super aus. Ich muss an die Freundin meiner Mutter denken, eine tolle Frau, die immer richtig gut geschminkt ist. Neulich habe ich sie durch Zufall mal ohne Make-up gesehen ... Ich weiß also, dass es jetzt jedes Jahr schlimmer wird. Dieses fast vierzigjährige Gesicht ist nur der Anfang. Der Anfang vom Verfall, sage ich leise vor mich hin und fühle mich sehr melancholisch. Lange habe ich dazu keine Zeit, denn dann muss ich mir die Haare machen. Immerhin kriege ich die gut hin. Wer seit fast vier Jahrzehnten Fusselhaare hat, der muss wissen, wie es geht. Ich föhne sie erst ganz trocken und style sie dann mit meinem geliebten Glätteisen in Form. Die Spitzen leicht nach innen. Glanzspray drauf, fertig. Jetzt kommt meine Brustvergrößerung dran. Ich klebe mir die wabbeligen Schalen unter den Busen, was gar nicht so einfach ist, weil ich eigentlich drei Hände bräuchte. Im Normalfall wäre Tom da meine erste Wahl, aber der fällt ja aus, weil wir gerade Eiszeit haben, und da möchte ich ihn nicht bitten, eben mal meine schlaffe Tüte hochzuhalten, damit ich den Stabilisator drunterkleben kann. Mir fällt auf, dass ich mich bei ihm noch nie für irgendeine schlaffe Hautstelle geschämt habe, und ich bin auch noch nie auf die Idee gekommen, während ich mit ihm schlafe, meine Brust zu beobachten, so wie gestern bei Sascha. Tom hat mich nicht gefragt, wo ich war. Er ist völlig ahnungslos, oder tut er nur so? Ist es ihm am Ende vielleicht sogar egal? Ich hatte vor ein paar Stunden richtig heißen Beinahe-Sex, und ihm fällt überhaupt nichts auf. Er müsste doch merken, dass ich mich anders bewege, anders gucke, anders bin?!!! Ein Blick auf die Uhr sagt mir, dass ich mich dringend in mein Kleid werfen muss. Wie klebe ich mir jetzt diese Dinger hier an?

Ich schaffe es schließlich, indem ich mich auf den Rücken lege, den Po anhebe und meinen Busen so zwinge, in die andere Richtung als sonst zu hängen. Sicher kein schöner Anblick. Das Ergebnis ist auch ernüchternd. Der Kleber hält zwar, aber jetzt habe ich einen silikonschlaffen Unterbau, in dem mein Busen rumlümmelt. Ich ziehe schnell das Kleid drüber. Die Silikonschalen werden so verdeckt, aber es ist eine ganz seltsame unorganische Form unter dem Stoff zu erkennen. An den Stellen, an denen eigentlich schöne, pralle Brust zu sehen sein sollte, ist gar nichts. Das Schlimmste ist, dass sich der Rand der Schalen unter dem weichen Stoff abzeichnet und es jetzt so aussieht, als hätte ich überhaupt keinen Busen, mir aber zwei leere Schalen an die Stelle geklebt. »Annabel, wie weit bist du?«, fragt Tom von unten. Ich stöhne und rufe, dass ich gleich da bin.

Plötzlich habe ich meine Mutter im Ohr, die mir früher immer erzählt hat, dass sie als junges Mädchen ihre BHs mit Socken ausgestopft hat. Ich ziehe das Kleid noch mal aus, stürze zur Sockenschublade und lege mir weiße Sportsocken unten in die Silikonschalen. Mein Busen wird obendrauf drapiert, und siehe da – schon sieht es aus, als hätte ich Titten! Ich hoffe nur, die Konstruktion hält auch den ganzen Abend. Ich weiß nicht, ob die Tragkraft der Schalen für Socken plus Restbusen geeignet ist.

Als ich unten ankomme, ist Tom genervt, weil ich so lange

gebraucht habe und wir längst los müssen. Elli ist schon da. Flip tut, was ihr Vater hätte tun sollen, und sagt: »Mama, du siehst klasse aus!« Ich küsse sie schnell und werfe allen anderen ein Tschüs in die Runde.

Kapitel 13

Wir fahren mit dem Auto zum Hotel, in dem sich alle treffen. Von dort aus geht es dann mit einer Limousine zum Veranstaltungsort. Ich sitze neben Tom, und wir sind beide in komplett verschiedenen Welten. Ich nehme an, in seinem Kopf geht es um den Fernsehpreis, was er sagen wird, wenn er ihn bekommt, und welches Gesicht er macht, wenn er ihn nicht bekommt. Man muss sich da für alle Fälle schon mal ein gutes Gesicht zurechtlegen. Wenn nachher alle Kameras auf dich gerichtet sind, willst du als Verlierer wenigstens nicht auch noch dämlich gucken.

In meinem Kopf geht es nur um Sascha. Ich fand das gestern so schön und sexy und peinlich und blöd. Alles wirbelt durcheinander. Seine Hände in meinem Nacken, an meinem Po, in meinem BH. All das läuft wie eine Endlosschleife in meinem Kopf ab. Ich hab keine Ahnung, wie Männer das machen, die ihre Frauen betrügen und dann anschließend cool am Abendbrottisch mit den Kindern sitzen. Ich bin dafür definitiv nicht lässig genug. Seit heute Morgen bin ich eine Schauspielerin, die so tut, als sei alles normal, dabei ist nichts mehr so wie gestern. Was mich besonders beunruhigt, ist ein kleiner Teil von mir, der es bereut, nicht mit Sascha geschlafen zu haben. Bis zu dem Punkt, an dem ein Kondom ins Spiel kommen sollte, war es nämlich verdammt gut. Es wäre ein Erlebnis gewesen. Ich wünsche mir ganz dringend mit Sarah zu sprechen. Mit Kristina konnte ich vorhin nicht darüber reden, nicht nur weil vier Kinder um uns rumsprangen, sondern weil ich nicht mit Beinahe-Sex-Geschichten kommen kann, wenn sie mir gesteht, dass ihr Sexleben langweilig und auch noch größtenteils ohne Orgasmus verläuft. Gut, den hatte ich gestern auch nicht. Aber ich hätte ihn haben können, die Dinger lagen doch in meiner Tasche. Bin ich genauso eine Lusche wie Henry?

Wir sind am Hotel angekommen. Es ist voll. Die Stimmung ist aufgeheizt. Im Foyer werden Aperol und Prosecco gereicht. Dankbar nehme ich ein Glas, wohl wissend, dass das keine so brillante Idee ist, weil ich den ganzen Tag noch nichts gegessen habe. Beinahe-Sex nimmt mir jeden Appetit. Ganz viele von den *Rheincops* sind da und umarmen Tom stürmisch. Alle klopfen ihm erwartungsfroh auf die Schulter. Ich umarme und verteile Wangenküsse und lächle. Mehr wird momentan auch nicht von mir erwartet. Nur Sven schaut mich eine Weile lang so seltsam an. Als ich fragend zurückgucke, fragt er: »Alles okay?«

Ich nicke und sage schnell: »Ob man in den Limousinen auf Toilette gehen kann?«

Er grinst und sagt: »Geh lieber vorher noch mal.« Er zeigt mir die Richtung, und ich husche los. Auf der Damentoilette überlege ich, ob ich Sarah schnell anrufen kann, aber das ist ja eine längere Geschichte, die ich nicht in fünf Minuten abhandeln kann. Ich kontrolliere noch mal meine Sockenkonstruktion und strecke meinem Spiegelbild die Zunge raus.

In der Limousine hört meine Sascha-Endlosschleife kurz auf, und ich bin aufgeregt. Ich werde gleich mit Tom über den roten Teppich gehen und hoffe sehr, dass ich da nicht sehr viel mehr tun muss als das, was ich im Hotel schon geübt habe.

Wir steigen aus, und Toms Hand findet meine. Souverän führt er mich an allen Reportern und Kameras vorbei. Links von uns hat sich eine kleine Traube um Anke Engelke gebildet. Ein paar Reporter machen Fotos von uns, aber das Interesse hält sich in Grenzen. Als wir es fast bis zur Tür geschafft haben, wird Tom plötzlich ein rotes Mikro unter die Nase gehalten. Er beantwortet ein paar Standardfragen. Ich würde der Reporterin am liebsten aufs Ohr sagen, dass sie sich doch bitte mal etwas Originelleres einfallen lassen soll, als das rote Mikro plötzlich unter meiner Nase schwebt. »Glauben Sie, Ihr Mann wird den Preis bekommen?« Noch so eine wahnsinnig überraschende Frage.

»Nein«, sage ich todernst und genieße es, die Reporterin damit für zehn Sekunden aus der Bahn zu werfen. Tom löst das Ganze mit einem Lachen auf und legt den Arm um mich. Wir werden noch ein paar Mal angehalten. Einmal sollen wir etwas zum Wetter sagen, einmal zu unseren Urlaubsplänen. Niemand fragt mich nach Beinahe-Sex mit anderen Männern. Dafür fragen alle, was ich denn beruflich mache, und ich wünsche mir, ich könnte sagen, ich sei Lehrerin oder Physiotherapeutin. Stattdessen sage ich die Wahrheit und ernte ständig entschuldigende Blicke, weil natürlich keine Sau *Jeanny-TV* kennt und jeder fragt, wann das läuft. Dienstagnacht um zwei ist dann auch nicht gerade die Antwort, die mich gut aussehen lässt. Ich glaub, ich brauche dringend noch mehr Prosecco, um das Ganze hier zu überstehen. Tom bringt unsere Jacken zur Garderobe, und ich halte mich so lange an einem kleinen Stehtisch fest. Überall sehe ich irgendwie vertraute Gesichter von Prominenten, die ich sicher alle kennen sollte. Ich lese zu wenig Klatschzeitschriften und bin ja auch noch zusätzlich dadurch gehandicapt, dass ich mir sowieso nur schwer Gesichter merken kann. Sven taucht von irgendwoher auf und stellt mir die Producerin der *Rheincops*, Frau Schnabel, vor. Tom kommt zurück, und wir machen alle fröhlich Smalltalk, bis Herr Schnabel auftaucht. Und dieses Gesicht kommt mir sofort bekannt vor. Es ist der kleine Dicke, den ich angefahren habe. Er verzieht keine Miene, gibt mir förmlich die Hand und stellt sich vor. Ich werde knallrot und konzentriere mich auf meinen Atem. *Breathe in and breathe out.* Wen ich diesen Tag überstehe, sollte ICH eigentlich für meine schauspielerischen Leistungen einen Fernsehpreis kriegen. Glücklicherweise geht es kurz darauf los. Wir setzen uns alle in Bewegung, um unsere Plätze einzunehmen. Frau Schnabel winkt fröhlich, während ihr Gatte mir noch so einen unbewegten Blick zuwirft.

Die nächsten Stunden sind die Hölle. Die Stühle haben nur eine kleine Lehne. Ich frage mich, welcher Volltrottel solche Sitzmöbel designt. Jemand, der keinen Hintern hat und deshalb nie sitzt? Vielleicht ist das aber auch Absicht, damit niemand einschläft. Ich bin jedenfalls nach zwei Stunden so müde, dass ich mich am liebsten lang in den Gang legen würde. Ich weiß nicht, wann die letzte Nacht war, in der ich mal mehr als fünf Stunden geschlafen habe. Ich träume mit mühsam aufgehaltenen Augen davon, auf Toilette zu gehen und mich dort in einer Kabine einzurollen. Mit dem Kopf an der Kabinenwand einfach nur Augen zumachen und ... Mann, fast wäre ich weg gewesen. Ich muss mich jetzt echt zusammenreißen. Neben uns steht eine Kamera, die in unsere Richtung schießt, damit sie Tom nachher groß zeigen kann. Das lassen die sich nicht entgehen, wenn ich hier vorher schlafend vom Stuhl kippe. Ich kneife mich, so fest ich kann, in den Unterarm und quäle mich weiter durch das Programm. Klatsche, lächle und tue alles, um nicht wegzunicken.

Dann ist es endlich soweit. Die Kategorie »Bester Schauspieler« wird aufgerufen. Auf der Leinwand erscheint eine Szene von Tom. Dann sind die beiden anderen Nominierten dran. Ich kenne nur den einen, weiß aber nicht, wie er heißt. Bernd Mähling, aha. Der Umschlag, in dem der Gewinner steht, wird umständlich geöffnet. Alle drei Nominierten sind jetzt groß auf der Leinwand zu sehen. Tom sieht jetzt doch etwas angespannt aus. Ich presse vor Aufregung meine Fäuste unter mein Kinn, weil ich nicht im Bild bin, kann ich mir das erlauben. Sag »Tom Förster«, sag es, beschwöre ich den Moderator leise. »Bernd Mähling!« Applaus im Saal. Automatisch klatschen Tom und ich mit. Glücklicherweise hat Tom tatsächlich ein passendes

Gesicht parat. Er klatscht laut und tut so, als würde er sich ehrlich für den Mähling freuen. Als der auf die Bühne kommt und seine Dankesrede runterspult, nehme ich Toms Hand und drücke sie. Er schaut mich nicht an, und ich weiß, warum. Er muss jetzt sein passendes Gesicht durchhalten. Das schafft er nicht, wenn er mich zwischendurch ansieht. Nach einer Weile zieht er seine Hand wieder weg.

Wir stehen den Rest der Show durch und anschließend das bedauernde Händeschütteln und Schulterklopfen. Ich beschließe, dass ich noch einen Prosecco brauche und dazu aber bitte etwas zu essen. Ich habe immer noch nicht richtig Hunger, aber das Büfett ist üppig, und ich finde eine Menge, auf das ich doch Lust habe. Mit vollem Teller suche ich unseren Tisch. »Kategorie bester Schauspieler« steht auf einem Kärtchen. Ich bestelle bei dem Kellner, der sofort ankommt, einen Prosecco und setze mich, obwohl noch niemand sonst zu sehen ist. Wo ist Tom? Wo ist der ganze Rest der *Rheincops*? Statt meiner Mannschaft steht plötzlich Bernd Mähling mit Familie und Freunden da. Alle gucken etwas seltsam auf mich und meinen vollen Teller, und mir dämmert langsam, dass ich eventuell am falschen Tisch sitze. Entschuldigend zeige ich auf die Karte sage: »Ich dachte … Aber ich bin hier wohl falsch!« Suchend blicke ich mich um nach einem anderen Tisch.

»Nur die Gewinner haben einen Tisch«, informiert mich eine lange, dünne Person mit zu viel Lippenstift, die neben dem Mähling steht.

Ihm ist das jetzt ähnlich peinlich wie mir, und er sagt: »Sie können ja erst mal fertig essen und dann …«

»Nein, nein …« Ich springe auf. »Ich bin weg, ich habe auch noch gar nichts bestellt.« Natürlich kommt genau in diesem Moment der Kellner und stellt mir meinen Prosecco hin. Ich will bitte sofort sterben. Jetzt sagt keiner mehr was. Alle gucken nur betreten, als ich hektisch meinen Teller und mein Glas nehme und ziellos wegrenne, um möglichst schnell möglichst viel Entfernung zu diesem Tisch zu bekommen. Die Liste der Leute, die ich auf keinen Fall noch mal treffen kann, wird immer länger. Vor zehn Minuten musste ich nur dem Ehepaar Schnabel aus dem Weg gehen, aber gerade eben ist ein ganzer Tisch von Leuten dazugekommen, plus Kellner.

Tom ist nirgends zu sehen, und alle Stehtische sind besetzt. Ich stehe dämlich mit Prosecco und vollem Teller in der Hand im Weg rum und trau mich nicht, mich zu irgendjemandem dazuzustellen. Nachher ist es Günther Jauch, und ich erkenne ihn nicht. Mein Peinlichkeitskonto ist für heute voll. Ganz hinten ist eine kleine Bar, in der es später sicher voll werden wird. Noch ist sie leer. Dankbar setzte ich mich auf einen Hocker und esse. Ich beobachte die Leute, die an mir vorbeilaufen. Ich erkenne Henning Baum. Den finde ich sexy in seiner Serie. Warum haben wir den nie als Gast bei *Jeanny-TV*? Warum haben wir überhaupt nie Gäste, die spannend sind? Immer nur peinliche ehemalige Stars von Viva oder MTV oder Freaks mit seltsamen Hobbys. Ich moderiere eine Fernsehsendung und finde überhaupt nicht statt in der Fernsehwelt. Auf dieser Veranstaltung hier bin ich nur die Frau von Tom, sonst nichts. Die Frau von Tom, der den Fernsehpreis nicht gewonnen hat, aber wenigstens nominiert war.

Ich bin so weit entfernt von einer Nominierung wie ein Elefant vom Eiskunstlaufen. Und irgendwie tröstet mich der Gedanke an die Abendsendung gerade gar nicht. Ich habe beunruhigend lange nichts von Richard gehört. Ein kleiner Anruf vor Wochen, das war alles. Längst hätte er sich bei mir melden und nachfragen müssen. Ich habe mich nie bei ihm gemeldet, um Zeit zu gewinnen. Mein Plan mit dem Wellness-Urlaub kommt mir plötzlich ziemlich schwachsinnig vor. Vielleicht ist Richard ja heute Abend sogar hier? Rennt hier nicht alles rum, was Rang und Namen hat? Ich werde meinen Prosecco nicht austrinken und stattdessen ein Wasser bestellen. Dann werde ich meine Sockenkonstruktion überprüfen und Richard Kleisterberg finden und meinen neuen Job klarmachen. Ich werde genau das tun, was Profis auf solchen Veranstaltungen machen: Kontakte knüpfen und nutzen. Ganz ohne Wellness und Schönheits-OP. Ich werde klug und souverän mit ihm reden und ihm klarmachen, dass auch vierzigjährige Frauen durchaus ihre Berechtigung in einer Abendsendung haben. Erfahrung und Professionalität kann er von mir erwarten. Das klingt alles sehr gut in meinem Kopf. Es tut gut, endlich einen Plan zu haben. Schluss mit dem ganzen Kopfkino und den Kleinmädchenphantasien. Annabel Förster, neununddreißig, wird sich jetzt hier auf der Verleihung des Fernsehpreises im Colonneum einen Job hechten. Meine Sockenkonstruktion hält erstaunlich gut. Ich frische noch mal meinen Lippenstift auf und entdecke dabei die Kondome in meinem Etui-Handtäschchen. Ich wollte sie nicht zu Hause in meiner normalen Handtasche lassen, aus Angst, die Kinder könnten sie entdecken. Ich werde sie sicher heute Abend nicht benutzen, außer Sascha taucht noch auf, und wir treffen uns ganz zufällig in einer Besenkammer. Trotzdem tut es gut, sie dabei zu haben. Es gibt mir ein Gefühl von Verwegenheit.

Systematisch suche ich jetzt den Saal nach Richard ab. Die Tische kann ich alle weglassen, denn soviel ich weiß, hat er für keine seiner Sendungen eine Nominierung. Ich entdecke Tom in einer bunten Runde. Er trinkt sich gerade den zweiten Platz schön. Er sieht mich nicht und scheint mich auch nicht zu vermissen. Egal, schließlich habe ich eine Mission. Ich weiche den Schnabels geschickt aus und merke, dass mir ab und zu mal einer der Männer hinterherschaut. Na also, es ist noch nicht alles zu spät. Ich hab jetzt einen Lauf, das spüre ich. Tatsächlich entdecke ich kurze Zeit später den großen Mann mit grauen Schläfen in einem lässigen Anzug. Das Glück ist auf meiner Seite. Er steht gerade allein an der Bar an. »Okay, Showtime!«, sage ich still zu mir selbst. Brust raus, Bauch rein, Angriff. Ich stelle mich wie zufällig neben ihn und vermeide es ihn anzusehen. Er soll glauben, dass er mich zuerst entdeckt. Es klappt.

»Annabel!« Er fasst mich an meinen nackten Oberarmen und küsst mich links und rechts auf die Wange. »Wie schön, dich zu sehen! Ich hatte gehofft, dass du mir heute noch über den Weg läufst!«

»Richard! Na, das ist ja eine Überraschung. Ich wusste gar nicht, dass du hier bist.«

Er lächelt und bleibt mit den Augen ziemlich lange an meinem Dekolleté hängen. »Immer im Einsatz, du kennst mich doch. Und so viele schöne Frauen lass ich mir doch nicht entgehen!« Na das läuft ja richtig gut. So gute Laune hätte er sicher nicht, wenn er mir gleich sagte, dass der Job längt vergeben ist. »Was kann ich dir mitbringen?«

Ich wünsche mir einen Ipanema. Das ist ein Cocktail ohne Alkohol, was keiner weiß. Alter Trick aus Schwangerschaftszeiten. Er kommt zurück, und wir finden gemeinsam eine ruhige Ecke. Ich rühre mit dem Strohhalm in meinen Eissplittern rum und sehe zu, wie er seinen Whisky trinkt. Seinen glänzenden Augen nach zu urteilen, ist das nicht sein erster. Wir reden eine Weile über das miese Wetter und die schlechte Stimmung an den Finanzmärkten. Als Richard anfängt, mir immer mehr Komplimente zu machen, wage ich mich vor und sage: »Sag mal Richard, die Sache mit der Abendsendung, ich habe mir da mal ein paar Gedanken dazu gemacht.« Er schaut mir abwechselnd in die Augen und auf meinen Sockenbusen. »Ich bin gerne bereit, mit meiner Erfahrung zum Gelingen der Sendung beizutragen. Ich glaube, ich bin genau die Frau, die ihr braucht, damit das Ganze erfolgreich wird. Ich weiß, wie man Interviews führt, und bringe auch genügend Lebenserfahrung mit, um den Servicethemen gerecht zu werden. Außerdem sollte das Ganze ja auch nicht zu trocken werden. Ihr braucht also jemanden, der auch unterhaltsam präsentieren kann.« Ich mache eine Pause, und Richard nickt bedächtig. Jetzt komme ich zum schwierigen Teil meiner Rede. »Aber ich glaube nicht, dass das Publikum sich da eine jüngere Frau wünscht. Ich denke, der

Zuschauer möchte sich viel eher mit einer Frau meines Alters identifizieren. Selbst die jüngere Zielgruppe nimmt doch Tipps und Ideen eher von einer reiferen Moderatorin an, als von einem jungen, lockigen Hühnchen.« Ich lächele gewinnend bei dem Seitenhieb auf Hannah Weide.

»Annabel«, sagt Richard mit einer ganz tiefen Stimme. »Du hast vollkommen recht. Du weißt gar nicht, wie sehr mir diese jungen Dinger auf die Nerven gehen. Eine Frau in deinem Alter ist das Beste, was einem Mann passieren kann.«

Ich bin etwas irritiert, dass er jetzt von Männern spricht. Servicethemen sind doch eher etwas für Frauen, aber er stimmt mir zu, und er ist, wie ich sehen kann, auch nicht mehr wirklich nüchtern. Er verlässt mich ganz kurz, um Getränkenachschub zu holen. Wenn ich so weitertrinke, muss ich gleich wieder, und wenn er so weitertrinkt, wird er sich morgen nicht mehr an unser Gespräch erinnern, was schlecht wäre. »Wollen wir mal an die Luft gehen?«, frage ich deshalb schnell, als er mit einem großen Weizenbier für sich und einem weiteren Ipanema für mich wiederkommt.

»Eine hervorragende Idee«, sagt er, und wir steuern zusammen den Ausgang an. Jetzt bin ich nicht mehr die Frau von, die dusselig im Weg steht, sondern die neue Hoffnung eines Kleisterbergs. Kurz hinter der Garderobe biegt Richard mit mir am Arm plötzlich scharf links ab. Wir finden uns hinter Kleiderständern wieder, und mir wird schlagartig klar, was das zu bedeuten hat. »Ich könnte natürlich morgen mit dem Sender reden und noch mal klarziehen, dass wir das Ganze nur mit dir als Moderatorin machen können ...«, sagt Richard dicht an meinem Ohr. Er riecht nach Rasierwasser und Alkohol, und schneller, als ich gucken kann, spüre ich seine Lippen auf meinen.

Einen Moment lang bin ich zu perplex, um zu reagieren. Das glaube ich jetzt nicht. Ich dachte, solche unmoralischen Angebote gibt es nicht wirklich. Das ist mir in all den Jahren nie, nicht annähernd, passiert. Erzählungen darüber, wie manche

Frauen manche Jobs bekommen haben, hielt ich immer für Märchen. Und jetzt habe ich hier einen fast sechzigjährigen Produzenten, der mir gerade ins Dekolleté fällt und glaubt, ich würde für die Abendsendung hier mit ihm eine schnelle Nummer schieben. Was erlaubt der sich eigentlich?

Ich lasse meinen Ipanema fallen und schiebe ihn energisch weg. »Annabel, mach jetzt keinen Fehler. Ich bin deine letzte Chance, und das weißt du auch«, sagt er gefährlich leise und packt mir grob an den Hintern. Mein Herz schlägt so laut, dass ich denke, gleich kommen alle angerannt, um zu sehen, was da hinter den Kleiderständern los ist. Gleichzeitig bin ich unglaublich wütend. Ich reiße mich los, nehme ihm das große Weizenglas aus der Hand und gieße es ihm komplett über den Kopf. Dann stürme ich auf den Ausgang zu, überleg es mir dann aber schnell anders und renne zurück in den vollen Saal. Der begossene Kleisterberg wird ja sicher nicht so nass hierhin zurückkehren. Es ist wahrscheinlicher, dass er jetzt den Ausgang ansteuert. Am liebsten würde ich mich unter einem der Tische verstecken. Meine Liste der Leute, die ich nie mehr treffen kann, ist jetzt echt unübersichtlich geworden. Tom ist immer noch in der Menschentraube. Alle haben schon einiges getrunken, und der Lärmpegel ist erheblich höher geworden. Tom ist in einem intensiven Gespräch mit Frau Schnabel. Da kann ich unmöglich hingehen, weil ich nicht weiß, ob ihr Gatte nicht gleich um die Ecke kommt. Vorsichtig schaue ich mich um, ob Richard sich nicht doch einfach auf einer Toilette abgetrocknet hat und wieder auftaucht, aber er ist nirgends zu sehen.

Ich finde wieder Zuflucht in der kleinen Bar. Inzwischen läuft hier laute Musik. Ein paar Leute tanzen. Jetzt brauche ich doch einen richtigen Drink. Ich bestelle einen Mojito und wünsche mir jemanden zum Reden. Der Wunsch wird mir prompt erfüllt. »Haaaaaiiiiii«, höre ich plötzlich eine schrille Stimme neben mir. Hannah Weide in voller Montur. Offensichtlich hat sie sehr viel dickere Socken als ich, denn ihr Busen wölbt sich einem geradezu entgegen unter ihrem federleichten lila Kleidchen, das ihr nur knapp bis über das Höschen reicht. Solche Schnürstiefel wie die, die sie trägt, habe ich überhaupt noch nie gesehen, und die blonden Locken sind heute doppelt so üppig wie sonst. Sie ist perfekt geschminkt, hopst neben mir auf den Barhocker und fängt an loszuplappern. »Ich hab dem Tom ja so die Daumen gedrückt, das ist voll schade, dass er den Preis nicht bekommen hat. Der ist so gut, der Tom. Ich mein, ich kann das ja jetzt echt beurteilen, weil ich ja drei Szenen mit ihm hatte. Das war soooo witzig, hat er dir das erzählt?«

Ich trinke so viel ich kann von meinem Mojito und hoffe verzweifelt, dass die Wirkung ganz bald einsetzt. »Jöööömmmm«, murmele ich unverständlich.

»Du und wie lustig, dass wir da letztens beim selben Casting waren!« Ich habe das Gefühl, all meine Energie schon an Richard ausgelassen zu haben, darum versuche ich nicht zu flüchten oder mich mit einer sarkastischen Bemerkung aus der Situation zu retten. Ich zupfe an meiner Minze herum und lasse sie einfach weiterreden. Vielleicht wird ihr dann irgendwann langweilig. Sie ist nur ein weiterer Kandidat auf meiner Liste der Menschen, die ich heute Abend und am besten nie wieder in meinem Leben treffen möchte. Hannah sieht das anders. Vertraulich quatscht sie jetzt über ein Gespräch mit Richard, den sie Ritschi nennt, der ihr erst die Sendung versprochen und sich dann nach den Probeaufnahmen nie wieder gemeldet hat. Ich grinse heimlich in meinen Strohhalm. »Haben die von dir auch Probeaufnahmen gemacht?«, fragt sie mich. Ich bestelle einen zweiten Mojito und sie, ganz beste Freundin, nimmt das Gleiche.

»Nein«, sage ich knapp, tauche meinen Strohhalm tief ein und trinke.

»Ach, sei froh!«, sagt sie leichthin. »Die ganze Sendung ist ja gekippt worden.«

Ich nehme abrupt den Blick von meinem Mojito und schaue sie an: »Die Sendung ist was?«

»Na, gekippt worden.« Sie nippt an ihrem Drink. »Ein Freund von mir arbeitet bei dem Sender, und der kennt den Chefredakteur, der für die Abendsendung zuständig ist. Die haben nach den Probeaufnahmen einfach beschlossen, dass ihnen das zu teuer wird, und alles wieder abgesägt. Fernsehen halt!« Sie trinkt einen großen Schluck. Sie plappert noch eine ganze Weile weiter von allen möglichen Projekten, bei denen sie dabei war, aber ich höre nicht mehr zu. Sollte sich der Kleisterberg tatsächlich noch mal hier in den Saal trauen, werde ich ihm vor versammelter Mannschaft einen Baseballschläger in seinen notgeilen Unterleib rammen. Wie unmoralisch kann man eigentlich sein? Er bietet mir für Sex eine Sendung an, die es gar nicht mehr gibt?! Ich weiß nicht, ob es Adrenalin ist oder der Alkohol, jedenfalls rauscht mein Blut jetzt mit Wucht durch meine Adern, und ich kann nicht mehr sitzen.

»Ich muss los«, sage ich und warte Hannahs Reaktion gar nicht ab. Ich bahne mir den Weg durch die tanzende Menge, die sich inzwischen angesammelt hat. Ich weiß überhaupt nicht, wo ich hinwill. Vielleicht sollte ich einfach nach Hause fahren. Halb eins, jetzt kann ich nicht mal mehr Sarah anrufen. Ich lehne mich an ein freies Stück Wand und überdenke meine Lage. Es ist, als hätte mein Gehirn nur auf eine kleine freie Stelle gewartet. Sofort spult es wieder den Sascha-Film aus der Hütte ab. Mit dem Finger fahre ich mir über den Bereich um meine Lippen herum. Überall ist es etwas angeraut von Saschas Dreitagebart. Die Art, wie er mich geküsst hat, das war einfach richtig gut. Ob er schon mit vielen Frauen Sex hatte? Ich wünschte, er wäre hier, würde einfach hier auftauchen, und wir könnten da weitermachen, wo wir aufgehört haben.

»Annabel?«

Ich fahre erwartungsvoll herum. »Ach, du bist es.«

Sven drückt mir ein Glas in die Hand. Irgendein Cocktail

mit Orangenscheiben am Rand. »Toll, dass sich Frauen immer so freuen, wenn sie mich sehen«, sagt er ironisch. Offensichtlich hatte er auch nicht gerade einen bombigen Abend. In einer Sofaecke am Rand, etwas weiter weg von der lauten Musik, wird ein Platz frei, und wir setzen uns. Eine Weile lang trinken wir schweigend unsere Cocktails.

»Sven. Kann ich dich mal was fragen?«

»Ja, nur zu.«

Ich suche kurz nach Worten. »Es geht um Sex.«

Er ist erstaunt. »Sicher, dass du mich das fragen willst?«

»Also, ich frage das, weil eine Freundin von mir …«

»Sarah?«, fragt er sofort.

»Nein! Nicht Sarah. Die kennst du nicht.« Jetzt hat er mich aus dem Konzept gebracht.

»Deine Freundin …«, hilft er mir.

»Ja. Meine Freundin hatte Beinahe-Sex mit einem Typen.«

»Was ist denn bitte Beinahe-Sex?«

»Na, wenn man eben nur beinahe Sex hatte. Wenn man vorher aufhört, bevor … Kennst du das nicht?«

Er grinst. »Ich bin ein Mann, Annabel. Für mich gibt es nur Sex oder keinen Sex. Beinahe-Sex hat man in der zehnten Klasse, wenn man schon kommt, während das Mädchen sich nur das T-Shirt auszieht. Dann erzählt man seinen Kumpels, man hätte beinahe Sex mit ihr gehabt.« Ich seufze und trinke von meinem Orangenwasauchimmercocktail. »Entschuldige. Deine Freundin hätte also fast mit einem Typen geschlafen … und?«

»Und jetzt fragt sie sich, warum sie es nicht getan hat.«

»Vielleicht war der Typ einfach schlecht im Bett?«

»Nee, ganz sicher nicht!«, sage ich. »Der war sogar ziemlich gut. Aber meine Freundin ist verheiratet, und letztendlich ist sie doch lieber gegangen, als das durchzuziehen.«

Sven schaut mich nicht an, aber ich weiß, dass er spätestens jetzt weiß, wer die Freundin ist. Ganz schnell trinke ich noch etwas aus meinem Glas, dann kann ich hinterher wenigstens behaupten, ich wäre betrunken gewesen. »Okay«, sagt er langsam »Das ist nachvollziehbar. Und was wolltest du mich fragen?«

Seine blauen Augen sind interessiert auf mich gerichtet. Leider ist er nicht halb so angetrunken wie ich und wird sich eins zu eins an dieses seltsame Gespräch erinnern. »Verpasst sie was?«, frage ich ihn. »Meinst du, sie sollte? Meinst du, wenn sie es jetzt nicht tut, dann ist sie eines Tages vielleicht zu alt, dann hat sie die Chancen verspielt, dann ist es zu spät?«

Sven sieht mich erst belustigt und dann ernst an und sagt: »Also erstens ist es nie zu spät, den eigenen Mann zu betrügen.« Ich muss über seine Formulierung lächeln. »Das kann sie ganz bestimmt auch noch mit sechzig machen. Und dann muss sie sich einfach fragen, was sie möchte. Wenn sie sich Sex mit anderen Männern wünscht, kann sie ihn natürlich haben. Aber dann sollte sie sich sicher sein, dass sich diese dreißig Minuten auch richtig lohnen.«

Ich schaue ihn verständnislos an. »Wie lohnen?«

»Na, das muss alles andere aufwiegen. Den Preis, den sie dafür zahlt. Das muss es dann wert sein.« Mein Cocktail ist leer, und ich stochere mit dem Strohhalm im Eis herum. Ich muss nicht fragen, welchen Preis er meint. »Andererseits, um auf deine Frage zurückzukommen, ob sie etwas verpasst, ja, sicher, sie verpasst was.«

»Na toll«, antworte ich, dann müssen wir beide lachen.

»Kann ich dich auch mal was fragen?«, fragt Sven.

»Ja, nur zu.«

»Wenn dir ein Typ ein Tape schicken würde, mit einem Song drauf. Fändest du das sehr kindisch?«

Wir schauen uns extra nicht an, als ich antworte: »Das kommt natürlich darauf an, was für ein Song das ist und ob ich etwas mit diesem Lied anfangen kann.« Sven schweigt. »Wüsste ich denn, von wem das Tape ist?«, frage ich.

»Kann sie es sich nicht denken?«, fragt Sven und hört mit dem Versteckspielen auf.

»Nein, Sven, sie hat keine Ahnung. Vielleicht solltest du etwas deutlicher werden. Sonst wird da nicht mal Beinahe-Sex draus.« Wir lächeln uns an, und das ist der beste Moment meines Abends. Ich beschließe zu gehen.

Als ich aufstehe, merke ich, wie angeschickert ich bin von all den Cocktails. Immerhin bewirkt das, dass ich keine Angst mehr habe, irgendjemanden von meiner Liste zu treffen. Ich finde Tom in der bunten Menschentraube. »Bella! Du schöne Frau, du!«, wirft er mir entgegen. Er ist noch angetrunkener als ich. »Ich hab keinen Fernsehpreis, aber ich hab dich!« Er nimmt mein Gesicht in beide Hände und küsst mich mitten auf Nase und Mund. Leider bin ich so gar nicht in Stimmung, bei seiner Weltumarmung mitzumachen. Unter der Alkoholwatte weiß ich, dass mein Traum von der Abendsendung geplatzt ist. Alles, was ich mir momentan wünsche, ist mein Bett. Tom ist nicht empfänglich für meine Bemühungen, ihn zum Gehen zu bewegen. Er will bleiben, weiter trinken und umarmen. Also verabschiede ich mich, hänge ihn an einen *Rheincop*-Kumpel und steuere allein den Ausgang an. Vorher gehe ich noch mal auf Toilette. Als ich an den Garderobenständern vorbeikomme, fällt mir Richard wieder ein. Was für ein widerlicher, armseliger Typ. Man kann wirklich nicht alles mit Alkohol entschuldigen. Am Ausgang suche ich den Shuttleservice. Die fahren einen eigentlich zurück zum Hotel. Vielleicht kann man sich von dem Fahrer auch ganz nach Hause fahren lassen? Warum ist es überhaupt so abartig kalt? Mein Mantel, fällt mir ein. Tom hat noch unsere Garderobenkarten. Kurz schwanke ich, ob ich nicht einfach ohne nach Hause fahre. Aber wer weiß, wie warm es im Wagen ist. Seufzend drehe ich um und gehe noch mal in den Saal zurück.

Der *Rheincop*-Kumpel ist noch da, Tom nicht. Auf meine Frage, wo er sein könnte, deutet er in Richtung Toiletten. Guck mal einer an, diesen Toilettengang kenne ich tatsächlich noch nicht. Man geht um die Ecke und ziemlich lang geradeaus, dann noch mal rechts rum. Das Licht ist wohl kaputt, es ist ungewöhnlich dunkel hier. Vielleicht hätte ich lieber weiter vorn auf ihn warten sollen. Ich nähere mich den Türen mit Mann-und-Frau-Zeichen vorne drauf. Als ich um die Ecke biege, sehe ich ein Pärchen wild knutschend an der Wand lehnen. Das fehlt mir jetzt noch. Muss ich peinlich neben diesem Paar warten! Ich drücke mich an der Ecke herum, damit sie mich nicht entdecken, und schaue auf die Tür der Männertoilette, aus der Tom hoffentlich gleich rauskommt. Mann, da scheint es aber ganz schön zur Sache zu gehen. Poppen die da etwa? Hat eigentlich hier jeder Sex, wie er will? Offensichtlich kriegen alle das mitten auf einer Veranstaltung besser hin als ich in einer einsamen Hütte am See. Ich wage einen Blick auf das Paar. Viel sehe ich nicht, aber eins leuchtet mir sofort entgegen: blonde Locken. Bevor ich mich noch wundern kann, dass Hannah Weide hier so hemmungslos rummacht, wird mir klar, wer der Mann ist, der sie da gerade höchst erregt die Wand hochbumst. Tom.

Kapitel 14

In Stockholm sind zweiundzwanzig Grad und Sonne. Ich hatte mir eine regenverhangene Nebelsuppe erhofft, und jetzt das! Sarahs Pulli will ich nicht ausziehen, obwohl mir viel zu warm ist. Er riecht so gut nach ihrem Waschmittel. Ich sitze allein auf einem Steg, der auf das Wasser hinausragt und leicht vor- und zurückschwankt. Hinter mir eine Rasenfläche und mein Hotel.

Ich schaue einer Entenfamilie nach und versuche meine Gedanken zu ordnen. Tom. Sascha. Sascha. Tom. Hannah Weide. Tom und Hannah Weide. Wenn ich auf das Wasser gucke, muss ich wenigstens keine blonden Frauen sehen. Blöderweise sind hier alle Frauen blond. An der Rezeption. Im hellen Frühstücksraum mit Blick auf das Wasser, auf dem Kiesweg, der am Hotel entlangführt. Die wenigsten haben lange Locken, aber alle tragen schöne skandinavische Mode und schicke Frisuren, die ihre hellblonden Haare leuchten lassen. Ich wünschte, Sarah wäre hier. In ihrer Jeans, mit ihren Converse und dem praktischen kleinen Pferdeschwanz in ihren goldenen Haaren. Wäre es nicht so ein entsetzliches Klischee, würde ich sofort zum nächsten Friseur gehen und mich blondieren lassen. Frauen machen so was, wenn sie von ihren Männern betrogen werden. Genau deshalb werde ich es nicht tun. Eigentlich sitze ich gar nicht auf dem Steg, ich beobachte mich dabei, wie ich hier sitze. Genauso wie ich mein ganzes Leben von außen betrachte und bewerte. Schon lange eigentlich. Wann hat das angefangen? Ich kann mich nicht erinnern. Ich weiß nur, dass es manchmal kleine

Inseln gab, auf denen es nicht so war. Saschas Küsse. Da war ich mittendrin und keine Beobachterin am Rand. In der Hütte am See, als wir uns beinahe geküsst haben. Und als wir beinahe Sex hatten. Bis zu dem Moment, als ich wieder Beobachterin wurde und mir meine formlosen Tüten angeschaut habe. Da war es plötzlich vorbei. Die Beobachterin hat mich um den Sex mit Sascha gebracht. Tom scheint ihn nicht zu haben, einen Beobachter. Ich will meine Beobachterin auch loswerden, und zwar sofort. Aber wie stellt man sie ab? Vielleicht bedarf es dazu einer radikalen Maßnahme. Etwas, was mich ins Jetzt befördert, zurück zu mir, statt neben mir.

Wie kalt das Wasser wohl ist? Ich schaue auf die dunkle, trübe Fläche. Ich ziehe Sarahs Pulli aus und meine Schuhe. Die Beobachterin beobachtet mich dabei und findet die ganze Aktion lächerlich. Sie soll die Schnauze halten. Mutig nehme ich drei Schritte Anlauf. Ich atme tief ein, renne den Steg entlang und springe ins Wasser. Es ist eisig. Ich kann nicht atmen. Das Wasser ist so undurchsichtig und dreckig. Ich müsste viel mehr Licht sehen. Ich rudere mit Armen und Beinen und komme nicht nach oben. Tausend kleine Nadeln stechen mir in den Körper. Panik durchflutet mich. Ich ertrinke einen Meter vom Steg entfernt im Stockholmer Hafen, und das auch noch unabsichtlich.

Dann endlich wirkt das Adrenalin in meinem Blut, und ich schaffe es an die Oberfläche. Atmen, schwimmen, atmen, befehle ich mir und paddele unbeholfen zum Steg zurück. Mit tauben Fingern halte ich mich an der Leiter fest und ziehe mich hoch. Kurze Zeit später sitze ich zitternd auf dem Steg. Es dauert eine Weile, bis sich mein Atem beruhigt und meine Arme und Beine auftauen. Meine Zähne schlagen unkontrolliert aufeinander. Ich bleibe einfach sitzen und schaue zu, wie die Wassertropfen aus meinen braunen Haaren rinnen. Ich lausche nach Innen. Ist sie weg? Bin ich jetzt im Jetzt? Frierend und schwammnass auf einem Steg. Ja, ich bin im Jetzt. Zwar hallen immer noch seltsam unpassende Gedanken durch mein Gehirn, zum Beispiel, wie viel Fett ich wohl mit dieser Aktion verbrannt habe oder wie ungesund das wohl ist, in so ein Schmutzwasser zu springen, aber die Beobachterin ist still. Vermutlich nicht lange, deshalb brauche ich jetzt einen Stufenplan. Stufe eins: durch die Lobby ins Hotel gehen und so tun, als wäre es ganz normal, wie eine Meerjungfrau nasse Tapser auf dem Holzboden zu hinterlassen und meine Schuhe und Sarahs Pulli vor mir herzutragen.

Stufe zwei: heiß duschen.

Beim Duschen geht mein Kopfkino wieder los. Leider haben die Hauptdarsteller gewechselt. Nicht mehr Sascha und ich haben hemmungslosen Sex, sondern Tom und Hannah Weide. Ich will das nicht sehen, aber ich kriege das Bild nicht aus meinem Kopf. Vielleicht muss ich noch ein paar Mal von diesem Steg springen.

Manchmal stellt man sich ja vor, was man alles tun würde, wenn man den eigenen Mann beim Fremdvögeln erwischt. In meiner Vorstellung habe ich Lampen geworfen, Szenen gemacht und einen ganz großen Auftritt gehabt. In der Wirklichkeit bin ich einfach ganz still und leise verschwunden und habe gehofft, dass mich keiner gesehen hat, mit der irrwitzigen Idee im Kopf, dass es gar nicht wahr ist, wenn keiner weiß, dass ich es gesehen habe.

Dem Fahrer in der Limo habe ich gesagt, dass ich zum Flughafen möchte. »Zu welchem?«, hat er noch gefragt, und ich habe geantwortet: »Egal.« Danach hat er keine Fragen mehr gestellt und mich zum Flughafen Köln/Bonn gefahren. Wahrscheinlich, weil der am nächsten war. Der erste Flieger war der um sechs Uhr zwanzig nach Stockholm. Sarah hat auch nicht viele Frage gestellt und mir einfach eine Tasche mit Notgepäck vorbeigebracht. Erst als sie am Flughafen war, musste ich heulen. Und dann konnte ich nicht mehr damit aufhören. Den ganzen Flug über – und das sind immerhin fast zwei Stunden –

liefen die Tränen. Kristina hatte mir eine SMS geschickt, dass sie für mich ein Zimmer reserviert hat in der Villa Källhagen. Seitdem ist mein Handy aus, weil ich keine Nachrichten von Tom bekommen will. Wie ich zum Hotel gefunden habe, weiß ich nicht mehr. Ich glaube, ich habe dann etwa achtzehn Stunden am Stück geschlafen. Seitdem funktioniert mein Gehirn wieder gut. Leider.

Ich trockne mich ab und schlüpfe in Sarahs Klamotten. Sie ist ein bisschen kleiner als ich, deshalb ist alles etwas eng und kurz. Ein guter Grund, zu Stufe drei auf meinem Stufenplan zu kommen: shoppen. Auch wenn ich den klischeehaften Friseurbesuch ausspare, einkaufen MUSS ich ja jetzt. Da bleibt mir keine andere Wahl.

An der Rezeption hole ich mir einen Plan von Stockholm. Ich soll immer am Wasser entlanggehen, dann würde ich automatisch die Innenstadt erreichen. Ich schaue nach, wie das Wasser heißt, in dem ich beinahe ertrunken bin. Djugardsbrunnsviken. Nach zehn Minuten erreiche ich die Promenade Strandvägen. Hier liegt ein tolles altes Schiff neben dem anderen. Wo man hinschaut, sieht man schöne Menschen in sommerlicher Kleidung. Es ist Frühling in Stockholm. Der Himmel ist hellblau, ab und zu kommt eine weiße Wolke, und alles kühlt sich sofort um gefühlte zehn Grad ab. Mütter mit Kinderwagen ziehen an mir vorbei. Alle haben das neueste Modell von Boogaboo und einen Coffee to go in der Hand. Alle Mamas sehen top aus. Hier gibt es keine Hängebäuche und Kapuzenpullis. Die Frauen wuscheln sich die Haare zu lässigen Knoten, tragen Perlenohrrringe, schwarze Hosen und stylische Sneakers von Marken, die ich nicht kenne. Rechts von mir ragen wunderschöne Häuser auf. Alle haben kleine Kuppeln und Türmchen. Je weiter ich laufe, umso mehr sehe ich vom Wasser. Es breitet sich vor mir aus wie ein großes, herrliches Versprechen. Alles hier ist wie gemalt. Ich hatte ja keine Ahnung, dass Stockholm so unfassbar schön ist.

Auf der Karte schaue ich nach, wo ich bin. Hier im Hafen von Nybroviken kann man auf die Insel Skeppsholmen schauen. Weiter links ist noch eine Insel, die Djurgården heißt. Lustige Namen sind das. Auf Djurgården lese ich an einem Gebäude Junibacken. Das habe ich schon mal gehört, das muss das Astrid-Lindgren-Museum sein. Vielleicht besuche ich das später noch. Wir gehen wirklich viel zu selten in Museen. Und das wäre ein Museum, das auch die Kinder lieben würden.

Hinter Junibacken kann ich einen großen Vergnügungspark sehen. Eine Achterbahn macht lilafarbene Schleifen, als hätte ein Kind Krikel-Krakel auf ein Papier gemalt. An einem hohen Stab saust ein Kettenkarussell hoch in der Luft herum. Die Karte verrät mir, dass die Kirmes »Gröna Lunds Tivoli« heißt.

Es fühlt sich unheimlich seltsam an, so allein durch die fremde Stadt zu laufen. Ohne Familie, ohne Tom. Gedanken an die Kinder knipse ich einfach aus. Soll Tom gucken, wie er sie betreut kriegt. Ich bin momentan nicht mehr zuständig. Ob er überhaupt nach Hause gegangen ist, nachdem ...? Sitzen Flip, Lucy und Tia vielleicht immer noch mit der verzweifelten Elli da, und keins ihrer Elternteile ist erreichbar? Phantastisch, wie du Gedanken an die Kinder einfach ausknipsen kannst, sagt meine Beobachterin. »Ach, halt die Fresse«, sage ich ihr. »Ich dachte, du bist ertrunken!« Sie lächelt und schweigt.

Ich kann mich gar nicht satt sehen an den Booten, Fähren und an den flatternden schwedischen Flaggen, die überall hängen. Irgendwann reiße ich mich los vom Wasser und tauche ein in das Gewirr verschiedener Gatans, also Straßen. Ich komme an einem besonders prunkvollen Gebäude vorbei. In goldenen Buchstaben steht »Kungliga Dramatiska Teatern« über dem Eingang. Rechts und links stehen goldene Figuren. Ob das echtes Gold ist? Ich biege links ab in einen hübsch angelegten Park und setze mich auf eine der grünen Bänke in die Sonne. Die Schweden hatten offensichtlich einen sehr viel besseren Frühling als wir. Ich kann kaum glauben, dass es hier so hoch im Norden schon so üppig blüht. Eine Komposition aus Katzenminze und Salbei strahlt mich an. Hell- und Dunkellila, meine Lieblingsfarben. Ob Tom so etwas weiß? Welche Farben ich liebe? Weiß er, dass es inzwischen andere sind als damals, als wir uns kennenlernten und das Leben noch eine große Spielwiese war, auf der alles möglich schien?

Warum ist er immer noch der große Junge wie damals, der aus einer Laune heraus den Kindern einen Hund verspricht, mit Leichtigkeit Karriere macht und andere Frauen vögelt, während ich erwachsener, bedächtiger und langweiliger geworden bin? Ich würde ihn gerne fragen, ob er mich so sieht.

Entschlossen stehe ich auf und gehe weiter. Ich muss dringend coole Läden finden und mich unbedächtig und unlangweilig einkleiden.

Ich muss nicht lange suchen. Läden gibt es in Stockholm wie blonde Frauen. Ich stürze mich in den erstbesten und finde mich plötzlich an der Kasse mit drei Pullis im Arm für die Mädchen. Bin ich eigentlich total bescheuert?

Ich wollte mich neu einkleiden und renne als Erstes wie ein blödes Muttertier los und shoppe Sachen für die Brut. Das muss sofort aufhören. Ich ignoriere alle entzückenden Kleidchen, die ich sehe, und gehe ganz konsequent sofort in die Abteilungen »Damer«. Lustig, wie nah sich Schwedisch und Deutsch in manchen Wörtern sind. Ich schlüpfe in schwarze Seidenhosen und graue und dunkelgrüne Wickeloberteile. Ich ziehe Sachen an, die so ganz anders sind als das, was bei mir zu Hause im Schrank hängt, und entscheide schnell und ohne groß zu überlegen. Das Gute ist, dass ich keine Ahnung habe, wie man Kronen in Euro umrechnet. Ich passe auf, dass keine allzu große Zahl auf den Schildchen steht, und verfalle in einen richtig schönen Einkaufsrausch.

Ich war seit meiner Zeit in New York nicht mehr allein in einer tollen Stadt außerhalb von Deutschland. Warum eigentlich nicht?

Ich wünschte, ich wäre einfach so hier hingeflogen und nicht Hals über Kopf geflüchtet. Es war Zufall, dass der erste Flieger nach Stockholm ging. Ich hätte auch London oder Rom genommen. Aber jetzt bin ich sehr froh, dass ich hier gelandet bin. Überall gibt es kleine Cafés und Läden. Ich shoppe und schlemme in einem niedlichen Café an einer Straßenecke einen unverschämt leckeren Krabbensandwich. Wenn die Stockholmer etwas mit Shrimps belegen, dann aber richtig. Unter dem Berg kleiner rosa Krabben kann ich kaum das Brot finden. Trotz des dicken Klumpens im Bauch, den ich mit mir rumtrage, fühlt sich das alles gut an. Plötzlich fällt mir ein, dass ich überhaupt keine einzige Krone Bargeld habe. Hoffentlich kann man hier mit Karte bezahlen! Der charmante Kellner bejaht das, und ich entspanne mich und bestelle zum Nachtisch noch eine Zimtschnecke – Kanelbulle –, die wie riesige Bonbons auf der Theke auf einem kleinen Teller gestapelt sind. Zimt, Zucker und Butter, es ist der reinste Geschmacksorgasmus. Wenn ich mit Sascha geschlafen hätte, ob ich dann einen Orgasmus gehabt hätte? Die Frage taucht aus dem Nichts auf und überrascht mich. Ob Tom …?

Bestimmt, beantwortet mir meine Beobachterin die Frage. Für Männer ist das ja alles leichter. Ich bezahle schnell und lasse die Beobachterin am Tisch zurück. Ich tauche wieder ein in die großen und kleinen Gatans Stockholms. Jede Stadt hat einen ganz besonderen Beat. In New York, erinnere ich mich, war er schnell und laut. In Stockholm ist er leichtfüßig. Ich schwimme mit dem Strom über die grünen Fußgängerampeln, die selten Männchen sind, sondern meist nur grüne Lichter. Ich lerne den Fahrradfahrern auszuweichen und dass man zur Begrüßung in einem Laden *Hej* sagt.

Irgendwann kann ich beim besten Willen keine weitere Tüte mehr tragen und frage mich durch, um einen Bus zurück zur Villa Källhagen zu finden. Alle sprechen hier sehr gut und mit einer großen Selbstverständlichkeit Englisch. So finde ich den richtigen Bus und fahre, eingehüllt in Plastiktüten, zum Hotel zurück.

Als ich meine Beute in die helle, gemütliche Hotellobby schleppe, stehen zwei Frauen am beleuchteten Tresen der Rezeption, die ich sofort erkenne. Kristina diskutiert gerade wild gestikulierend auf Englisch mit der hübschen Schwedin. »A room without a bathtub is inacceptable!«, höre ich sie sagen. »Unacceptable«, verbessere ich sie und nehme Sarah, die neben ihr steht, ganz fest in den Arm. Natürlich heule ich schon wieder dabei. Kristina ringt der Rezeptionistin noch ein »I'll see what I can do« ab. Sie tut mir ein bisschen leid, vor allem als ich sehe, dass sich unter ihrem schlichten schwarzen Top ein süßer Babybauch wölbt. Sie sieht umwerfend aus. Schwarz sieht bei blonden Haaren einfach klasse aus. Genau wie grün bei roten Haaren und weiß bei schwarzen. Leider habe ich noch keine Farbe gefunden, die bei braunen Haaren so einen Wow-Effekt hervorruft. Sofort habe ich Hannah Weide, die blonde Schlampe, vor Augen, wie sie mit schwarzem Oberteil gerade meinen Mann umgarnt. Gewaltsam verdränge ich dieses Bild und setze mich mit Kristina und Sarah in die niedlichen braunen Sessel, die in kleinen Sitzgruppen zusammen um Tische stehen. Im Kamin an der Wand ist Holz aufgestapelt, und drei Kerzen stehen auf dem eisernen Rost und brennen. Wie die Schweden das schaffen, in jeden Raum so eine ganz besondere Gemütlichkeit zu bringen mit diesen kleinen Details. Kristina stopft sich eins der kleinen, gestreiften Leinenkissen in den Rücken. Ich muss die beiden immer wieder anschauen und anfassen, um sicher zu gehen, dass sie auch wirklich da sind. Sarah mit ihrem kleinen Pferdeschwanz und der blaugrauen fusseligen Strickjacke und Kristina mit ihren glänzenden dunklen Haaren, die ihr so perfekt über die Schultern fallen, und ihrer tollen Handtasche, die aussieht wie eine übergroße altmodische Geldbörse.

»Ihr seid hier!«, spreche ich aus, was ich denke. »Wo sind eure Kinder?«

»Andi«, »Oma«, sagen beide gleichzeitig.

»Als Sarah mich anrief und von deinem Drama erzählte, war ja sofort klar, dass unser Wellness-Urlaub nicht stattfindet. Da hab ich schnell alles storniert und uns die Flüge nach Stockholm gebucht«, erklärt Kristina pragmatisch.

»Du brauchst uns jetzt«, fügt Sarah empathisch hinzu, und ich hab sofort wieder Tränen in den Augen. Die hübsche Frau an der Rezeption mit dem langen blonden Pferdeschwanz und dem Babybauch winkt zu uns herüber, als hätte sie gute Nachrichten. »Bevor wir jetzt über alles reden, muss ich schnell mein neues Zimmer mit Badewanne beziehen, und dann sollten wir dringend etwas essen gehen.« Kristina steht entschlossen auf. Es tut gut, jemanden hier zu haben, der die Zügel in die Hand nimmt. Die Schwangere reicht ihr tatsächlich einen anderen Schlüssel. Wenn Kristina etwas will, bekommt sie es. Auch in Schweden.

In meinem kleinen Zimmer, übrigens ohne Badewanne, stelle ich alle Tüten erst einmal auf mein ordentlich gemachtes Bett. Ich habe noch gar nicht richtig meine beziehungsweise Sarahs Sachen ausgepackt. Die kleine Tasche steht durchwühlt auf einem Stuhl. Ich nehme zuerst alle neuen Sachen aus den Tüten und lege sie sorgfältig in den rotlackierten Schrank. Mein ganzes Zimmer ist in Rottönen gehalten. Ein angenehmes bräunliches Rot, kein schreiend aggressives Knallrot. Obwohl das ja momentan viel besser zu mir passen würde. Mir fällt auf, dass sich alle Klamotten ganz weich anfühlen. Irgendwie habe ich lauter schöne, weiche, fließende Stoffe gekauft. Oder es gibt hier in Stockholm nur solche Klamotten, genauso wie es auch nur schön dekorierte Räume gibt. Ich betrachte den fremden Schrank voller neuer Sachen. Es fühlt sich überhaupt nicht so an, als wären es meine. Eher so, als hätte ich für eine andere Frau eingekauft und jetzt alles in ihren leeren Schrank geräumt. Eine Weile lang halte ich mich an den Schranktüren fest und betrachte die Kleidungsstücke dieser anderen Frau. Dann fällt mir ein, dass ich eine Tüte noch nicht ausgepackt habe. Ich lege die drei Kapuzenpullis auch in den Schrank. Der größte, in Blau, für Flip, der mittlere, hellgrüne, für Lucy und der kleine rosafarbene für Tia. Jetzt ist es auf einmal mein Schrank. Warum ist das so? Definiere ich mich so sehr über meine Kinder? Bin ich etwa so wie meine Mutter, die laut über den ganzen Tisch voller Gäste hinweg erzählte, wenn Christian oder ich etwas erreicht hatten, sei es nun Seepferdchen, Führerschein, Abitur oder das Examen, als wäre all das ihr ganz persönliches Verdienst? Wie viel Annabel ist noch übrig, wenn ich Flip, Lucy und Tia abziehe?

Ich ziehe mein neues bodenlanges Maxikleid an und die coole schwarze Jacke. Eine Schuhauswahl habe ich leider nicht, also schlüpfe ich in Sarahs Converse, die sie mir in das Notgepäck gepackt hat. Eine Weile lang stehe ich so vor dem Spiegel am Schrank und betrachte mich. Ein wenig fremd sehe ich aus in den neuen Sachen. Ich gehe etwas näher an den Spiegel und suche Annabel. Meine Unterkinnhaut, die Zornesfalten, meine Oberarme, gut verpackt in der coolen Jacke, der kleine Bauch, der sich durch das Maxikleid abzeichnet. Eine seltsame Gleichgültigkeit macht sich breit. Wenn ich jetzt all die kleinen Makel sehe, muss ich nicht mehr denken: Mein Gott, wie kriege ich das nur weg für die Abendsendung? Die Schablone »Frau um die dreißig« kann ich jetzt zur Seite legen. Wenn ich durch die neue Schablone schaue mit dem Titel »Frau um die vierzig«, schneide ich plötzlich gar nicht so schlecht ab. »Betrogene Frau um die vierzig«, mischt sich die Beobachterin gehässig ein. Wieso ist die nicht im Café geblieben und futtert da weiter Krabbensandwichs?

Sarah holt mich ab und bewundert etwas zu überschwänglich meine neuen Klamotten. Wir warten über zehn Minuten auf Kristina in der Lobby und schlendern dann gemeinsam Richtung Innenstadt den Kiesweg am Ufer entlang. Man hört nur das knirschende Geräusch unserer Schritte auf den kleinen Steinen. Unsere Blicke schweifen über das Wasser. Hier und da schaukelt vereinzelt ein Boot an einem Steg. Alle paar Minuten kommt uns ein Läufer entgegen mit Ohrstöpseln. Große Vögel, vielleicht eine Entenart, laufen überall auf den Wiesen herum. Sie haben einen schwarzen Hals und weiße Köpfe. Ihre vielen puscheligen Küken sind grau und tapsig mit ihren viel zu großen Watschelfüßen. Um uns herum passiert so viel, dass es gar nicht nötig ist zu reden, aber schließlich breche ich doch unser Schweigen und stelle die Frage, die mir unter den Nägeln brennt: »Was weiß Tom?«

Kristina und Sarah schauen sich an, und jede scheint darauf zu warten, dass die andere die unangenehme Aufgabe übernimmt, es mir zu erzählen. Sarah knickt schließlich zuerst ein. »Er hat mich angerufen. Ich bin die ersten zwanzigmal nicht drangegangen. Aber er hat nicht aufgehört, also habe ich abgenommen und ihm gesagt, dass ich nicht vorhabe, mit jemandem zu sprechen, der seinen Schwanz in Hannah Weide steckt.«

Ich bin sprachlos. »Hast du echt?«

»Hat sie«, bestätigt Kristina.

»Und dann?«

»Dann war er erst mal sprachlos. Gott, Sarah. O Gott, Sarah, hat er immer wieder gesagt. Und dann hat er gefragt, ob du sie gesehen hättest. Das kann man wohl sagen, hab ich gesagt.«

Mein Gesicht wird ganz heiß und rot, und ich schaue angestrengt auf die fluffigen Küken. »Ja und dann wollte er natürlich wissen, wo du bist, aber ich habe es ihm nicht gesagt.«

Wir laufen weiter. Alle drei im selben Rhythmus. Ich atme ein bisschen ein und aus und warte, bis ich wieder eine normale Gesichtsfarbe habe.

Wir erreichen die Strandvägen, und jetzt sind Kristina und Sarah fasziniert, so wie ich heute Vormittag.

Wir bleiben vor einer schwimmenden Bar stehen. »Strandbryggan Sea Club« steht auf dem Schild. Eine Holztreppe führt auf die Planken, umgeben von Wasser.

Magisch angezogen betreten wir das schwimmende Areal. Die Abendsonne taucht alles in ein goldenes Licht. An einer großen Theke aus Glas werden kleine Leckereien und Getränke verkauft. Krabbensandwichs, Muffins, Kuchen und natürlich Kanelbullar lachen uns an.

Offensichtlich ist das hier ein »place to be«, wie Kristina es formuliert. Es ist eigentlich unmöglich, einen Sitzplatz zu ergattern. Auf allen cremefarbenen Sofas sitzen schon schöne Menschen. Tom und ich wären sofort gegangen und hätten uns eine ruhigere Ecke gesucht. Sarah schaut auch etwas zweifelnd, aber Kristina ist jetzt ganz in ihrem Element. Wie ein Habicht scannt sie das Holzdeck und platziert Sarah und mich an strategisch günstigen Stellen mit der Anweisung, auf keinen Fall höflich zu sein, sondern gnadenlos zuzuschlagen, sobald irgendwo ein Platz frei wird. Ich hoffe sehr, dass bei Kristina oder Sarah zuerst etwas frei wird. Ich habe keine Ahnung, wie das so in Schweden gehandhabt wird. Auf keinen Fall möchte ich als plumpe Deutsche auffallen, die sich nicht anstellen kann und sofort ihr Handtuch auf eine freie Stelle wirft. Sarah, die etwa zehn Meter entfernt steht, wirft mir einen hilflosen Blick zu. Offensichtlich geht es ihr ähnlich.

Wie erwartet, schafft es dann tatsächlich Kristina, einen Platz zu hechten. Hysterisch winkend bedeutet sie uns, sofort zu kommen. Während der dreißig Sekunden, die wir brauchen, um bei ihr zu sein, muss sie unsere Plätze bestimmt viermal vehement gegen andere verteidigen. Kein Wunder, das kleine Sofa ist phantastisch. Direkter Blick auf das Wasser, große orangefarbene Kissen, die man sich in den Rücken stopfen kann, besser geht es gar nicht. Wir lächeln uns alle glücklich an, bis uns einfällt, dass hier Selbstbedienung ist. Das bedeutet, eine von uns muss sich an der Bar anstellen, und die anderen zwei müssen sich so dick machen, wie sie können. Ich übernehme das Getränkeholen. Ein Teil von mir will das Gespräch mit den beiden, in dem ich die ganze Tom-Geschichte erzählen muss, noch etwas hinauszögern. Der Abend ist so schön. Am liebsten würde ich Tom und mein ganzes Leben in Deutschland einfach ausblenden und mit Sarah und Kristina ein Leben auf einem Hausboot in Schweden planen. Ich registriere, dass mir ein paar Männer Blicke zuwerfen, während ich auf unsere Drinks warte. Vielleicht haben die Schweden genug von blonden Frauen, und ich habe hier echte Chancen. Ich würge die Beobachterin gedanklich ab, noch bevor sie etwas sagen kann. Vorsichtig balanciere ich drei eisgekühlte Gläser Prosecco zu unserem tollen Platz. Wir stoßen an.

»Auf uns!«, sagt Sarah.

»Auf euch!«, sage ich.

»Auf unsere Freundschaft!«, sagt Kristina, und wir trinken. Dann schauen wir eine ganze Weile schweigend auf das glitzernde Wasser. Kristina hat klugerweise eine Sonnenbrille mit, während Sarah und ich die Augen zusammenkneifen müssen. Schließlich bringe ich es hinter mich und erzähle den ganzen katastrophalen Abend im Colonneum. Nur von Sven erzähle ich erst mal nichts.

»Ausgerechnet mit der!«, sagt Sarah.

»Ja«, sage ich, »ausgerechnet mit der.«

»Ich WUSSTE es!«, sagt Sarah.

»Das hilft Annabel jetzt auch nicht weiter«, sagt Kristina.

»Können wir vielleicht den ganzen nächsten Teil weglassen, in dem wir meine Ehe analysieren und darüber reden, was er wohl gesucht und gefunden hat, und auch den übernächsten Teil, in dem wir uns dann einig sind, dass alle Männer Schweine sind?« Kristina und Sarah sehen mich erstaunt an. »Ich will einfach nicht, dass wir drei so frustrierte Mütter sind, die alle von ihren Männern betrogen wurden!«, versuche ich das zu erklären.

»Aber Hase, genau das sind wir«, sagt Kristina.

Sarah schüttelt energisch den Kopf. »Nein, das sind wir nicht. Erstens kann uns niemand vorschreiben, dass wir frustriert sein müssen. Und zweitens habe ich zum Beispiel auch meinen Mann betrogen.«

Mir fällt fast das kalte, beschlagene Glas aus der Hand. »Was?!«, fragen Kristina und ich gleichzeitig.

»Wann?«, will Kristina wissen.

»Das hast du nie erzählt!«, beschwere ich mich.

Sarah ist jetzt ein bisschen rot geworden. Vielleicht bereut sie, was sie eben gesagt hat. Wir schauen sie erwartungsvoll an. »Das ist zwei Jahre her«, beginnt sie. »Ich war allein auf einer Party, auf die ich eigentlich gar keine Lust hatte. Andi war geschäftlich unterwegs, und Ben und Lasse haben beide bei Freunden übernachtet, also dachte ich: Jetzt sei nicht so ein Weichei und geh hin, du kannst ja sogar ausschlafen am nächsten Tag.« Kristina und ich nicken. »Tja. Und dann war da dieser Typ. Er war weder besonders gutaussehend noch besonders witzig. Wir saßen zufällig nebeneinander und kamen ins Gespräch. Er hat mir so vollständig seine Aufmerksamkeit geschenkt, als gäbe es überhaupt nichts Wichtigeres, als mit mir zu reden.« Sie trinkt von ihrem Prosecco. Ich bin sehr gespannt auf den Übergang von nett reden bis fremd poppen und hoffe, dass sie ganz schnell weitererzählt. »Und dann, ihr wisst ja, wie das läuft …«

»Äh, nein!«, sagt Kristina ärgerlich, »ehrlich gesagt weiß ich überhaupt nicht, wie das so läuft. Erzähl 's mir, bitte!«

Sarah schaut von Kristina zu mir, seufzt und sagt: »Na, dann trinkt man also Alkohol und beginnt sich zufällig zu berühren. Man spricht sich gegenseitig ins Ohr, weil die Musik so laut ist, und auf einmal war es so, als hätte er bei mir einen Schalter umgelegt. Ich fand ihn wahnsinnig sexy. Wie er seine Bierflasche hielt, wie sein Gürtel so lässig in seiner Jeans hing …« Ich muss sofort an Sascha und seinen Gürtel denken und verstehe sehr gut, was Sarah da versucht zu erklären. »Sein weißes Shirt mit den Knöpfen, das Uhrarmband, die paar Stellen, an denen er sich nicht sauber rasiert hatte, einfach alles.«

»Und dann?«, fragt Kristina, die das Ganze wohl nicht so nachvollziehen kann wie ich.

»Und dann schaut er mich plötzlich an, so mit so einem Blick, und ich stelle die doofe Frage, die wir Frauen dann immer stellen: Was denkst du? Und er fragt: Willst du das wirklich wissen? Und ich sage: Ja! Und er: Ich finde dich wahnsinnig sexy, und ich würde jetzt am liebsten auf der Stelle mit dir vögeln!«

»Nein!«, sagt Kristina entgeistert.

»Wow!«, sage ich begeistert.

»Ja!«, sagt Sarah mit hochroten Wangen und trinkt aufgeregt schnell ihren Prosecco leer. Kristina und ich machen es ihr nach. »Ich meine, das hat noch nie, in meinem ganzen Leben, ein Mann zu mir gesagt.«

»Zu mir auch nicht!«, sagen Kristina und ich gleichzeitig.

»Das war ...«, Sarah lehnt sich zurück und schließt die Augen, »so geil.«

Kristina und ich werfen uns einen bedeutungsvollen Blick zu. »Und dann?«, will ich weiter hören.

»Dann ... also, das klingt jetzt ziemlich billig«, entschuldigt sich Sarah, »dann sind wir einfach nach oben gegangen, haben uns einen leeren Raum gesucht, abgeschlossen und gevögelt.«

Meine Fresse, denke ich und sehe Sarah plötzlich mit ganz anderen Augen. »Du hast einfach so mit ihm gevögelt?«, frage ich nach.

»Einfach so?! Was meinst du mit einfach so?«, fragt Sarah hochrot zurück. Wir sind alle ziemlich froh, dieses Gespräch umgeben von Schweden zu führen, die hoffentlich nicht allzu viel verstehen.

»Na, einfach so. Ohne zu denken: O Gott, Andi, o Gott, die Kinder, o Gott, meine Schwangerschaftsstreifen ...«

Sarah denkt nach. »Doch, das habe ich schon auch alles gedacht, aber es war so weit weg.«

»Warst du betrunken?«, will Kristina wissen.

»Angesäuselt, das auf alle Fälle, aber nicht richtig betrunken.«

»Habt ihr ein Kondom benutzt?«, fragt Kristina streng weiter.

»Jaha!«, sagt Sarah jetzt genervt.

»Woher hattet ihr das Kondom?«, frage ich.

»Sagt mal, jetzt reicht es mir langsam. Ist das ein Verhör?« Sarah verschränkt die Arme vor dem Körper. Dann steht sie auf und sagt: »Ich brauch noch was zu trinken!«, und geht Richtung Bar.

Kristina verschränkt die Arme und starrt unbeweglich auf das Wasser. Die Sonne ist jetzt untergegangen. Das Glitzern ist weg. Himmel und Wasser reichen sich die Hand und werden eins, nur getrennt durch die dunkle Stockholmer Häusersilhouette. Eine Komposition in Blau- und Grautönen mit einem Hauch Rosa. Ich muss Kristinas Augen, die hinter der Sonnenbrille verborgen sind, nicht sehen, um zu wissen, was sie jetzt denkt. »Sie hat uns was voraus!«, stelle ich fest.

»Yip«, sagt Kristina und schaut weiter aufs Wasser. Meine Gedanken wandern zu Sascha und zu unserem Beinahe-Sex. Als Sarah mit Getränken für uns alle zurückkommt, erzähle ich den beiden davon. »Warum bist du gegangen?«, fragt Sarah.

»Hm. Viele Gründe. Irgendwie konnte ich es nicht. Und ich hab mich plötzlich nicht mehr attraktiv und begehrt gefühlt.«

Sarah schnipst mit den Fingern bei meinen Worten. »Genau das ist es. Genau darum geht es. Ich glaube, ich hätte nie mit dem Typ geschlafen, wenn er nicht diesen Satz rausgehauen hätte.« Ich nicke verständnisvoll. Kristina schweigt.

»Tja, und jetzt bin ich die dusselige Kuh, die gegangen ist, und mein Mann hat es schön durchgezogen.« Sauer werfe ich meine Cocktailkirsche ins Wasser.

»Neidisch auf ihn? Weil er Fremdsex hatte und du nicht?«, fragt Sarah.

»Ja, definitiv«, gebe ich zu. Diesmal nickt Kristina verständnisvoll. »Irgendwie hat er von allem mehr im Leben als ich«, rede ich weiter »Er hat den coolen Job, für den er auch noch für den Fernsehpreis nominiert wird. Er kann drehen und Termine machen, wie er will, und dann hat er auch noch drei süße Kinder, mit denen er angeben kann, und eine Frau, die ihm den Rücken frei hält. Besser geht 's doch nicht. Kein Wunder, dass er dann auch noch Hannah Weide vögelt. So als Topping obendrauf.« Den letzten Satz schreie ich fast. Jetzt gucken eine Menge Leute zu uns rüber. Ich wünschte, ich hätte auch eine Sonnenbrille, hinter der ich mich verstecken kann.

»Du wolltest doch keine frustrierte, betrogene Mutter sein«, tadelt mich Sarah und riskiert damit einen kleinen Vulkanausbruch. Ihre blauen Augen glitzern. »Jetzt mal echt. Warum sind wir auch so bescheuert? Es war deine Entscheidung zu gehen in der Hütte am See. Du machst die Mauern, nicht Tom.« Ich mache den Mund auf, um etwas zu sagen, schließe ihn dann aber wieder. Jetzt bin ich mal dran mit aufs Wasser starren.

»Dann ist deine Lösung also, dass wir alle fröhlich vögeln, wen wir wollen?«, fragt Kristina.

»Meine Lösung ist, dass wir alle selbst die Verantwortung dafür übernehmen, dass wir glücklich sind.«

Kristina stöhnt. »Das klingt aber sehr nach Kalenderspruch, Sarah!«

»Aber es ist wahr. Lars und Andi haben dafür gesorgt, dass sie glücklich sind. Leider ohne uns, ja. Aber warum tun wir es nicht?«

»Weil wir alle ein bis drei Kinder haben?! Und nicht einfach machen können, was wir wollen!«, werfe ich ein.

Sarah macht wieder ihr Fingerschnippen. »So. Genau. Das glauben wir, und das ist unsere Universalausrede geworden. Sicher ist es sehr viel schwieriger, mit Kindern am Bein dafür zu sorgen, dass man selbst auch noch glücklich ist. Aber wir alle drei sollten wieder damit anfangen.« Erwartungsvoll sieht sie uns an, als hätte sie uns gerade dazu aufgefordert, Blutsschwestern zu werden. Ich seh sie schon ein Taschenmesser zücken und mir ungefragt in den Finger schneiden.

»Wie?«, fragt Kristina pragmatisch.

Sarah zuckt mit den Schultern. »Tja, wenn ich da ein Rezept hätte, würde ich es aufschreiben und reich werden. Was würdet ihr gern tun, wenn ihr einfach tun könntet, was ihr wollt?«

Kristina und ich überlegen. »*Jeanny-TV* sofort kündigen und dann hier ein Hausboot kaufen und mit euch durch die Schären schippern«, sage ich. Sarah nickt begeistert.

»Und du?«, frage ich sie.

»Ein drittes Kind.« Jetzt nicken Kristina und ich.

»Und du?«, fragen Sarah und ich jetzt Kristina.

Kristina nimmt ihre Sonnenbrille ab: »Wilden, hemmungslosen Sex mit einem Fremden«, sagt sie und setzt sich würdevoll ihre Sonnenbrille wieder auf.

Kapitel 15

Am nächsten Tag ziehe ich allein los. Ich muss dringend etwas erledigen, und dazu muss ich für mich sein. Wo ist man in einer Großstadt für sich? Ich entscheide mich für die Insel Djurgården. Über eine wie ein Regenbogen gebogene Brücke mit toller Aussicht auf Wasser, Schiffe und Gebäude gelange ich hinüber. Links steht ein knallblaues Tor, auf dem links und rechts zwei goldene Hirsche liegen. Das gefällt mir, deshalb schlage ich diesen Weg ein. Auch hier führt ein Kiesweg am Ufer entlang. Große Birken stehen am Rand und lassen sehnsüchtig ihre unteren Äste Richtung Wasser wachsen, als würden sie es gern mal berühren. Ich laufe, bis ich auf eine kleine Anhöhe komme und eine Statue sehe, eine Frau, die ein üppig gerüschtes Kleid trägt. Sie sieht zuversichtlich aus. Genau so etwas brauche ich jetzt. Eine zuversichtliche Statue, die mir beisteht, wenn ich jetzt gleich mein Handy einschalte. Zwei Möwen fliegen kreischend weg, als ich mich neben sie ins Gras setze. Ich warte, bis mein Handy sich hochgefahren hat. Mein Herz klopft ganz laut. Ich überlege noch mal genau, was ich sagen will.

Ich wappne mich für die Anzeige, dass ich hundertachtundzwanzig Anrufe in Abwesenheit von Tom habe. Mein Telefon findet einen schwedischen Anbieter, und prompt zeigt es mir vorwurfsvoll, dass Tom tatsächlich achtunddreißig Mal angerufen hat. Mit zittrigen Fingern wähle ich die Nummer, die ich wählen muss.

Zehn Minuten später bin ich frei.

Eine Möwe ist der zufriedenen Statue auf den Kopf geflogen und schaut neugierig zu mir herunter. Ich fass es noch gar nicht, dass ich das gemacht habe. Und es ging seltsamerweise ganz leicht. Eine Weile sitze ich herum und horche in mich hinein, ob ich jetzt enttäuscht bin. Hätte sie mich bitten sollen zu bleiben? Ich warte, was mein Ego dazu sagt, aber es scheint friedlich zu schlummern. Dann ist es wohl okay. Auch meine Beobachterin schweigt. Erleichterung macht sich breit, und mein erster Impuls ist, Tom anzurufen und es ihm zu erzählen. Ich wünschte, ich könnte alles, was zwischen uns steht, einfach hier im kalten schmutzigen Djurgårdenfjord ertränken. Mein Handy blingediblingelt. Eine SMS von Tom:

Annabel

Ich starre auf das Display. Er hatte schon immer ein ziemlich gutes Timing. Ich erinnere mich einer Situation, bevor wir Kinder hatten, als mich Jan, ein alter Schulfreund, eines Abends besuchte. Tom drehte irgendwo in Griechenland. Es prickelte gewaltig zwischen Jan und mir, vielleicht lag es am Bier, vielleicht am Mond. Als er sich schließlich von mir verabschiedete und ich ihn zur Tür brachte, beugte er sich langsam zu mir herunter, um mich zu küssen. Genau in diesem Moment rief Tom an und sprach mir auf den Anrufbeantworter, wie sehr er mich vermisse. Jan ging schuldbewusst nach Hause, und ich blieb an diesem Abend ungeküsst, was ich ehrlich gesagt sehr schade fand.

Kurze Zeit später kommt die zweite SMS:

Bella

Und die dritte:

Mea culpa. Mea maxima culpa.

Glaubt er wirklich, dass er sich mit einer SMS dafür entschuldigen kann, dass er Hannah Weide gevögelt hat?!

Darf ich dich anrufen?

Ich gebe mein schönes Schweigen auf und tippe schnell ein:

Nein!

Wo bist du?

Ich schweige.

Wie geht es dir?

Ich hab gerade bei Jeanny-TV gekündigt.

Sofort nachdem ich das gesendet habe, tut es mir schon leid.

!!!!!, schreibt er zurück. Ich warte.

Kommst du nicht wieder, Annabel? Ach guck, jetzt kriegt er Angst. Dann war die SMS doch kein Fehler. Ich lasse ihn zappeln und schweige.

Bella. Ich weiß, das klingt jetzt total bescheuert, aber ich liebe dich.

Mein Handy wird nass, weil mir sofort die Tränen die Wangen runterlaufen.

WARUM MACHST DU DANN SO EINEN UNSÄGLICHEN SCHEISS???????

Alkohol. Notgeil ... ICH WEISS ES NICHT!!!

Na, das ist ja schön einfach. Er weiß es nicht. Ich will ihm weh tun und tippe:

Ich hab mich verliebt.

Diesmal dauert es etwas, bis seine Antwort kommt.

In wen? Wann?

Ich tippe: Das geht dich gar nichts an, lösche es aber dann wieder und tippe: Sascha, 28 Jahre alt, ziemlich sexy.

So. Mal sehen, was er dazu zu sagen hat.

Okay. Okay? Okay was? Ich darf mich also verlieben, wenn er fremdvögelt? Ist das der Deal?

Und. Habt ihr ...?

Nein, verdammt. Aber fast. Ich bin gegangen bevor ... Das ist dir ja leider nicht eingefallen. War es denn schön?!!! Fickt sie gut, die Hannah?!!!

BELLA!

Einen Scheiß, Bella. Du bist so ein Arschloch, Tom!!!!!

Was soll ich sagen. Ja, ich bin ein Arschloch. Und es fühlt sich beschissen an, falls dir das hilft.

Meine Finger schweigen.

Das war einfach nur Sex. Und nicht mal guter. Frustvögeln. Ich hab mich nicht verliebt, und es war auch nicht geplant.

Ach?

Was, ach?

Ihr habt ja auch gar nicht geflirtet am Set. Und du hast ihr auch überhaupt nicht deine Sonnenbrille geliehen. Ich hab euch GESEHEN, Tom. Du findest diese Schlampe toll!

Wann hast du uns gesehen?

Scheißegal, wann. Ich war am Set und hab euch gesehen. Wie sie dir die Augen zugehalten hat und alles.

Warum hast du nichts gesagt?

Was soll ich denn sagen?!

Alles, Annabel. Du redest überhaupt nicht mehr mit mir. Ich weiß nicht, wann und warum du dich verliebt hast, ich weiß nicht, warum du bei Jeanny-TV gekündigt hast, ich hab keine Ahnung, warum du zu dem Schönheitschirurgen gegangen bist. Du REDEST nicht mehr mit mir, Bella. Nur mit deinen Freundinnen.

Ja, genau. Die verstehen mich wenigstens.

Ich will dich auch verstehen.

Ich bin so sauer, Tom!

Weil ich fremdgegangen bin oder weil du nicht fremdgegangen bist?

Ich mache laut Pffffffffffffff. Meine Finger, die bis eben über die Tastatur geflogen sind, verharren in der Luft.

Beides, schreibe ich schließlich.

Dann fahr zu dieser Hütte am See und bring es zu Ende. Dann sind wir quitt.

Woher weißt du?

Sex in der Hütte am See – hast du am Telefon zu Sarah gesagt

Warum hast DU dann nicht nachgefragt?

Hätte ich denn eine ehrliche Antwort bekommen?

Nein.

Bella, ich liebe dich. Und es tut mir so unglaublich leid, dass ich ...

Dass du die Schlampe gevögelt hast?

Dass ich die Schlampe gevögelt habe. Ja.

Habt ihr ein Kondom benutzt?

Ja.

Woher?

Herrentoilette.

Du bist so ein Arschloch.

Ja. Definitiv.

Ich muss ein kleines bisschen grinsen. Dann schalte ich das Handy einfach wieder aus und lasse mich ins Gras fallen. Über mir kreisen Möwen im blauen Himmel, der von leichten Schleierwolken überzogen ist. Ich denke über Toms Vorschlag nach. Kann man so etwas machen? Wären wir dann quitt? Macht Fremd-Sex überhaupt noch Spaß, wenn man ihn gönnerhaft vom Partner erlaubt bekommt, weil der ihn schon hatte? Muss ich jetzt eigentlich jedes Mal an Hannah Weide denken, wenn ich mit Tom schlafe? Willst du denn wieder mit Tom schlafen, fragt meine Beobachterin. Was weiß ich, was ich will, denke ich. Für den Anfang täte es schon mal eine Kanelbulle. Ich stehe auf und suche auf der Karte dieses »Gamla stan«, wo ich Kristina und Sarah treffen soll.

Gamla stan ist wieder eine andere Insel. Wie man nur so verschwenderisch mit Inseln umgehen kann, und das auch noch in einer einzigen Stadt. Über die Regenbogenbrücke zurück, dann links halten, durch den Hafen und die nächste Brücke rüber nehmen. Bin ich jetzt da, oder ist das hier Skeppsholmen? Ratlos schaue ich auf meine Karte. Rechts ist ein riesiges Gebäude, das muss der Königspalast sein. Dann bin ich richtig. Also, besonders schön finde ich den nicht. Ich nähere mich dem Ziel. Kopfsteinpflaster und enge Gassen, durch die sich mehrere Touristengruppen schieben. Eine japanische Reisegruppe steht vor einem Denkmal, auf dem ein Ritter mit einem Drachen kämpft. Alle stehen mit dem Rücken zu einem kleinen Laden der »Hilda« heißt und kleine weiße Hängeblumen vor dem Eingang hat. Sehr viel schöner als das olle Denkmal. Sie übersehen das Wesentliche. Wie wir alle, denke ich vor mich hin und suche weiter auf der Karte den Stortorget, an dem das Café sein soll, in dem meine Freundinnen auf mich warten. Es geht steil bergauf. Ich gehe an ein paar Touri-Ramschläden vorbei, die schwedische Flaggen und jede Menge Trolle, die »Tomte« heißen, ausstellen. Es gibt Wikingerhelme und bunte Holzpferde und dicke Socken in Norwegermustern. Gib ihnen das, was sie von Schweden kennen, scheint das Motto zu sein.

Ich finde den Stortorget und das Nobel-Museum, aber wo ist das Café Chokladkoppen? Schließlich entdecke ich es auf der anderen Seite der Bänke und des Brunnens. Als hätten die Stockholmer nicht schon genug Wasser um sich herum, müssen sie sich auf jeden Platz auch noch einen Brunnen, eine Fontäne oder eine Wasserfläche bauen. Als sei eine Strecke über hundert Meter, auf der man kein Wasser sehen kann, absolut nicht zumutbar.

Sarah und Kristina sitzen auf dem Holzdeck vor dem Café in kleinen Puppenstühlen an einem wackeligen Holztisch. Ich umarme beide und setze mich auf den dritten Stuhl, den sie für mich freigehalten haben.

Wir bestellen alle Zimtschnecken und Café Latte oder Kakao, dann erzähle ich vom Gespräch mit Frau Flappke.

»Du konntest einfach so kündigen?«, fragt Sarah.

»Das ging so gut, weil mein Vertrag sowieso in zwei Wochen endet.«

»Und wer macht jetzt die Sendung ab sofort?«, will Kristina wissen.

»Ich habe nicht gefragt, aber ich vermute, sie lassen es Tanja machen. Das ist eine Reporterin, die auch bei Lupe-TV arbeitet.«

»Siehst du, jeder ist ersetzbar. Das war doch gar nicht so unmöglich, wie du dachtest«, sagt Kristina.

»Und wie geht es dir jetzt damit?«, will Sarah wissen.

Ich lasse den Blick über den kleinen Platz schweifen. »Ich weiß es gar nicht. Ich dachte, dass ich unheimlich froh sein werde. Das bin ich auch ein Stück weit, aber irgendwie ist da jetzt auch ein Loch.«

Unsere Getränke kommen in großen humpigen Tassen, die aussehen, als hätte ein Troll sie getöpfert. Vorsichtig schlürfen wir die Milchschaumschicht ab. Die müssen einen genialen

Milchschäumer haben, so dick und dicht ist der Schaum. Sarah stößt versehentlich mit ihrem Knie gegen den wackeligen Tisch, und alles gerät ins Wanken. Wir retten unsere Trolltassen, und ich fahre fort: »Ich dachte immer, ich will das unbedingt machen. Eine Fernsehsendung moderieren, das ist mein Ding. Das kann ich, das passt. Und diesem Ziel bin ich jetzt so lange hinterhergerannt und habe dabei vergessen, was genau daran eigentlich so erstrebenswert ist.« Ich nehme einen Schluck von meinem Kakao und verbrenne mir die Zunge. Mann, ist der heiß!

»Ich hab mich immer mehr verbogen für den Job. So sehr, dass ich jetzt gar nicht mehr weiß, wie eigentlich meine ursprüngliche Form war. Der Job ist weg, aber ich sitze immer noch verbogen rum.« Hilfesuchend schau ich Sarah und Kristina an, ob sie verstehen können, was ich meine.

Sarah sagt: »Mir ging das so mit Andi. Er wollte Mountainbike fahren, also habe ich das auch probiert, damit wir einen gemeinsamen Sport haben. Er las gerne Krimis, also habe ich auch damit angefangen, damit wir etwas haben, worüber wir reden können. Er mochte am liebsten Geschnetzeltes, also gab es das jede Woche mindestens einmal, und so habe ich mich immer weiter von dem entfernt, was ich eigentlich mag und tun und essen möchte.«

Unsere Kanelbullar kommen und sind so groß wie Wagenräder. Einen Moment lang genießen wir alle unseren Geschmacksorgasmus. »DAS mag ich!«, stellt Sarah fest. »Viel lieber als Geschnetzeltes!«

Wir lachen alle, bis Kristina leise sagt: »Ich weiß gar nicht, was ich mag. Also beim Sex, meine ich jetzt. Wir haben es immer so gemacht, wie Lars das wollte, und ich dachte, das will ich auch. Aber offensichtlich stimmte das ja nicht. Wie finde ich denn heraus, was ich mag?« Ihre Stimme klingt klein und hoch, wie bei einem Teenager.

»Lass dich inspirieren. Schau dir ein paar Erotikfilme an,

oder lies Bücher, in denen Sex eine große Rolle spielt«, sagt Sarah.

»So was wie *Fifty Shades of Grey*? Habe ich, das will ich sicher nicht!«, antwortet Kristina mit angewidertem Gesicht.

»Na das ist doch schon mal ein Anfang. Wissen, was man **nicht** will«, sage ich.

»Gut, dann fangen wir also damit an«, sagt Sarah. »Kristina will keinen SM-Sex, du willst keinen Fernsehjob, und ich will Andi nicht mehr zurück!« Feierlich stoßen wir darauf mit unseren Trolltassen an.

Anschließend gehen wir ein bisschen in den vielen engen Gatans verloren. Die meisten Läden sind hier sehr touristisch, aber es gibt ein paar kleine Perlen dazwischen. Staunend stehen wir in einem Laden, der Küchenutensilien, Kissen, Wolldecken, Seife und lauter schöne Dinge für ein gemütliches Zuhause anbietet. Alles ist hier perfekt aufeinander abgestimmt. Alle Farben und Formen harmonieren. Nichts blieb dem Zufall überlassen. Auf einem Tisch, den die Farbe Grün dominiert, stehen zwischen all den Sachen zwei kleine Basilikumpflanzen. »Wäre es nicht schön, wenn das Leben so wäre?«, frage ich Kristina und zeige auf den perfekt arrangierten Tisch. Sie nickt erst sehnsüchtig, dann schüttelt sie den Kopf.

»Für dich wäre das höchstens was für zwanzig Minuten. Ich könnte es vielleicht zwei Wochen aushalten.« Sie lächelt mich wissend an.

»Soll das heißen, dass ich so chaotisch bin?«, frage ich.

»Nennen wir es lieber lebendig!«, antwortet sie klug.

Als wir später am Hafen entlangschlendern, denke ich an Sascha. Stimmt das eigentlich, was ich Tom geschrieben habe? Bin ich wirklich verliebt? Ich frage Sarah und Kristina, was sie dazu meinen. »Du bist verknallt«, meint Kristina trocken.

Sarah überlegt und sagt dann: »Du bist verliebt in die Umstände. Weil mit Sascha alles so eine Leichtigkeit hatte. Keine

Kinder, keine Ehe, keine Verpflichtungen. Dafür Vespa fahren, eine Hütte am See und ein schnuckeliger, junger Verehrer. Wer von uns hätte sich da nicht verliebt?«

»Wisst ihr, was mir Sorgen macht?«, frage ich und bleibe stehen. Die beiden schauen mich erwartungsvoll an. »Klar, dass Sascha kein Mann fürs Leben wäre. Nie im Leben würde ich ihn gegen Tom tauschen. Aber nach dem Beinahe-Sex habe ich das Gefühl, ich verpasse etwas, wenn ich nur mit Tom schlafe. Mal einen anderen Mann zu spüren, das war so ... Ich hab mich so lebendig gefühlt, so gut. Jetzt habe ich Angst, dass ich nicht mehr zurückfinde in mein altes Leben. Was mache ich, wenn die Sehnsucht bleibt?«

»Die Sehnsucht nach Sascha oder die Sehnsucht nach Fremd-Sex?«, fragt Sarah.

»Fremd-Sex«, gebe ich zu.

»Ich komm nicht ganz mit«, sagt Kristina. Sie dirigiert uns auf eine freie Bank mit herrlichem Blick über Wasser und Inseln. Wir setzen uns. Sarah landet in der Mitte. »Also, du willst zu Tom zurück, obwohl der mit Hannah Weide gevögelt hat, verstehe ich das richtig?«

Ich nicke. »Wir haben uns ein paar SMS hin- und hergeschickt. Ich bin zwar supersauer, enttäuscht, verletzt, das ganze Programm«, ich seufze, »aber eigentlich steht es für mich außer Frage, ihn zu verlassen.«

»Hat er es denn versucht zu erklären?«, will Kristina wissen.

»Pfffffff. Wie will man so etwas erklären? Bedeutungsloses Frustvögeln hat er es genannt.«

»Glaubst du das?«, fragt Sarah.

Ich schaue ein paar Möwen hinterher, die sich um ein Stück Brot streiten. »Ja. Ich glaube nicht, dass er ernsthaft an der blöden Barbiepuppe interessiert war. Ich glaube, es war für ihn auch einfach eine Gelegenheit, sich begehrt und lebendig zu fühlen.«

Kristina und Sarah sehen zustimmend in meine Richtung und warten ab, ob ich noch weiterrede, aber ich schweige. So lange, bis Sarah mir sanft ihre Hand auf mein Knie legt und fragt: »Aber?«

»Aber ich weiß trotzdem nicht, wie wir jetzt weitermachen sollen. Ich kann ja nicht für immer hier in Stockholm sitzen. Außer wir drei kaufen uns doch das Hausboot zusammen.« Ich sage es lächelnd, aber ein Teil von mir hofft, die Mädels würden einfach sagen: Ja, genial, tun wir es.

Kristina beugt sich zu mir rüber: »Das willst du nicht wirklich!«, stellt sie fest.

»Doch, warum nicht?«

»Weil«, setzt sie bedeutungsvoll an, »es dort in den Schären Tausende von Mücken gibt, die alle dich stechen würden, weil du das perfekte Mückenopfer bist.«

»Ah ja«, sage ich.

»Und weil es regnen würde, sobald wir das Boot hätten, und zwar sintflutartig!«, fährt sie fort.

»Ja«, mischt sich jetzt auch Sarah ein »Und wir müssten den ganzen Tag Pornos gucken, weil Kristina Inspiration braucht, und dann würden wir uns alle ganz schlimm streiten, weil wir uns nicht einigen könnten, ob das nun frauenfeindlich oder geil ist, was wir da sehen.«

»Frauenfeindlich«, werfe ich ein, »auf alle Fälle frauenfeindlich!«

»Am Ende würden wir uns verfahren und bei elf Grad auf einer einsamen Schäreninsel stranden, auf der es kein warmes Wasser gibt.«

Kristina wird von der begeisterten Sarah unterbrochen, die dazwischenschreit: »Und nicht mal eine Badewanne, wo doch *an island without a bathtub inacceptable* ist!« Wir lachen alle zusammen, und das fühlt sich so warm im Bauch an, als hätte ich ein kleines Hundebaby auf meinem Schoß.

Die nächsten zwei Tage versuchen wir so viel wie möglich »für unser Glück zu sorgen«, wie Sarah es nennt. Das ist in Stockholm auch tatsächlich nicht allzu schwer. Wir schlemmen überall leckere Sachen, wir mieten Fahrräder und cruisen kreuz und quer durch die Stadt. Sehr weit kommen wir nicht, weil wir an jedem schönen Laden anhalten müssen. Wir besuchen das Astrid-Lindgren-Museum Junibacken, eine kleine perfekte Welt, in der es nur Orte wie Bullerbü und die Villa Kunterbunt gibt. Ob Astrid Lindgren eigentlich ständig glücklich war? Wie hat sie es geschafft, diesen optimistischen Blick auf die Welt zu haben? In ihren Büchern gab es durchaus auch betrunkene Väter, blutrünstige Drachen, tote Brüder oder elternlose Kinder. Wie schaffte sie trotz alledem diese Leichtigkeit zwischen den Zeilen? Ich nehme mir vor, mal eine Biographie über sie zu lesen. Ich will wissen, ob ihr Leben nur daraus bestand, herrliche Kinderbücher zu schreiben und Apfelkuchen zu backen, und falls nicht, wie hat sie alles andere gemeistert? Staunend laufen wir durch das Museum und wünschen uns, unsere Kinder könnten hier sein und das auch erleben. Wir fahren in einer Gondel und besuchen nach und nach die Helden ihrer Bücher. Wir dürfen bei Karlsson auf dem Dach reinschnuppern und sehen Klein-Ida, die Michel gerade die Fahnenstange hochgezogen hat. Als wir den Brüdern Löwenherz dabei zusehen, wie sie gemeinsam in den Abgrund springen, weinen wir alle ein bisschen.

Abends essen wir auf Djurgården richtig gute Köttbullar. Neben uns am Tisch sitzen vier Leute mit Cowboyhüten, die hier nicht reinpassen, aber seltsamerweise auch nicht wirklich auffallen. Als sie später davonreiten, winken wir und haben eine Weile lang das Gefühl, alles wäre möglich, wenn man nur hier in Schweden, in Stockholm, leben würde. Wir malen uns aus, wie anders und selbstverständlich perfekt alles wäre, wenn wir hier unsere Kinder zur Schule schicken könnten und selbst über eine kleine Regenbogenbrücke jeden Morgen zur Arbeit fahren würden.

»Was willst du jetzt eigentlich arbeiten?«, stellt Kristina mir die unangenehme Frage die ich nicht beantworten kann. Ich zucke die Schultern und rechne mir leise aus, dass ich schon in drei Wochen vierzig werde. Ich werde in der Lebensmitte ankommen ohne Job, mit einer Ehekrise und ohne Plan, in welche Richtung ich weitergehen soll. Happy Birthday.

Dann kommt der Tag, an dem meine beiden Freundinnen wieder abreisen müssen und ich allein zurückbleibe. Sarah muss dringend wieder arbeiten, beide müssen zurück zu ihren Kindern, das Leben geht weiter, und unser kleiner Urlaub vom Alltag ist zu Ende. Ich kann mich noch nicht überwinden, zurückzufliegen und mich Tom und meinem alten Leben zu stellen. Außerdem hat er sich seit unseren letzten SMS nicht mehr gemeldet. Ich habe ein paar Mal verstohlen mein Handy eingeschaltet und eigentlich erwartet oder gehofft, eine Nachricht von ihm zu finden. Kristina hat glücklicherweise natürlich einen Plan für den Abreistag für mich ausgearbeitet. Sie hat mir eine Fahrkarte besorgt für ein Schiff auf die Insel Sandhamn. Die müsse man gesehen haben, behauptet sie. Ich fahre gerne Schiff und bin froh, etwas zu tun zu haben. Als ich mich von Sarah verabschiede, flüstere ich ihr ins Ohr: »Das Tape ist übrigens von Sven!« Sie macht ganz große Augen, und ich glaube zu sehen, dass sie mühsam ein kleines Lächeln unterdrückt. Kristina umarmt mich fester, als es sonst ihre Art ist. Die beiden verschwinden im Taxi, winken heftig und sind weg. Glücklicherweise habe ich keine Zeit rumzustehen und mich einsam zu fühlen, weil ich auch los muss, um mein Schiff zu erreichen. Die *Cinderella* läuft pünktlich um neun Uhr dreißig von Strandvägen aus. Es ist kühl und windig. Über Stockholm ziehen dicke Wolken, die wütend alle paar Minuten ihre Form verändern, als wollten sie jemanden ärgern.

Ich stelle mich trotzdem draußen an Deck zu den wenigen anderen wetterfesten Passagieren. Wir legen ab, und ich sehe wie

Djurgården links an uns vorbeizieht. Auf in den Schärengarten. Ich bin froh, dass ich mir die winddichte knallblaue Jacke gekauft habe und eine graue Wollmütze. Für eine Schiffsfahrt genau das Richtige. Ich ziehe den Reißverschluss bis oben hin hoch und wünschte, ich hätte noch ein Tuch dazu gekauft, das ich mir jetzt um den Hals wickeln könnte. Hab ich aber nicht. Irgendetwas fehlt immer im Leben. Ich denke darüber nach, ob das so stimmt. Tatsächlich sind die Momente, in denen alles passt, selten. Wenn es im Job super läuft und in der Beziehung auch, hat garantiert ein Kind plötzlich Magen-Darm. Wenn man das ganze Haus endlich mal tipptopp sauber und aufgeräumt hat, wuchert das Unkraut im Garten. Bei jedem schönen Sommerabend mit perfektem Grillfleisch, Kerzen auf dem Tisch im Freien und tollen Gesprächen bekommst du garantiert ein bis fünfzehn Mückenstiche, die tagelang jucken. Ist das vielleicht nur eine Frage der Wahrnehmung? Ich glaube ja nicht an den Quatsch mit dem halb vollen oder halb leeren Glas. Mückenstiche jucken nun mal, kotzende Kinder sind ätzend und Unkraut lästig. Das hat doch nichts mit Wahrnehmung zu tun. Vielleicht doch. Ich konzentriere mich eine Weile auf mein fehlendes Tuch. Mein Hals wird eiskalt und meine Hände gleich dazu. Die finden ja immer einen Grund, sich abzukühlen. Ich werde bestimmt krank, wenn ich hier so ohne Tuch im Wind sitze. Eine fette Mandelentzündung könnte daraus werden. Bestimmt gibt es auf Sandhamn keine Apotheke und keinen Arzt. Wenn ich so den Himmel betrachte, sieht es auch sehr nach Sturm aus. Wir werden sicher in Sandhamn festsitzen, weil ein riesiges Unwetter aufkommt. Ich kann schon fühlen, wie meine Mandelentzündung sich ohne lebenswichtiges Antibiotikum zu einer Lungenentzündung weiterentwickelt. Es ist also ziemlich wahrscheinlich, dass ich auf Sandhamn, abgeschnitten von der Welt, daran sterben werde. Alles, weil ich kein Halstuch hatte.

Funktioniert super. Ich kann in meinem Kopf aus einem nicht vorhandenen Halstuch meinen baldigen Tod ableiten, indem ich meine Wahrnehmung auf das konzentriere, was fehlt. Aber wie macht man es umgekehrt? Ich versuche mich stattdessen jetzt auf meine warmen Ohren zu konzentrieren. Vielleicht könnten sich meine Hände ja mal an den Ohren ein Beispiel nehmen. Etwa einen Meter entfernt von mir steht eine Frau mit kurzen Haaren und einem ganz dicken Halstuch. Ich beneide sie. Sie hat bestimmt einen superwarmen Hals und bekommt keine Lungenentzündung. So wird das nichts mit der anderen Wahrnehmung, schimpfe ich mit mir selber. Jetzt schaut die Frau zu mir rüber und sagt auf Deutsch: »Eine warme Mütze wäre jetzt praktisch. Leider hab ich überhaupt kein Mützengesicht so wie Sie!«

Ich habe ein »Mützengesicht«? Das hat mir noch niemand gesagt.

»Das ist witzig, ich habe gerade gedacht, dass ich Sie sehr um ihr Halstuch beneide.« Wir grinsen uns an. Ihre kurzen Haare stehen vom Wind in alle Richtungen. Es ist schwierig, ihre Haarfarbe zu definieren. Braun mit Kupferdunkelblond. »Wissen Sie, wie lange wir nach Sandhamn fahren?«, frage ich.

»Fast drei Stunden«, sagt sie und schaut wieder auf das Wasser. O Gott, so lange, denke ich. Na, dann krieg ich garantiert eine Lungenentzündung. »Zu lange?«, fragt sie mich mit tiefer Stimme und schaut mich aus ihren hellen, blauen Augen durchdringend an. Ich trau mich nicht zu lügen. Diese Frau merkt ja offensichtlich alles. Also nicke ich nur und gucke wieder auf das Wasser.

»Waren Sie schon mal da?«, frage ich.

»Nein«, sagt sie »aber es soll sehr schön sein. Sandhamn ist für die Stockholmer wie Sylt für die Hamburger.«

»Aber die Hamburger sind schneller da«, vermute ich.

Sie lacht und schüttelt den Kopf. »Man braucht auch drei Stunden. Aber das hier ist viel besser als die A7!« Sie deutet auf die kleinen Inseln, die an uns vorbeigleiten. Manche sind lang und schmal und dicht mit Wald bewachsen, andere klein und rund, so dass gerade ein kleines Haus draufpasst und man noch Platz hat, bis zum Wasser zweimal Rad zu schlagen.

Viele von den Schäreninseln sind bewohnt, oder zumindest behäusert. Die Häuser sind ganz unterschiedlich. Mal sind sie wie aus dem Bilderbuch, rote Holzhäuschen mit weißen Balken und kleinen Veranden. Wenn ich genau hinsehe, glaube ich Petterson und Findus zu sehen, die hinter dem Haus im Garten sitzen und Pfannkuchentorte essen. Mal sind die Häuser auch blau oder gelb, mal ganz modern mit großen Glasfronten und klaren Formen. Überall gibt es kleine Anlegestege, an denen Ruder- oder Motorboote schaukeln.

»Welches Haus nimmst du?«, fragt mich die Halstuchfrau. Sie duzt mich jetzt, was ich sehr angenehm finde.

»Das kleine rote mit dem langen Steg«, sage ich und füge in Gedanken hinzu: Von dem kann ich dann regelmäßig angezogen ins kalte Wasser springen, wenn es nötig ist. »Und du?« Ich duze zurück, obwohl sie älter ist als ich. Sie sucht sich ein blaues Haus aus mit einem kleinen Saunahäuschen am Wasser. Kurze Zeit später sind wir an unseren Häusern vorbeigezogen.

»Siehst du den Mann da, der Holz hackt?« Sie zeigt mit den Fingern auf eine Insel, die wie ein Halbmond geformt ist. Vor dem gelben Haus hackt tatsächlich ein Mann im T-Shirt Holz. Bestimmt ein echter Schwede, wenn er bei den Temperaturen keinen Pulli braucht. »Der hat seine Frau umgebracht«, sagt sie so überzeugend, dass ich ein paar Sekunden brauche, um zu begreifen, dass sie sich das ausdenkt.

»Wie?«, will ich wissen und gucke ihm zu, wie er die Holzscheite aufstapelt, um sie dann mit dem Beil zu zerteilen.

»Er hat einen Föhn in die Badewanne geworfen. Das Haus ist alt und verfügt über keinen Sicherungsschalter. Der Stromschlag hat sie sofort getötet.« Sie blickt zufrieden auf den Mann und das gelbe Haus, in dem seine Frau gestorben ist.

Ich weiß noch nicht, ob ich die Halstuchfrau faszinierend oder eher beängstigend finde.

»Warum hat er sie umgebracht?«, frage ich sie.

»Er wusste nicht, was er ihr zu Weihnachten schenken sollte. Das wurde zu einer ständigen Belastung für ihn. Bis er eines Tages an nichts anderes mehr denken konnte. Die einzige Lösung, die er sah, war seine Frau zu beseitigen.«

»Er hat seine Frau beseitigt, weil er das Geschenkeproblem nicht lösen konnte?«

»Ganz genau. So wie man manchmal Symptome behandelt, anstatt die Ursache zu beheben.«

Die Halbmondinsel des Mörders ist schon nicht mehr in Sicht. »Schreibst du Krimis?«, frage ich die Halstuchfrau.

Sie lächelt. »Nein, bisher nicht,«

»Vielleicht solltest du damit anfangen!«, sage ich.

Sie geht gar nicht darauf ein, stattdessen ermutigt sie mich: »Jetzt bist du dran. Wer wohnt da?« Sie zeigt auf ein großes, verwinkeltes Haus.

»Eine Frau mit drei Kindern«, sage ich spontan.

»Lebt sie dort allein, ohne den Vater der Kinder?«, will die Halstuchfrau wissen.

»Ja. Sie wohnen noch nicht lange dort. Ihr Mann hat sie betrogen mit einer dämlichen blonden Schlampe. Und jetzt ist sie ausgezogen und wohnt mit ihren Kindern allein in den Schären. Jeden Morgen um halb sieben steht sie auf und geht nackt schwimmen, dann hat sie Energie genug für den ganzen Tag. Und wenn die Sonne untergeht und die Kinder alle im Bett sind, sitzt sie mit einem Glas Wein in der Hand auf diesem Felsen da vorne. Ich zeige auf einen hübschen, großen Steinbrocken. »Und denkt an zwei Männer.«

»An zwei?«

»Ja, an zwei. An den Vater ihrer Kinder und an den Mann, mit dem sie beinahe Sex hatte und sich gut und lebendig fühlte für ein paar Tage.«

»Liebt sie beide?«, fragt die Halstuchfrau und schaut mich interessiert mit ihrem Röntgenblick an.

Ich schüttele den Kopf. »Nein, nur einen. Aber sie weiß noch nicht, wie sie sich ohne den anderen gut und lebendig fühlen kann.«

»Sie wird es herausfinden«, sagt die Halstuchfrau und lässt mich allein an der Reling stehen.

Kapitel 16

Langsam läuft die *Cinderella* in Sandhamn ein. Eine Filmkulisse gleitet an uns vorbei. Holzhäuschen hübsch aneinandergereiht, in denen ausschließlich Menschen mit grünem Daumen wohnen. Alle haben Stockrosen, Katzenminze, Salbei und andere große blaue Blumen, von denen ich den Namen nicht kenne, im Garten. Hier müsste man eine Serie drehen, schießt es mir durch den Kopf. Das wäre ein perfektes Set. Eine Art *Friends* auf den Schären. Sechs Leute, die aus unterschiedlichen Gründen auf die Inseln kommen und Abstand von ihrem alten Leben gewinnen. Während ich die Brücke runter an Land gehe, sehe ich sie schon alle vor mir, wie sie ihr Gepäck erwartungsvoll auf die schöne Insel schleppen. Ich selbst habe nur eine kleine Tasche dabei, in der ein Ticket für die Rückfahrt ist. Bis neunzehn Uhr habe ich Zeit, die Insel zu erkunden. Der Hafen ist mini, wie alles hier. Etwas ratlos bleibe ich stehen und schaue mich erst mal um. Ich habe leider keine Karte von Sandhamn, also werde ich einfach auf gut Glück loslaufen. Die Halstuchfrau ist schon auf der Promenade vor mir. Sie sieht mich und winkt mir fröhlich zu, dann geht sie zielstrebig weiter. Sie weiß wohl ziemlich genau, wo sie hin will.

Ein paar kleine Hütten stehen an der Promenade. Schöne, bunt angemalte Hütten, versteht sich, in denen kleine Geschäfte sind. Ich wette, ich finde auf dieser Insel nicht einen einzigen Ort, der nicht idyllisch, schön oder niedlich ist. Wie geht so etwas? Gibt es da eine Art Inselpolizei, die rumfährt und die Leute anspricht? »He, Ihr Garten ist nicht idyllisch genug, ändern Sie das bitte unverzüglich! Hallo, das Fahrrad, das Sie fahren, hat keine herrliche Farbe, bitte steigen Sie ab und bringen Sie das in Ordnung!«

Ein Typ auf einem seltsamen Fahrzeug fährt hinter mir, und ich gehe einen Schritt zur Seite auf dem schmalen Weg, um ihn vorbeizulassen. Es macht ein leises surrendes Geräusch und sieht aus wie ein Moped mit einer Ladefläche vorne dran, auf der man ein paar Kisten Äpfel transportieren kann. Ziemlich praktisch. So ein Ding müssten meine Sechs in der Serie haben. Der Typ auf dem Elektromoped fährt jetzt langsam vor mir her, als wollte er mir Gelegenheit dazu geben, sein Fahrzeug genau zu betrachten. Sein Fahrzeug, oder … ihn?

Von hinten sieht er aus wie – Tom. In Zeitlupe sickert die Erkenntnis durch. Das IST Tom. Und er fährt nicht zufällig vor mir her. Kristina – das Ticket. »Sandhamn MUSST du einfach gesehen haben, Annabel.« Ob Sarah auch davon wusste? Ein Teil von mir will einfach still und heimlich rechts abbiegen und weglaufen. Aber die neue Annabel läuft nicht mehr weg. Ich atme tief ein. Mit ein paar schnellen Schritten habe ich ihn auf seinem Mopeddings eingeholt. Ohne ein Wort zu sagen, setze ich mich vorn auf die Ladefläche. Ein überraschtes »Tom, was machst du denn hier?« werde ich ihm jedenfalls nicht gönnen. Er fährt weiter, als ob nichts wäre. Ich sitze mit dem Rücken zu ihm und starre auf den Weg vor uns. Es fühlt sich ganz schön wackelig an hier vorne drauf. Ich halte mich links und rechts an dem niedrigen Rand der Ladefläche fest. Tom erhöht jetzt sachte die Geschwindigkeit, und wir rauschen durch eine enge Gasse an Bilderbuchgärten mit Bilderbuchgartenzäunen vorbei. Es geht leicht bergauf. In ein paar Gärten kann ich eine Schaukel entdecken. Ob viele Kinder hier auf der Insel wohnen, oder ob das alles Ferienhäuser sind? Langsam werden die Häuser weniger, und der Wald beginnt. Wir holpern den Weg entlang. Baumstämme sausen an mir vorbei. Ich möchte gern einmal nach hinten schauen und in Toms Gesicht sehen. Irgendwie kann ich das aber noch nicht. Also schaue ich weiter nach vorn und entdecke immer wieder einzelne Häuser hinter den Baumstämmen. Es dauert nicht lange, und wir kommen aus dem Wald heraus. Sand mischt sich in den Schotterweg, und ich kann das Meer sehen. Wir sind an einer Bucht angekommen, an der ein kleines Stück Sandstrand liegt, begrenzt durch große Felsen links und rechts. Tom hält an. Ich bleibe sitzen, bis er absteigt und zu mir herumkommt. Er ist unrasiert, trägt ein blaues Shirt mit Knopfleiste und eine Leinenhose, die ich nicht kenne. Sein Blick gleitet über meine Klamotten, die er auch nicht kennt. Er versucht ein Lächeln und hält mir seine Hand hin, um mir beim Absteigen zu helfen. Ich lächle nicht zurück, nehme aber seine Hand. Als ich wieder auf dem Boden stehe und sie loslassen will, hält er sie fest. Was glaubt er denn? Dass wir fröhlich Händchen halten? Wütend funkele ich ihn an: »Was soll das, Tom?«

»Ich dachte, wir bringen den wütenden Teil gleich hinter uns, dann haben wir das erledigt«, sagt er und hält mich weiter fest.

»Und du meinst, den kann man mal eben so erledigen?«, frage ich und versuche meine Stimme nicht so sauer klingen zu lassen, weil ich mich von ihm ertappt fühle.

»Keine Ahnung. Mir fehlt da etwas die Erfahrung«, sagt er und greift nach meinem anderen Arm. Wie ein Schraubstock hält er jetzt beide Unterarme von mir fest. Er macht mich tatsächlich richtig wütend damit, aber ich versuche dagegen anzukämpfen, um ihm nicht recht zu geben. Über uns fliegen dunkle Wolken über den Himmel. Die Bucht ist menschenleer.

»Lass mich los«, sage ich so ruhig wie möglich.

»Erst wenn du mich angeschrien hast«, sagt er noch ruhiger als ich und hält mich weiter fest.

»Ich werde dich nicht anschreien, schon gar nicht, wenn du es möchtest.«

»Dann schrei mich nicht an.«

»Lass mich los«, sage ich etwas lauter. Er schweigt und hält mich fest. Seine dunklen Augen sind auf meine gerichtet. Er kennt mich gut und weiß, er ist gleich am Ziel. »Du lässt mich jetzt los, oder ich schreie hier die ganze Bucht zusammen und behaupte, du bist ein Triebtäter«, warne ich ihn. Belustigt sieht er sich um. Weit und breit ist niemand zu sehen. Er gibt mich frei. Damit habe ich nicht gerechnet, und irgendwie macht mich das erst recht wütend. Ich schubse ihn, weil mir nichts Besseres einfällt. Wieder verhält er sich nicht wie erwartet und bleibt stehen, sondern dreht sich um und steuert auf den Sandstrand zu. Ich weiß nicht wirklich, was ich mit all der Wut tun soll, die er erst provoziert hat und die ich jetzt nicht rauslassen kann, weil er mir keine Gelegenheit dazu gibt. Wenn ich schreie, hat er gewonnen. Er läuft jetzt am Strand entlang. Der soll mich verdammt nochmal anschauen! Einer plötzlichen Eingebung folgend, ziehe ich mich nackt aus und stürze mich ins Wasser. Es ist kalt. Saukalt. Eiskalt. Scheißkalt. Mir bleibt der Atem weg. Die Gischt spritzt mir ins Gesicht. Kurze Zeit später taucht Tom neben mir auf. Ich finde den Sandboden unter meinen Füßen und stelle mich hin. Sein nackter Körper ist ganz dicht neben meinem. Seine dunklen Haare sind nass, das Wasser rinnt ihm über sein Gesicht. Graue Schläfen, die in graue Bartstoppeln übergehen. Er zieht mich zu sich heran. In Wut und Kälte mischt sich plötzliches Verlangen. Einen Moment lang gebe ich nach, dann gewinnt die Wut, und ich verpasse ihm eine richtig saftige Ohrfeige. Er schaut mich an und weicht keinen Zentimeter zurück. Stattdessen beugt er sich vor, um mich zu küssen, und kassiert eine zweite Ohrfeige. Als Antwort stupst er mich sanft mit seiner Erektion an und taucht ein kleines Stück ab ins eisige Wasser. Das ist schon ein ziemliches Kompliment an mich, bei diesen Temperaturen eine Erektion zu haben und trotz Ohrfeigen zu halten. Ich ziehe ihn entschlossen an mich heran und küsse ihn unsanft. Er findet mich. Alles ist kalt und salzig und sandig. Trotzdem vögeln wir in dieser kleinen, verlassenen Bucht auf den Schären. Es tut richtig gut, nicht mehr unbedingt gewinnen zu wollen, sondern einfach das zu tun, worauf ich im wahrsten Sinne des Wortes Lust habe.

Für ein paar Minuten ist die Kälte kein Thema mehr. Aber als wir schließlich aus dem Wasser wieder an Land kommen, würde ich alles für ein großes, flauschiges Handtuch geben.

Ich denke an das fehlende Halstuch. Mit dem hätte ich mich jetzt abtrocknen können. Außer Atem und mit klappernden Zähnen schauen wir uns an.

»Gib mir zwei Minuten!«, sagt Tom und springt nackt und nass auf das Elektromoped. Will er sich jetzt trocken fahren? Er verschwindet im Waldweg und kommt tatsächlich nach zwei Minuten, in denen ich etwas verzweifelt am Strand herumhüpfe um mich irgendwie aufzuwärmen, mit zwei Bademänteln wieder. Er hüllt mich in einen großen gelben, dann zieht er sich einen kleinen rosafarbenen an.

»Wo hast du die her?«, frage ich zitternd.

»Wäscheleine«, grinst er. Wir rubbeln uns trocken, so gut es geht, und ziehen uns wieder an. Die Sonne kommt raus. Wir klettern auf die großen runden Felsen. Das geht erstaunlich leicht und macht richtig Spaß. Oben angekommen, legen wir die »geliehenen« Bademäntel zum Trocknen in die Sonne und setzen uns daneben.

Bevor ich etwas sagen kann, fängt Tom an: »Ich soll bloß nicht glauben, dass jetzt alles in Ordnung ist, bloß weil du gerade mit mir geschlafen hast, richtig?«

»Hab ich nicht. Ich habe mit dir gevögelt, das ist etwas anderes«, widerspreche ich.

»Du hast mich nur benutzt«, stellt er dramatisch fest. Wir schauen auf die Wellen und die Bucht, die bei Sonnenschein komplett anders aussieht. Plötzlich habe ich Sehnsucht nach einem echten Gespräch. So wie wir früher miteinander geredet haben.

»Verlieben ist genauso schlimm wie Fremdvögeln«, sage ich.

Er schaut auf den Himmel, an dem sich die Wolken zwar halten, aber immer mehr Abstand von der Sonne nehmen. »Du fehlst mir«, sagt Tom.

»Ich fehle mir auch«, sage ich.

»Seit wann fehlst du dir?«, fragt er ernsthaft und schaut mich an.

»Ich weiß es nicht. Seit Tias Geburt vielleicht. Manchmal fühlt es sich so an, als wäre es ein Fehler gewesen, drei Kinder zu bekommen.« Ich traue mich nicht, ihn anzusehen, nachdem ich das ausgesprochen habe. Aber aus den Augenwinkeln sehe ich, dass er langsam nickt.

»Es ist jedenfalls viel schwieriger, als ich gedacht hätte«, gibt er jetzt zu. »Manchmal wache ich nachts auf und denke, das geht alles nicht. Als Schauspieler eine so große Familie zu haben ist Wahnsinn. Wie soll das gutgehen?«

Ich bin überrascht, das zu hören. Ich wusste nicht, dass er sich solche Gedanken macht, und schon gar nicht, dass er nachts davon aufwacht.

»Ich hatte keine Ahnung, dass du so unglücklich bist mit *Jeanny-TV*. Du hast nie was gesagt«, redet er weiter.

»Das habe ich ja selber lange nicht gemerkt. Ich dachte immer, ich mache das eben, bis etwas Besseres kommt. Ich wusste nicht, dass es da eine Deadline gibt.«

»Eine Altersdeadline?«, fragt er nach.

Ich nicke. »Ich weiß, das hört sich jetzt albern an, aber ich habe Angst, dass es plötzlich für alles Mögliche zu spät sein könnte. Nicht nur für die Fernsehkarriere.« Er schaut mich fragend an, und ich merke, dass ich deutlicher werden muss. »Ich hab Angst, eines Tages aufzuwachen und siebenundfünfzig Jahre alt zu sein. Dann sind die Kinder aus dem Haus, du hast dreizehn Fernsehpreise, und ich stelle fest, dass ich gar nichts habe außer blauen Fensterläden. Und dann denke ich vielleicht: Was soll's? Tom dreht mal wieder ohne mich auf den Malediven, geh ich doch endlich mal einen anderen Mann poppen. Und DANN stelle ich fest, jetzt will mich keiner mehr. Das war's!«

»Du möchtest Karriere machen oder andere Männer poppen?«, fragt er unsicher.

»Ich weiß es doch nicht!« Ich springe auf, weil ich nicht mehr sitzen kann. »Ich will einfach auch ein Leben! Ihr alle habt eins! Du sowieso und Tia und Lucy und Flip – alle habt ihr euer Leben und eure Leidenschaften, und nur ich – ich hab nix! Ich hab ja nicht mal eine eigene Handtasche, in der ich Kondome verstecken könnte, ich habe überhaupt keinen Raum, der mir gehört. Seit Jahren bin ich immer dafür zuständig, die Bedürfnisse der Kinder zu befriedigen, und darin bin ich so gut, dass ich überhaupt nicht mehr weiß, was eigentlich meine Bedürfnisse sind. Ich weiß, dass ich nicht *Ice Age 4* gucken will, aber ich weiß nicht, was ich stattdessen gerne gucken würde. Und was würde es mir auch helfen, das zu wissen, wenn ich ja sowieso *Ice Age* gucken muss. Seit JAHREN!« Ich schreie jetzt über die kleine friedliche Bucht: »IMMER NUR *ICE AGE*!!!!!!!!!!!«

Tom steht auf und stellt sich hinter mich. So dicht, dass er mich fast berührt. Lange stehen wir so da. Von unten sieht es sicher so aus, als würde dort oben ein Pärchen die Aussicht genießen. Langsam füllt sich die kleine Sandbucht ein wenig. Einige Familien mit kleinen Kindern, die noch nicht an die Ferien gebunden sind, legen ihre Handtücher und Decken in den Sand. Eimer und Schaufeln werden ausgepackt. Irgendwo weint ein Baby.

»Du bekommst dein Leben zurück, Annabel. Jeden Tag ein Stück. Guck mal die!«, Tom zeigt auf eine Familie, die sich abmüht, einen Kinderwagen durch den Sand zu schieben. »Das müssen wir alles nicht mehr machen.« Ich beobachte die Frau, die jetzt das weinende Baby aus dem Wagen nimmt, sich auf eine hastig auseinandergefaltete Decke kniet und es zu wickeln beginnt. Er hat recht. Die Kinder werden größer, und alles wird einfacher. Aber bekommt man dann tatsächlich automatisch sein Leben zurück?

»Was möchtest du jetzt tun?«, fragt er und fährt sich mit der Hand durch sein halbtrockenes Haar. »Du meinst außer heiß duschen? Dann würde ich mal ganz unkreativ mit etwas essen anfangen«, schlage ich vor.

»Gott sei Dank!«, sagt er lächelnd. Er schnappt sich die Bademäntel, die noch lange nicht trocken sind, und wir holpern auf unserem surrenden Mofa den Weg zurück durch den Wald. Tom stoppt und flüstert mir zu: »Ich schleiche mich in den Garten und hänge die zurück auf die Leine. Du setzt dich aufs Mofa, und sobald du mich siehst, fährst du los, und ich spring auf!«

»Ich soll das Fluchtfahrzeug fahren?«, frage ich laut.

»Schhhhhhhhhhh!«, zischt er mich an und bedeutet mir mit dem Kopf, dass ich von der Ladefläche auf das Moped steigen soll. Ich tue es und sehe, wie er mit dem Frottee im Arm hinter den Bäumen und über einen Gartenzaun verschwindet. Kurze Zeit später höre ich Schreie. Hastig drehe ich den Schlüssel um und versuche das Teil zu starten. Wie geht das bloß? Sicher muss man irgendwo Gas geben und irgendeine Kupplung halten, drücken ... Tom kommt angerast, verfolgt von einer zeternden Stimme. Ich drücke, hebele und ziehe überall, und das Mofa springt an und macht sofort einen Satz nach vorn. Ich überfahre Tom beinahe, er springt auf die Ladefläche, und ich rase los. Englische Flüche fliegen hinter uns her.

»Sie haben dich erwischt?«, frage ich, als wir etwas außer Reichweite sind.

»Ich glaub, das war der falsche Garten«, gibt Tom zu und lacht. »Plötzlich stand da diese alte Engländerin und schreit mich an. Ich hab ihr einfach die Bademäntel auf den Tisch geworfen und bin losgerannt.«

»Die soll doch froh sein. Kommt ja nicht jeden Tag jemand und liefert einem nasse Bademäntel!« Kichernd fahren wir die enge Gasse zurück zum Hafen und finden ein schönes, gemütliches Restaurant.

Wir essen und reden. Tom hört mir zu. Seine braunen Augen fest auf mich gerichtet. Ich erzähle von dem Casting, wie tief es mich getroffen hat, dass plötzlich alles zu spät sein soll, nur weil ich vierzig werde. Dann der Anruf vom Kleisterberg und die wahnwitzige Hoffnung, ich könnte die Abendsendung doch noch moderieren. Mein Besuch beim Schönheitschirurgen, auch das hört sich Tom ruhig an, obwohl ich an seiner Körperhaltung lesen kann, dass es ihm schwerfällt.

Ich erzähle von *Jeanny-TV*, wie ich feststellen musste, dass eigentlich gar nichts mehr von mir übrig war. Ich saß vor der Kamera wie eine Marionette, mit Fragen, die man mir aufs Ohr diktierte, in Klamotten, die ich nicht ausgesucht hatte. Von Sönke erzähle ich, dem Playmobilfilmemacher, der eine Leidenschaft hat für das, was er tut, und wie ich ihn darum beneide. Ich stelle das kleine Männchen auf den Tisch, das er mir zum Abschied geschenkt hat und das seitdem in meiner Handtasche wohnt. Tom schaut es sich genau an, als könnte er in diesem Männchen die Lösung für all unsere Probleme finden.

»Bist du wieder warm?«, fragt er mich, als wir mit dem Essen fertig sind. Ich nicke, und er sagt: »Dann entführe ich dich für den Nachtisch an einen anderen Ort.« Entführen und Nachtisch in einem Satz klingt super, und ich komme bereitwillig mit.

Wir fahren auf dem Elektromoped zu einer kleinen Bäckerei. Ein schönes Schild hängt vor dem Eingang, kleine weiße Tische mit verzierten weißen Stühlen stehen vor dem Laden. An einer Theke kann man sich mit Wasser und Kaffee bedienen. Das ist auch etwas, was ich in Stockholm liebgewonnen habe. Überall gibt es diese kleinen Theken, an denen man mindestens Wasser umsonst bekommt. Meistens noch in großen, schönen Karaffen, in denen Orangen oder Zitronenscheiben schwimmen.

Tom zieht mich in den Laden, und wir stehen im Paradies der süßen Stückchen. Alles hier sieht phantastisch aus. Die

Auswahl ist nicht riesig, man sieht, dass hier wirklich selbst gebacken wird. Tom bestellt einen großen Teller mit fast allen Sachen, die sie anbieten.

Wir setzen uns an einen Tisch in die Sonne und genießen eine Weile schweigend die Herrlichkeiten auf unserem gemeinsamen Teller.

»Woher kennst du diese tolle Bäckerei?«, will ich wissen.

»Recherche«, antwortet er geheimnisvoll.

»Ich werde hier total fett«, sage ich.

»Das ist Sünde«, sagt Tom. Ich schaue auf die ganzen süßen Teile und nicke. »Nein, was du da sagst, ist Sünde.« Ich schaue ihn erstaunt an. »Du bist so eine schöne Frau, Annabel, mit so einer tollen Figur, und du weißt es gar nicht oder siehst es nicht mehr.«

Ich weiß nicht, was ich sagen soll. »Siehst du es denn?«, frage ich schließlich.

»Ja. Jeden Tag. Wahrscheinlich sage ich es dir zu selten. Die ganze Nummer mit dem Kleisterberg und dem Schönheitschirurgen – es fällt mir so schwer, das alles zu verstehen, weil ich an dir rein gar nichts alt oder faltig finde. Ich seh dich an und denke: Sie spinnt, der Kleisterberg spinnt ...«

»Also, selbst wenn du das so siehst, Tom – was ja natürlich schön ist –, dann warte einfach noch zehn Jahre und sieh mir dabei zu, wie ich immer älter und faltiger und runzlig und schlaff und fett werde.«

Er schüttelt den Kopf. »Was soll das, Annabel? Ich dachte immer, du wärst anders als diese Frauen, die so denken! Du warst die, die zuerst fertig war, wenn wir loszogen. Du hast dir die Haare hochgewuschelt, Wimperntusche aufgelegt, und los ging's. Warum hängst du dich plötzlich so am Alter auf?«

»Weil ich vierzig werde?!«, schleudere ich ihm sauer entgegen. »Immer erwarten alle, dass man das als Frau locker und entspannt nimmt. Man soll sagen: Ach, ist mir ganz egal, wie alt ich bin, passt schon. Aber es passt eben nicht! Und es ist

NICHT egal. Nicht, wenn man deshalb plötzlich keine Jobs mehr vor der Kamera bekommt oder vom eigenen Mann betrogen wird!« Ich funkele ihn böse an.

»Dass ich dich betrogen habe, hat nichts mit deinem Alter und vermutlich generell nichts mir dir zu tun«, sagt er leise.

»Womit dann?«, frage ich.

»Hunger. Einfach Hunger nach Leben. Nach Abenteuer. Ich wollte mein männliches Ego wiederherstellen.« Er senkt den Kopf, als würde er eine weitere Ohrfeige von mir erwarten. Dabei verstehe ich sehr gut, was er sagt. »Wie war das denn bei dir?«, fragt er. »Mit …?«

»Sascha«, helfe ich. Ich atme tief ein und wieder aus. »Tom, ich will dir nichts von Sascha erzählen. Das fühlt sich nicht richtig an. Und ich will auch nichts von Hannah hören.« Ich kann sehen, dass er grübelt, ob er den Deal okay findet.

»Hm«, macht er und beißt noch mal in ein süßes Teil mit Schokocreme. »Aber du hattest keinen Sex mit diesem Sascha?«, will er wissen.

»Nein.«

Er wartet, ob ich noch mehr sage.

»Wäre es dir lieber, ich hätte Sex mit ihm gehabt?«

Er schaut mir in die Augen »Nein, aber dir wäre es lieber, du hättest Sex mit ihm gehabt, stimmt's?« Ich spüre, wie ich rot werde, und schaue schnell weg. »Vielleicht ist das gar nicht so schräg, dass man nach so vielen Jahren Lust auf Fremd-Sex hat.« Er spricht langsam und vorsichtig, als könnte er mit diesem Satz eine Menge kaputt machen. Ich ziehe es vor, nichts dazu zu sagen. Aber ich lege für ein paar Sekunden meine Hand auf seine.

Bevor unser Schiff nach Stockholm ablegt, bringt Tom das Elektromoped zurück. Ich sitze ein bisschen am kleinen Hafen herum und wünschte, ich hätte so ein kleines rotes Holzhäuschen hier auf der Insel. Ich hätte einen kleinen Kräutergarten und zwei Katzen und könnte jeden Tag auf das Meer gucken. Heimlich glaube ich, dass ich dann nie Probleme hätte und immer glücklich wäre. So wie ich mir als Kind immer die Haare wachsen lassen wollte. Ich dachte, wenn ich lange Haare hätte, könnte mich nichts auf der Welt mehr traurig oder unzufrieden machen. Was für eine naive Hoffnung, sagt meine Beobachterin. Mit acht ist das normal, aber mit fast vierzig? Du wärst doch nicht wirklich glücklicher als Singlekäseexpertin oder auf Sandhamn mit zwei Katzen oder in Stockholm als Karrierefrau. Ehrlich gesagt reicht doch schon ein fehlendes Halstuch, um dich unglücklich zu machen. Sie nervt, aber sie hat leider recht. Vielleicht hält mich allein die ständige Frage nach dem Glück davon ab, glücklich zu sein.

Tom kommt um die Ecke. Ich betrachte ihn, wie er so am Hafen entlangschlendert. Ich kenne seine Art zu gehen so gut. Ist das gut oder schlecht?, fragt die Beobachterin. Ich wünschte, sie würde hier auf der Insel bleiben, während wir die *Cinderella* betreten.

Auf der Rückfahrt sehe ich wieder die Halstuchfrau. Sie lächelt mir und Tom verschwörerisch zu. Was sie wohl denkt? Glaubt sie vielleicht, dass Tom der Mann ist, mit dem ich Beinahe-Sex hatte? Oder denkt sie vielleicht, ich hätte mir einen dritten Mann auf Sandhamn aufgerissen? Oder sieht man es uns am Ende doch an, dass wir schon lange ein Ehepaar sind? Wir berühren uns kaum und wenn, dann ganz vorsichtig. Tom ruft zu Hause an, und ich merke auf einmal, dass wir gar nicht über die Kinder geredet haben.

»Wer ist bei ihnen?« Diese Frage hätte ich schon längst stellen sollen.

»Deine Eltern«, antwortet Tom, und bevor ich etwas erwidern kann, habe ich meine drei Kinder gleichzeitig am Ohr. Sie schreien alle fröhlich in den Hörer, jede möchte zuerst mit mir sprechen. Als ich auflege, habe ich Sehnsucht nach den Mädchen.

»Was hast du meiner Mama erzählt, warum sie kommen müssen?«, will ich wissen.

Tom stützt sich auf die Reling. Der Wind zerzaust sein Haar. »Nur dass du mit Sarah und Kristina in Stockholm bist und ich dich gern überraschen möchte.«

»Gut. Sehr gut. Und sie hatten tatsächlich Zeit und waren nicht gerade im Wellness-Urlaub?«

»Ich glaube, sie kamen gerade aus dem Robinsonclub in Ägypten und haben aber noch eine Woche Zeit, bevor sie um den Bodensee radeln.« Er macht ein Wahnsinn-was-die-Rentner-für-ein-Leben-haben-Gesicht.

»Warum machen wir das so selten?«, fragt er.

»Was? Du meinst der Frau nach Stockholm hinterherreisen, weil man Mist gebaut hat?«

»Paarurlaub«, verbessert er. »Du bist ganz anders ohne die Kinder.«

»Ach?« Ich fühle, wie sich schon wieder Wut wie lauter kleine schwarze Käfer in meinem Bauch sammelt. »Das ist ja seltsam. Ich bin also anders, wenn ich nicht alle zwei Minuten jemandem sagen muss, er soll sofort aufhören, seine Schwester zu hauen, oder im Fünfminutentakt Pflaster, Bonbons oder Arnica-Kügelchen verteilen muss??!«

»Komm, so schlimm ist es doch gar nicht.«

»Also, ob DU das beurteilen kannst, Tom. Wann hast du die Kinder schon mal allein?«

»Ich hab die … ganz oft hab ich die …«

»WANN?«

»Die letzten paar Tage, zum Beispiel.«

»Und, wie war das?« Er weicht meinem Blick aus und schaut auf das Meer. »Chaotisch, schön und … anstrengend«, gibt er zu.

»Genau so. Nur nicht immer in der Reihenfolge«, sage ich. Wir hören dem Geräusch zu, das die *Cinderella* macht, während sie durch das Wasser pflügt. Etwas Ungutes schwebt zwischen uns. Einer von uns müsste sagen, dass es trotz allem schön und wunderbar ist, die drei zu haben. Ich müsste es tun. Aber ich schweige trotzig.

Wir kommen an dem Haus vorbei, vor dem auf der Hinfahrt der Mörder sein Holz gehackt hat. Ich sehe mich suchend nach der Halstuchfrau um und finde ihren Blick. Sie macht das Handzeichen für Abmurksen, indem sie sich mit dem rechten Zeigefinger am Hals entlangfährt und dabei die Zunge rausstreckt. Sie ist definitiv etwas gruselig.

In Stockholm angekommen, sehe ich sie ein letztes Mal. Sie tritt ganz schnell auf mich zu und steckt mir einen zusammengefalteten Zettel zu. »Alles Gute«, sagt sie mit warmer, tiefer Stimme. Sie schenkt mir einen letzten wissenden Blick aus ihren hellen Augen und verschwindet.

Weil ich Tom nicht einweihen will, lasse ich den Zettel erst einmal in meiner Hosentasche verschwinden.

Er trabt wie ein Hündchen mit mir zur Villa Källhagen. Gerade als ich anfange, mich darüber zu ärgern, mit welcher Selbstverständlichkeit er glaubt, er könnte in meinem Zimmer, mit mir in meinem Bett übernachten, tritt er an die Rezeption und bucht bei der hübschen Schwangerblonden ein Einzelzimmer.

Wir nehmen gemeinsam die Treppe in den ersten Stock. Mein Zimmer ist die Nummer fünfzehn gleich am Anfang des Flures. »Gute Nacht, Annabel«, sagt Tom.

»Gute Nacht, Tom«, sage ich. Wir lächeln uns kurz an, dann geht er den Flur entlang auf der Suche nach seinem Zimmer.

Ich dusche lange und heiß, wickele mich dann in zwei Bademäntel, die glücklicherweise in meinem Schrank liegen, und werfe mich auf mein Bett.

Langsam falte ich den Zettel der Halstuchfrau auseinander. Drei Wörter stehen da. Sie hat einen schwarzen Stift benutzt und eine schwungvolle etwas exzentrische Handschrift.

Trust the Process

Ich soll dem Prozess vertrauen. Welchem Prozess? Ich lasse

mir von meinem Handy *Process* übersetzen. Ablauf, Vorgang, Verlauf.

Ich soll dem Lauf der Dinge vertrauen. Hm. Ich googele *Trust the process*. 512 Millionen Ergebnisse. Mann, da hat sich die Halstuchfrau aber was Exklusives für mich einfallen lassen. Ich bin beeindruckt. Trotzdem kann ich es nicht lassen und lese nach. Es gibt eine Art Ratgeber für Künstler mit diesem Titel.

Angeblich gibt es eine intelligente Kraft, die beim Malen, Musizieren, Tanzen oder auch im Leben wirkt. Wenn wir ihr vertrauen, führt sie uns an die Orte, an denen wir sein sollen, und in die Richtung, die wir selbst vorher nie für möglich gehalten hätten. Klingt etwas esoterisch. So sah die Halstuchfrau gar nicht aus. Ich lese auf einer anderen Seite weiter.

Dort erfahre ich, dass dem Lauf der Dinge zu vertrauen sehr viel mit Loslassen zu tun hat. Die Kontrolle aufgeben, die uns daran hindert, dort hinzugelangen, wohin uns der Lauf der Dinge natürlicherweise führt.

Hat mich der Lauf der Dinge in die Hütte am See geführt? Oder nach Stockholm?

Wie lässt man los? Wie trusted man dem process? Super Hilfe. Drei Wörter auf einem Zettel, und ich kann gucken, was ich mit dem Quatsch jetzt mache.

Ich decke mich zu und lösche das Licht. Dann mache ich es noch mal an und ziehe einen der zwei Bademäntel aus. Zu Hause trage ich fast nie einen, und heute hatte ich gleich drei davon an. Was die Engländerin wohl mit dem gelben und dem rosafarbenen Bademantel angefangen hat? Vermutlich hat sie beide erst mal gewaschen. So wandern sie von Wäscheleine zu Wäscheleine und vertrauen dem Lauf der Dinge. Ich wünschte, ich wäre ein Bademantel.

Ich schlafe ein und träume, dass ich auf einer ganz langen Leine unzählige Bademäntel aufhängen muss. Die sind alle furchtbar nass und schwer. Frau Flappke steht neben mir und treibt mich auf Englisch an, schneller zu arbeiten. Sie mäkelt rum, dass ich nicht die richtigen Klamotten trage, und bewirft mich mit Zimtschnecken. Dann hab ich plötzlich auch noch Frank im Ohr, der mir diktiert, doch endlich den blauen Bademantel aufzuhängen. Ich werfe alles hin und renne weg, einen langen Steg entlang. Sie sind hinter mir her, und ich springe am Ende des Stegs ins Wasser. Plötzlich bin ich am Flughafen und sitze auf einem Elektromoped auf der Ladefläche. Als ich mich umdrehe, um zu sehen, wer fährt, ist es das Playmobilmännchen, das mir Sönke geschenkt hat, in Überlebensgröße. Es grinst diabolisch und fährt immer schneller. In meiner Verzweiflung rufe ich Tom an, der sagt, er kann jetzt nicht, weil er gerade mit Hannah Weide vögelt. Eine Lautsprecherdurchsage hallt durch den Flughafen »Trust the process, trust the process« – das Elektromoped rast mit mir vorne drauf in eine große Glasscheibe, und ich wache mit klopfendem Herzen auf.

Ich mache das Licht an, um die Reste des Traums zu verscheuchen, die wie Spinnweben an mir haften. Ein Blick auf die Uhr sagt mir, dass ich erst zwei Stunden geschlafen habe. Am liebsten würde ich jetzt zu Tom ins Bett kriechen, auch wenn der Arsch mich nicht gerettet hat im Traum. Weiß ich überhaupt, welche Zimmernummer er hat? Welche war das noch? Zweiundzwanzig?

Ich schicke ihm eine SMS: Bist du wach? Keine Antwort. Offensichtlich ist er nicht wach. Ich fühle mich einsam. Was Sascha jetzt wohl macht? Warum habe ich keine Handynummer von ihm? Wir haben nie telefoniert oder uns Kurznachrichten geschickt. Irgendwie hat das auch was. Uns gab es immer nur von Angesicht zu Angesicht. Ob er noch an mich denkt? Oder ob schon eine andere neben ihm liegt? Eine, die keinen schlaffen Busen hat, wenn sie auf ihm drauf liegt. Irgendwie ist das alles nicht fair. Was ist schon fair?, fragt meine Beobachterin. Ich muss hier raus. Ich ziehe mich an und verlasse zielstrebig das Hotel. Vertrau dem Lauf der Dinge. Ich setze mich im Dunkeln im Schneidersitz vorn auf den Steg, von dem ich am ersten Tag gesprungen bin. Über mir leuchten schwach die Sterne. Ein kühler Nachtwind lässt mich frösteln. Ich wünschte, ich hätte ein Halstuch.

Das Wasser liegt als große schwarze Fläche vor mir. Der Holzsteg schwankt ganz leicht auf und ab. Leise plätschert der Djurgardsbrunnsviken unter den Planken. Ich entspanne mich und empfinde zum ersten Mal, seit ich hier bin, eine Art Frieden. Es ist schön, hier zu sitzen, mitten in der Nacht allein, umgeben von Schilf und den Lichtern der Stadt ganz in der Nähe. Du kannst dich nicht ewig in Stockholm vor dem Leben drücken, stichelt meine Beobachterin. Ich lege in Gedanken einfach den Arm um sie. Wenn ich sie nicht loswerden kann, werde ich sie einfach zu meiner Freundin machen. Vielleicht bin ich gar nicht so verkehrt in allem. Vielleicht ist es ganz normal, sich ab und zu ein Leben ohne Kinder zu wünschen, wenn man drei hat. Vielleicht ist es ganz normal, sich fremd zu verlieben. Vielleicht ist es ganz normal, seinen Job hinzuwerfen, weil man entdeckt, dass einem dort die Leidenschaft fehlt. Vielleicht ist es ganz normal, dass man Angst hat, etwas im Leben zu verpassen, wenn man vierzig wird. Ich werde einfach Stück für Stück mein Leben in Ordnung bringen und vielleicht tatsächlich mal zur Abwechslung dem Lauf der Dinge vertrauen.

Ich weiß auch schon, womit ich anfange: Morgen kaufe ich mir ein dickes, warmes Halstuch!

Beim Frühstück fragt mich Tom besorgt, ob letzte Nacht alles okay war. Er gibt sich sehr viel Mühe, alles richtig zu machen. Und ich durchbreche meine Gewohnheit, ihm Dinge vorzuenthalten, und erzähle ihm von dem mysteriösen Zettel und meiner nächtlichen Sitzung auf dem Steg. Ich hätte wetten können, er findet das alles schwachsinnig. *Trust the process*, mit so etwas kann man Tom nicht kommen. Aber er schaut mich nachdenklich an. »Dann war es auch für irgendetwas gut, dass ich den Preis nicht bekommen habe.«

Ich winde mich etwas. »Diesen Satz hab ich SO OFT gehört. Es ist für irgendwas gut, wenn man ein Casting nicht gewinnt oder eine Fehlgeburt hat oder der Mann mit einer Jüngeren durchbrennt …« Tom sieht mich abwartend an. »Das ist doch bescheuert. Es ist erst mal für gar nix gut und einfach schlimm.« Er nickt zustimmend. »Also, was soll das dann?«, frage ich angriffslustig.

»Das ist deine Entscheidung. Alle klugen Sätze dieser Welt – auch die, die in schwarzer Schrift auf einem Zettel stehen – helfen einem nur weiter, wenn sie passen und wenn man sich dafür entscheidet, dass sie einem weiterhelfen. Ich entscheide mich dafür, dass es mir hilft zu glauben, es war für irgendetwas in meinem Leben gut, den Fernsehpreis dieses Jahr nicht zu bekommen. Ich fühle mich besser mit diesem Gedanken.« Ich tropfe mit Honig ein Muster auf mein Baguette. »Und du hast doch auch etwas herausgefunden, mit dem du dich besser fühlst, Bella«, sagt er fast zärtlich.

»Ein Halstuch?«, frage ich, und wir lachen.

Ein paar Stunden später habe ich dann tatsächlich mein Halstuch. Es ist riesig. Ich kann es mir gefühlte zwanzig Mal um den Hals wickeln. Es hüllt mich ein wie eine bauschige, leichte Wolke. Tom fand es zwar zu teuer – er weiß nämlich, wie man Kronen in Euro umrechnet –, aber ihm war klar, dass es nun ausgerechnet dieses herrlich weiche, blaue Tuch sein musste. Ich stehe vor dem Spiegel und betrachte mein Gesicht, das glücklich aus der dicken Umhüllung ragt. Es gibt ja doch eine Farbe, die ganz toll aussieht zu braunen Haaren: Blau!

Als wir aus dem Laden kommen, hüpfe ich wie Lucy die Straße entlang. »Und jetzt?«, fragt Tom.

»Skansen!«, antworte ich.

Skansen ist ein riesiges Freiluftmuseum. Sehr viel mehr weiß ich auch nicht. Es war ein Tipp von der schwangeren Rezeptionistin.

Wir passieren mal wieder die Regenbogenbrücke nach

Djurgården. Ich beschließe, dass das meine Lieblingsinsel in Stockholm ist. Diesmal gehen wir nicht durch das blaue Tor mit den Hirschen, sondern weiter geradeaus die Straße entlang. Eigentlich hätte ich gerne noch einmal meine Statue Jenny Lind besucht, aber vielleicht haben wir dafür nachher noch Zeit. Skansen ist wirklich groß. Überall laufen historisch kostümierte Leute herum. Das schreckt mich immer etwas ab, weil ich früher bei *Zippezapp* endlos solche Sachen drehen musste. Ich war auf allen Mittelaltermärkten und Karl-May-Festspielen. Wir besichtigen ein paar originalgetreu eingerichtete alte Schwedenhäuser, und als uns das langweilig wird, essen wir an einem Stand eine Wurst, die nicht schmeckt. Zum Trost kaufe ich Tom einen großen roten Lolli, so einen, den wir unseren Kindern immer verbieten, weil es Gift für die Zähne ist. Wir suchen die Elche, die es irgendwo geben soll, und versuchen sie zu streicheln, als wir am Gehege ankommen. »Ohne Kinder kann man sehr viel mehr Blödsinn machen«, stelle ich fest und lockere mein warmes Halstuch ein bisschen. Am Ausgang gibt es natürlich einen Laden, in dem man unheimlich niedliche Stofftiere kaufen kann. Begeistert suchen wir lange nach einem passenden Tier für Flip, Tia und Lucy.

»Und was würden wir jetzt hier machen, wenn wir keine Kinder hätten?«, fragt Tom.

Ich zucke mit den Schultern. »Etwas für unsere Nichten kaufen. Alle Kinderlosen kaufen ständig etwas für ihre Nichten, weil es schön ist, für Kinder einzukaufen. Man kann dann Sachen mitnehmen, die man sich selbst nicht mehr kaufen kann.«

»Welches Tier würdest du für dich wählen?«, fragt Tom.

Ich halte den Pandabären hoch, den ich für Flip ausgesucht habe. »Und du?«, will ich wissen. Tom zeigt mir die Schlange, die er für Lucy im Arm hält. Wir grinsen uns an und tragen unsere Beute bis zur Regenbogenbrücke. »Gehst du schon mal vor zum Hotel?«, frage ich Tom. »Ich hab noch was zu erledigen.«

Er platzt vor Neugier, zwingt sich aber zu einem kurzen »Ja

klar«, nimmt die Tüte mit den Stofftieren drin und geht. Feierlich schreite ich durch das blaue Tor und folge dem gewundenen Weg immer am Wasser entlang. Es kommt mir so vor, als wären die puscheligen Entenküken in den letzten Tagen schon größer geworden. Ich erreiche Jenny Lind in der Abendsonne. Aber die Statue sieht den Sonnenuntergang nicht. Sie sitzt mit dem Rücken zum Wasser und schaut auf ihre Lieblingsinsel Djurgården. Ich habe sie gegoogelt und weiß jetzt, dass sie eine ziemlich gute Opernsängerin war, die »die schwedische Nachtigall« genannt wurde. Sie hatte auch drei Kinder, und Hans Christian Andersen soll in sie verliebt gewesen sein. Ich schaue zu ihr hoch. »Ich wollte mich verabschieden«, sage ich und komme mir ein bisschen dämlich vor. »Und bedanken wollte ich mich bei dir«, fahre ich leise fort. »Es war gut, dass du da warst, als ich bei *Jeanny-TV* gekündigt habe. Vielleicht war das ja nicht unbedingt das Richtige, aber manchmal muss man einfach das tun, was einen glücklich macht.« Jetzt lächelt Jenny ein bisschen in sich hinein. Ich streiche über ihr üppiges Rüschenkleid und nehme mir vor, auch ihre Biographie zu lesen.

»Schönes Halstuch!«, sagt sie plötzlich. »Steht dir super mit den braunen Haaren!« Sie zeigt mit dem Daumen nach oben, was seltsam aussieht, weil sie so historisch gekleidet ist.

Ich bedanke mich und frage, ob es ihr eigentlich leidtut, dass sie nie den Sonnenuntergang sehen kann.

»Nein«, antwortet sie, »ich weiß ja, dass er da ist!«

Ich winke ihr zu, und sie hebt ihre rechte Hand und winkt majestätisch zurück. Dann nimmt sie wieder ihre zuversichtliche Pose ein und legt beide Hände auf ihr Kleid.

Und – mit den Hirschen redest du gleich auch noch?, fragt meine Beobachterin provokant. Wenn sie genauso klug sind wie Jenny Lind, auf alle Fälle!, antworte ich ihr.

Kapitel 17

Auf dem Rückflug sitzen Tom und ich getrennt. Es gab keine zusammenhängenden Plätze mehr, und ehrlich gesagt ist mir das gar nicht mal so unangenehm. Das war meine Reise, meine Flucht, die ich allein begonnen habe und jetzt auch allein beenden will. Eigentlich wollte ich mir im Flieger eine Liste machen, wie mein neues Leben aussehen soll. Ich wollte mir Sachen aufschreiben, die mir helfen sollen, näher bei mir zu sein. Aber jetzt sitze ich nur mit einem Stift in der Hand vor dem leeren Blatt Papier. Auf dem ausgeklappten Tischchen vor mir sieht es so aus, als hätte jemand Tia etwas zum Malen hingelegt. Ich schaue aus dem Fenster auf die Wolken unter uns. Ich glaube, ich würde gerne mal wiederkommen. Jenny Lind und die Hirsche besuchen und ein paar Zimtschnecken essen. Vielleicht sollte ich überhaupt einmal im Jahr in den Djugardsbrunnsviken springen.

Ich will gerade »Nächsten Stockholm-Besuch planen« auf meine Liste schreiben, als mir der Zettel wieder einfällt.

»Keine Pläne machen!!!«, schreibe ich stattdessen auf das Blatt und nehme mir vor, das Leben einfach mal so zu nehmen, wie es kommt. Als die Stewardess mit ihrem Wägelchen vor mir steht, bestelle ich mir zwei Becher Cola, und zwar echte, und lehne das Brötchen ab, das sowieso nie schmeckt. Ich komme mir ziemlich verwegen dabei vor, auch wenn meine Beobachterin, die natürlich nicht in Stockholm geblieben ist, das alles mal wieder belächelt.

Ich treffe Tom erst wieder in Köln am Gepäckband. »Wie war dein Flug?«, fragt er lächelnd.

»Ganz okay. Und deiner?«

»Auch.« Er zögert ein bisschen, dann flüstert er mir ins Ohr: »Bella, kriegen wir das wieder hin?« Seine braunen Augen schauen mich sanft und traurig an. Ja, denke ich, streiche aber nur über seine stoppelige Wange. Dann kommen unsere Koffer, und kurze Zeit später rollen wir durch den Ausgang.

»Ich seh Mama!«, schreit Lucy, die uns als Erste entdeckt. Drei Mädchen fliegen mir in den Arm. Ich kann sie gar nicht alle auf einmal drücken, versuche es aber trotzdem. So viele kleine Arme, die mich umschlingen und mein Herz ganz groß werden lassen, bis es fast keinen Platz mehr in meinem Brustkorb hat und mir der Atem fehlt. Dann ist Tom dran mit umarmen, und ich kann meinen Papa begrüßen, der sich lächelnd die Familienzusammenführung angeschaut hat. Auch er umarmt mich.

»Mein Mädchen!«, sagt er, als sei ich zwölf. »Gut siehst du aus!« Bevor ich etwas erwidern kann, sind Flip und Tia schon wieder um mich herum und versuchen gleichzeitig, mir ihre ganze letzte Woche zu erzählen.

Auf der Autofahrt nach Hause sitzt mein Vater auf dem Beifahrersitz, Tom fährt, und ich darf auf Lucys Platz sitzen, die auf einen hochgeklappten Sitz nach hinten wechselt.

»Dein Gips ist ja ab«, fällt mir auf. Tia streckt mir stolz ihren Arm entgegen, der noch ein bisschen dünn aussieht, und erzählt wie unheimlich das war, als die Krankenschwester den aufgeschnitten hat. Dann wollen alle auf einmal etwas erzählen. Ich versuche jeder Tochter abwechselnd zuzuhören. Ich erfahre von einer unfairen Drei in Englisch und von einem geheimen Lager hinter einem Busch auf der Wiese um die Ecke. Flip berichtet mir von einer Lasagne, die sie ganz allein gekocht hat, bei der sie nur leider den Käse obendrauf vergaß. Alle drei lachen, und ich lache mit. Es fühlt sich gut an, hier im Auto zwischen ihnen zu sitzen. Sie sind so unbeschwert und so schön. Ich treffe

Toms Blick, als er nach hinten schaut, und kann nicht anders, als ihn anzulächeln.

Zu Hause hat meine Mutter alles fest im Griff. Obwohl ich sie um einen Kopf überrage, drückt sie mich an ihren Busen, indem sie mich nach unten verbiegt, und rennt dann direkt mit umgebundener Schürze wieder ins Haus, um die Schwarzwälder Kirschtorte weiter mit Cocktailkirschen zu belegen. Das Haus ist gespenstisch sauber und aufgeräumt. Die Küche strahlt. Vielleicht kommt das von den geputzten Fenstern, die endlich wieder die Sonne reinlassen. Etwas irritiert schaue ich auf die vielen kleinen Deckchen, die meine Mutter überall verteilt hat. Unter den Olivenölflaschen, die am Herd stehen, hat sie eins gelegt, unter den Korb, in dem wir Medikamente und Kram aufbewahren, und natürlich auf dem Esstisch. Auf den Deckchen sind pastellfarbene Blumen, die Menschen über sechzig bestimmt wunderschön finden.

Ich will mir gerade die Hände waschen, als meine Mutter mich bestimmt zur Seite schiebt. »Doch nicht in der Küche, Kind! Geh ins Gäste-WC!« Ich tue, was sie sagt, und stelle erschrocken fest, dass im Gäste-WC einige neue Gäste sind. Usambaraveilchen starren mich an, die selbstverständlich auch auf Pastellblumendeckchen stehen. Ich atme tief durch. *Breathe in and breathe out.*

Zurück in der Küche, ziehe ich die Besteckschublade auf, um den Tisch zu decken. Zu meiner Überraschung finde ich aber kein Besteck, sondern gebügelte Stoffservietten, die ich noch nie gesehen habe. »Mama?«, frage ich und halte die hässlichen gelben Dinger hoch.

»Hab ich dir mitgebracht, die hatte ich noch von Tante Lisbeth.« Das erklärt die Farbe, Tante Lisbeth ist nämlich nicht meine, sondern Mamas Tante und seit bestimmt zwanzig Jahren tot. »Ihr habt ja gar keine richtigen Servietten, das geht doch nicht. Das Besteck war an der Stelle auch überhaupt nicht günstig platziert, das habe ich hierhin geräumt. Jetzt hast du es viel praktischer, Annabel!« Sie zieht eine Schublade ganz am anderen Ende der Küche auf, in der wir normalerweise neue und alte Batterien und Kleingeld aufbewahren. Ihre grauen Haare, die sie in einem »flotten« Pagenschnitt trägt, wackeln dabei energisch hin und her. Flip schneidet heimlich eine Grimasse. Ich sage nichts, atme weiter und hole mir das Besteck vom anderen Ende der Küche. Praktischer ist daran nur, dass man so automatisch drei Meter mehr zum Tisch zurücklegt. Wenn ich das sieben Mal am Tag mache, kann ich mir schon zehn Minuten meiner Laufstrecke sparen.

Die Schwarzwälder Kirschtorte schmeckt zugegebenermaßen sehr gut. Backen kann sie einfach. Die Kinder werden genötigt, möglichst noch ein zweites Stück zu essen, und wollen dann unbedingt wissen, was wir ihnen mitgebracht haben. Ich krame die Pullis raus, die mit großer Begeisterung kreischend angezogen werden. Tom verteilt die Stofftiere. Die zwei Kleinen umarmen sie begeistert, während Flip sich etwas verschämt bedankt und dann schlaksig mit der Schlange herumwackelt, um klarzumachen, dass sie für solche Sachen eigentlich zu alt ist. Sie tippt sich mit dem Zeigefinger zweimal schnell an die Nase. Das ist unser geheimes Zeichen für ein Treffen in ihrem Zimmer. Sie hat es lange nicht benutzt. Als Lucy noch klein war und Tia ein Baby, war das Flips Art, ab und zu mal die Mama für sich allein zu haben. Und wann immer es ging, ließ ich dann auch alles stehen und liegen und folgte ihr. Ich gebe ihr etwas Vorsprung und schleiche eine Minute später nach oben in ihr Zimmer. Als ich mich durch die enge Öffnung in ihr Hochbett gequetscht habe, schmiegt sie sich an mich wie eine kleine Katze.

Ich streiche über ihr Haar. »Neue Sachen«, stellt sie nach einer Weile fest und zupft an meinem Wickeloberteil.

»Ja«, sage ich.

»Neue Mama?«, fragt sie und schaut mich mit ihren grünen Augen nachdenklich an. Was ihre kleinen Antennen wohl wieder alles gespürt haben?

»Ja«, sage ich einfach und erzähle ihr, wie ich spontan in den Djurgardsbrunnsviken gesprungen bin. Ich lasse es ziemlich komisch klingen, und sie kugelt sich vor Lachen neben mir.

Dann wird sie plötzlich ernst und fragt: »Du und Papa, ihr trennt euch doch nicht?«

Die Frage trifft mich wie ein Nadelstich. »Nein, Schätzchen. Papa und ich trennen uns nicht. Liebe ist nicht immer einfach, aber solange sie da ist, kann nichts passieren.«

»Und sie ist da?«, vergewissert sich Flip.

»Sag du es mir«, wage ich mich mutig vor. Ich will wissen, wie sie die Sache einschätzt. Flip kann solche Sachen spüren. Wahrscheinlich können alle Kinder das, aber Flip kann es auch in Worte fassen.

»Ja«, antwortet sie ernsthaft. »Sie ist da«.

Weil mir jetzt zum Heulen ist, puste ich ganz schnell in ihren Bauch, und sie quietscht ganz laut, weil es kitzelt.

Eine Weile lang kitzeln und pusten wir uns gegenseitig, bis wir alle versteckten Tränen rausgequietscht haben.

Als ich wieder nach unten gehe, wünsche ich mir, dass das auch noch funktioniert, wenn sie siebzehn ist. Wohl wissend, dass dem nicht so sein wird.

Unten hat Monika schon den ganzen Kaffeetisch abgeräumt. Mein Vater liegt auf dem Rücken unter einem Heizkörper und hantiert mit einem großen Schraubschlüssel an ihm herum.

»Ich hab eure ganze Wäsche gewaschen«, informiert mich meine Mutter. Bevor ich Dankbarkeit bekunden kann, fährt sie fort: »Ihr hattet ja seit Wochen nichts mehr gewaschen. Das waren Berge!«

»Mama, es sind immer Berge, obwohl wir mehrmals die Woche waschen. Wir sind fünf Leute, drei davon sind Ferkel.«

Sie schüttelt energisch den Kopf, wobei ihre Haare von links nach rechts fliegen. »Eberhart und ich, wir haben unsere Wäsche tipptopp organisiert. Das müsst ihr einfach auch so machen. Es ist alles eine Frage der Organisation.«

Langsam werde ich sauer. »Klar, wenn ich in hundert Jahren mal mit Tom allein lebe und pro Woche drei Rentnerkleidungsstücke waschen muss, dann bin ich ganz bestimmt auch tipptopp organisiert. Ich mach dann einfach immer, bevor ich Golf spielen gehe, eine Waschmaschine, die nicht mal halb voll ist, und habe dann immer leere Wäschekörbe.«

Sie schaut mich mit zusammengekniffenen Lippen an, und ich weiß, sie will diese Wäschediskussion auf keinen Fall verlieren. »Früher mit Christian und dir hatte ich die Wäsche auch tipptopp. Es ist wie gesagt nur eine Frage der Organisation.«

Ich entscheide mich für meine Atemübungen und gegen weitere Argumente, die Begriffe wie »Siebziger-Jahre-Mutter« und »Vollzeithausfrau« und »nur zwei Kinder« enthalten würden.

Meine Mutter sieht, dass ich aufgegeben habe, und lächelt versöhnlich: »Komm mal mit, ich hab eine Überraschung für dich!«

Ich folge ihr die enge, steile Kellertreppe hinunter zum Waschkeller. Sie macht das Licht an, und ich denke, ich bin im falschen Raum. Mich irritiert nicht so sehr, dass tatsächlich keine Wäscheberge rumliegen und alle 87 Wäschekörbe ordentlich gestapelt sind, sondern wie die Wände und die Decke aussehen. Meine Mutter hat gestrichen. Nein, viel schlimmer, sie hat gemalt. Eine lebensgroße Strandimpression springt mich an. Ich starre auf gelben Sand mit großen Muscheln, eine dicke Frau von hinten gemalt, die eine knallrote Luftmatratze trägt, und viele, viele, kräuselig gemalte Wellen, aus denen Delphine in die Luft springen. Ich bin entsetzt. »Da bist du sprachlos, was?«, fragt meine Mama stolz.

»Allerdings«, sage ich. Zum Glück ruft Tom mich gerade energisch von oben. »Annabel! Kommst du mal?!« Dankbar, dass er mich rettet, verlasse ich wortlos den Ort des Grauens und flitze die Treppe hoch. Tom zieht mich ins Usambaraveilchen-Gästeklo und schließt die Tür. »Deine Mutter hat unsere Mülltonnen beschriftet!!!«, zischt er leise und wütend in mein Ohr.

»Wie? Beschriftet?«, frage ich verständnislos.

»Sie hat überall eine große Dreiundzwanzig draufgepinselt. In ROSA!« Ich reibe mir mit den Händen übers Gesicht.

»Das ist vermutlich das kleinere Übel. Guck dir mal den Waschkeller an.« Tom schaut mich nichts Gutes ahnend an und schließt die Klotür auf. Meine Mutter steht im Flur und schaut etwas befremdet, weil wir zu zweit aus dem kleinen Raum kommen. »Hände waschen!«, erkläre ich.

»Monika, du hast unsere Mülltonnen angemalt«, sagt Tom vorwurfsvoll.

Meine Mutter überhört das Missfallen in seiner Stimme und nickt stolz. »Jetzt könnt ihr sie endlich erkennen und vertut euch nicht immer mit den Nachbarmülltonnen!«

»Ich hab mich noch nie vertan, und ich erkenne unsere Mülltonne sehr gut, auch ohne peinliche Beschriftung!«, sagt Tom und lässt uns stehen, um sich die nächste Katastrophe im Waschkeller anzuschauen. Als er wieder auftaucht, kann selbst Monika nicht mehr so tun, als sei alles Brause. Ein Blick in sein Gesicht sagt alles.

»Also, besser als vorher ist es ja wohl auf alle Fälle!«, verteidigt sie sich, bevor er etwas sagen kann. »Das war ja schrecklich, dieses abgefusselte Grau. Ich will es auch ein bisschen schön haben, wenn ich schon eure ganze Wäsche mache! Ihr hattet ja seit Wochen nichts gewaschen. Kein Wunder bei dem hässlichen Kellerloch. Da bekommt man ja Depressionen. Jetzt ist wenigstens ein bisschen Farbe da drin ...« Tom kommt gar nicht zu Wort. Das ist der alte Trick meiner Mutter, ganz schnell ganz viel reden, bis der Gegner keine Lust mehr hat, sich das weiter anzuhören, und flüchtet.

Ich kenne sie gut und weiß, wann sie Luft holen muss. So eine Lücke nutze ich und sage: »Mama, es geht in erster Linie gar nicht darum, ob dein Gemälde von dicken Frauen vor Kitschstrand schön ist oder nicht, oder darum, ob es ein schwarzer Edding beim Beschriften der Mülltonnen nicht auch getan hätte. Es geht darum, dass du nicht ungefragt irgendetwas hier im Haus beschriften oder bemalen kannst! **Wir** wohnen hier. Und auch wenn dir das ziemlich seltsam vorkommt, wohnen wir sehr gut mit abgefusselten grauen Wänden und Mülltonnen, die überhaupt nicht markiert sind, und ohne Stoffservietten.«

Kurz ist Stille. Tom sieht mich anerkennend an. Meine Mutter kneift die Lippen zusammen, dreht sich um und sagt beleidigt im Weggehen: »Dann kann ich ja die schönen Umsambaraveilchen auch wieder mitnehmen, wenn meine Hilfe hier so gar nicht erwünscht ist!« Sie knallt das Küchenhandtuch auf den Esstisch und schiebt sich sauer an ihm vorbei in den Garten. »Das ist auch unmöglich mit dem Tisch hier im Weg, aber das müsst ihr selber wissen ...«, schimpft sie vor sich hin.

Ich schließe kurz die Augen, und Tom fragt hoffnungsvoll: »Meint sie das ernst? Nimmt sie die hässlichen Blumen wieder mit?!«

Mein Papa kommt angeschlurft. In Toms alten Hausschuhen, die ihm viel zu groß sind, und fragt: »Wo habt ihr ein Ohm-Messgerät und einen 0,7 er Draht?«

Tom schaut mich ratlos an. Ich finde, dass ich mich nicht um alles kümmern kann und er dran ist, meinem Vater zu erklären, dass wir weder das eine noch das andere besitzen. Ich klopfe ihm kurz und aufmunternd auf den Oberarm und gehe nach oben.

Ich werfe mich aufs Bett und rufe Sarah an: »Hej Hej«, meldet sie sich schwedisch. »Wie läuft es mit Tom?«

»Tom ist nicht das Problem, meine Mutter dekoriert das ganze Haus um.«

»O Gott, das kenne ich! Meine Mutter hat mir letztens eine riesengroße Collage mitgebracht. Da waren lauter Ohren, Augen und Münder von ihr drauf.«

Ich muss lachen »Das hast du gar nicht erzählt!«

»Ach, das macht sie doch jedes Mal. Immer bringt sie mir ein selbstgemaltes Bild mit, weil sie glaubt, unsere Wände wären zu leer, nur weil wir nicht alle zehn Zentimeter irgendetwas hängen haben wie sie zu Hause. Und weil sie schon weiß, dass ich all ihre Bilder nie aufhänge, hat sie das auch gleich erledigt und mir die Einzelteile ihres Gesichts fett in den Flur gehängt.«

»O Gott! Die würden sich gut verstehen, unsere Mütter. Meine hat mir eine fette Frau an die Wand vom Wäschekeller gemalt!«

Jetzt kichert Sarah. »Ob das aufhört, wenn wir noch älter werden?«, fragt sie.

»Ich denke nicht. Vielleicht sollte man es mal andersrum machen. Das nächste Mal hängst du ein paar Bilder ab bei ihr, weil es dir viel zu vollgehängt ist. Und ich werde auch mal etwas umorganisieren bei meiner Mutter. Dann kommen die ganzen Plastiküberzüge, die sie überall hat, weg. Und ich entferne alle Läufer und Deckchen und Gardinen. Dazu müsste ich allerdings einen LKW mieten.«

»Lass uns nicht so werden mit unseren Kindern!«, sagt Sarah.

»Auf keinen Fall!«, verspreche ich und füge nach einer kurzer Pause hinzu: »Wir werden anders schlimm!«

»Jetzt sag doch mal schnell, mit Tom und dir – habt ihr euch ausgesprochen?«, will Sarah wissen.

»Erst haben wir gevögelt, und dann haben wir tatsächlich viel geredet.« Sarah schweigt gespannt am anderen Ende. »Sagen dir die Worte *Trust the process* etwas?«, frage ich.

»Klingt wie eine Werbung für Anwälte. Wo hast du die gehört?«

»Auf der Fähre nach Sandhamn hab ich so eine Halstuchfrau getroffen. Wir haben ein bisschen geredet, und auf der Rückfahrt hat sie mir einen Zettel zugesteckt, auf dem das stand.«

»O Gott, war das so eine Ökotante? Halstuch, Zettel mit weisen Sprüchen drauf?«

Es ärgert mich plötzlich, dass Sarah so etwas sagt. »Nein, die war sehr nett und überhaupt nicht ökig. Außerdem habe ich wegen ihr jetzt auch ein ganz tolles Halstuch!« Ich verschweige die Geschichte von dem Mann auf der Schäreninsel, dem die Halstuchfrau einen Mord angehängt hat.

»Cool«, sagt Sarah »Das kannst du ja an deinem Geburtstag anziehen. Wir kommen übrigens alle. Kristina meint, das geht gar nicht, dass du nicht feierst, also kauf Getränke ein, Essen bringen wir mit!«

»Wenn ich nicht aufpasse, organisiert Kristina mir noch mein ganzes Leben. Warum glauben eigentlich alle, dass ich nicht allein entscheiden kann, wo mein Besteck liegt und ob ich meinen vierzigsten Geburtstag feiern will?« Ich versuche etwas angesäuert zu klingen, aber eigentlich freue ich mich, dass meine Freundinnen mit mir feiern wollen. Ich liebe Geburtstage. Ich bin da ein bisschen wie ein Kind. Heimlich zähle ich immer noch, wie viele Male noch schlafen, checke den Wetterbericht, hoffe auf Sonne und bin sehr beleidigt, wenn mich nicht alle an diesem Tag anrufen, bejubeln und beschenken. Ich kann es überhaupt nicht verstehen, dass es Menschen gibt, denen ihr Geburtstag unangenehm ist, weil sie dann im Mittelpunkt stehen. Als alte Rampensau finde ich, es gibt doch nichts Besseres! Aber der vierzigste ist eben anders. »Ich muss Schluss machen, Sarah. Freu mich, wenn ihr kommt!«

Nach dem Abendessen hat sich meine Mutter wieder eingekriegt und räumt erst die ganze Küche picobello auf und sich selbst anschließend sofort auf das Sofa, um eine Rosamunde-Pilcher-Schmonzette im Fernsehen zu sehen. Kinder ins Bett bringen ist ganz automatisch wieder Toms und mein Job. Meine Eltern sind unschlagbar, wenn sie mit den Kindern allein sind. Die besten Großeltern der Welt, die spielen, toben, basteln, Marmelade kochen, kleine Leute abduschen und mit Geschichten ins Bett bringen. Sobald sich allerdings ein Erziehungsberechtigter in der Nähe aufhält, verfallen sie in ihren alten Golfen-lesen-shoppen-Modus. Für sie ist ganz klar: Die Kinder sind unsere Baustelle, nicht ihre. Deshalb vermeiden wir inzwischen auch gemeinsame Urlaube. Es ist irgendwie frustrierend, wenn man in Holland zwei Ferienhäuser nebeneinander bucht, um sich dann eine Woche lang anzuschauen, wie entspannt Oma und Opa nebenan Urlaub machen, auf schöne Märkte rennen, am Strand nonstop zwei Bücher durchlesen, während man selbst wie eine Krake drei Kinder in und aus Badehöschen pellt und nie im Leben auch nur eine Zeitschrift mitnehmen würde, weil man sowieso nicht dazu kommt, sie auch nur aufzuschlagen.

Aber heute Abend genieße ich es, die Mädchen ins Bett zu bringen. Ich baue mit Lucy und Tia eine Lesehöhle, indem wir eine Decke vom Schrank zum Fensterbrett spannen und dann noch eine als Dach obendrüber legen. In Filmen haben die in solchen Situationen immer so ganz perfekte Zelte mitten im Wohnzimmer, mit Lichterketten und Fellen und Platz und Luft. Bei uns ist es nur eine ganz kleine, stickige Ecke, in die wir alle kriechen müssen. Ich brauche eine Taschenlampe, um überhaupt das Buch zu sehen, und alle paar Minuten schreie ich: »Lüften!« Dann muss Lucy die Decke hoch halten, damit wieder etwas Sauerstoff in unser Versteck kommt. Nach einer Weile kommt sogar Flip angeschlichen und quetscht sich noch dazu. Als schließlich auch noch Tom auftaucht, haben wir ein echtes Platzproblem. Er schlägt vor, Lucy und Tia auf den Schoß zu nehmen, aber die Mädchen bestehen darauf, dass ich auf seinen Schoß komme. Er wühlt sich also vorsichtig in die enge Höhle, und ich wälze mich auf ihn drauf, wobei ich leider mit dem Kopf die obere Decke abreiße. Das ganze Höhlengebilde fällt über uns zusammen. Die Kinder lachen und schreien, und wir sind ein wildes Meer aus Decken und Menschen.

Ich liege auf Tom. Sein vertrauter Körper unter meinem, drei heftig zappelnde Fische um uns herum. Flip und Tia werfen sich auf uns drauf, während Lucy verzweifelt versucht, das Ganze wieder aufzubauen.

Später, als alle schlafen, liegen Tom und ich wach nebeneinander. »Wozu brauchte mein Vater eigentlich das Messgerät und den Draht?«, will ich wissen.

»Er hat irgendetwas repariert«, antwortet Tom aus der Dunkelheit.

»War denn was kaputt?«, frage ich.

»Dein Vater kann Dinge reparieren, noch bevor sie kaputt gehen«, sagt Tom, und ich kann an seiner Stimme hören, dass er grinst. Dann reden wir lange nichts mehr. Jeder hängt seinen Gedanken nach. »Annabel.«

»Hm.«

»Es tut mir wirklich unheimlich leid.« Er meint es aufrichtig, aber mich macht der Satz wütend. »Wo genau ist dein Leid bei der Sache, Tom? Du hast einfach getan, was du wolltest, und ich sitze jetzt da mit diesem Klumpen im Bauch ...« Ich kann nicht weitersprechen, weil ich ganz plötzlich fürchterlich heulen muss. Dreimal kommt seine Hand zu mir herüber, während ich ins Kissen schluchze. Dreimal schlage ich sie wütend weg. Beim vierten Mal lasse ich ihn mein Haar streicheln. Nach einer Weile lasse ich mich auch von ihm in den Arm nehmen. Ich liege wie eine kraftlose Puppe an seiner Brust und zwirbele seine Brusthaare um meine Finger. Ab und zu ziehe ich dran. So doll, dass es ihm weh tun muss, aber er hält mich nur weiter tapfer fest.

Nach einer Ewigkeit sage ich: »Weißt du, was, Tom. Vierzig werden ist bescheuert. Sowieso schon immer. Aber jetzt mit deinem Rumvögeln hast du es auch noch verschlimmert.«

Er wartet eine Weile, bevor er zaghaft fragt: »Wieso?«

Ich habe keine Kraft und Nerven für eine sinnvolle Antwort, also sage ich einfach: »Weil sich jetzt alles noch viel beschissener anfühlt.«

»Alles?«

»Ja, alles!«, sage ich und ziehe heftig an seinen Haaren.

»Was wünschst du dir zum Geburtstag?«, fragt er, um das Gespräch in eine positivere Richtung zu lenken.

»Dass du nicht mehr mit Hannah Weide vögelst«, antworte ich boshaft.

Er lässt mich los und rutscht ganz ans Ende seiner Bettseite.

Ich fühle mich einsam und schlecht und gemein. Schließlich war ich selbst kurz davor, fremdzuvögeln. Und schlimmerweise lässt mich die Vorstellung davon auch nicht mehr los. Ich liebe Tom, aber ich will Sascha. Nein, das stimmt so nicht. Ich liebe Tom, aber ich will mit Sascha schlafen. Das ist alles so schräg und seltsam. Solange Liebe da ist, habe ich heute zu meiner Ältesten gesagt, kann nichts passieren. »Tom?«, frage ich in die Mauer des Schweigens hinein.

»Ja?«

»Wenn ich jetzt auch ... Würde das helfen, oder würde es alles schlimmer machen?«

»Wäre das nicht eher eine Frage, die du deinen Freundinnen stellen solltest?«

»Ich frage aber dich.« Er überlegt und ringt eine Weile mit seinem Schweinchund. Dann sagt er: »Sex als Rache funktioniert sicher nicht. Aber wenn es da etwas gibt, was du sowieso tun wolltest, dann könntest du meinen Fehltritt als Freibrief nutzen und es tun.«

»Und das wäre für dich okay?«

»Nein! Aber Hannah Weide zu vögeln war für dich auch nicht okay.«

»Dann wären wir quitt?«

»Wenn du es so ausdrücken willst, ja.«

»Das hast du mir geschrieben, per SMS.«

»Ich bin so ein Arschloch«, murmelt er müde.

Ich lächle, was er im Dunklen natürlich nicht sehen kann, und lege mich ein ganzes Stück näher neben ihn. Ohne uns zu berühren, schlafen wir beide auf seiner Betthälfte ein.

Kapitel 18

»Happy birthday to you, happy birthday to you, happy birthday, liebe Mama, happy birthday to you!«

Es ist zwanzig nach sieben an einem Sonntag. Müde blinzele ich in das Kerzenlicht und die darüber strahlenden Gesichter meiner Familie. »Zu früh!«, beschwere ich mich und setze mich auf.

»Komm schon, die drei sind seit halb sieben wach und konnten nicht mehr länger warten!«, sagt Tom und platziert ein Tablett auf meiner Bettdecke. Darauf stehen ein Gugelhupf, von Kinderhänden verziert, mit vier Kerzen drauf, und ein Milchkaffee mit extra viel Schaum.

»Vier Kerzen«, erklärt Tia, »weil du VIERzig wirst. Aber so viele Kerzen passen gar nicht auf einen Kuchen!« Sie umarmt mich und gratuliert mir. Auch Lucy und Flip herzen mich und hopsen dann alle erwartungsvoll neben mich ins Bett. Ich trinke einen Schluck Kaffee und werde etwas wacher. Tom zieht die Rollläden hoch.

»Geburtstagswetter«, sagt er stolz, als wäre er dafür verantwortlich, dass draußen die Sonne scheint.

»Du musst auspacken, Mama!«, sagt Lucy ungeduldig. Jedes Kind hat mir ein buntverpacktes Geschenk auf mein Tablett gelegt. Lucy hat ihr Geschenk mit ganz vielen ausgeschnittenen Herzen dekoriert. Auf einem steht in ihrer akkuraten Schönschrift:

Liebe Mama du bist die bäste Mama der welt deine Lucy
ich hab dich lieb

Ich gebe ihr einen Kuss auf die Stirn und packe aus. Ein kleines Notizbuch fällt mir entgegen. »Da kannst du alles reinschreiben, was du dir wünschst. Und das geht dann in Erfüllung«, erklärt sie ernsthaft.

»Wie schön!«, sage ich. »Das ist ja ein super Geschenk!« Ich packe weiter aus. Von Tia bekomme ich eine angebrochene Packung meiner Lieblingskekse.

»Da sind noch mehr drin, als ich schon gegessen habe«, sagt sie zufrieden mit sich. Ich streichle ihr kleines Gesicht und biete jedem einen Karamellkeks an. Alle nehmen begeistert einen und krümeln mein Bett voll. Flip hat mir ein paar Ohrringe gekauft, die wir mal zusammen in einem Laden entdeckt haben.

»Du mochtest die doch gerne?«, fragt sie eifrig, als ich auspacke.

»Ja! Toll, Flip, ich freu mich!«

Nachdem jeder auch noch ein Stück Kuchen in mein Bett gekrümelt hat und wir alle satt sind, verkündet Tom: »Es gibt unten Frühstück!«

Ich springe schnell unter die Dusche und verharre danach kurz vor dem Spiegel. Eine Frau um die vierzig schaut mich an. »Happy birthday!«, sage ich zu mir und teste meine Unterkinnhaut. »Mittelschlaff«, beurteile ich laut. Hör auf damit, sagt meine Beobachterin. So etwas bin ich nicht gewohnt von ihr. Du hast heute Geburtstag, also sei ein bisschen nett zu dir, das schaff ja sogar ich! Sie hat recht. Ich schau noch mal mein Spiegelbild an. Kaum Falten um die Augen, und das mit vierzig, stelle ich fest. »Hast dich gut gehalten!«, sage ich zu mir und geh mir etwas anziehen.

Tom wartet unten an der Treppe auf mich. Die letzte Stufe hebt er mich herunter. »Alles Liebe zum Geburtstag meine wunderbare Frau!«, sagt er liebevoll und hält mich eine Weile in der Luft, bevor er mich wieder absetzt. Offensichtlich haben Tom, Tia, Lucy und Flip die Zeit ab halb sieben gut genutzt. Das ganze Erdgeschoss ist mit Luftballons und Luftschlangen geschmückt. »Ihr seid toll!«, sage ich aus tiefstem Herzen und wandele durch das festlich geschmückte Haus zum Esstisch. Um meinen Teller liegen ein paar Blumen und noch mehr Geschenke.

»Die sind von Papa«, plappert Tia aufgeregt, »und ich darf nicht verraten, dass da eine …«

»HAAAAAAAA!«, schreit Flip, so laut sie kann. Sie hat uns alle zu Tode erschreckt, aber erfolgreich verhindert, dass Tia mir aus Versehen das Geschenk verrät. Tom wirbelt um mich herum und schenkt mir Orangensaft ein. Die Kinder kriegen Kakao.

»Welches soll ich zuerst auspacken?«, frage ich Tom.

»Das mit der Handtasche drin«, sagt Tia. Flip, Lucy und Tom stöhnen laut.

»Gut«, sage ich lachend, »dann pack ich die Handtasche zuerst aus.« Ich greife nach dem Päckchen, das von der Form her eine Tasche sein könnte, und packe gespannt aus. Tom hat mir noch nie eine Handtasche geschenkt. Ich bin mir ziemlich sicher, dass er total danebenliegen wird, aber ich finde es sehr süß, dass er es versucht hat.

Ich schlage das Papier zur Seite und sehe eine knallrote Lederhandtasche. Sie hat die perfekte Größe und einen Schultergurt. Man kann sie oben mit einem Reißverschluss öffnen. Ihr Innenfutter ist türkis, und auf der Unterseite sind kleine bunte Lederblümchen, die in der Mitte einen Druckknopf haben, auf dem die Tasche stehen kann. »Die ist super«, sage ich erstaunt. »Genial, Tom, ich hätte nie gedacht, dass du mir eine Handtasche aussuchen kannst!«

»Das war Sarah!«, verrät Flip.

»Aha!«, sage ich und entdecke in der Tasche ein kleines Innentäschchen, das man auch mit einem Reißverschluss öffnen kann.

Tom nimmt mir schnell die Tasche aus der Hand und sagt: »Viel wichtiger, als dass Sarah vielleicht ein kleines bisschen geholfen hat, ist aber, was die Kinder dir versprechen.« Er schaut die Mädchen auffordernd an.

»Dass wir nicht an Mamas neue Tasche gehen«, sagen sie brav im Chor. »Auch nicht, wenn wir ganz, ganz dringend ein Bonbon brauchen«, fügt Tia hinzu.

Ich bin ganz gerührt. »Ihr seid ja so süß!« Tom gibt mir die Handtasche zurück, schüttelt aber heimlich den Kopf, als ich versuche die kleine Innentasche zu öffnen. Was hat er da wohl reingepackt, was die Kinder nicht sehen sollen?

Das nächste Geschenk ist flach und so groß wie ein Buch. »*La Boum* eins und zwei und *Die Studentin*!« Ich halte drei Filme mit Sophie Marceau in die Höhe. »Die kenn ich alle!«, sage ich.

»Ja, aber du MAGST sie doch auch sehr, oder?«, fragt Tom.

»Wenn wir das nächste Mal *Ice Age* gucken, dann kannst du dir deine Filme anschauen!«, erklärt Flip.

Ich gucke Tom an. Er hat mir wirklich zugehört auf der Insel in den Schären. Er grinst. Ich ziehe ihn zu mir herunter und gebe ihm einen Kuss auf den Mund. »Danke!«, flüstere ich.

»Aber das Beste kommt noch!«, sagt er und reicht mir das letzte Geschenk. Ich packe eine Karte aus, auf der steht:

»Gutschein für ein ganz freies Wochenende, an dem ich mit allen Kindern auf einen Bauernhof fahre!
In Liebe, Tom«

Er zwinkert mir zu und rennt los, weil das Telefon klingelt. Kurze Zeit später singen mir meine Eltern ins Ohr.

Es ist gar nicht so schlecht, vierzig zu werden. Alle gratulieren ganz besonders herzlich. Ich werde überhäuft mit Anrufen und SMS. Sogar Erwin, die alte Fistelstimme, meldet sich und piepst mir ein »Happy birthday« ins Ohr. Dann verspricht er mir kryptisch, er hätte da ein ganz großes Ding am Laufen für

Tom, und er dürfe ja noch nichts verraten, aber wir könnten schon mal den Sekt kalt stellen. Ich kenne ihn lange genug, um zu wissen, dass das nur heiße Luft ist, und sage, dass wir den Sekt leider heute schon wegtrinken werden.

Eine Stunde bevor die Gäste kommen, gehen Flip, Lucy, Tia und ich zusammen ins Bad, um uns aufzuhübschen. Ich ziehe eins meiner neuen Kleider an. Ein blaues mit einem schönen, tiefen Ausschnitt. Unzufrieden drücke ich an meinem Busen rum, der einfach eine Körbchengröße mehr sein müsste, um es perfekt auszufüllen. Ich muss mir wirklich mal richtig gute Push-up-BHs kaufen. Ich wickele mir das Wolkenhalstuch um, so sieht sowieso niemand mein Dekolleté. Ich werfe mein Glätteisen an und mache Lucy ein paar schöne Wellen in die langen Haare. Flip bastelt ihrer kleinsten Schwester zwei Zöpfe, die ich anschließend auch noch kurz über das Eisen drehe. »Jetzt siehst du aus wie die kleine Drew Barrymore in *E. T.*«

»Was ist E. T.?«, fragt Flip.

»Mein Gott, ihr kennt *E. T.* nicht?«, sage ich entsetzt. »Wohl zu viel *Ice Age* geguckt! Morgen machen wir einen Fernsehabend und gucken *E. T.*!«, ordne ich an. Die drei strahlen. Sie lieben Fernsehabende. »Das gehört zur Allgemeinbildung!«, sage ich und will Flip die Haare kämmen.

»Ich mach das selbst«, sagt sie schnell und nimmt mir die Bürste aus der Hand. Sie will auch nicht mit meinem Eisen bearbeitet werden, also hab ich Zeit für meine Haare. Heute drehe ich mir zur Feier des Tages mal ein paar Locken in die Spaghettisträhnen.

»Hübsch! Ganz hübsch, Mama!«, sagt Lucy. Ich schminke mich ein bisschen und gebe Lucy und Tia noch einen Hauch Rouge und etwas Lipgloss. Flip frage ich gar nicht erst. Sie hat sich selbst einen Zopf gemacht und findet, das reicht. Die Kleinen rennen begeistert nach unten, um sich ihrem Vater zu zeigen. Tom lobt ordentlich erst die kleinen Mädchen und dann die zwei großen, die nacheinander die Treppe runterkommen.

Gegen achtzehn Uhr räume ich mit den Kindern noch etwas um. Tom schleppt übermütig unser Sofa in den Garten. Flip hängt eine Lichterkette in den Baum. Tia und Lucy verteilen überall Kerzen.

Sven ist der erste Gast. Bevor er mir gratuliert, schaut er sich nervös um. »Nein, sie ist noch nicht da«, beruhige ich ihn. »Und ja, du siehst gut aus!«

Erleichtert umarmt er mich. Du übrigens auch! Herzlichen Glückwunsch, junge Frau!« Er überreicht mir ein Päckchen.

Ich packe es aus und halte ein Buch in den Händen. »365 Nächte«, lese ich »Ist das nicht die Frau, die ihrem Mann zum Vierzigsten ein Jahr lang jeden Tag Sex schenkt?«

Er nickt. Tom hat mitgehört und schielt auf das Buch: »Klingt super, kann ich das auch mal lesen?« Ich fühle mich plötzlich ganz stark an meinen vierzehnten Geburtstag erinnert, den ich mit meiner Freundin zusammen feierte. Ein paar Jungs schenkten uns einen Stapel »Denise«-Romane. Das waren Schundheftchen, in denen unfassbar schmalzige Liebesgeschichten standen. Das war mir damals furchtbar peinlich, vor allem weil ich tatsächlich ab und zu den einen oder anderen »Denise«-Roman gelesen hatte. Aber mit vierzig muss es einem nicht peinlich sein, wenn der beste Freund des Ehemannes einem ein Buch schenkt, auf dem unter dem Titel steht: »Sie hatte eine wundervolle Partnerschaft. Nur eines fehlte. Sie beschloss, das zu ändern.« Wie dramatisch. Wie pathetisch. Wundervolle Partnerschaft. »Das sollte eigentlich ein netter Gag sein«, versucht Sven die Situation zu retten.

Ich habe gar nichts gesagt, aber mein Gesicht verrät ihm wohl eine Menge! Ich werfe das Buch auf den Geschenketisch. »Was trinkst du?«, frage ich ihn fröhlich, damit er merkt, dass ich nicht sauer bin.

»Irgendwas mit ganz viel Alkohol. Ich hab letzte Nacht nicht geschlafen. Das letzte Mal, als ich so aufgeregt war, musste ich Bio-Abi schreiben über Osmose!«

Ich muss lachen. »Das wird viel leichter als Bio Abi!« Ich drücke ihm ein Bier in die Hand. Er schielt auf die Prozentangaben des Alkoholgehalts und stürzt die halbe Flasche runter. Es klingelt. Tia rennt zur Tür. Draußen stehen Kristina und Sarah. Sobald ich an die Tür komme, singen sie »Happy birthday«. Bevor ich sie umarmen kann, binden sie mir ein Tuch um die Augen und führen mich aus dem Haus.

»Wird das jetzt eine Entführung?«, frage ich unter der Augenbinde. Sarah und Kristina leiten mich links und rechts herum, bis ich das Gefühl habe, ständig im Kreis zu gehen. Im Hintergrund höre ich geheime Absprachen und ein paar nicht zu identifizierende Geräusche.

»Okay«, sagt Sarah schließlich und bleibt stehen. »Jetzt kannst du gucken.«

Ich nehme die Augenbinde ab und stelle fest, dass wir wieder vor meiner Haustür stehen. Allerdings steht da etwas im Weg. Irgendjemand hat ziemlich dämlich eine rote Vespa direkt vor dem Eingang geparkt. Strahlend schauen mich Kristina und Sarah an, und ich kapiere endlich, dass das Teil mein Geschenk ist. »Ihr seid ja verrückt!«, sage ich und fasse vorsichtig den cremefarbenen Sattel an.

»Die ist gebraucht, aber top in Schuss«, verkündet Kristina stolz.

»Wie cool ist das denn?«, fragt Tom, der staunend dazu kommt. »Darf ich mal ne Runde fahren?«, fragt er.

»Nein, darfst du nicht«, sagt Kristina streng. »Das ist Annabels Geschenk!« Feierlich überreicht sie mir die Schlüssel, an denen ein kleiner Schlüsselanhänger baumelt. Meine rote Vespa in Miniatur. Kristinas Geschenke sind immer perfekt.

»Na los!«, drängt mich Sarah.

»Ich hab gar keinen Helm«, fällt mir ein. Kristina und Sarah schauen sich an. »Ein Helm! O nein, das haben wir komplett vergessen.«

»Wenn Frauen Vespas verschenken …«, sagt Sven gespielt

tadelnd, trinkt schnell sein Bier leer und vermeidet es auffällig, Sarah anzuschauen.

»Ich fahr ohne!«, beschließe ich und setze mich drauf.

»Ich will mitfahren!«, schreit Lucy.

»Nein ich!«, schreien Tia und Flip.

»Nix da. Ohne Helm fahren nur Geburtstagskinder, die mindestens vierzig sind«, stellt Tom die Bande ruhig.

Ich drehe den Schlüssel um und starte. Mit einem satten RRRRohhhmmmmmm springt sie an. Vorsichtig gebe ich Gas und fahre. »Ich fahre!«, schreie ich, und hinter mir johlt und klatscht alles. Erst tuckere ich langsam die Straße entlang und nehme respektvoll die erste Kurve. Dann werde ich langsam mutiger und gebe mehr Gas. Mein Körper erinnert sich sofort an das Gefühl und macht alles richtig. Es ist wie Fliegen. Meine Haare flattern im Wind, und mein schönes weiches Halstuch weht wie eine Fahne hinter mir her. Die Straßen sind leer. Ich drehe den Gashebel ganz nach vorn und rausche durch den Abend. »Wuuuuuuuhuuuuuuuuu!«, schreie ich vor Freude und fahre zurück, um meine besten Freundinnen tausendmal zu umarmen. Die beiden sind sehr zufrieden mit sich.

Später im Garten, als wir alle einen Prosecco in der Hand halten, fragt Tom: »Wie seid ihr denn auf diese geniale Idee gekommen?«

Wir drei Frauen wechseln ganz schnell einen Blick und überlassen es Kristina, eine gute Antwort zu finden. »Beste Freundinnen wissen einfach, was man mit vierzig wirklich braucht!«, sagt sie und prostet mir zu. Wir sind nur eine kleine Runde, aber wir schaffen es tatsächlich, die Tomaten-Mozzarella-Platte, die herrliche Quiche, den Nudelsalat und die Chicken Wings komplett aufzufuttern. Als Tom irgendwann die müden Mädchen ins Bett bringt, sitzen wir drei Frauen auf dem Sofa, und Sven sitzt auf einem Stuhl neben Sarah.

»Komm, hilf mir mal – wir haben sicher noch etwas Nachtisch in der Küche«, sage ich bedeutungsvoll zu Kristina.

»O ja, den gehen wir mal suchen«, sagt sie.

Sarah schneidet eine Grimasse und wendet sich dann Sven zu. Im Reingehen höre ich noch, wie sie sagt: »Jetzt bist du lange genug um mich herumgeschlichen, findest du nicht, wir könnten mal zu Punkt zwei kommen?« Leider können wir nicht mehr hören, was genau Punkt zwei ist, aber wir haben so eine Ahnung und suchen sehr lange nach dem Nachtisch. Ich sage noch allen Kindern gute Nacht und bedanke mich bei ihnen für den schönen Tag. Ich treffe Tom auf der Treppe. »Nicht raus in den Garten gehen!«, sage ich verschwörerisch.

»Wieso nicht, da war ich gerade«, sagt er locker.

Ich verdrehe die Augen. »Wegen Sven und Sarah!«, sage ich nachdrücklich, weil er leider gar nichts kapiert.

»Ach, die knutschen auf dem Sofa, haben mich gar nicht bemerkt.«

»Strike!«, rufe ich und reiße die Arme hoch. Tom nutzt die Gelegenheit, mich schnell an sich zu drücken. Er will mich küssen, aber ich möchte Kristina nicht so lange alleine in der Küche lassen. »Später«, verspreche ich.

»Okay. Ich geh noch mal zu Lucy. Sie sagt, sie hat Angst, ein Geisterschwein lebt in ihrer Wand«, antwortet Tom und geht die Treppe hoch. Als ich in die Küche komme, wischt Kristina sich schnell die Tränen ab. Ich umarme sie wortlos. Es gibt nichts zu sagen, wenn eine Freundin gerade mit ihrer neuen Flamme im Garten knutscht und die andere ihre Ehe neu erfindet, während man selbst mal wieder allein in der Küche steht. Ich verstehe sie so gut. Energisch reibt sich Kristina unter den Augen.

»Nachtisch?«, frage ich und öffne den Kühlschrank, in dem Tom sein »Spezial Tiramisu« geparkt hat. Kristina nickt. Ich hole die ganze große Schüssel raus und zwei große Löffel. Damit bewaffnet, setzen wir uns mitten auf den Küchenfußboden. Im Kerzenlicht genießen wir das süße Zeug.

»Ich hab mir einen Ratgeber bestellt«, sagt Kristina.

»Und?«, frage ich.

»Hat mir gut gefallen. Vor allem habe ich, glaube ich, etwas Grundlegendes verstanden.« Ich schaue sie abwartend an. »Ist kompliziert zu erklären«, sagt sie unsicher.

»Versuch es!«, sage ich aufmunternd.

»Ich glaube«, sagt sie langsam, »Sex an sich ist gar nicht der Schlüssel oder das Problem. Damit ich Sex genießen kann, brauche ich einfach eine Geschichte drum herum. Eine Geschichte, die die Spannung ausmacht.«

Ich weiß noch nicht genau, worauf sie hinauswill. »Nenn mal ein Beispiel!«

»Okay, mein erster Freund. Wir waren fünfzehn. Immer wenn wir geknutscht oder rumgefummelt haben, gab es da diese Spannung: Was, wenn jetzt die Eltern reinkommen, heimkommen, irgendetwas merken. Und diese Elterngeschichte hat das Ganze unheimlich spannend gemacht. In einem Roman ist es spannend, wenn die zwei sich eigentlich nicht sehen dürfen, und man liest es und denkt sich hundert Seiten lang, wenn die jetzt nicht endlich poppen, dreh ich hier durch!«

Ich muss lachen. Kristina wirkt so leidenschaftlich, während sie das erzählt. Ihre Augen glänzen, und sie ist ganz aufgeregt. »Und was heißt das jetzt für dich?«, frage ich.

»Ich denke, ich brauche etwas mit spannender Geschichte drum herum. Einfach nur einen Kerl und dann mit dem ins Bett, das wird nicht funktionieren.«

»Hm«, mache ich und kratze noch einen Löffel Tiramisu zusammen, obwohl ich schon platze. »Heißt das, es muss immer die Spannung sein, dass es eigentlich verboten ist? Dann müsstest du ja verbotene Männer vögeln. Meinen Mann zum Beispiel.«

»Um Himmels willen! Nein!« Sie wedelt mit den Händen in der Luft herum. »Obwohl du natürlich vom Prinzip her recht hast. Verboten ist spannend. Aber es könnte ja auch der verbotene Ort sein ...«

»Du willst Sex im gläsernen Fahrstuhl in einem Versicherungsgebäude!« Ich pikse ihr mit dem Zeigefinger in den unechten Busen. Wir lachen.

»Fahrstuhl, ja. Glas, nein!«, entscheidet sie. »So halb verboten wäre gut. Auf einer Party im Nebenraum.«

»Oder im Garten«, sage ich und mache mit dem Kopf eine Bewegung Richtung Gartentür.

»Meinst du, Sarah und Sven ...?«

»Wer weiß«, sage ich, »ich trau ihr inzwischen ne Menge zu!«

»Komm, wir gucken mal!«, sagt Kristina und geht auf alle viere. Kichernd krabbele ich ihr hinterher durchs Esszimmer. Sie dreht sich zu mir um: »Pssssst, sei leise. Sie dürfen uns auf keinen Fall entdecken! Kein Kichern, kein Prusten – geräuschlos anschleichen!«

Ich finde das urkomisch und versuche lautlos zu kichern, wobei ich fast ersticke. Kristina krabbelt unter den Esstisch, und ich hole sie dort ein. Auf gleicher Höhe starren wir hinaus durch die geöffnete Tür in den Garten. »Siehst du was?«, frage ich leise. Sie schüttelt den Kopf.

»Wir müssen näher ran!«, zischt sie und rennt gebückt aus der Tür in den Garten, um sich dort wieder unter einem Tisch zu verstecken. Ich mache es ihr nach, hau mir aber tierisch das Knie an, als ich schwungvoll unter dem Gartentisch lande.

»Sucht ihr was?«, hören wir eine Stimme von oben. Sarah und Sven stehen leider direkt neben dem Gartentisch im Dunkeln, zwei Gläser in der Hand. Sie sehen überhaupt nicht nach Beischlaf aus, sondern ganz normal und komplett bekleidet. Ertappt krabbeln wir unter dem Tisch hervor.

»Ohrringe verloren!«, versuche ich halbherzig eine Ausrede. Sarah und Sven grinsen, und Sven legt den Arm um Sarah.

Glücklicherweise taucht Tom in diesem Moment verwuschelt im Türrahmen auf. Er gähnt. »Ich bin bei Tia eingeschlafen. Gibt es hier noch was zu trinken?« Sven und Tom holen sich noch ein Bier aus dem Eimer, der mit Eis gefüllt war, jetzt aber nur noch kaltes Wasser enthält. »Und ihr, Ladys?«, fragt Tom. »Prosecco? Wein?«

Kristina entscheidet für uns, und wir öffnen eine Flasche Weißwein. Wir landen zu viert auf dem Sofa. Tom und ich, Sven und Sarah. Kristina will sich einen Stuhl ranziehen. »Nix da«, sagt Sarah und rutscht ein Stück zur Seite auf ihren verliebten Sven drauf. Auch ich mache ein Stück Platz und rücke näher an Tom ran. Kristina setzte sich seufzend in die Mitte. Sarah und ich legen jeweils einen Arm um sie. Über uns funkeln die Sterne. Tom hat die Musik wieder angemacht. »Stand by me«, läuft. Die Lichterkette schaukelt leicht im Baum hin und her. Die meisten Teelichter sind runtergebrannt. Ein paar glimmen noch schwach vor sich hin. Es ist ungewöhnlich warm für eine Nacht Anfang Juni. Der Augenblick ist so perfekt, dass ich hochschaue zu den Sternen, weil ich sicher bin, es müssten mindestens ein Dutzend Sternschnuppen auf uns runterregnen. Aber es ist keine zu sehen. Wir quatschen und trinken, und irgendwann tanzen wir sogar. Erst Kristina und ich und Sarah und Sven. Dann Sarah, Kristina und ich zusammen und Tom und Sven zusammen, die, weil sie das etwas unangenehm finden, laut dazu singen müssen.

Ich schleiche nach oben, um nach den Mädchen zu gucken, aber ich komme gar nicht bis in die Kinderzimmer. Tom fängt mich oben im offenen Flur ab und küsst mich leidenschaftlich. »Happy birthday, Annabel!«, flüstert er mir mit rauer Stimme ins Ohr und schiebt mein Kleid nach oben. Er drängt mich gegen die Wand im Flur. Wir haben es noch nie hier im Flur getan. Jeden Moment könnte eins der Kinder aus seinem Zimmer tapsen, oder unsere Gäste könnten uns unten vermissen. Kristina hat recht, ein verbotener Ort macht sexuelle Spannung. Ich öffne die Knöpfe seiner Jeans. Er zieht mir geschickt mein Höschen aus und streichelt zielsicher meine Brustwarzen. Ich atme tief aus, lehne mich an die Wand, und kurz bevor er in mich eindringt, explodiert ein Bild in meinem Kopf. Ich erstarre, und jede Lust ist auf einmal weg. Tom scheint im selben Moment ein Déjà vu zu haben. Seine Erektion verflüchtigt sich. Er stützt sich mit einer Hand an der Wand ab und schaut zu Boden. »Scheiße«, murmelt er. Ich hab den Impuls, ihm eine Ohrfeige zu geben, aber meine Beobachterin hält mich zurück. »Nein«, sage ich laut, was sie denkt, »ich kann meinen Mann in meinem Haus vögeln, wo ich will, und diese Schlampe wird mir das nicht kaputt machen!« Er schaut mich erstaunt an. »Tom. Wir tun es jetzt, hier an der Wand im Flur. Völlig egal, was auf der Fernsehpreisverleihung passiert ist«, befehle ich. Er nickt, schaut aber hilflos auf seinen zusammengefallenen Schwanz. »Das kriegen wir schon wieder hin«, sage ich zuversichtlich. Ich kenne diesen Mann seit fünfzehn Jahren, da werde ich es wohl schaffen, seinen besten Freund wieder fit zu kriegen. Aber Tom hat einen anderen Plan. Er geht auf die Knie und verschafft mir einen wirklich richtig guten Geburtstagsorgasmus hier in unserem Flur an der Wand. Hannah Weide ist besiegt. Happy birthday.

Kapitel 19

Tom und ich starren Flip an. »Das könnt ihr doch nicht vergessen haben!«, schimpft sie mit uns. »Seit Wochen zählen wir die Tage! Um fünfzehn Uhr sollen wir bei Frau König sein und den Kleinen abholen! Und vorher müssen wir unbedingt noch einkaufen gehen. Ich hab uns eine Liste vorbereitet, was wir alles für den Hund brauchen. Also kommt in die Puschen!« Sie stemmt die Hände in die Seiten und schaut energisch zu ihren Eltern hoch, die tatsächlich vergessen haben, dass sie einen Welpen versprochen und ausgesucht hatten. Ich verstecke kurz mein Gesicht in den Händen. Das läuft überhaupt nicht gut. Ich wollte doch mehr Freiheit und mehr ich selbst sein, und jetzt binden wir uns auch noch einen Hund ans Bein, der ganz sicher arbeitsmäßig an mir hängen bleibt. Wer weiß, was für einen Job ich in Zukunft machen werde und wie das alles weitergeht. Tom und ich sind immer noch damit beschäftigt, uns wieder anzunähern, da reichen wirklich drei Kinder, die man nebenher noch betreuen muss. Es ist der denkbar absolut ungünstigste Zeitpunkt, sich jetzt ein Hundebaby ins Haus zu holen. Komplett unpassend und wahnsinnig wäre es, jetzt nicht die letzte Gelegenheit zu nutzen und abzuspringen, bevor das Tier im Haus ist. »Okay, dann los!«, hör ich mich sagen. Tom guckt erstaunt. Er hatte wohl ähnliche Gedanken und findet mein Ergebnis ebenso überraschend wie ich. »*Trust the process*«, sage ich und schnappe mir den Autoschlüssel.

Wir fahren mit der aufgeregten Bande in einen großen Tierbedarfsladen. »Fressplatz«, heißt er, und sobald man reinkommt, versteht man den Namen. Es stinkt nach hundert verschiedenen Hundekuchen, Katzenstreu, Goldfischalgen und was weiß ich noch. Tia und Lucy rennen los und verschwinden zwischen den bunten Regalen. Flip hält ihre Liste hoch. »Lass mich mal sehen«, bitte ich sie und lese:

- Körbchen/Hundedecke
- Welpenfutter (Frau König fragen)
- 2 Näpfe (Wasser und Futter), evtl plus 1 Napf für unterwegs
- Leine und Geschirr oder Halsband (lieber Geschirr)
- Spielzeug
- Bürste und Kamm
- Transportbox für das Auto
- viel Küchenrolle

Die Liste scheint mir sehr vernünftig. »Wozu Küchenrolle?«, frage ich Flip.

»Pipi!«, sagt sie und rollt mit den Augen, weil ich ja wirklich gar nichts weiß.

»Okay, wir arbeiten uns von oben nach unten durch«, sagt Tom und krempelt die Ärmel hoch, als wollte er Holz hacken. »Wo gibt es Körbchen?« Flip führt uns zu einem überfüllten Regal, an dem wir lange, lange überlegen und aussuchen. Es gibt jede Menge große karierte Kissen und stapelweise Körbchen in allen Farben und leider auch in allen Mustern. Immer wenn wir ein Schönes entdecken, passt entweder die Größe nicht, oder es kostet über siebzig Euro. »Auf was sitzt du da?«, fragt Tom seine jüngste Tochter. Tia steht von ihrem kleinen Popowärmer auf. Es ist ein rundes, kuscheliges Nestchen aus hellem Kunstfell. Ich hebe es auf. »Neunzehn Euro«, verkünde ich. Wir können endlich zu Punkt zwei auf der Liste kommen.

Die Näpfe gehen schneller, beim Geschirr sind wir uns total unsicher mit der Größe. Eine Fachverkäuferin hilft uns schließlich. Sie lobt die Entscheidung, ein Geschirr zu nehmen, weil dann der Druck der Leine nicht allein auf dem Halsbereich lastet. Wir entscheiden uns für ein verstellbares Geschirr, das unverschämt teuer ist. Der Mops der Verkäuferin passt da angeblich seit einem halben Jahr rein, also sollte es auch einem kleinen Cavalier-King-Charles-Spaniel passen.

Langsam macht mir das Einkaufen für den Welpen richtig Spaß. »Wie wäre es mit ein paar Leckerlis?«, frage ich Flip, die die Oberaufsicht hat.

»Ich weiß, wo es die gibt!«, sagt Tia aufgeregt und schleppt kurze Zeit später riesige, stinkende Ochsenziemer an. Die Fachverkäuferin lobt das Kind und weist darauf hin, dass alle Hunde Ochsenziemer lieben.

»Das kann schon sein«, sagt Tom, »aber wir hatten eigentlich vor, gemeinsam mit dem Hund in einem Haus zu leben, und wenn der schon durch die Folie so stinkt, seh ich da keine Zukunft für uns alle zusammen.« Die Verkäuferin nickt, versteht und führt ihn zu einem Regal, in dem handliche kleine Packungen mit nicht stinkenden Leckerlis stehen. Tom entscheidet sich für Milchdrops und irgendwelche Kräuterkeksknochen. Dann erstehen wir noch eine Box, in der der Hund im Auto transportiert wird. Angeblich bieten sperrbare Schnappverschlüsse Sicherheit, und man reduziert das Risiko, dass der Hund bei einem Unfall verletzt wird um siebzig Prozent. Das wollen wir natürlich.

Flip sucht kurz entschlossen eine Bürste aus und einen grobzinkigen Kamm für das lange Fell an den Ohren. Beim Spielzeug flippen wir alle komplett aus. Tom sucht einen unzerkaubaren Ball aus, Tia einen Plastikigel, Lucy einen dicken Seilknoten, der vermutlich größer ist als der Welpe, und Flip kauft schlau eine sogenannte Dummitasche, in der man Leckerlis verstecken kann und dem Hund damit das Apportieren beibringt. Mit vereinten Kräften schleppen wir alles zur Kasse. Da angekommen, nehmen wir noch einen kleinen Anhänger für das Geschirr mit, auf den wir unsere Telefonnummer schreiben können, falls uns der Kleine mal abhaut.

»Zweihundertsiebzehn Euro und dreizehn Cent«, flötet die Kassiererin. Flip sieht mich besorgt an und erwartet wohl, dass ich mich aufrege, aber ich schleppe nur gutgelaunt Körbchen Leckerlis, Geschirr und den kleinen Anhänger zum Auto. Tom trägt die große Transportbox, die Kinder das Spielzeug und die Näpfe. Wir halten noch am Supermarkt und kaufen die Küchenrollengroßpackung, Desinfektionsspray und für jeden ein Eis.

Auf dem Weg zur Züchterin fällt mir plötzlich ein: »Der Name! Wir haben uns noch nicht für einen Namen entschieden!!« Laut schreit jeder den Namen, den er für geeignet hält in die Gegend, bis Flip ihre Liste zückt und auf die Rückseite unsere Vorschläge schreibt.

Papa – Schimanski
Mama – Ludwig
Tia – Bellbell
Lucy – Goldfisch
Flip – Sylvester

Ich bin sehr gespannt, wie wir da auf einem Nenner kommen sollen. »Der Name soll mit Z beginnen«, fällt Flip dann auch noch ein. »Was gibt es denn für Namen mit Z außer Zorro?«

»Zarathustra«, sagt Tom.

Ich google schnell »Namen mit Z« und lese vor: »Zarif, Zati, Zdenko, Zeno, Zenobius …«

»So können wir doch nicht unseren Hund nennen«, unterbricht mich Lucy. Sie hat natürlich recht. »Wir nehmen einen Doppelnamen«, schlägt sie vor: »Zenobius-Goldfisch, zum Beispiel. Dann ist Edeltraut zufrieden, und wir können ihn dann einfach nur Goldfisch rufen.« Die Idee ist super, aber jetzt geht es wieder los mit der Namensdiskussion.

Nach einer Weile ruft Tom ganz laut: »Ruhe!« Als es still ist, fährt er fort: »Ich finde, Flip sollte den Namen aussuchen.

Sie hat sich die ganze Arbeit gemacht und alles im Internet recherchiert, die Züchterin gefunden und die Liste mit Sachen gemacht.« Flip wird ganz rot vor Freude, Lucy und Tia stimmen etwas brummelig zu.

»Also, mein Schatz, wie soll er heißen?«, frage ich nach hinten.

Flip schließt die Augen und genießt die geballte Aufmerksamkeit. Alle starren sie an. »Zenobius-Bootsmann!«, verkündet sie stolz. Kurz ist es still, dann jubeln alle.

»Bootsmann für einen kleinen Spaniel, das ist genial!«, lobe ich sie.

Langsam bin ich genauso aufgeregt wie meine Kinder. Ich kann es jetzt nicht mehr abwarten, den kleinen Bootsmann auf dem Arm in unser Auto zu tragen. Aber bis dahin ist es ein weiter Weg. Bei Edeltraut angekommen, müssen wir einen Berg von Papierkram ausfüllen. »Ich wollte kein Haus kaufen, sondern einen Hund«, witzelt Tom und trägt brav unseren Namen und die Adresse überall ein. Es gibt einen Kaufvertrag und die Anmeldung bei Tasso, die einem helfen, den Hund wiederzufinden, wenn er wegläuft. Dann bittet, nein befiehlt uns Edeltraut, sämtlichen Hundefutterherstellern noch unsere Adresse zu verraten, damit sie weiterhin Begrüßungspakete für Welpen bekommt. Diese Pakete bekommen wir auch stapelweise mit. Quietschenten sind darin und noch mehr Seilknoten und Probefutter, welches wir aber um Gottes willen nicht füttern sollen. Aha. Füttern dürfen wir nur »Puppy sensitive full meat«. Was jetzt an *full meat* sensitiv ist, weiß auch keiner, aber Edeltraut führt uns vor, wie wir füttern sollen, und füllt die braunen weichen Stücke, die unheimlich stinken, in eine Schüssel. Bootsmann, der kleine flauschige Typ, stürzt sich begeistert drauf und inhaliert das Ganze in drei Sekunden. »Ja nicht mehr füttern als diese Tagesration, verteilt auf vier Mahlzeiten!« Warnend hält sie einen kleinen Messbecher hoch. Flip hat tausend Fragen, die sie alle stellt. Tia, Lucy und ich hängen am abgesperrten Welpenbereich und versuchen mit den Händen unser Hundchen zu erreichen. Freudig und tapsig kommt er an und leckt unsere Finger. Er ist ziemlich gewachsen, seit wir ihn das letzte Mal gesehen haben. Tom macht Fotos und hebt den kleinen Kerl dazu einfach aus der Absperrung heraus und platziert ihn auf Lucys Arm. Dann gibt es kein Halten mehr. Selbst Flip gibt ihre Fragen auf und kommt, um den Kleinen zu streicheln. Edeltraut ist das alles gar nicht wirklich recht. Sie hatte sich wohl einen anderen Ablauf gewünscht. Als sie kurz weg ist, um noch ein Geschirr zu holen, obwohl wir ja extra eins gekauft hatten, schaue ich Tom an, der mit den Achseln zuckt und sagt: »Hey, wir haben ihn gerade für ein Schweinegeld gekauft. Dann dürfen wir ihn wohl auch streicheln!« Recht hat er, denke ich. Wir lehnen das hässliche Geschirr, so höflich es geht, ab und versuchen mit unserem neuen Familienmitglied jetzt Richtung Auto zu kommen, aber Edeltraut hat noch eine Liste von Dingen, die sie uns dringend sagen muss. Wir stehen im Flur, beladen mit all dem Kram und nicken bei allem, was sie sagt. Mitten in das Nicken hinein klingelt mein Handy. Es ist Kristina.

»Kristina, kann ich dich vielleicht gleich ...«

»Notfall!«, schnauft sie. »Ich bin bei Jenny Claire in der Umkleidekabine und habe eine ohnmächtige Sahneschnitte auf meinem Schoß!« Ich verlasse ohne Entschuldigung das Haus und lasse meine Familie im Flur der Züchterin zurück.

»Was ist los?«, frage ich draußen ins Handy. Kristina klingt irgendwie gar nicht gut, sondern leicht hysterisch.

»Ich hab den Handwerker hier getroffen, der meine Wellness-Dusche eingebaut hat. Zwischen den Umkleidekabinen. Da dachte ich mir, so eine Gelegenheit kommt ja nicht wieder!«

»Okay,«, sage ich. Bisher kann ich folgen.

»Ich sage also ganz mutig zu ihm, dass ich nichts gegen einen Quickie in der Kabine hätte.«

»Nein!!!«

»Doch. Ich bin zwar vermutlich knallrot geworden, aber er hat ganz süß gelächelt und gesagt, so ein schönes Angebot hätte er ja lange nicht bekommen.«

»Und dann?«, frage ich gespannt.

»Dann sind wir in die hinterste Umkleidekabine und fangen gerade an, so ein bisschen rumzufummeln. Ich war noch nicht mal warm, da packt er schon sein Teil aus. Ich dachte an deinen Tipp und hab ihm gesagt, dass ich noch etwas Vorspiel brauche. Er grinst und schraubt an mir rum, und der hatte da eine echt gute Technik ... Na ja, egal. Gerade als es so richtig heiß wird, kippt er plötzlich um.«

»O Gott! Und jetzt?«

»Ja, witzig, genau diese Frage wollte ich dir eigentlich stellen!«, sagt Kristina scharf. »Ich sitze hier mit dem Kerl auf dem Schoß, dem sein Schwanz aus der Hose hängt! Vielleicht hat er einen Herzinfarkt, was weiß ich!«

»Kristina, leg ihn vorsichtig hin und pack seinen Schwanz in die Hose, und dann holst du ganz schnell Hilfe!«

»Ich kann doch keinen fremden Schwanz anfassen!«, jammert sie.

»Willst du mich verarschen? Du wolltest gerade einen fremden Schwanz vögeln, da wirst du ihn doch zurück in die Hose packen können!« Tom und die Kinder starren mich mit Bootsmann auf dem Arm an. Tom zieht die Augenbrauen hoch und öffnet das Auto. »Kristina, ich muss jetzt Schluss machen. Ruf mich an, wenn der Notarzt da war. Und mach schnell!«

Bootsmann wird gerade von Flip in die unfallreduzierende Sicherheitsbox verpackt. Tom verstaut die Begrüßungspakete daneben und raunt mir zu: »Was ist los bei Kristina? Schwanz in die Hose packen und Notarzt?!« Ich schüttele nur den Kopf, um auszudrücken, dass ich das vor den Kindern nicht erklären kann. Wir verabschieden uns noch von Edeltraut, die seltsam verloren in ihrer Einfahrt steht.

»Wir passen gut auf den Kleinen auf«, verspreche ich und werde dafür wortlos grob umarmt. Einsteigen, winken, dann fahren wir endlich los. Bootsmann jammert hinten in seiner Box.

»Er weint!«, sagt Tia unglücklich. Wie zur Bestätigung jault Bootsmann noch lauter.

»Man soll da nicht drauf eingehen«, sagt Flip, klingt aber selbst nicht überzeugt. Wir fahren betroffen weiter und hören uns ein paar Kilometer lang Bootsmanns Jaulen, Fiepen und Kratzen an der Box an.

»Sollen wir ihn rausholen?«, schlägt Tom vor und sieht mich fragend an.

O Gott, dasselbe Theater wie mit Flip vor elf Jahren. Als sie ein Baby war, hasste sie Autofahren und brüllte uns regelmäßig die Ohren voll in ihrem Sitz. Wir haben damals alles probiert. Schuckeln, Streicheln, sogar Stillen habe ich versucht. Man muss schon ein Schlangenmensch sein, um ein angeschnalltes Baby während der Fahrt zu stillen, und das bin ich definitiv nicht. Aber was tut man nicht alles, wenn ein Baby weint. Jetzt stelle ich fest, dass das bei einem Welpen ganz ähnlich ist.

»Er hat Angst«, sagt Lucy und hat selbst schon Tränen in den Augen. Entschlossen hält Tom an, und wir heben den aufgeregten Welpen aus seinem Sicherheitsgefängnis. Damit sich die Kinder nicht um ihn streiten, darf er zu mir. Vor lauter Dankbarkeit leckt er mich von oben bis unten ab, rollt sich dann auf meinem Schoß zusammen und schläft ein. Ich bleibe ganz still sitzen und streichle sein samtiges Welpenfell und die kleinen weichen Ohren. Entzückt schaue ich Tom an, der lacht und meine Hand nimmt. Ich checke kurz mein Handy, aber Kristina hat noch keine Entwarnung gegeben. Ich hoffe, die Sahneschnitte hat nicht wirklich einen Herzinfarkt.

Man soll eine ruhige Atmosphäre herstellen, wenn ein Welpe das erste Mal sein neues Zuhause beschnuppert. So steht das in unserem schlauen Buch, aber das hat natürlich irgendein

Mensch ohne Kinder geschrieben. Flip, Lucy und Tia sind so aufgeregt wie eine Herde Ziegen, die aus Versehen in einem Feinkostladen landen.

Sie schleppen dem kleinen Hund sein ganzes Spielzeug an, und jede will zuerst mit ihm kuscheln oder ihm Bälle werfen. Ich selber würde ihn auch am liebsten die ganze Zeit auf den Arm nehmen, halte mich aber zurück, weil ich finde, drei Menschen auf einen Welpen sind genug. Ich pfeife Tom zurück, der sich auch auf den Boden setzt und versucht, den Kleinen mit Schnalzlauten von Lucy wegzulocken, die ihn gerade bürsten will. Tia heult, weil sie nicht mit dem Hund in ihrem Bett liegen und Kassette hören kann, so wie sie sich das vorgestellt hat, und Flip ist total unzufrieden, weil sich keiner so verhält, wie es in den Büchern steht, einschließlich dem Hund, der eigentlich aufgeregt seine neue Umgebung beschnuppern sollte, stattdessen aber lieber Pipi mitten ins Wohnzimmer macht. Ich wische, was gut ist, und schimpfe, was schlecht ist, und parke schließlich alle vor dem Fernseher, um dem Tier eine kleine Pause zu gönnen. Bootsmann findet sein Körbchen und rollt sich zusammen. Ich atme tief durch. Ein paar Minuten Ruhe. Mein Handy klingelt, und ich gehe dran, so schnell ich kann. »Ja?«, frage ich gespannt in den Hörer.

»Ich bin's, Kristina!«

»Alles okay?!«

»Ja, ja«, sagt sie fröhlich. »Lenn wird schnell ohnmächtig, vor allem, wenn ihn etwas aufregt. Er sagt, das sei aber ganz harmlos.« Aha. Die Sahneschnitte hat jetzt also einen Namen.

»Und ein Quickie in der Umkleidekabine regt ihn also auf?«

»Offensichtlich!«, lacht sie. »Du, ich kann jetzt auch gar nicht lange, wir sind noch etwas essen gegangen, und ich wollte dir nur schnell Bescheid sagen. Er ist gerade auf Toilette.«

Ich hätte gerne noch mehr Details und frage schnell: »Wann ist er denn wieder zu sich gekommen? Bevor du sein Ding in die Hose gepackt hast oder danach?«

»Währenddessen«, flüstert sie.

Wir kichern beide. »Kristina, genieß das Essen! Und vielleicht könnt ihr die Nummer in der Kabine ja noch nachholen.«

»Ich arbeite dran!«, sagt sie leise und aufgeregt und legt auf.

Viel zu schnell ist der Film mit dem Hund und dem Polizisten, den die Kinder gucken, vorbei, und Bootsmann ist wieder wach. Das Chaos geht weiter.

»Du, ich geh mal eben laufen«, sagt Tom, dem das alles zu viel wird.

»Nein«, sage ich. Er schaut mich erstaunt an. »ICH geh laufen!«, erkläre ich und flitze los, um mich umzuziehen.

Als ich das Haus verlasse, sage ich noch zu ihm: »Deine Idee, dein Chaos!«, und werfe ihm eine Kusshand zu.

Ich laufe zu meinem kleinen Bach und atme tief die frische, klare Luft ein. Heute Morgen hat es geregnet, das Gras und die Büsche streifen mich mit ihren feuchten Blättern. Sascha schleicht sich leise in meine Gedanken. Ob er noch an mich denkt? Es kommt mir vor, als sei es ein Jahr her, seit ich bei ihm in der Hütte war mit meiner Kondomtasche. Ich erinnere mich an die *Dirty Dancing*-Nummer und grinse heimlich in mich hinein beim Laufen. Ich beneide Kristina um ihr aufregendes Date mit Lenn, dem Wellness-Duschen-Einbauer, und Sarah um ihre frische Beziehung mit Sven, die offensichtlich ganz phantastisch läuft, weil sie sich so gar nicht mehr meldet. Vermutlich poppen sie den ganzen Tag und die ganze Nacht. Außer Atem bleibe ich an den großen Steinen im Bach kurz stehen, um eine Hand ins Wasser zu tauchen. Es ist fast warm. Wärmer als der Djugardsbrunnsviken auf alle Fälle. Ich schreibe mit einem Finger »Was willst du, Annabel?« ins Wasser.

»Glücklich sein«, schreibt mein Finger als Antwort. Mein Spiegelbild fließt davon. Plötzlich hab ich Sehnsucht nach dem kleinen Bootsmann. Ich stehe etwas zu schnell auf, warte kurz, bis mir nicht mehr schwarz vor Augen ist, und laufe zurück zum Hexenhaus mit den blauen Fensterläden.

Als endlich alle Kinder im Bett sind, darf der kleine Hund zu mir auf das rote Sofa. Man soll Hunde nicht auf Möbelstücke lassen, das ist ganz, ganz falsch, und man kann es ihnen dann nie wieder abgewöhnen, und außerdem stirbt dann auch sofort ein Seemann oder so. Steht alles in den schlauen Büchern, die wir gelesen haben. Ich bin es leid, alles im Leben richtig zu machen. Ich will einfach gemütlich mit Bootsmann kuscheln. Schließlich musste ich den ganzen Tag wegen der Kinder zurückstecken. Erst schmiegt er sich ganz eng an mich, und schließlich klettert er entschlossen auf mich rauf und legt sich zwischen meinen Busen und meinen Hals, so dass er mich fast erdrückt. Ich halte still und schmuse mich in sein samtiges Fell.

Tom lässt sich in seinen Sessel fallen. »Du hast da was«, sagt er und zeigt auf meinen Hals. Ich lächle bloß und vergrabe meine Nase im Welpen, der so gut riecht wie es nur kleine Menschen oder Tiere können.

Unaufgefordert greift Tom nach meinem rechten Fuß und fängt an, ihn zu massieren, während er Text lernt. Das hat er früher oft gemacht. Ich liebe das und könnte glatt ganz laut schnurren vor Behagen. Meine Beobachterin schaut kritisch auf die häusliche Szene, sagt aber nichts. Gut so, die kann mir auch mal was gönnen.

Bootsmann soll auf keinen Fall bei uns im Bett schlafen, aber wir ahnen schon, dass das ein Kampf wird. »Vielleicht sollte einer mit ihm auf dem Sofa schlafen«, sagt Tom und schaut mich dabei erwartungsvoll an.

»Gute Idee!«, sage ich. »Ich hole dir schnell deine Decke!«

»Ich muss halt morgen früh raus«, protestiert er mir schwach hinterher, aber ich bin schon ein Stockwerk höher und gebe vor, ihn nicht zu hören. Gemeinsam machen wir noch einen Abendspaziergang und flippen vor Freude aus, als Bootsmann auf die Wiese macht. »Wir sind so bescheuert!«, stelle ich fest, und Tom nickt zustimmend.

Ich überlasse Hund und Mann ihrem Schicksal im Wohnzimmer und steige allein ins Ehebett. Seltsam, wie normal sich das anfühlt. Mit Kindern ist es gar nicht ungewöhnlich, dass der Partner die Nacht oder zumindest Teile der Nacht in irgendeinem anderen Bett schläft. Erst seit etwa einem Jahr ist es nicht mehr die Ausnahme, dass wir zu zweit in unserem Schlafzimmer schlafen. Ausgerechnet jetzt binden wir uns einen Welpen ans Bein. Ich versuche, nicht auf das Gedankenkarussell aufzusteigen und mir auszumalen, wie arbeitsintensiv und einschränkend die nächsten Wochen werden. Ich atme tief ein und aus. *Breathe in and breathe out.* Ob Sascha ... Nein, nicht an Sascha denken jetzt. Nur hier liegen und atmen. Ein und aus. Alles ist im Fluss. Fluss. See. Die Hütte am See. Ich gebe die Atmerei auf und stelle mir vor, wie es gewesen wäre, mit Sascha zu schlafen. Mein Handy surrt leise auf meinem Nachttisch. Normalerweise stelle ich das nachts aus, aber das habe ich heute wohl vergessen. Sarah ist dran. »Hey, wie läuft es bei dir?«, frage ich.

»Gut. Sehr gut. Schön. Anders. Neu. Aber auch ...«

»Auch was?«, helfe ich, als sie den Satz nicht beendet.

»Auch seltsam. Ich meine, irgendwie bin ich ja noch verheiratet. Es kommt mir falsch vor, mit ihm zu schlafen.«

»Habt ihr denn schon?«

»Nein, eben nicht. Ich kann das nicht.«

»Aber du und Andi, ihr seid getrennt. Er hat eine andere, die junge Dünnelippenschlampe«, erinnere ich sie.

»Ja«, sagt Sarah, »trotzdem!«

»Das versteh ich nicht, Sarah, du willst ihn doch nicht zurück, oder?«

»Nein«, sagt sie schnell. »Aber wenn ich jetzt mit Sven schlafe, dann ist es so endgültig. Dann ist es offiziell, dass Andi und ich – dass unsere Familie kaputt ist ...« Ihre Stimme klingt traurig und wütend. »Und die Jungs ...«, fährt sie fort, »die sollten doch in einer richtigen Familie aufwachsen, und jetzt ... ist alles ... zu Ende!«

»Ach, Hase!«, sage ich und umarme sie durchs Telefon. »Das versteh ich. Das ist auch einfach traurig. Ich glaube, das ist ganz normal, dass es dir so geht.«

»Ja?«, fragt sie.

»Ja«, bestätige ich. »Wie geht Sven denn damit um?«, frage ich.

»Der ist ganz süß. Lässt mir alle Zeit der Welt. Er ist so verliebt, dass es mir fast schon Angst macht.«

»Muss es nicht. Du bist einfach zum Verlieben, Süße!«

»Pffffffffff«, macht Sarah am anderen Ende.

»Soll ich dir was Lustiges erzählen?«, frage ich. Sie stimmt zu, und ich erzähle von Kristinas Anruf und der ohnmächtigen Sahneschnitte.

»Das ist ja mal echt der Hammer!«, sagt sie, als ich fertig bin. »Kristina, Kristina, wer hätte das gedacht! Mit dem Handwerker. Das ist ja wie in einem billigen Porno!«

»Mit dem Unterschied, dass die Männer da nicht umkippen.«

»Und du und Tom?«, fragt sie.

»Ja«, sage ich.

»Ja? Was heißt das: ja?«

»Das heißt, dass Tom nach wie vor meine große Liebe ist. Wir raufen uns ganz gut zusammen. Jetzt muss ich nur noch mein neues Ich finden.«

»Und wie macht man das?«, fragt Sarah. »Das wäre nämlich auch mein Plan.«

»*Trust the process*«, antworte ich. »Nicht so viel nachdenken, Nicht immer alles richtig machen. Einfach mal machen, was einem guttut.«

» Der Meister hat gesprochen.«

»Du bist doof.«

»Ich hab dich auch lieb, Annabel, schlaf schön!«

Kapitel 20

Als endlich alle weg sind, setze ich mich mit dem Rücken zur Haustür auf den Boden. Sofort springen mir Dinge ins Auge, die man dringend aufräumen müsste. Einzelne Schuhe, die ihren Partner verloren haben, Taschen, die einfach abgestellt, aber nie ausgeräumt wurden, Captain Unterhose ohne Unterhose, zwei Barbiepuppen ohne Schuhe und Hosen. Sieht fast so aus, als wäre alles hier im Haus unvollständig. Eigentlich müsste ich mich ähnlich fühlen wie die Sachen. Meine ganze Familie samt Hund ist gerade weggefahren. Tom wollte Bootsmann eigentlich gar nicht gerne mitnehmen auf den Bauernhof. Dann müsste er ja auch noch auf das kleine Fell achten, und er hätte ja schon alle Kinder, und das sei doch ein bisschen viel. »Du schaffst das schon!«, hab ich zuversichtlich gesagt. »Außerdem hast du Flip, die macht das sowieso allein.« Flip ist tatsächlich toll mit dem Hund. Geduldig übt sie mit ihm »Sitz« und »Platz« und wird nicht müde, mit ihm spazieren zu gehen. Eigentlich wollten sie schon um neun Uhr weg sein, aber bis dann alles Gepäck im Auto verstaut war und jeder noch mal Pipi machen war, einschließlich dem Fell, war es fast halb elf.

»Viel Spaß!«, sagte Tom bevor er einstieg, und gab mir einen weichen Kuss auf die Lippen. »Genieß es!«

»Das werde ich. Und pass du gut auf unsere Bande auf!« Alle Kinder winkten fröhlich aus dem Auto, und Bootsmann bellte zum Abschied wie auf einer *Fünf Freunde*-Kassette.

Jetzt ist es herrlich still im Haus. Mir wird langsam kalt auf dem Fliesenboden. Ich stehe auf und beschließe, ganz schnell aufzuräumen, dann kann ich fast drei Tage lang ein Haus genießen, das mir keiner wieder verwüstet. Ich stelle mir ganz laut Musik an. *Liquid Lunch* von Caro Emerald.

Offensichtlich hatte Mrs Emerald eine wilde Nacht. Jedenfalls braucht sie jetzt Aspirin und hat nur noch fünfzig Cent übrig.

Ich will auch eine wilde Nacht, jetzt da mal alle aus dem Haus sind. Mir fällt ein, dass ich gar nichts geplant habe. Wo geht man denn mit vierzig abends hin? Ob Kristina das weiß? Eher nicht. Außerdem ist die sicher im Bett mit ihrem Handwerker, der besonders gute Techniken an ihr ausprobiert. Ich hab sie bisher nur einmal gesprochen, und da klang sie, als würde sie gerade entdecken, wofür das männliche Geschlechtsteil so alles gut ist. Wie schnell sich die Dinge ändern können. Vor kurzem stand sie noch einsam in unserer Küche. Ich schleppe einen Arm voll Klamotten und Spielzeug die Treppe hoch. Ob ich mich trauen würde, jemandem einen Quickie in einer Umkleidekabine anzubieten?

Bis dreißig habe ich gedacht, dass sich alles ergeben wird. Das Leben bietet dir Gelegenheiten, und du nutzt sie. Etwas später habe ich begriffen, dass man manche Dinge auch einfordern muss. Manche Frauen warten ein Leben lang auf einen Heiratsantrag. Ich habe Tom damals einfach gefragt, ob er sich vorstellen könnte, mich zu heiraten. Als er das bejahte, sagte ich: »Gut, dann will ich einen tollen Antrag!« Wer weiß, wie lange ich hätte warten müssen ohne die Eigeninitiative. Wenn dir etwas wirklich wichtig ist, musst du dich auch darum kümmern. Es kommt nicht immer alles vorbeigeschwebt, auch wenn das schöner wäre. Für mich war immer klar, dass ich mal heirate. Ich liebe Hochzeiten und bin auf alle Freunde sauer, die still und heimlich heiraten und anschließend auch noch Glückwünsche erwarten. Ich bin da sehr altmodisch. Heiraten ist eins der Dinge, die man unbedingt im Leben tun sollte! Ich weiß, dass jede zweite Ehe in Deutschland geschieden wird. Sarah hat den ganzen Wahnsinn noch vor sich. Trotzdem glaube ich an die große Liebe und dass man sich einander mit Haut und Haar versprechen sollte. Und selbst wenn es am Ende schiefgeht, hat man wenigstens die Hochzeit erlebt. Ich verteile Stofftiere und Strumpfhosen in Tias und Lucys Zimmer, dann schließe ich alle Kinderzimmertüren zu, damit ich da nicht auch noch anfange aufzuräumen. So viel kostbare Zeit will ich nicht opfern von meinem Wochenende allein zu Hause. Als es unten ordentlich aussieht, gehe ich in den Garten und pflücke ein paar lange Blüten vom Schmetterlingsstrauch ab. Er hat zwar erst ein paar, aber ich wünsche mir etwas Farbe auf dem Esstisch. Ich finde eine kleine Vase und platziere die zwei blühenden Stängel in der Mitte vom Tisch. Ich schaue mich um und bin sehr zufrieden. Jetzt einen Chai latte. Ich nehme meine neue Handtasche, die im Flur rumlümmelt, mit und ziehe mir meine neue schwarze Lederjacke aus Stockholm über. Das Halstuch lasse ich da, so kalt ist es nicht.

Im Auto drehe ich die Musik ganz laut auf und singe mit. Nach dem Chai bummele ich noch ein bisschen durch die Stadt. Mir fällt auf, dass es gar keine Menschen mehr in meinem Leben gibt, die ich spontan anrufen könnte, um sie zu treffen. Früher in New York musste ich nur eine Nummer wählen und konnte mich zehn Minuten später mit einer Freundin in einem Coffeeshop treffen. Heute haben alle Kinder und Familie und Jobs, und nichts geht mehr spontan.

Im nächsten Laden renne ich in Luise, die Maske von *Jeanny-TV*. Luise hat glücklicherweise keine Kinder und gerade auch Zeit, und so können wir ganz spontan um die Ecke Sushi essen gehen.

»Erzähl, wie läuft es bei euch ohne mich?«, frage ich gespannt.

»Ach, du, wie immer eigentlich. Tanja macht jetzt deinen Job.«

Also genau, wie ich vermutet hatte. »Und? Wie ist sie so?«, frage ich in der Hoffnung, etwas Negatives zu hören.

Luise schüttet sich etwas zu schwungvoll Sojasoße in den kleinen Teller, der überläuft. Wir wischen beide mit Servietten, bis der Tisch wieder trocken ist. »Ach, Tanja ist okay. Etwas langweilig halt. Sie macht alles so, wie Frank und Karsten es wollen.«

Das dachte ich mir. Jetzt haben die beiden endlich ihr braves Schaf, dem sie jede Frage aufs Ohr diktieren können.

»Und du? Was machst du jetzt?«, fragt sie mich. Zum Glück kommt gerade die Kellnerin, um unsere Bestellung aufzunehmen. Aber als sie wieder weg ist, muss ich die Frage doch beantworten. »Ich bin auf der Suche«, gebe ich zu.

»Nach einem neuen Moderationsjob?«, fragt Luise.

»Nein, ehrlich gesagt bin ich eher auf der Suche nach einem ganz anderen Job.«

»Das kenne ich!«, seufzt Luise. Ich schaue sie fragend an. »Ich denke ganz oft darüber nach, was ich noch machen könnte. Ich meine, wer will denn sein Leben lang beim Fernsehen arbeiten?«

Ich muss grinsen. »Und was würdest du gerne machen?«, frage ich sie.

»Irgendetwas Eigenes aufbauen. Einen kleinen Laden oder eine Sprachschule. Ich wäre gerne mein eigener Chef, ohne jemanden, der mich in Dienstpläne einträgt und mir sagt, zu welcher unsäglich frühen Uhrzeit ich da sein muss.« Ich nicke verständnisvoll. Masken fangen immer als Erste an, oft lange bevor der Rest vom Team ans Set kommt. »Und du?«

»Tja, und ich«, sage ich langsam. »Ich dachte ja immer, das ist mein Traumjob, vor der Kamera. Jetzt muss ich mich erst mal neu sortieren. Ich wäre auch gerne frei, aber eher inhaltlich frei. Ich möchte etwas machen, bei dem mir nicht ständig einer aufs Ohr sagt, wann ich welche Frage stellen soll.«

Luise überlegt. »Aber solche Jobs gibt es auch vor der Kamera. Du musst einfach ein Format finden, das zu dir passt.«

»Und mich dann auch noch will«, ergänze ich. Unser Essen kommt. Wir dippen die leckeren Happen in die Sojasoße und genießen es. Es ist schön, hier mit Luise zu sitzen und zu quatschen, ohne ein Zeitlimit zu haben, weil ich irgendein Kind irgendwo abholen muss. »Ich würde gerne etwas Sinnvolles machen, etwas, an das ich glaube und mit dem ich bestenfalls auch noch andere Menschen glücklich machen kann«, überlege ich laut.

»Geh zu Ärzte ohne Grenzen«, schlägt Luise vor. Ich schüttele den Kopf. »Dann werde doch Lottofee«, sagt Luise.

»Ich wäre lieber der Typ, der die Geldkoffer vorbeibringt. Dann siehst du, wie sich die Gewinner freuen.«

»Wird das nicht überwiesen?«, fragt Luise pragmatisch.

Ich zucke die Schultern und spinne weiter: »Aber vielleicht ist das auch ein total frustrierender Job. Jede Woche machst du jemanden zum Millionär, während du selbst dafür neun Euro achtundzwanzig die Stunde bekommst. Und vermutlich sind es nie die Leute, denen man es gönnt, sondern lauter doofe Typen. Kann ich also auch von meiner Liste streichen.« Schwungvoll stecke ich mir eine ganze California Roll in den Mund und kann erst mal nichts mehr sagen.

Luise nutzt die Zeit und schlägt mir Jobs vor: »Du könntest Veranstaltungen moderieren, ich glaube, da verdient man auch ganz gut. Und wenn die Leute da nerven, weißt du genau, es sind nur zwei Tage, und dann bist du sie los!« Ich zucke mit den Schultern. »Oder werde doch Hörspielsuperstar. Du musst nur eine Hauptrolle kriegen in so nem Kinderhörspiel mit zweitausend Teilen, und dann hast du ausgesorgt. Und dafür musst du nicht mal in die Maske!«

»Sehr verlockend«, sage ich und grinse sie an. »Noch besser, ich produziere die Hörspiele gleich selber. Ich richte mir im Waschkeller ein Tonstudio ein und spreche alle Rollen selbst. Und die Geräusche lasse ich mir von meinen Kindern machen. Lucy übernimmt alle unheimlichen Geräusche, darin ist sie

Profi, Flip macht alles, was kompliziert ist, und Tia alles, was laut und nervig ist. Das wird super!«

»Oder«, Luise funkelt mich begeistert an, »du machst es so wie der Typ in *Catch me if you can.*«

»Leonardo di Caprio?«

»Ja, du tust einfach so, als wärst du Pilotin, oder Anwältin, das würde besser zu dir passen.«

»Anwältin würde zu mir passen?« Ich verschlucke mich fast an meinen Ingwerblättern.

»Na klar. Dann kannst du immer schicke Kostüme tragen und Plädoyers halten.«

»O ja, in Plädoyers wäre ich gut. Ich halte jeden Tag Plädoyers, nur leider hört da keiner drauf. Das wäre zur Abwechslung mal was, wenn mir tatsächlich alle im Gerichtssaal zuhören müssten und keiner anfängt nebenher mit Barbies zu spielen.«

Ich hänge mit meinen Gedanken noch in einem amerikanischen Gerichtssaal bei den Geschworenen, denen ich enthusiastisch erklären würde, warum mein Mandant unschuldig ist, obwohl alle Indizien gegen ihn sprechen, als Luise plötzlich fragt: »Bist du gerne Mutter?«

»Warum fragst du?«

»Weil ich keine bin und mich frage, wie es wohl wirklich ist.«

Ich denke nach. Wie es wohl wirklich ist. »Anstrengend«, sage ich.

»Aber doch auch schön?«, hakt sie nach.

»Natürlich. Es ist das Schönste, das Anstrengendste, das Aufregendste, das Allergrößte, was ich jemals gemacht habe.« Sie schaut mich aufmerksam an, und ich rede ermutigt weiter: »Es hat, glaube ich, einen besseren Menschen aus mir gemacht. Früher bin ich immer sehr um mich selbst gekreist. Es war wichtig, was ich will, was ich fühle, wer ich bin und sein will. Mit Kindern verschiebt sich das plötzlich. Da steht dann auf einmal ein anderer Mensch an erster Stelle. Es geht dir gut, wenn es deinem Kind gutgeht. Das ist eine ganz neue Erfahrung. Es ist ein bisschen eine andere Dimension von Liebe, die man vorher nicht kannte. Die Prioritäten verschieben sich. Mit Kindern zählst du plötzlich die Sterne, weißt du, wie in dem Lied von One Republic. Er singt: ›No more counting dollars, we'll be counting stars‹. Und genauso ist es. Du lernst, dass eine Handvoll Gummibärchen glücklich macht und eine ganze Welt untergeht, wenn Dodi, der Schlafhase, weg ist. Das alles macht dich weich und verletzlich, plötzlich kannst du keine Nachrichten mehr hören, in denen Kinder verschwinden oder missbraucht werden, weil es dein allerschlimmster Albtraum wäre, wenn deinen Babys etwas passiert. Dieses Zitat von Elisabeth Stone fällt mir dazu immer ein: Mutter sein bedeutet, ›dass dein Herz außerhalb deines Körpers rumläuft‹. Das beschreibt es ziemlich gut. Man muss nur aufpassen, dass man sich bei alldem nicht selbst verliert. Und ich bin gerade dabei, mich wiederzufinden«, schließe ich und merke, dass Luises Augen sich mit Tränen gefüllt haben.

»Das war dann wohl ein Plädoyer für Kinder«, schnieft sie, und mir tut es plötzlich unheimlich leid, dass ich mich dazu habe hinreißen lassen. Bevor ich etwas Entschuldigendes sagen kann, sagt sie: »Ich bin schwanger.«

»Wow«, antworte ich ziemlich überrascht. »Das ist doch toll, oder?«

Sie tupft sich die Tränen ab. »Ich weiß nicht, ob ich es behalten soll. One-Night-Stand, nicht aufgepasst. So schnell kann es gehen.«

Ich nehme ihre Hand und weiß nicht, was ich sagen soll.

»Ich bin siebenunddreißig. Kein Alter, in dem man sich noch ewig überlegen kann, ob man Kinder möchte. Aber alleinerziehend … So hatte ich mir das sicher nicht vorgestellt.«

»Wer lebt denn das Leben, das er sich vorgestellt hat?«, frage ich. »Es kommt doch immer alles anders, als man sich das so denkt. Wer weiß, ob du alleinerziehend bleibst?«

Sie schaut mich hoffnungsvoll an. »Was rätst du mir? Soll ich es kriegen?«

Ich atme tief aus. »Luise, bei so etwas kann man nicht raten. Ich weiß viel zu wenig von deinem Leben. Was sagt denn dein Herz?«

»Ja. Aber der Verstand ist sich nicht sicher.«

»Das übliche Dilemma!«, versuche ich etwas Leichtigkeit in die Sache zu kriegen.

»Was würdest du tun?«, fragt sie noch mal eindringlich.

»Auf mein Herz hören«, sage ich.

Wir zahlen, und ich umarme sie zum Abschied. »Alles Gute!«, wünsche ich ihr.

»Dir auch!«

Es ist immer noch unfassbar viel vom Tag übrig. Ich kaufe mir ein Buch und setze mich draußen in ein Straßencafé, das ich noch nicht kannte. Auf der Karte gibt es Erdbeermilch. Ich bestelle eine und kann mich anschließend nicht aufs Lesen konzentrieren. Ich denke an Luise und ihr kleines ungeplantes Leben im Bauch. Ich klappe das Buch zu und beobachte stattdessen die Leute, die vorbeigehen. Dreimal bilde ich mir ein, Sascha zu sehen. Jedes Mal schlägt mein Herz zwei Takte schneller. Jetzt sei nicht so albern!, rügt mich meine Beobachterin, und ich kann ihr diesmal nur recht geben.

Zu Hause erwartet mich ein stilles Haus. Ich gehe durch die Räume und staune, dass alles noch genauso ist, wie ich es verlassen habe.

Ich lasse mir Badewasser einlaufen und schütte Badeöl dazu, das »Stilles Glück« heißt. Wunderbar, her damit! Ich finde noch eine Tafel Schokolade, koche mir einen Tee, stelle ein paar Kerzen an den Wannenrand und ziehe mich aus. Bevor ich in die Wanne steige, laufe ich noch mal nach unten, um mir das Telefon zu holen. »Haha!«, rufe ich laut in der Küche. »Ich bin nackt, und keiner sieht mich!« Ich tanze ein paar Schritte ins Wohnzimmer und singe: »Naaaaahahackt, ganz spliiiiihiiiitternackt – o so nackt – gaaaaaaaaanz nackt!« Ich drehe ein paar Pirouetten, bis mir schwindelig ist, und schwanke dann die Treppe wieder hoch zu meiner warmen Badewanne. Der Tee ist heiß, das Wasser auch. Mir ist von allen Seiten ganz warm.

Ich versinke im Badeschaum, bis nur noch meine Nasenspitze rausguckt. Meine Haare und Ohren sind unter Wasser. Wenn ich mit den Fingerspitzen gegen die Wanne tippe, höre ich das ganz laut. Ich tippe den Rhythmus von »Ain't nobody« von Chaka Khan an die Wanne und singe im Kopf mit.

Meine Gedanken schweifen zum Beinahe-Sex mit Sascha und dann zum handfesten Sex mit Tom in der Bucht auf Sandhamn. Die Fahrt mit dem Schiff fällt mir wieder ein und die Halstuchfrau, die mir den Mann zeigte, der erfundenermaßen seine Frau in der Badewanne tötete. Ich setze mich ruckartig auf und schaue mich ängstlich im Badezimmer um, ob da irgendjemand mit einem eingeschalteten Föhn steht und mich umbringen will.

Nada. Zur Beruhigung esse ich noch etwas mehr Schokolade und knete dann meine Bauchfalten. »Wir Frauen sind einfach zu bescheuert!«, sage ich zu meiner Beobachterin. Sie nickt, als wäre das nun wirklich nichts Neues, und ich wasche mir die Haare und steige unrasiert aus der Wanne in Toms Bademantel.

Auf dem Sofa schalte ich den Fernseher ein und lese eine SMS von Sarah.

We did it!!

Na also, geht doch. Wie war es?!, tippe ich und hole mir ein Glas Prosecco. Ich schalte zwischen drei Programmen hin und her. Tom kann das nicht leiden, er meint, dann würde man ja keinen Film wirklich gucken. Ich will auch keinen Film wirklich gucken, weil ja meistens sowieso nur Wiederholungen laufen. So gucke ich immer den Teil, den ich gerade spannend finde, und wenn es langweilig wird oder Werbung läuft, habe ich noch zwei andere Optionen. Andere Optionen ... Was habe ich eigentlich jobmäßig wirklich für andere Optionen?

Ich hole mir einen Zettel und einen Stift.

»*Ich kann:*«, schreibe ich oben auf das Blatt. Dann streiche ich eine Weile lang mit dem Bleistift über meine Lippen, bevor ich schreibe:

- *für jede Lebenslage ein passendes Lied finden*
- *aufgeregte Frauen trösten*
- *moderieren*
- *drei Filme gleichzeitig gucken*
- *Telefonberatung bei Sexproblemen aller Art leisten (plötzliche Ohnmacht in Damenumkleidekabinen)*

Was für ein Blödsinn. Ich will gerade die Liste zerreißen, als das Telefon klingelt. »Du bist zu Hause?«, fragt Tom.

»Ja. Ich habe gebadet. Ohne Kinder. Es war der Wahnsinn!« Er lacht. »Wie läuft es bei euch?«

»Gut. Der Bauernhof ist toll. Es gibt hier ein großes Schwein, das Michel heißt, und die Kinder sind schon mit dem Traktor mitgefahren, und Flip kann hier sogar reiten.«

»O wie schön!«, sage ich.

»Nur Bootsmann nervt ziemlich. Er hat die Hühner gejagt, die dann vor Schreck auf die Straße gerannt sind. Es war gar nicht so leicht, die wieder einzufangen. Lucy hat es schließlich geschafft. Hat sich einfach rechts und links ein Huhn unter den Arm geklemmt und zurückgetragen. Der Rest ist ihr dann freiwillig hinterhergelaufen. Jetzt darf der Hund nur noch an der Leine mit raus.« Ich kann mir alles, was Tom erzählt, sehr lebhaft vorstellen. »Und du?«, will er wissen. Die zwei Wörter hängen in der Luft wie Rauchschwaden. Und duuuuuuuuuuuuu. Das »Du« zieht lange Kreise um mich, bis es mich wie ein Lasso ein paar Mal umwickelt hat.

»Ich geh gleich ins Bett«, antworte ich, als wüsste ich nicht, was hinter den harmlosen Wörtern eigentlich für eine Frage verborgen ist. Er gibt sich damit zufrieden, und wir legen bald auf.

Die beiden Wörter bleiben bei mir auf dem Sofa. »Und du?«, fragt das Sofakissen. »Und du?«, die Lehne. Sogar die Fernbedienung lässt nicht locker: »Uuuuund?«, fragt sie.

Sarah antwortet nicht auf meine SMS. Ich stehe auf und laufe durch das dunkle Haus. Im Flur bleibe ich stehen und starre eine Weile auf meine neue Handtasche. Ich ziehe mir Schuhe und eine Fleecejacke an, nehme die Tasche und gehe in den Garten. Ich setze mich auf die Schaukel, die wir in dem alten Nussbaum aufgehängt haben. Ich wollte unbedingt so ein schönes altes Brett mit Seilen, wie man es in Filmen immer sieht. Tom wollte gern eine sicherheitsgeprüfte Schaukel, damit den Mädchen nichts passiert. Mein Papa hat uns dann letztendlich ein altes Brett mit sicherheitsgeprüften Seilen aufgehängt. Die Seile knarzen leicht, als ich mit meiner Tasche auf dem Schoß losschaukele. Ich nehme mir vor, bis hundert zu zählen, bevor ich das kleine Geheimfach in der Tasche öffne. Seit meinem Geburtstag habe ich nicht mehr daran gedacht. Eins, zwei, Polizei, sagt meine Beobachterin, drei, vier, great idea, fünf, sechs, sage ich, alte Hex, sagt sie. Sieben acht, gute Nacht, zähle ich weiter. Ich zähle bis achtunddreißig und finde plötzlich, ich könnte bei vierzig schon reinschauen. Ich glaube, ich weiß, was Tom mir in das kleine Fach gepackt hat, was die Kinder nicht sehen sollten. Meine Finger tasten im Mondlicht nach dem Reißverschluss und berühren drei kleine Plastikpäckchen. Ich hatte recht. Ich halte die Kondome in der Hand und schaukele, so hoch ich kann.

»Lately I've been, I've been losing sleep«, singe ich den Anfang von »Counting stars«, »dreaming about the things that we could be.« Ich könnte Liederempfehlerin werden. Sagen Sie mir, wie es Ihnen gerade geht, und ich empfehle Ihnen ein Lied, das exakt dazu passt. Das müsste doch lukrativ sein, oder? Wir zählen keine Dollars mehr, wir werden Sterne zählen. Ich schaukele so hoch, dass meine Füße fast die Sterne am Himmel berühren.

»Old but I'm not that old …« Ich weiß den Text nicht mehr

genau, das passiert mir selten. Irgendwas mit »doing the right thing« ... und dann: »Everything that kills me, makes me feel alive.«

Zwanzig Stunden später sitze ich frisch geduscht und rasiert mit meiner neuen Handtasche auf der Vespa. Ich stelle sie neben Saschas blauer am kaputten Tor ab und laufe mühelos durch das Gebüsch. Inzwischen gibt es einen kleinen Trampelpfad zur Hütte am See. Mein Herz klopft mir bis in die Haarspitzen. Am liebsten würde ich Rescue-Tropfen nehmen, aber das ist mir dann sogar vor mir selber zu peinlich. Jetzt reiß dich zusammen. Du bist eine erwachsene Frau, die weiß, was sie tut. Weiß sie das?, nervt meine Beobachterin. »Du hältst die Klappe«, fauche ich sie an. Die Beobachterin tut, was ich von ihr verlangt habe, dafür drückt sie jetzt aber auf die »Play«-Taste, und ich sehe den Film *Ein unmoralisches Angebot* vor mir. Demi Moore, die sich von Robert Redford kaufen lässt. Eine Million Dollar bekommt sie für eine Nacht mit ihm und zerstört damit ihre Ehe. Und das, obwohl Woody Harrelson, der ihren Ehemann spielt, vorher zugestimmt hatte. Tom hat auch zugestimmt, aber er hat außerdem selbst fremdgevögelt. Entschlossen gehe ich weiter und biege das Gestrüpp rechts und links von mir mit Schwung zur Seite. Die Beobachterin spielt ihre letzte Karte. Ich höre Svens Stimme in meinem Kopf: »Wenn sie sich Sex mit anderen Männern wünscht, kann sie ihn natürlich haben. Aber dann sollte sie sich sicher sein, dass sich die dreißig Minuten auch richtig lohnen. Das muss alles andere aufwiegen ...« Ich verlangsame meine Schritte. »Den Preis, den sie dafür zahlt.«

Der letzte Satz hallt nach und wiederholt sich, wie in einem schlechten Film. Das ist die Stelle, an der die Hauptdarstellerin dann ohnmächtig zu Boden sinkt. Ich warte ab. Nichts passiert. Ich steh wie ne Eins im Gestrüpp herum.

Durch die Zweige sehe ich plötzlich Sascha, der nur mit einer Jeans und einem Cowboyhut bekleidet auf dem Steg sitzt.

Trust the process, sage ich mir, hole tief Luft und gehe weiter. Er macht große Augen, als er mich sieht. Ich bin froh, dass ich mich trotz der Fahrt auf der Vespa für eine lässige kurze Cargohose entschieden habe und eine weiße, etwas durchsichtige Bluse mit einer grauen Strickjacke drüber. »Hi«, sagt er überrascht und steht auf.

»Hey, Cowboy. Wo ist dein Grashalm, auf dem du rumkaust, während du hier lässig im Sonnenuntergang am Steg sitzt und mit deiner nicht vorhandenen Angel Fische fängst?« Er lächelt. Lange Wimpern, grüne Augen. Mein After-Eight-schmelz-Gefühl setzt ein. Mit meinen etwas höheren Keilabsätzen bin ich fast größer als er.

»Darf ich die Lady auf ein Spiegelei in meine Hütte einladen?«, fragt er, während sein Blick über meine nackten Beine huscht. »Sehr gerne«, sage ich leise. Er legt einen Arm um mich, und wir gehen langsam über den Steg in die Hütte.

Als ich zwei Stunden später wieder herauskomme, ist es stockdunkel. Keine Sterne sind am Himmel zu sehen, nur das schwache Licht aus der Hütte scheint auf den Steg. »Ich bring dich noch zu deinem Auto«, sagt er.

Ich schüttele den Kopf. »Ich möchte mich lieber hier von dir verabschieden«.

Er nickt. »Das war's?«, fragt er.

»Ja, das war es wohl«, sage ich. Ich ziehe das kleine Playmobilmännchen aus der Tasche, das mir Sönke geschenkt hat. »Für dich. Das bringt Glück.« Ich lege es in seine Hand, und er schließt seine Finger ganz fest darum. Dann umarmen wir uns lange.

»It was nice to meet you, Miss Zippezapp«, sagt er.

»Same here, Cowboy. Pass auf dich auf!«

Sarah und Kristina starren mich mit offenem Mund an. Ich lehne mich zurück und nehme einen Schluck Bier aus der Flasche, um klarzumachen, dass mein Bericht hier zu Ende ist. »Du wirst ihn nicht wiedersehen?!«, fragt Sarah.

Bevor ich antworten kann, geht Kristina dazwischen und sagt: »Das ist doch völlig irrelevant – habt ihr nun, oder habt ihr nicht? Du kannst doch nicht den spannenden Teil der Geschichte einfach weglassen!!!« Ich trinke weiter aus meiner Bierflasche und schaue beide schweigend an. Wir sitzen gemütlich bei Kristina in der Sofaecke, futtern Chips und erzählen uns gegenseitig unsere Männergeschichten. Kristina und Sarah haben vorgelegt, und ich hatte die Hoffnung, ich komme deshalb um meine Geschichte herum. »Klar hast du!«, versucht Kristina mich aus der Reserve zu locken. Beide lesen gespannt in meinem Gesicht. Ich lege die Hände davor und bereue, dass ich nicht einfach meine Klappe halten konnte. Es war klar, dass sich meine Freundinnen nicht mit der Kurzfassung zufriedengeben würden.

»Ich hab einfach das Gefühl, es ist meine ganz persönliche Sache, was in der Hütte passiert ist. Ich werde es Tom nicht erzählen, und deshalb kommt es mir falsch vor, es euch zu erzählen. Das wäre, als würde ich ihn hintergehen.«

»Warum willst du es ihm nicht sagen?«, fragt Kristina.

»Das ist doch logisch«, sagt Sarah und nimmt sich ein paar Flips. Mampfend fährt sie fort: »Wenn sie Sex hatte – dann ist sie klug, es nicht zu sagen, weil Tom damit natürlich nicht annähernd so cool umgehen kann, wie er vorgibt. Dann hat sie nämlich ein richtiges Problem. Und wenn sie keinen Sex hatte, ist sie auch klug, es Tom es nicht zu sagen, weil er ihr entweder sowieso nicht glaubt oder aber schön erleichtert ist und so das nächste Mal wieder eine Hannah Weide vögelt, weil ihm ja nichts passieren kann mit seiner braven Frau. Wenn sie ihn im Ungewissen lässt, dann ...«, sie schluckt die letzten Reste der Chips runter, »bleibt es spannend!« Kristina schaut mich fragend an. Ich nicke. Das war mir gar nicht so bewusst, aber Sarah hat es auf den Punkt gebracht.

»Na toll«, stöhnt Kristina und lässt sich theatralisch rücklings in ihre fluffigen Patchworkkissen fallen. »Das heißt, wir verzichten jetzt auf eine heiße Sexgeschichte, damit es spannend bleibt in Annabels Ehe, ja?« Sarah nickt seufzend.

»Also, wenn es nur um eine spannende Sexgeschichte geht, dann hab ich eine Idee.« Sarah und Kristina richten sich neugierig auf. »Ich erzähle euch zwei Versionen. Eine mit und eine ohne Sex. Am Ende könnt ihr selbst entscheiden, welche ihr glauben wollt. Aber dann schwört ihr mir, dass ich nie wieder dazu gefragt werde.« Beide nicken aufgeregt. »Und«, füge ich hinzu, »ich will es stockdunkel haben, während ich erzähle.« Beide stimmen zu. Im Dunkeln fällt es mir leichter, eine Version zu erfinden, weil ich dann keine Angst haben muss, dass man mir sofort ansieht, welche die wahre ist.

Ich öffne mir schnell noch eine Flasche Bier mit Lemongeschmack und ordne meine Gedanken. Ich werde auch die wahre Version etwas ausschmücken, damit die zwei wirklich nicht wissen, was passiert ist. Mit vierzig muss es einfach auch mal Dinge geben, die man ganz mit sich selbst ausmacht.

Sarah legt sich noch mehrere Portionen Chips zurecht, und Kristina löscht das Licht. Kichernd stolpert sie zurück zum Sofa. »Das ist ja wie mit fünfzehn im Schullandheim«, sagt sie.

»Da gab es aber noch kein Bier mit Lemongeschmack«, wirft Sarah ein.

»Ich find das Zeug wirklich gut – ist echt eine Alternative zu Prosecco!«, sagt Kristina, der wir die Flaschen zu verdanken haben. Lenn trinkt das Zeug gerne, und deshalb stapelt es sich nun kistenweise auf ihrem Balkon. Ich räuspere mich, und die beiden sind sofort still. Eine Weile herrscht gespanntes Schweigen.

»Jetzt spuck's schon aus!«, fordert Kristina mich auf. »Dunkel war's, der Mond schien helle ... und du wanderst durch das Gestrüpp der Hütte entgegen, freudig erregt, gleich den Cowboy am See zu treffen ...«

»Es war weder dunkel, noch war ich freudig erregt«, korrigiere ich. »Die Sonne ging gerade unter, und ein paar Wolkenfetzen hingen am Himmel. In meinem Kopf ging es drunter und drüber. Eigentlich wollte ich gerade wieder umdrehen, da sah ich ihn auf dem Steg sitzen mit nacktem Oberkörper. Man hätte es nicht besser inszenieren können. Als hätte er gewusst, dass ich da zweifelnd im Gebüsch rumstehe. Jedenfalls hat er mir ein Spiegelei angeboten, und ich dachte noch, dass das echt eine süße Idee ist und ich auch noch gar nichts gegessen hatte außer dem Frühstück vor vielen Stunden. Er legt also locker seinen Arm um mich, und wir betreten die Hütte. Er entschuldigt sich, dass es so unaufgeräumt ist, und sagt, er hätte natürlich gesaugt, wenn er gewusst hätte, dass ich komme. Mit einem Staubsauger OHNE Beutel natürlich. Das war eine Anspielung auf unser allererstes Treffen bei dem Casting«, erkläre ich und nehme schnell noch einen Schluck Bier. Inzwischen haben sich unsere Augen an die Dunkelheit gewöhnt, und ich kann Kristina und Sarahs Silhouetten sehen, die mir zunicken.

»Dann war es einen Moment lang etwas peinlich, weil niemand wusste, was er reden soll und keiner von uns über das letzte Mal Beinahe-Sex sprechen wollte. Er hat mir ein Bier angeboten, was ich abgelehnt habe, ich wollte auf alle Fälle nüchtern bleiben. Also haben wir uns beide eine Cola geteilt, weil nur noch eine da war. Er findet eine Pfanne, haut die Spiegeleier rein und will noch mal zum Kühlschrank, um nachzuschauen, ob er noch Käse hat. Ich steh genau vor der Kühlschranktür, muss also an ihm vorbei, damit er sie öffnen kann. Die Küche ist aber ziemlich klein und eng, also drücke ich mich mit dem Rücken an die Arbeitsfläche. Er streift mich, und wir berühren uns kurz. Beim Öffnen der Tür muss er wieder etwas zurückgehen, so dass sein Rücken meine Vorderseite berührt.«

»Du meinst deinen Busen?«, fragt Kristina nach.

»Ja«, sage ich etwas genervt, weil sie mich unterbrochen hat. Ich sammle mich kurz und erzähle weiter. »Er bleibt so stehen und sucht unnötig lange im Kühlschrank, bis ich von hinten meinen Arm ausstrecke und auf den Käse zeige, was uns noch näher aneinanderbringt. Langsam holt er den Käse raus, ich mache ihm etwas Platz, und er geht zurück an den Herd, nicht ohne mich im Vorbeigehen noch einmal zu streifen. Er legt den Käse über die Eier, und ich ziehe mir die graue Strickjacke aus, weil es jetzt echt warm wird am Herd. Die Colaflasche wandert von mir zu ihm und wieder zurück, und jedes Mal berühren sich unsere Finger.«

Jetzt muss Sarah unterbrechen, weil sie wissen will: »Habt ihr euch dabei angeschaut?«

Ich überlege. »Nein, das haben wir irgendwie vermieden. Und unser Gesprächsthema war auch ziemlich banal. Wir haben darüber geredet, ob man nun lieber Spiegeleier oder Rühreier mag und warum manche Leute ihr Ei von beiden Seiten braten. Ich hab dann angeboten, schon mal den Tisch zu decken, und beim Versuch, die Teller aus dem Schrank zu holen, standen wir wieder ganz dicht hintereinander. Diesmal er hinter mir, sein Oberkörper an meiner dünnen Bluse, die Strickjacke war ja weg. Durch den Stoff der Hosen hindurch konnte ich spüren, dass er eine Erektion hatte. Langsam wurde es richtig schwer, so zu tun, als wäre nichts. Ich trage also tapfer die Teller zum Tisch, und als ich zurückkomme in die kleine Küchenzeile, nimmt er gerade die Pfanne vom Herd, um sie auch zum Tisch zu bringen. Wir stehen uns gegenüber und schauen uns an. Seine grünen Augen glitzern. Er hatte sich, als wir reinkamen, ein Hemd übergezogen, es aber netterweise offen gelassen, so dass ich sein Sixpack sehen kann und auch genau da hinschauen muss. Als sich unsere Blicke wieder treffen, spricht er aus, was ich gerade denke: ›Ich kann nicht mehr!‹, sagt er. Er wirft die Pfanne zurück auf den Herd, packt mich und hebt mich auf die Küchenarbeitsfläche, auf der nicht wirklich genug Platz ist. Alles scheppert auf der anderen Seite runter, aber das ist uns jetzt so egal. Wir wollen beide nur noch eins.

Alles an ihm ist glatt und muskulös. Nur seine Bartstoppeln sind rau an meiner Wange und an meinem Hals und überhaupt überall. Eigentlich hätte man das noch eine ganze Weile genießen müssen, aber ich konnte überhaupt nicht mehr warten.« Ich halte kurz inne. Ich hätte jetzt gerne einfach gesagt – »und dann haben wir's gemacht«, aber Sarah und Kristina haben mir vorher sehr detaillierte Berichte geliefert von ihren neuen Sexpartnern, also schließe ich die Augen und erzähle noch einen Tick leiser weiter: »Ich hab dann seine Jeans geöffnet und sein, na sein Ding, in die Hand genommen, ganz fest und ... also, kennt ihr das, wenn der Mann so erregt ist und sich das dann sofort überträgt?« Beide stoßen ein atemloses »Mhm« aus. »Ich hab dann ein bisschen an ihm rumgespielt und es genossen, dass er da so drauf abfährt. Kurz bevor er nicht mehr konnte, hat er meine Hand festgehalten, und er war diesmal gut vorbereitet. Wahrscheinlich hatte er sich an jeder Ecke ein Kondom bereitgelegt, jedenfalls hat er aus dem Nichts eins hergezaubert und übergezogen.«

»Und dann?!« Sarahs Stimme klingt rau und meine auch, als ich weiterspreche.

»Ziemlich energisch hat er mir die kurze Hose samt Slip weggerissen, und dann ... war er einfach ziemlich gut.«

Kristina und Sarah seufzen und wollen es ganz genau wissen. »Ist er dann in dich rein?«, fragt Sarah.

»Nein, eben nicht. Er hat mich überall berührt und geküsst, bis ich fast wahnsinnig geworden bin. Und genau dann ist er in mich rein.« Ich knalle die Flasche auf den Tisch und sage »Bäng«, um zu verdeutlichen, was dann passiert ist. Kristina und Sarah lassen sich stöhnend in die Kissen fallen.

»Mann, Mann, Mann!«, sagt Kristina.

»So guter Sex beim ersten Mal?«, zweifelt Sarah klug. »Das wäre ja Selbstmord, ihn dann nicht wiederzusehen.«

Ich muss grinsen, was im Dunkeln niemand sehen kann, und schweige.

»Und Version Nummer zwei?«, fragt Kristina.

»In Version Nummer zwei essen wir Spiegelei, und er fängt an unterm Tisch an mir rumzufummeln. Erfolgreich zunächst, weil ich sofort drauf anspringe und mein Körper sagt, ja, mehr davon, genau deshalb bist du hier! Ich stelle mir kurz vor, wie wir geilen Sex auf der Arbeitsfläche der Küche haben und ich mich dabei an dem Stahlgerüst festhalte, das an der Decke hängt und an dem die Pfannenwender baumeln. Und dann seh ich uns plötzlich nach dem Orgasmus, wenn man wieder zu sich kommt und anfängt seine Unterhose zu suchen. Das Geräusch, das ein benutztes Kondom macht, wenn man es abzieht, und wie dir plötzlich bewusst wird, wie nackt du bist und wie verrutscht du aussiehst, mit Wimperntusche an der Wange und roten Stellen am Körper. Ich wusste ja, dass ich weder eine Affäre mit ihm will, noch sollte er mein neuer Partner werden. Also wären diese dreißig Minuten auf der Arbeitsfläche alles, was wir haben. Was, wenn er jetzt nicht so gut ist wie in Version eins? Wenn er mich nicht überall berührt, bis ich fast wahnsinnig werde, sondern mich einfach poppt und dann zack fertig ist? Und dann gehe ich nach Hause zu Tom und alles ist anders, weil diese dreißig Minuten zwischen uns stehen. Das wäre es nicht wert.«

»Und was hast du ihm gesagt?«, fragt Sarah.

»Dass ich gerne würde. Sehr, sehr gerne, aber nicht möchte. Und dass ich den Beinahe-Sex mit ihm sehr genossen habe.«

»Und dann hat er dir schnell noch ein bisschen Beinahe-Sex angeboten, und du hast angenommen«, phantasiert Sarah.

»Vielleicht«, sage ich.

Kristina und Sarah stöhnen entnervt. »Mensch, Annabel! So kann wirklich alles passiert sein!«, jammert Kristina. Mein Plan geht auf, und das Schönste daran ist, dass ich jetzt selber glauben kann, was ich möchte. Beide Versionen sind mir so nah und real.

Ich klingele mit meinem Ehering an die kalte Bierflasche. Es kommt mir vor wie das schönste Geräusch der Welt. Aus dem Nichts habe ich eine Idee.

»Glaubt ihr an die Ehe?«, frage ich ohne Übergang meine Freundinnen, die in Gedanken noch an der Hütte am See sind und sexy Spiegeleier braten.

Sarah und Kristina sind etwas perplex. »Das fragst du eine schon und eine bald geschiedene Frau? Im Ernst?«, fragt Sarah.

»Ja, das frage ich eine schon und eine bald geschiedene Frau mit Kindern. Glaubt ihr an die Ehe?«

Kristina rührt sich als Erste: »Ja. Nicht jeder schafft sie, und sie ist sicher auch nicht für jeden was, aber prinzipiell glaube ich an die Ehe.«

Ermutigt von dieser ehrlichen Ansage, sagt Sarah: »Ich auch. Leider hat es bei Andi und mir nicht hingehauen, aber wenn Sven und ich, wenn wir zusammenbleiben und vielleicht, also ganz vielleicht, noch ein Kind bekommen, ich glaube, ich würde es sogar noch mal wagen.«

»Wow«, sage ich.

»Das ist toll!«, sagt Kristina. »Du bist aber nicht schon schwanger, Sarah, oder?«, fragt sie gespannt.

»Nein! Also vermutlich nicht.«

»WAS?«, schreien Kristina und ich.

»Ich hab Sven ziemlich sofort gesagt, dass ich mir noch ein Kind wünsche.«

»O Gott!«, schreie ich.

»Was hat er gesagt???«, fragt Kristina.

»Er hat gesagt, das sei die beste Art, einen Mann gleich am Anfang für alle Zeiten abzuschrecken.« Sie lacht. »Aber er ist geblieben und war einverstanden, nicht zu verhüten.«

»Krass«, sage ich.

»Hammer!«, sagt Kristina. Noch eine Nachricht, die wir alle erst mal verdauen müssen. In dem Lemonbier ist definitiv nicht genug Alkohol, um all die Offenbarungen heute Abend zu verkraften.

»Aber zurück zu dir, Annabel. Glaubst DU an die Ehe?«, fragt Sarah.

»Ja. Uneingeschränkt. Und genau deshalb hab ich eine phantastische Idee, was wir drei machen.« Ich lasse eine kleine, bedeutungsvolle Pause und fahre fort: »Wir gründen eine Hochzeitsplaner-Agentur. Wir werden *Wedding planner*. Kristina übernimmt die Organisation, Sarah, du machst die Verträge und verhandelst mit allen Partnern, und ich tröste die aufgeregten Frauen, suche die passenden Lieder aus und moderiere die Hochzeit, wenn das Paar sich so was wünscht.«

»Das klingt super! Dafür gebe ich meinen langweiligen Bürojob sofort dran!« Sarah ist begeistert, und ich habe vierblättrige Kleeblätter im Bauch vor Freude.

»Und du, Kristina?«, frage ich. »Bist du auch dabei?«

»Na, ohne mich habt ihr doch gar keine Chance, Mädels. Außerdem könnte ich das Startkapital beisteuern. Aber eine wichtige Frage müssen wir noch klären: Wer schläft mit den Ehemännern, die es noch mal wissen wollen?«

»Das teilen wir uns!«, sage ich. »In guten wie in schlechten Tagen …«

Kristina und Sarah sprechen den Rest mit: »… bis dass der Tod uns scheidet!«

Dank

Läuft da was? hätte es vielleicht nicht gegeben, wenn sich meine Tochter Lilly nicht beide Arme gebrochen hätte und ich trotz aller Muttergefühle nicht doch für achtundvierzig Stunden zu meinem Mann nach Sylt geflogen wäre. Denn nur so konnte ich an einem regnerischen Novembertag Dora Heldt auf einem Parkplatz kennenlernen und zwei wichtige Dinge erfahren. Erstens, dass ich ein Mützengesicht habe, und zweitens, dass ich ganz dringend einen Roman schreiben muss. Dora verdanke ich nicht nur, dass ich überhaupt einen Roman geschrieben habe, sie übte Kritik an den richtigen Stellen und verbot mir am Ende, das ganze Buch wieder zu löschen, bevor ich es an unseren Agenten Joachim Jessen (auch den verdanke ich ihr) geschickt hatte.

Bei Herrn Jessen bedanke ich mich für wunderbare Witze, die er aus dem Ärmel schüttelt, und motivierende E-Mails. Vielen Dank an meine Lektorin Tanja Seelbach, die mein Manuskript in kürzester Zeit inhalierte und für gut befand. Herzlichen Dank auch an Frau Dr. Julia Schade, die wie eine Piratenbraut um mein Buch kämpfte und gewann. Ich hätte mir keinen besseren Verlag wünschen können!

Herzlichen Dank an meine Freundinnen Laura und Karen, an denen ich meine erste Sexszene testen durfte (rein verbal natürlich). Danke an Luise für die schmalen Ärsche auf den Klappstühlen. Danke an Hilo, Doro und Tina für telefonische Unterstützung. Danke an Hendrik und Olli für die männliche

Sicht der Dinge. Und wenn ich gerade dabei bin, mich bei Männern zu bedanken, danke an alle Männer, die mich küssten, und auch an die Luschen, die es nicht taten.

Meinen Eltern danke ich dafür, dass sie unerschütterlich, ganz so wie es Eltern tun sollten, an mich glauben. Als ich ihnen sagte, mein Roman werde bei den Fischer Verlagen erscheinen, war ihre lässige Antwort: »Das haben wir immer gewusst.« Danke an meine älteste Tochter Anna, die mir so ein lebendiges Vorbild für die Figur Flip war, danke an meine zweite Tochter Lilly, die Parkplätze reservieren und Ampeln grün machen kann, und an meinen Sohn Felix, der mir liebevoll kalten Kakao in den Bauwagen lieferte, in dem ich schreibe. Danke an meinen Mann Stefan, der alle Hochs und Tiefs der Heldin Annabel, die sich dann in meinen Launen niederschlugen, so wunderbar ertragen hat.

Und danke an alle, die dieses Buch gekauft und es sogar bis zum Ende der Danksagung gelesen haben. Ohne euch wäre das Ganze nichts! Trust the process!

Freuen Sie sich auf den neuen Roman von
Judith Pinnow!

Ab 25. Mai 2016 lieferbar bei FISCHER Krüger

Kapitel 1

Ich erkenne die Stimme sofort. »Hi, hier ist Lena«, sagt sie. Der Satz schießt mir in den Bauch, macht dort eine Menge Unordnung und steigt mir dann in den Kopf. Hitze breitet sich auf meinem Gesicht aus.

»Lena?!«, wiederhole ich, weil keine anderen Wörter zur Verfügung stehen. Sie lacht ihr Lachen. Es klingt genau wie vor zwanzig Jahren, als wir wild und jung waren und noch genau wussten, was wir vom Leben wollen.

Lena und ich wir waren einfach unschlagbar.

Wir lernten uns 1995 in New York kennen, als Schauspielschüler am Lee Strasberg Theatre Institute. Großes Kino also, oder besser gesagt: großes Theater.

Ich brauche dringend einen Stuhl. Leider stehen in unserer kleinen Küche keine, also lasse ich mich einfach auf die Fliesen sinken. Der brummende Gefrierschrank im Rücken gibt mir etwas Sicherheit.

Die Pause nach meinem »Lena?!« dauert jetzt schon viel zu lange. Gleichzeitig fangen wir an zu reden: »Was machst du, wie …« – »Franzi, ich dachte, ich …«

Wir brechen ab und lachen gemeinsam ein kleines, nervöses Lachen. Aber jetzt haben wir eine Mini-Gemeinsamkeit, an der wir uns entlanghangeln können wie an einem dünnen Seil. »Wie geht es dir?«, fragt sie.

Wie fasst man dreizehn Jahre in einer Antwort zusammen?

»Gut, doch, wirklich gut«, sage ich. »Und dir?«

»Auch, ich … weiß gar nicht, wo ich anfangen soll! Du fragst dich sicher, warum ich plötzlich anrufe.«

»Es ist schön, dass du anrufst«, sage ich schnell. Ich bin nicht bereit, Entschuldigungen zu hören oder womöglich selbst welche abgeben zu müssen.

»Ich wollte mich so lange schon melden, aber …«, sie bricht unsicher ab.

»Wo wohnst du? Was macht die Schauspielerei?«, helfe ich ihr zurück zu unserem dünnen Seil.

»Ich wohne immer noch in Berlin. Ich bin so froh, dass deine Nummer noch stimmt!«

Lena hat mich auf dem Handy angerufen. Meine Handynummer hat sich noch nie geändert. Es ist immer noch die allererste, die wir damals bekamen, als Bernd und ich unser erstes Handy hatten, eins für uns beide.

»Bist du noch mit Bernd zusammen?«, fragt sie.

»Ja! Und wir …« – sind glücklich, will ich sagen, aber das kommt mir so pathetisch vor – »… wir verstehen uns sehr gut.«

»Schön«, sagt sie. »Was macht Mia?« Sie weiß den Namen meiner Tochter noch. »Wie alt ist sie jetzt?«

»Sie ist gerade vierzehn geworden«

»Vierzehn?!!!«, wiederholt Lena ungläubig. »Wahnsinn.«

Wahnsinn, wie lange wir nicht gesprochen haben, denke ich.

»Und habt ihr noch mehr Kinder?«, will sie wissen.

»Lukas. Er ist neun.« Wieder eine Zahl, die klarmacht, dass dreizehn Jahre zwischen uns stehen. »Und du? Hast du Kinder?«, frage ich, obwohl ich die Antwort ahne. Ich hätte vermutlich mitbekommen, wenn Lena ein Kind bekommen hätte. In irgendeiner Zeitung wäre es sicher eine kleine Randnotiz gewesen.

»Nein. Keine.« Die Antwort kappt unser dünnes Seil. Ich hätte das nicht fragen sollen, noch nicht. Dafür fällt es ihr jetzt leichter, ihr Anliegen vorzubringen. Ich habe das Gefühl, ihr jetzt etwas schuldig zu sein, und sage deshalb sofort zu. Als ich schließlich auflege, habe ich Kopfschmerzen.

»Wer ist Lena?«, fragt Mia, als ich Bernd beim Abendessen von dem Anruf erzähle.

»Deine Patentante«, sagt Bernd.

Mia überlegt. »Die mit der Kette?« Ich nicke.

Lena hatte Mia zur Taufe eine silberne Kette geschenkt mit kleinen Flügeln als Anhänger. »Trag du sie, bis sie selbst groß genug ist. Lad sie auf mit Liebe!«, hat sie zu mir gesagt. Mia hat die Kette zum zwölften Geburtstag von mir bekommen. Viel weiß sie nicht von Lena.

»Wie alt war ich, als ich sie das letzte Mal gesehen habe?«, will sie wissen. Bernd schaut mich grübelnd an.

»Zehn Monate«, sage ich.

»Das weißt du aber ganz schön genau«, sagt Lukas beiläufig und schaufelt sich schnell noch die letzten drei Baguettescheiben auf seinen Teller. Mia merkt es und nimmt ihm kommentarlos zwei weg. Bevor er protestieren kann, nehme ich eins von Mias Teller und platziere es bei Bernd. Der wiederum legt es lächelnd auf meinen Teller.

»Und was genau sollst du jetzt bei diesem Interview sagen?«, fragt er.

Lena spielt demnächst in einer Serie die Hauptrolle. Das ist nichts Besonderes, sie spielt seit Jahren Hauptrollen. Sie ist der geborene Hauptrollentyp, während es bei mir gerade mal zu winzigen Nebenrollen gereicht hatte. Miniwinzige Nebenrollen, die leider auch immer nur ein einziges Mal auftauchten. Lenas neue Serie spielt in einer Schauspielschule. Sie ist die Lehrerin, die ihren Schülern nicht nur die Kunst des Schauspielens beibringt, sondern sie auch alles über das Leben lehrt, oder so ähnlich.

»Der Sender fand das witzig, ein Backstage-Bericht über Lena und ihre eigenen Anfänge auf der Schauspielschule. Ich soll erzählen, dass sie schon immer hervorragend war und dass man damals schon erahnen konnte, dass sie Karriere machen wird.«

»Das hat sie so gesagt?«, fragt Bernd.

»Nein, natürlich nicht.« Ich malträtiere meine Baguettescheibe mit der zu harten Butter. »Aber so läuft das doch. Die wollen sicher nicht hören, dass sie sich vor jeder Szene auf der Bühne erst mal dreißig Minuten im Klo einschloss, weil sie Dünnpfiff hatte.«

Lukas lacht laut. Das trifft genau seinen neunjährigen Humor. »Warum hast du da zugesagt?«, fragt Bernd, der merkt, dass mich die ganze Sache nicht gerade glücklich macht.

»Ja, was hätte ich denn sagen sollen?«, fahre ich ihn an. »Hätte ich sagen sollen, nein, ich mache beim Interview nicht mit, aber nett, dass du dich nach dreizehn Jahren mal wieder meldest?«

Mia schaut mich an. »Meinst du, sie hätte sich auch so gemeldet?«

»Ich denke nicht«, antworte ich wahrheitsgemäß. »Aber nach dreizehn Jahren braucht man auch schon einen Grund, um anzurufen.«

»Und ich bin kein Grund?«, fragt sie.

Ich muss aufstehen und rausgehen. Ich schnappe mir Bernds Jacke, die auf der Sessellehne rumlümmelt, und gehe auf die Terrasse. Die hellen Fliesen glänzen im Mondlicht. Der Aprilhimmel zeigt keine Sterne, aber der Mond hat sich ein kleines freies Stück zwischen den Wolken erkämpft, durch das er scheinen kann. Durch die Terrassentür kann ich sehen, wie meine Familie den Tisch abräumt. Erst noch alle zusammen, kurze Zeit später nur noch Bernd. Ich ziehe die Jacke an und gehe ein paar Schritte durch den kleinen Garten. Meine Hausschuhe werden feucht vom nassen Gras, aber ich gehe immer weiter. Vielleicht kann ich so den Tränen entkommen. Am Apfelbaum bleibe ich stehen. Eine große Kastanie wäre jetzt gut, mit einem dicken Stamm, den man umarmen kann. Stattdessen halte ich mich an einem dünnen, kleinen Bäumchen fest. Sobald ich stehe, haben sie mich. Die Tränen laufen mir über die Wangen. Ich versuche, so zu heulen, dass möglichst wenig Wimperntusche verläuft. Was lernt man nicht alles als Frau in über vierzig Jahren. Plötzlich wünsche ich mir zu rauchen, meinen Fingern eine Aufgabe zu geben. Ich würde meine Taschen abklopfen nach der Zigarettenschachtel. Sie erleichtert finden, eine aus der Packung schütteln, anzünden, den scharfen Rauch einatmen und etwas husten. So wie Lena und ich früher auf der Feuertreppe im East Village in New York ...

Die Treppe ist so eng, dass wir nicht nebeneinander, nur hintereinander sitzen können. Wenn es hier echt mal brennt, hat man richtig Pech, wenn ein Lahmarsch vor einem die Treppe runterklettert. Überholen kann man jedenfalls nicht. Eigentlich ist es verboten, die Feuertreppen ohne Notfall zu betreten oder wie wir es tun, zu »besitzen«. Wir sind Anfang zwanzig und leben von Verboten, wir ernähren uns geradezu davon. Mein Apartment liegt im East Village, einer bunten, von Künstlern inspirierten Gegend. Also jetzt nicht so schick und cool wie Soho, mehr so undergroundmäßig. Im East Village wohnst du, wenn du dein Talent entdeckt hast und entwickelst, in Soho, wenn du es dann geschafft hast.

Mein kleines Apartment ist ein Riesenglück. Kein Mensch kann es sich hier leisten, allein zu wohnen. Ich habe die Wohnung von Winnie bekommen.

Winnie hat mich auch auf die Idee gebracht, in New York auf die Schauspielschule zu gehen. Als wir uns beim Abitreffen wiedersahen, hatte sie gerade zwei Jahre Lee Strasberg hinter sich und war begeistert. Den ganzen Abend hat sie mir von der tollen Schule vorgeschwärmt, was man da alles lernt und wie cool die Lehrer sind, und natürlich, wie genial es ist, in New York zu sein. Sie erzählte so begeistert, dass ich sogar meinen

Plan vergaß, mit Hannes Müller zu knutschen, obwohl ich mir das fest vorgenommen hatte.

In den letzten zwei Jahren nach dem Abi hatte ich blöde Jobs gemacht, um Geld zu verdienen. Eigentlich wollte ich mit dem Geld eine Weltreise machen, aber da mir meine Eltern im Nacken saßen mit der großen Frage, wann ich denn nun endlich ein Studium oder eine Ausbildung beginnen würde, traf Winnies Vorschlag genau ins Schwarze. Die Welt sehen, also New York UND ein Studium anfangen. Perfekt. Ich hielt mich nicht für eine geborene Schauspielerin, obwohl ich natürlich in der Schultheatergruppe war und da auch die ein oder andere Hauptrolle bekommen hatte. Es machte mir Spaß, auf einer Bühne zu stehen, und auf ein Hochschulstudium hatte ich so gar keine Lust. Wieder rumsitzen und lernen? Und was sollte ich bitte studieren? Ich habe weder besondere Fähigkeiten noch besonderes Interesse an den üblichen Fächern, die meine Klassenkameraden alle belegen.

Winnie brauchte nicht lange, um mich zu überzeugen. Meine Eltern waren zwar nur mittelmäßig begeistert, erklärten sich dann aber doch bereit, mir die Flüge zu bezahlen. Wenn ich gut haushalte, müsste mein Geld für neun Monate hier reichen. Zur Not ziehe ich einfach zu Lena.

Lena wohnt auf der Upper West Side, bei einer durchgeknallten Messiefrau. Sie heißt Lorie, aber wir nennen sie nur Messie. Lena muss abends ihr Zimmer abschließen und sich das Telefon neben das Bett legen. »9-1-1, du wählst sofort 9-1-1, wenn sie nachts bei dir im Zimmer steht mit einem Messer in der Hand!«, bläue ich ihr ein. Lena lacht ihr Lachen. Es purzelt aus ihr heraus, viel tiefer als ihre Sprechstimme. »Nein, im Ernst, die Frau macht mir Angst!«, sage ich und blase den Rauch links durch das Gitter der Feuertreppe, um es ihr nicht in die Haare zu pusten.

Sie sitzt vor mir, so dicht, dass wir uns berühren. Meine Knie an ihrem Rücken. Unser Blick schweift über die Straße und die gegenüberliegenden Häuser. Im East Village gibt es keine Wolkenkratzer. Ich wohne im dritten Stock. 506 East 5th Street, zwischen Avenue A und B, Apartment 3b.

Winnie hat mir lange Listen geschrieben, wo ich was einkaufen kann und wo man abends hingeht und sogar, wen ich anrufen soll, wenn ich Pot rauchen will. Dann kommt angeblich so ein Pizzatyp und liefert das. Einmal haben Lena und ich da angerufen, haben aber nur einen Anrufbeantworter erreicht. Kichernd haben wir dann meine Nummer hinterlassen, und der Idiot hat mich mitten in der Nacht zurückgerufen. Nachts aufzuwachen ist immer scheiße, weil man so lange braucht, um wieder einzuschlafen, überall jaulen die Sirenen. Kein vernünftiges Tatütata wie in Deutschland, sondern ein Uuuuuuip, uip, uiupipipipipip, uuuuuuuuuuip. Als würde man ein Kind mit einer kaputten Hupe spielen lassen.

»Lorie ist schon okay«, sagt Lena. Okay ist jetzt nicht das Wort, das mir als Erstes bei ihr einfällt. Obwohl sie schon einen sehr guten Eindruck machen kann, wenn sie will. Ich war dabei, als Lena sich das Zimmer anschaute. Man kann sich in New York nicht allein mit jemandem, den man nicht kennt, in einer fremden Wohnung treffen, das weiß jeder, auch Lorie. Sie hatte aufgeräumt, und ihre winzige Zweizimmerwohnung sah top aus. Also, sie war jetzt nicht supersauber, das nicht. Aber aufgeräumt. Lenas Zimmer überzeugte uns sofort. Es hat ein großes Fenster zur Straße raus im ersten Stock. Also hoch genug, dass niemand einsteigen kann. Das Bett steht auf einem Podest, man muss ein bisschen hochklettern, dann liegt man da wie eine Prinzessin. Vor einem die Zimmertür, was gut ist, falls die durchgeknallte Messie echt mal nachts reinkommt, rechts vom Bett das schöne Fenster, und links gibt es eine Nische in der Wand, auf der Lenas ganzer Kram steht. Lippenbalsam, ohne den sie keinen Schritt macht. Wahrscheinlich schleppt sie das Zeug sogar immer mit auf die Toilette. Fotos, Textbücher, Haargummis, Wasserflaschen.

Beim Besichtigungstermin hat uns Messie Kekse angeboten, Tee gekocht, es brannte sogar eine Kerze auf dem winzigen Tisch in ihrem Zimmer. Sie nannte Lena dauernd »Dear« und »Darling« und »Sweety«, was jetzt nicht furchtbar unüblich ist in New York, aber von einer älteren Frau, ich glaub Messie ist so Mitte dreißig, war das irgendwie spooky. Sie war jedenfalls hin und weg von Lena, das kannte ich ja schon. Das geht jedem so, sogar mir.

Auf Lena passt das Wort »amazing«. Sie ist groß, das bin ich auch, und blond, auch das bin ich. Sie hat eine tolle Figur, sogar da kann ich mithalten, aber alles an ihr ist irgendwie sinnlich. Die Art, wie sie redet, wie sie den Kopf schief hält. Wie sie gedankenverloren mit den Eiswürfeln in ihrem Glas spielt. Einfach alles. Bis ich Lena traf, dachte ich immer, ich hätte das gewisse Etwas, aber wenn man das dann an einer anderen Person plötzlich sieht, kommt man schon ins Zweifeln.

»Hast du in letzter Zeit mal wieder in ihr Zimmer geschaut?«, frage ich und schaue zu, wie meine Zigarette wegglimmt. Lena und ich rauchen nicht richtig, aber wir finden, es gehört zum New-York-Feeling, ab und zu auf der Feuertreppe zu sitzen und zu rauchen. In allen Filmen tun sie das, also müssen wir das auch. Wenn man selten raucht, braucht man auch nur ein, zwei Züge, die man mühsam in der Lunge behalten muss, damit es wirkt. Dann macht einen das Nikotin ein bisschen schwindelig und leicht. Genauso sollte man sich in New York fühlen, finden wir.

Sie legt den Kopf zurück, so dass er auf meinem Schoß liegt, und blinzelt mich unter ihrem langen Pony an.

»Nö. Ich will es gar nicht sehen.«

»Ich wette, sie hat wieder alle Schuhe auf dem Bett!«, sage ich und streiche Lenas weiche Haare zur Seite, damit ich ihre Augen sehen kann. Braune Augen mit dichten schwarzen Wimpern, in krassem Kontrast zu ihren hellen Haaren.

»Ob sie die Pflanzen wieder eingetopft hat?«

Als wir das letzte Mal durch einen Türspalt in Messies Zimmer gelinst hatten, sah es aus, als hätte ein Drogenabhängiger nach Stoff gesucht. Herausgerissene Topfpflanzen lagen in einem wilden Durcheinander aus Klamotten, Schuhen und sogar Bratpfannen auf dem Boden, dem Tisch und auch auf dem Sofa, auf dem Messie schläft. Wie sie in all dem Chaos überhaupt schlafen kann, ist uns ein Rätsel.

Lena dreht sich zu mir um. Sie will nicht länger über ihre durchgeknallte Vermieterin sprechen. »Gehen wir los?«, fragt sie und steht auf.

Ich frage nicht, wohin, und klettere durch das Fenster in meine kleine Wohnung.

In New York brauchst du kein Ziel. Egal, wo du ankommst, es lohnt sich, dort zu sein.

»Franzi?« Bernd steht in der Terrassentür und späht angestrengt in den dunklen Garten. Der Mond ist weg, hat sich hinter die Wolken verzogen. Ich antworte nicht, gehe aber langsam mit meinen nassen Hausschuhen auf ihn zu. Er will etwas sagen, irgendeine Familieninfo. Vielleicht sucht Mia ihr Französischbuch, oder Lukas braucht noch einen Gutenachtkuss. Als er mich sieht, sagt er nichts und umarmt mich stattdessen lange und fest. Dann hebt er mich ein kleines Stück hoch und schleppt mich über die Kante der Terrassentür ins Wohnzimmer. Dabei schnauft und stöhnt er, als müsste er eine Elefantenkuh tragen.

»Wer braucht noch was?«, frage ich, als ich mich von ihm löse.

»Lukas möchte, dass du ihm vorliest.« Er schaut mich fragend an.

Ich weiß, ich könnte nein sagen, und er würde für mich einspringen. Aber manchmal sind die *13½ Leben des Captain Blaubär* genau das, was man braucht, um runterzukommen. Wenn ich schon nicht rauchen kann.

Ich gehe rüber in den »Kindertrakt« unseres Bungalows. Unser Haus ist in L- Form gebaut. Die beiden haben ihr Zimmer im unteren L-Ende. Erst kommt Mias Zimmer. Es ist ein bisschen größer als das von Lukas. Dann kommt das Kinderbad, in dem es keine Badewanne, sondern nur eine Dusche gibt, und die dritte Tür führt in Lukas' Zimmer. Er sitzt auf dem Boden und baut an einem Legoding. Könnte ein Raumschiff sein oder ein Kran. Ich frage nicht nach, um keine ausführliche Erklärung zu bekommen, sondern scheuche ihn ins Bett und kuschele mich daneben in seine »Meerbettwäsche«. Kleine Krabben, Fische und Leuchttürme umhüllen uns. Lukas ist im Meeresfieber. Über seinem Bett hängt ein echtes Fischernetz. Er hat es im Urlaub in Holland zerrissen am Strand gefunden. Am liebsten hätte er es noch mit toten Krebshüllen dekoriert, aber das Netz stank so schon genug. Nach zweimal Waschen ging es, aber ich bilde mir ein, immer noch was zu riechen, wenn ich bei ihm im Bett genau darunterliege. Während ich lese, fuchtelt Lukas mit seinem Kescher, der immer griffbereit neben dem Bett liegt, in der Luft herum. Ich bin daran gewöhnt, dass er immer rumhampelt.

Mia war ganz anders. Schon als Baby liebte sie es, wenn man ihr Bücher vorlas. Andächtig saß sie auf meinem Schoß und tippte mit ihrem kleinen Finger die Seiten an. »Dida«, forderte sie mich auf, die Seite zu lesen. Bei Lukas versuchten wir es gar nicht erst. Bücher musste man ganz weit oben verstecken, weil er mit großer Begeisterung die Seiten herausriss. Still sitzen und zuhören ist nichts für ihn. Als er fast drei war, sagte ich zu Bernd, dass das so nicht geht. Man müsse dem Kind doch auch mal was vorlesen. Also nahm ich eins der Traktorbücher, die Lukas sonst zum Weitwurf benutzte, setzte mir den kleinen Typ auf den Schoß und begann zu lesen. Nach zwei Sätzen versuchte er, von meinem Schoß zu klettern. Ich hielt ihn fest und las weiter. Es wurde ein richtiger Ringkampf daraus. Mit einer Hand bekämpfte ich meinen Dreijährigen, mit der anderen hielt ich das Buch und las.

Dagegen ist das heute schon tiefenentspannt, wenn man nur ab und zu ein von Lukas im Kescher gefangenes Stofftier auf den Kopf bekommt.

Ich lese seitenlang wie der Blaubär von der furchterregenden Waldspinnenhexe verfolgt wird.

»Lukas?«

»Hm?«

»Wenn ich dich jetzt gleich die letzte Seite im Kapitel lesen lasse, kannst du dann heute mal das Stöhnen und Jammern weglassen?« »Aber warum MUSS ich denn immer lesen?«, jammert er.

»Da ist schon das Jammern«, stelle ich fest. »Kommt jetzt das Stöhnen?«

Er stöhnt und kichert dabei. Ich kitzele ihn, und das Kichern wird ein Kreischen. Wir toben eine Weile auf der Meerbettwäsche herum, bis er sich ausgezappelt hat. Dann nimmt er anstandslos das Buch und liest fast flüssig die letzte Seite von Kapitel sieben.

Ich mache das Licht aus, küsse ihn auf die Stirn, checke, ob sein Wecker gestellt ist, und umlaufe all seine Legobauwerke auf dem Boden.

»Pass auf, dass du nicht in ein Dimensionsloch fällst!«, sagt Lukas.

»Ich gebe mir Mühe. Obwohl wir ja gerade gelesen haben, dass das sehr praktisch ist, wenn man vor der Waldspinnenhexe flüchten muss.«

Er spielt nach, wie er auf der Flucht in ein Dimensionsloch fällt, und lässt sich krachend auf seine Matratze plumpsen.

»Schlaf!«, befehle ich und verlasse sein Zimmer.

Mia höre ich durch die geschlossene Zimmertür leise reden. Sie telefoniert, also gehe ich ohne Zwischenstopp bei ihr direkt ins Wohnzimmer.

Bernd hat uns Tee gekocht. Er kocht uns jeden Abend Tee. Wir trinken selten Alkohol. Er mag ihn nicht, und ich vertrage ihn nicht so gut. Trotzdem hätte ich jetzt lieber ein Glas Wein. Ich nehme den Kräutertee entgegen und setze mich auf unser neues Sofa. Früher hatten wir eine große Liegewiese, auf der erst Kinder gezeugt und später dann gestillt wurden. Der Bezug war waschbar, was praktisch ist, aber irgendwann wollten wir kein praktisches, waschbares Sofa mehr, keine lümmelige Liegewiese, auf der man mit Freunden kaum sitzen kann.

Die Kinder sind jetzt groß, und wir fühlten uns alt genug für eine Couch, die nicht von Ikea ist. Im Internet fand ich den hilfreichen Hinweis, dass ein Sofa zu deiner Lebenssituation passen muss. Ich machte also eine Tabelle zu unserer Lebenssituation:

Person:	**Braucht das Sofa überwiegend für:**
Franzisca, 43 Jahre, 1,75 m, 66 kg	lesen, fernsehgucken, um mit Freunden drauf zu quatschen
Bernd, 44 Jahre, 1,88 m, 90 kg	fernsehgucken, Laptop benutzen, *zum Vögeln*
Mia, 14 Jahre, 1,69 m, 52 kg	chatten, Filme gucken, telefonieren, chillen
Lukas, 9 Jahre, 1,36 m, 35 kg	rumkrümeln, toben, um über die Prärie zu reiten, Höhlen bauen, Kissenschlachten

Der Liste nach habe ich das langweiligste Leben. Bernd hat noch handschriftlich »zum Vögeln« hinzugefügt, und ich schrieb dann wenigstens noch »zum Nägel lackieren« in meine Spalte, um nicht so völlig spießig da zu stehen.

Wir zogen los, um ein Sofa zu finden, auf dem man mit

Freunden gut sitzen kann und auf das wir auch alle vier passen, wenn wir zusammen Filme gucken.

Nach vielem Probesitzen bestellten wir »Gortan«. Bernd störte, dass der Name doch wieder nach Ikea klang. Mich störte eher die lange Lieferzeit von Gortan – acht bis dreizehn Wochen –, aber der Verkäufer versprach uns, dass es eigentlich doch immer schneller gehe. Nach fünfzehn Wochen warten wurde Gortan endlich geliefert, und die Lümmelwiese flog raus. Jetzt sitzen wir kerzengerade auf der hellblauen Couch und vermissen unser altes Ikeading. Das können wir natürlich nicht zugeben, weil wir viertausend Euro gezahlt haben für Gortan. Und das bei zwanzig Prozent Abzug wegen des »Frühbucherrabatts«. So hat es Bernd genannt. Eigentlich war das Endjahresverkauf oder so etwas. Man fragt nicht so genau nach, warum, wenn man zwanzig Prozent angeboten bekommt. Viertausend Euro für eine unserer Lebenssituation angepasste Couch. Vielleicht hätten wir lieber unsere Lebenssituation an die alte Couch anpassen sollen.

»Zu spät«, sage ich laut.

»Wofür?«, fragt Bernd.

»Für alles«, sage ich theatralisch.

»Wirft dich das so um?«, fragt er.

»Was?«

»Na, die Sache mit Lena?«

Ich weiß nicht, was ich antworten soll.

»Was ist denn das für ein Tee?«, frage ich.

»Schlaf-gut-Kräutermischung.«

»Schmeckt wie alte, nasse Handtücher«, sage ich.

»Den hast du gekauft«, brummt Bernd. Schweigend sitzen wir auf Gortan und schlürfen alte, nasse Handtücher.

»Ich komme mir einfach blöd vor bei dem Interview.«

»Dann mach's nicht.«

Ich seufze. Für Bernd ist immer alles so einfach. »Ich kann das Interview nicht absagen. Ich hab da heute zugesagt, und dann mach ich das auch.« Ich stehe entschlossen auf und kippe den furchtbaren Tee in den Ausguss. Bernd trottet mir hinterher und macht das Gleiche. Die Verpackung liegt neben dem Wasserkocher. Den Tee habe tatsächlich ich gekauft: »Schlaf gut«. Unter dem Schriftzug ist ein Kissen mit Lavendelblüten bestreut. Über dem Kissen wehende Vorhänge. Sieht wirklich beruhigend aus. Das nächste Mal nehme ich mir eine Thermoskanne mit heißem Wasser mit in den Supermarkt und nehme Proben. Und wenn dann ein Verkäufer im Kittel kommt und mich fragt, was ich mache, antworte ich ganz cool: Wonach sieht's denn aus? Und der Kittelmann stottert dann rum, dass ich hier nicht einfach die Teebeutel testen kann. Und dann halte ich ihm meinen Becher hin und sage: Trinken Sie das! Er traut sich nicht, zu widersprechen, trinkt und sagt: Mein Gott, das schmeckt wie alte, nasse Handtücher. Eben, werde ich sagen. Eben. Und dann den Laden verlassen und mein Teewasser noch wortlos vorne an der Kasse in die Schnittblumen schütten.

Ich werfe die ganze Packung weg, einfach in die Mülltonne für alles.

Bernd holt sie wieder raus und wirft die Teebeutel in den Biomüll, den Karton in den Papiermüll.

»Da sind kleine Metallklammern dran, an den Beuteln. Und auch noch ein Papierzettelchen.«

»Das passt schon«, sagt Bernd entspannt. »Und dein Interview wird auch gut laufen«. Er küsst mich kurz auf den Mund, dann lässt er mich in meinen immer noch nassen Hausschuhen in der Küche stehen. Kurze Zeit später höre ich, wie im Wohnzimmer der Fernseher angeht.

Ich wollte nie ein Schlafzimmer im Keller. Als wir den alten Bungalow vor zehn Jahren kauften, wollten wir unser Schlafzimmer in Lukas' heutigem Zimmer einrichten. Kurze Zeit später war ich schwanger. Jedes Kind sollte ein eigenes

Zimmer bekommen, also gab es plötzlich eins zu wenig. Wir überlegten hin und her. Schließlich schien es am vernünftigsten zu sein, wenn wir in den Keller ziehen. Es ist auch ganz hübsch geworden hier unten. Wir haben große Fenster, und der Lichtgraben ist schön bewachsen. Außerdem haben wir jetzt ein eigenes Bad, was besonders vorteilhaft ist, wenn man eine Tochter im Teenageralter hat. Lukas badet oft unten, und ich habe eine zweite Zahnbürste für ihn bei uns geparkt, weil Mia oben oft stundenlang das Badezimmer besetzt. Mit dieser Version, drei unten, eine oben, leben wir sehr gut. Problematisch wird es erst, wenn Lukas auch anfangen sollte, stundenlange Badezimmersessions einzulegen. Da kauft man sich ein Haus, und es endet damit, dass man keins der zwei Badezimmer, die man hat, benutzen kann und selbst im Keller schlafen muss.

Heute Nacht nutze ich den Vorteil, den Kellerschlafzimmer haben, sie liegen direkt neben der Vorratskammer. Zwischen Dosentomaten, Apfelmus und Marmeladengläsern finde ich eine Flasche Rotwein, die uns irgendwann mal irgendjemand geschenkt hat. Auf dem Etikett sind kleine Rosen.

»Roses«, so heißt die Bar, in die Lena und ich manchmal gehen. Alle Welt trinkt Cosmopolitan, als wäre man selbst automatisch ein Kosmopolit, wenn man das bestellt. Alkohol ist echt teuer, deshalb haben Lena und ich einen voll coolen Trick. Wir bestellen Rotwein. Eine kleine, hübsche Kellnerin mit braunen, kurzen Haaren bringt uns die großen bauchigen Gläser. Sie sieht aus wie Wynona Rider. Wer weiß, vielleicht ist sie es auch. Offenbar sehen wir alt genug aus, denn uns hat noch nie jemand nach unserem Ausweis gefragt. Es ist nie wirklich voll hier, man bekommt immer einen Platz in den großen plüschigen Sesseln. Es ist so witzig, dass manche Orte in Manhattan ganz genauso aussehen, wie man sie sich vorstellt. Wir sitzen also tatsachlich in roten Plüschsesseln, Wän-

de und Tische sind ganz schwarz. Große Kronleuchter hängen von der Decke, und es gibt sogar eine Galerie. Aber da oben waren wir noch nie. Wir suchen uns immer einen Tisch mitten im Raum aus, so kann man alles am besten sehen. Die Bar ist auch schwarz und natürlich beleuchtet. Auf unserem Tisch steht eine kleine Kerze, an der Lena ständig rumspielt. Sie hat auf jeder Fingerspitze einen kleinen Wachshut, als Wynona Rider uns den Wein bringt. Blitzschnell stellt sie die Gläser ab, weist uns an, das Getränk zu genießen – enjoy –, und ist sofort wieder weg. Lena greift mit den Wachshütchen an den Fingern nach dem Glas, kann es aber nicht richtig halten und stellt es wieder ab. Es wird sowieso nicht sofort getrunken. Erst mal riechen wir nur dran und fahren mit nassen Fingern über den Rand, um ein Geräusch zu erzeugen.

»Triffst du dich noch mit Daniel?«, fragt sie mich. Sie spricht seinen Namen Englisch aus – Däniel. Daniel ist aus Texas. Er ist mir irgendwie zugelaufen. Wie ein kleines Hündchen, das man nur schwer wieder loswird. Er ruft mich ständig an oder wartet vor meinem Haus und tut dann so, als wäre er nur gerade zufällig dort langgekommen.

»Gestern waren wir zusammen im Riverside Park picknicken. War ganz okay.«

»Knutscht ihr noch?«

»Nur wenn's dunkel wird«, sage ich und grinse. Daniel küsst ziemlich gut, und solange er sich damit zufrieden gibt, warum nicht?

»Woll'n wir?«, fragt Lena und hebt erwartungsvoll ihr Glas. Die Wachsdinger hat sie sich inzwischen abgeknibbelt. Wie kleine Schiffe liegen sie halbrund um die Kerze herum.

»Auf was trinken wir?«, frage ich. Wir trinken immer auf irgendwas, weil das viel feierlicher ist, als einfach nur so anzustoßen.

»Auf …«, überlegt Lena.

»Auf die Waffeln im Seven A!«, fällt mir ein. Das Seven A

ist ein Café auf der Siebten Straße, Ecke Avenue A, also ganz bei mir in der Nähe. Ab und zu gönnen wir uns sonntags ein Frühstück dort. Die Waffeln mit Erdbeeren sind bombastisch.

»Auf die genialen Waffeln im Seven A!«, wiederholt sie.

Wir stoßen an, halten kurz inne, zählen bis drei und kippen das ganze Glas Rotwein auf einmal runter. Wenn man das macht, passiert erst mal nix. Außer, dass es sich im Bauch ein bisschen komisch anfühlt. Und ein paar Minuten später – WOOOSH – bist du von einer Sekunde auf die andere tipsy. Ich mag dieses Wort. Ich glaube, es ist mein Lieblingswort in Englisch. Tipsy heißt angetrunken, »angetüddelt« ist vielleicht die beste Übersetzung. Wenn du mit unserem Trick tipsy wirst, ist alles lustig, und Küssen macht noch mehr Spaß. Trotzdem hat man am nächsten Tag keine Kopfschmerzen, weil es ja nur ein einziges Glas Wein war. Hält auch nicht so super lange, aber auf dem Weg zur U-Bahn wieder nüchtern zu sein ist auch nicht das Schlechteste.

Lena nimmt mit einer geübten Bewegung ihr Lippenzeug aus ihrer Tasche und schmiert es sich auf den Mund. Ich wette, sie hat nicht mal bemerkt, dass sie das gerade gemacht hat.

»Du bist süchtig!«, sage ich.

»Wonach?«, fragt sie und schaut auf ihr leeres Weinglas.

»Nach deiner kleinen Carmex-Dose da.« Ich zeige auf das kleine gelbe Döschen, das sie nicht wieder in ihrer Tasche verstaut hat.

»Absolut«, gibt sie zu, öffnet es und riecht andächtig dran. »Und nach dir!«, sagt sie, und da passiert es. Das »WOOOSH«, mein Rotwein haut rein. Lenas Hand liegt auf meinem Arm. Ich schau in ihre braunen Augen, die sich plötzlich verändern, weicher werden. Auch ihr WOOOSH ist angekommen. Wir nehmen uns an den Händen und kichern rum. Wynona sieht etwas irritiert zu uns rüber, dabei machen wir genau das, was sie uns empfohlen hat. Enjoy.

Erschienen bei FISCHER Krüger

Hedderichstr. 114, D-60596 Frankfurt am Main